ELSEBETH EGHOLM

Der Club der Unzertrennlichen

Buch

Während ihrer Schul- und Studienzeit waren sie unzertrennlich, doch das Leben ließ die vier Freundinnen Solveig, Isabel, Mette und Pernille unterschiedliche Wege gehen. Ihr Wiedersehen steht unter einem tragischen Stern: Eine von ihnen, Solveig, hat Selbstmord begangen. Ihre drei Freundinnen sind schockiert und machen sich Vorwürfe, sich nicht genügend um sie gekümmert zu haben. Aber jede hatte mit ihrem eigenen Leben genug zu tun, und Solveig wirkte ganz zufrieden und glücklich mit ihrer Arbeit als Ärztin. Die drei Frauen sind ratlos.

Als Isabel am Tag nach der Beerdigung nochmals zum Grab geht, sieht sie einen Mann wegrennen, der einen Strauß schwarzer Rosen hinterlassen hat. Hat der Unbekannte etwas mit Solveigs Tod zu tun? Die Freundinnen beschließen, sich häufiger zu treffen, um mehr über die Hintergründe des Selbstmords herauszufinden. Während die drei sehr unterschiedlichen Frauen einander langsam näher kommen und die alte Freundschaft wieder aufleben lassen, werden sie immer enger in das Rätsel um Solveigs Tod verstrickt – und auf dem Weg in die gemeinsame Vergangenheit geraten sie schließlich selbst in Gefahr …

Autorin

Elsebeth Egholm, Jahrgang 1960, ist eine renommierte dänische Journalistin. »Der Club der Unzertrennlichen« ist ihr erster Roman, der in Dänemark sofort für großes Aufsehen sorgte.

Elsebeth Egholm

Der Club der Unzertrennlichen

Roman

Aus dem Dänischen
von Gabriele Haefs

GOLDMANN

Die Originalausgabe erschien 1999 unter dem Titel
»De Frie Kvinders Klub«
bei Lindhardt og Ringhof-Forlag, Kopenhagen

Umwelthinweis:
Alle bedruckten Materialien dieses Taschenbuches
sind chlorfrei und umweltschonend.
Das Papier enthält Recycling-Anteile.

Deutsche Erstausgabe 2/2001

Umschlaggestaltung: Design Team München
Umschlagfoto: Photonica
Satz: IBV Satz- und Datentechnik GmbH, Berlin
Druck: Elsnerdruck, Berlin
Titelnummer 44887
TH · Herstellung: Sebastian Strohmaier
Made in Germany
ISBN 3-442-44887-5
www.goldmann-verlag.de

1 3 5 7 9 10 8 6 4 2

Für meine Eltern –
und zur Erinnerung an meine Großmutter

PROLOG

ÅRHUS, OKTOBER 1997

Ohne Furcht vor finstrer Nacht,
geführt vom Sternenlicht,
mit Vater, dir, im treuen Pakt
fürchtet dein Kind sich nicht.

Es war ein gemischter Chor. Aus Brummern und Stimmen, die einen halben Ton daneben trafen; aus einem einzelnen, einigermaßen geschulten Sopran und zwei akzeptablen Altstimmen. Und denen, die wie üblich nur die Lippen bewegten.

Die Gemeinde drängte sich beim Singen um das Grab zusammen. Der Herbstwind peitschte den Regen von der Seite her in ihre Richtung und blies Jacken und Mäntel auf wie Ballons. Die wenigen Regenschirme, die die Umsichtigen mitgebracht hatten, troffen vor Nässe, während die anderen sich damit begnügen mussten, ihre Jackenkragen hochzuklappen und sich mit Taschentüchern das Wasser aus den Augen zu wischen.

Henning Nyborg schaute nach oben und ließ sich den Regen ins Gesicht prasseln. Bei jeder anderen Beisetzung hätte er sich über dieses Wetter geärgert und vielleicht hätte er unter seinem Pastorenkragen gefroren und sich nach seinem warmen Wohnzimmer und einer Tasse Kaffee gesehnt. Vielleicht hätte er sich sogar noch mehr auf den Ruhestand gefreut, den er in vierzehn Monaten antreten würde.

Doch an diesem Tag war alles anders. Es war kein Tag, an

dem die Gedanken davonflogen. Es war ein trüber Tag, ein düsterer Tag, vor dem es kein Entrinnen gab. Er merkte, dass alle den Regen offenbar zu schätzen wussten. Als könnten dessen peitschende Schläge die Schuldgefühle davonschwemmen, die auf der ganzen Gemeinde lasteten.

Während des Liedes ließ er seinen Blick über die beiden Gruppen gleiten, die einander am Sarg gegenüberstanden. Die eine Gruppe bestand aus der Familie der Verstorbenen, Solveig Aastrand. Sie standen hocherhobenen Hauptes da, wenn auch mit vor Trauer versteinerten Gesichtern.

Verstohlen musterte er die drei Frauen auf der anderen Seite des offenen Grabes. Die Freundinnen.

Regennass und fröstelnd sangen sie, so gut sie konnten.

Sie mussten irgendwo in den Dreißigern sein, und er erkannte unter ihnen Pernille Gram, die er vor vielen Jahren im selben Jahr wie Solveig Aastrand hier in der Kirche von Tilst konfirmiert hatte.

Eine Stimme klang lauter und klarer als die anderen, eine verbissene Standhaftigkeit schien sie zu tragen und zu verhindern, dass sie im Weinen brach. Einen langen Moment ruhten seine Blicke auf der Besitzerin dieser Stimme. Sie war nicht sonderlich groß, und ihre Figur wäre manchen Männern vielleicht als zu kräftig erschienen, aber nach ihren sanften Kurven würden sich doch die meisten umschauen. Nach Kurven, die an diesem Tag unter einem wenig kleidsamen marineblauen Kostüm nur zu ahnen waren. Sie war eindeutig die Uneleganteste von den dreien, aber dennoch zog etwas an ihr die Blicke auf sich. Dunkle, ausdrucksvolle Augen unter kurzen, blonden Struwwelhaaren verliehen ihr eine intensive Ausstrahlung. Als der Choral beendet war, brach sie in ein leises Schluchzen aus. Ihre Nachbarin, die mit ihrem rätselhaften, ovalen Gesicht Ähnlichkeit mit einem Gemälde von Modigliani hatte, legte tröstend den Arm um sie. Diese Nachbarin war eine elegante Erscheinung. Mittelgroß und gertenschlank in ihrer langen, schwarzen Jacke und den schlichten, engen Hosen. Eine perfekt geschnittene Pagenfrisur gab ihr ein verfeinertes, fast orientalisches Aussehen.

Pernille Gram, die Dritte im Bunde, stand ein wenig von den beiden entfernt, so, als sei ihre langgliedrige Gestalt ihr peinlich. Auch damals, im Konfirmationsalter, hatte Pernille etwas Unbeholfenes, Giraffenhaftes gehabt, und auch an diesem Tag waren die kurze Jacke und der lange, enge Rock, der sie wie ein Rohr umschloss, ihr keine Hilfe. Selbst aus der Entfernung konnte er hinter ihrer Brille die geröteten Augen erkennen.

Pastor Nyborg seufzte unhörbar. Nicht zum ersten Mal in seinem langen Pastorenleben musste er eine Selbstmörderin begraben. Es bedeutete immer einen schmerzlichen Schock für ihn, aber noch nie hatte er sich so ohnmächtig gefühlt wie angesichts dieses einsamen Sarges und der vom Regen gepeitschten Blumen.

Die Feierlichkeiten endeten am Grab. Henning Nyborg schloss sich der Familie an und verabschiedete sich am Kirchentor. Ihm war aufgefallen, dass die drei Freundinnen noch immer am Grab verharrten, und er nahm an, dass sie erst jetzt vortreten und Blumen oder vielleicht irgendeine persönliche Erinnerung auf den Sargdeckel fallen lassen wollten.

Er selber ging in die Kirche und blieb eine Weile vor dem Altar stehen. Wie auf eine plötzliche Eingebung hin faltete er die Hände und murmelte ein Vaterunser. Er hörte ein leises Echo, das ihm die Worte zurückwarf: »Und vergib uns unsere Schuld, wie auch wir vergeben unseren Schuldigern.« Doch das Gefühl der Vergebung schien sich nicht wirklich einstellen zu wollen.

Dann spürte er, wie sein Magen unter dem Talar knurrte,

und der Hunger vermischte sich mit dem Gefühl der Ohnmacht. Er dachte an seine Frau, die nach Kopenhagen gefahren war, um die gemeinsame Tochter zu besuchen. Schon am Vortag hatte er die letzten Bratheringe aus der Dose verzehrt, und neue Eier zu kaufen, hatte er auch vergessen.

Er ging in die Sakristei, zog seinen Straßenanzug an und brauchte eine Viertelstunde, um sich mit dem Organisten über die Choräle für den sonntäglichen Gottesdienst zu einigen. Danach verließ er die Kirche und ging mit zielstrebigen Schritten über den Parkplatz auf das Gasthaus zu.

Die drei Freundinnen waren ins Gespräch vertieft und achteten nicht auf ihn. Er selbst hatte zwar Pernille Gram wiedererkannt, wusste aber aus Erfahrung, dass er ohne seinen Talar normalerweise nicht bemerkt wurde.

Das Gasthaus war in gemütliche Essnischen eingeteilt, und von seinem Stammtisch aus hatte er die Kirche im Blickfeld. Der Tisch stand zufällig neben der Nische, in der die drei Freundinnen saßen, und für einen Moment spielte er mit dem Gedanken, sich anderswo niederzulassen. Doch Gewohnheit und, wie er zugeben musste, eine gewisse Neugier führten ihn dann an den angestammten Platz. Von dort aus konnte er durch das Flechtwerk der Nischenwände die Gesichter der Frauen sehen, nur nicht jenes von Pernille, die ihm den Rücken kehrte.

Er hörte, wie die drei eine Runde Tuborg Classic bestellten, doch in diesem Lokal gab es nur Ceres vom Fass.

»Sollen wir Solveig wirklich mit diesem faden Zeug hinunterspülen?«, fragte die Frau mit der Singstimme. Wenn sie nicht sang, hatte sie einen jütischen Akzent mit einem Hauch Kopenhagenerisch, und im Moment hörte sie sich aufgesetzt munter an.

»Das trinken eben die Eingeborenen, Isabel. Hast du das in

deinem Hauptstadtexil vergessen?«, fragte Pernille. Schon damals, zur Konfirmationszeit, hatte sie eine leicht schrille, lehrerinnenhafte Stimme gehabt. Der Pastor hatte immer angenommen, dass sie dahinter ein übersensibles Gemüt verbarg.

Das Bier wurde gebracht, und über der rotkarierten Tischdecke wurde gebührend angestoßen.

»Solveig«, sagte Isabel leise.

»Solveig«, murmelten die anderen und tranken schweigend.

»Ich kann es noch immer nicht fassen«, sagte die Frau mit dem Modigliani-Gesicht. Ihre Stimme klang wie ein zarter Zweig, der jeden Moment brechen konnte. »Ich war richtig verlegen, als ihre Mutter angerufen hat. Ich hatte Solveig doch seit fast einem Jahr nicht mehr gesehen.«

»Da bist du nicht die Einzige, wenn dir das ein Trost ist, Mette.«

Das hatte Pernille gesagt.

»Keine von uns hat sich besonders oft gemeldet. Ich jedenfalls nicht. Seit Solveig nach Skörping gezogen ist, haben wir uns fast nicht mehr getroffen.«

Er konnte sehen, wie Mettes Körper sich zu einer Art Verteidigungshaltung versteifte. Sie schien ihre Trauer dadurch beherrschen zu wollen, dass sie sich wütend anhörte.

»Wir hatten doch alle mit unseren eigenen Angelegenheiten genug zu tun.«

Isabel mit der Singstimme hielt mit beiden Händen ihren Bierkrug fest.

»Ich weiß ja nicht, wie es euch geht. Aber ich fühle mich einfach total mies. Ich glaube, das wäre niemals passiert, wenn wir da gewesen wären.«

Sie schaute die anderen an, und für einen Moment glaubte der Pastor, ihr Blick habe auch ihn gestreift. Ein offener Blick, der keine Gefühle verbergen konnte. In diesem Blick lag eine

Unschuld, dachte er und verwarf dieses Wort dann doch. Es passte einfach nicht zu einer erwachsenen Frau von Mitte dreißig.

»Wo ist bloß die Zeit geblieben?«, fragte die Frau. »Warum haben wir nicht besser zusammengehalten? Was hat uns dermaßen beschäftigt, dass es wichtiger war als alte Freundschaften?«

»Kinder«, erklärte Mette. »Wenn etwas ein unternehmungslustiges Leben erfolgreich beenden kann, dann kleine Kinder.«

»Große Kinder nehmen auch Zeit in Anspruch«, warf Pernille dazwischen, während Isabel lächelte.

»Diese Entschuldigung kann ich aber nicht anführen.«

Mette ließ ihren Blick von der einen zur anderen wandern.

»Brauchen wir denn wirklich Entschuldigungen? Ist es nicht ganz natürlich, dass Freundschaften auseinander gleiten und dann später wieder aufgenommen werden?«

»In einigen Fällen vielleicht. Bei uns aber nicht. Uns hätte das niemals passieren dürfen«, erklärte Pernille und fügte nach einer Pause hinzu:

»Bin ich hier die Einzige, die Hunger hat?«

Sie bestellten belegte Brote, und Henning Nyborg fiel ein, dass auch er sich ein verspätetes Mittagessen gönnen sollte. Er hob den Arm, um der Kellnerin zuzuwinken, und freute sich, als seine drei Brote gebracht wurden. Gestärkt vom Imbiss und vom Bier lauschte er dann schamlos weiter, während jede der drei Frauen die anderen auf den neuesten Stand brachte, was ihr Leben anging. Er entnahm dem Gespräch, dass Isabel Pianistin war, in Kopenhagen lebte und die anderen seit zwei Jahren nicht mehr gesehen hatte. Pernille und Mette wohnten beide in der Umgebung von Århus, doch ihre Beziehung war auf Grund von Geburten und beruflichen Verpflichtungen auf Sparflamme gehalten worden, und auch die beiden hatten einander schon längere Zeit nicht mehr gesehen. Pernille hatte als Sozialarbeiterin viel zu tun, während Mette offenbar eben erst nach Beendigung des Mutterschaftsurlaubs ihre Stelle als Englischlehrerin an einem Gymnasium wieder aufgenommen hatte.

Später, als Teller und Bierkrüge leer waren, saßen die drei plötzlich wieder schweigend am Tisch.

»Wir hätten etwas unternehmen sollen«, murmelte Isabel. »Wir hätten es vielleicht verhindern können.«

Sie schwiegen eine Weile.

»Wir können auch gleich zugeben, dass wir sie im Stich gelassen haben«, sagte Isabel dann mit harter Stimme. »Das will ich gern als Erste zugeben.«

Er hörte sich diese Geständnisse an. Es war die Rede von nicht erwiderten Kontaktversuchen. Von hektischen, unterbrochenen Telefongesprächen und dem Versprechen, zurückzurufen, wenn das Baby gefüttert und die Sonate zu Ende geübt wäre. Von Briefen, die in der Eile nicht beantwortet, sondern im Stapel der nicht so eiligen Post abgelegt worden waren. Bis selbst die kleinen Lebenszeichen per Telefon verstummt waren.

»Wisst ihr noch, wie anders das früher war?«, fragte Mette mit leiser Stimme. »Damals hatten wir Zeit füreinander.«

Isabel fügte hinzu:

»Damals waren Freundschaft und Freiheit das Wichtigste auf der Welt. Wichtiger als Karriere, Kinder, Paarbeziehungen und der ganz normale Egoismus.«

»Damals hätten wir alles füreinander getan«, sagte Mette.

Isabel machte den Anfang. Schweigend streckte sie die Hand aus und legte sie mitten auf den Tisch. Mette folgte ihrem Beispiel, dann, als Letzte, war auch Pernille dabei, und die drei rechten Hände hielten einander umfasst.

Diese Berührung schien den drei Frauen Kraft zu vermitteln. Eine besondere Energie schien plötzlich von der einen auf die andere überzugreifen. Pastor Nyborg merkte, wie er sich gerader hinsetzte und sich von den drei jetzt mit Bedeutung geladenen Stimmen einfangen ließ.

»Wisst ihr noch, wann wir zuletzt so zusammengesessen haben?«, fragte Mette.

Isabel nickte.

»Damals, als wir noch unsere Träume hatten. Als uns die ganze Welt offen stand und alles möglich war … Damals, als Freundschaft nicht nur ein Wort war.«

»Meine Güte, was waren wir jung.« Pernille lachte leicht angespannt.

»Und dumm?«, fragte Isabel.

Mette schüttelte den Kopf.

»Nur jung. Dumm sind wir erst mit dem Alter geworden.«

Isabels Augen funkelten lebhaft.

»Wisst ihr noch? Wisst ihr noch, wie wir den ›Klub der Unzertrennlichen‹ gegründet haben? Wie wir als ›Freie Frauen‹ leben wollten?«

SEPTEMBER 1980

ISABEL
Mendelssohn würde sie noch umbringen!

Isabel schaute auf die Uhr. Noch mindestens zwei Stunden. Aber zum Glück würde sie die »Variations Sérieuses«, die sie jetzt pflichtschuldig seit anderthalb Stunden übte, bald beendet haben. In Wirklichkeit war das eine Zeitverschwendung, denn sie wusste genau, dass nicht Zeit, sondern Konzentration entscheidend war. Und ihre Konzentration war wie die einer Fünfjährigen, obwohl sie doch gerade ihren zwanzigsten Geburtstag gefeiert hatte. Sie wollte viel lieber an den Abend mit den Freundinnen denken, der sie später erwartete.

Sie griff nach dem Metronom, zog es auf und stellte es auf »Allegro vivace«. Wie sie dieses Stück hasste! Die schwierigen Passagen wollten ihr einfach nicht gelingen. Die Fingerhaltung war unlogisch, und für einen Moment betrachtete sie ihre kurzen Finger, die in dem verzweifelten Versuch, den komplizierten Griff zu schaffen, über die Tasten flatterten. Sie dachte an Victor Wozniak, dem sie bei der Aufnahmeprüfung für das Konservatorium vorgespielt hatte. Als sie die Chopin-Etüde, wie sie glaubte, mit Bravour beendet hatte, hatte der polnische Klavierprofessor ihre Hand genommen und gemustert wie ein Studienobjekt im Biologieunterricht.

»Hmmm«, hatte er gesagt. »Ja, die Physis kann vielleicht zum Problem werden. Wie viel bekommen Sie in den Griff? Eine Oktave?« Er hatte ihre Finger vor seine eigene Hand gehalten, die mit Leichtigkeit eine Dezime schaffte.

Er hatte mit dieser Bemerkung ins Schwarze getroffen, denn mit gutem Willen und einer Portion Einbildungskraft schaffte sie wirklich gerade eine Oktave.

Aber die Aufnahmeprüfung hatte sie bestanden, und jetzt wollte sie ihnen verflixt noch mal zeigen, dass auch ein Winzling von einsfünfundsechzig und mit Wurstfingern es in einer Welt, in der alle im Namen der Kunst einander argwöhnisch bewachten, zu etwas bringen konnte. Die werden schon sehen, zum Henker, dachte sie und drückte das Pedal bis nach unten durch.

Doch wieder versagte ihre Konzentration, und ihre Gedanken flohen von der Musik zur abendlichen Zusammenkunft.

Gereizt warf sie Mendelssohn beiseite und fischte Beethoven hervor. Den hatte sie sich ganz bewusst aufgespart. Er war eine Art Leckerbissen nach der Plackerei mit Mendelssohn, sie war unsterblich in die Pathétique-Sonate verliebt, vor allem in den langsamen zweiten Satz.

»O Herz, o Schmerz«, murmelte sie, während sie sich zur Sonate weiterblätterte. Vorsichtig schlug sie die ersten Takte an. Es klang gut. Nach verlorener Liebe und zerbrochenen Illusionen. Aber sie konnte trotzdem die Tiefe, nach der sie suchte, nicht zu fassen bekommen.

Mitten in einem Crescendo wurde an die Tür geklopft.

»Ja!«

Die Tür wurde geöffnet, und ihre Großmutter schaute herein.

»Der Kaffee ist fertig, Bella. Kommst du nach oben?«

Isabel spielte weiter, nickte aber, während ihre Finger in einem angestrebten Legato über die Tasten glitten.

»Kennst du das hier?«

Die Großmutter lauschte einen Moment, dann legte sie den Kopf schräg und summte mit tiefer, rostiger Stimme das Thema mit.

Sie brauchte nur dem Duft von Kaffee und frisch gebackenem Brot aus dem Übungsraum im Keller bis hinauf in die kleine Wohnung ihrer Großmutter zu folgen, die die Nachbarwohnung zu ihrer eigenen war. Die Großmutter war schon vorgegangen, gazellendünn und fast ebenso adrett, und machte sich an dem Brot zu schaffen, das sie eben erst aus dem Ofen genommen hatte. Mit gewohnt schnellen Bewegungen packte sie drei Brote auf den Rost. Isabel beobachtete sie mit liebevollem Blick. Sie und ihre Großmutter waren jetzt seit einem halben Jahr Nachbarinnen, und das Zusammenleben übertraf alle Erwartungen.

Manchmal schämte sie sich der bangen Ahnungen, die sie damals gehegt hatte, als die einzige freie Wohnung neben der ihrer Großmutter gelegen hatte. Überempfindlich wie sie war, hatte sie damit gerechnet, dass die alte Frau in alles ihre Nase stecken werde. Aber bald hatte sich herausgestellt, dass sie ihre Großmutter einfach nur schlecht gekannt hatte. Immer diskret und niemals aufdringlich hatte diese eine Grenze zwischen Familienleben und Privatsphäre gezogen.

»Hm, das riecht aber gut. Darf ich mal probieren?«

»Das war eigentlich der Sinn der Sache.«

Die Großmutter schnitt zwei Scheiben Weißbrot ab und bestrich sie dick mit Butter.

»Deine Mutter hat angerufen.«

»Mm«, sagte Isabel mit vollem Mund. »Und was wollte sie?«

Die Großmutter trug das Tablett ins Wohnzimmer. Isabel hörte die Tassen leise klirren.

»Du könntest ja zurückrufen und sie selber danach fragen.«

»Das mach ich später.«

»Das hast du auch gestern gesagt«, erwiderte die Großmutter und schenkte für beide rabenschwarzen Kaffee ein.

»Jetzt fang du nicht auch noch an. Ich ruf sie ja an. Wenn ich so weit bin.«

Die Großmutter streckte die Hand nach einem Stück Weißbrot aus und lächelte, so dass sich die Runzeln in ihrem Gesicht verdoppelten.

»Das weiß ich doch, kleine Bella.« Sie tippte mit dem Finger auf ein Buch, das, versehen mit einem Lesezeichen, auf dem Sofa lag.

»Kennst du den? Christian Kampmann?«

Isabel schluckte etwas schneller als geplant einen Mund voll glühend heißem Kaffee hinunter.

»Aber Oma. Der ist doch schwul!«

Die Großmutter machte eine wegwerfende Handbewegung.

»Jaja, das kann schon möglich sein. Aber er ist so witzig … und frech.« Sie grinste viel sagend.

Isabel lachte laut.

»Du bist wirklich unbezahlbar. Was sagen sie denn in der Bücherei dazu, dass eine alte Dame von achtzig Jahren sich Schwulenromane ausleiht?«

»Was sollen sie schon sagen«, sagte die Großmutter gelassen. »Ich habe doch inzwischen alle anderen Bücher gelesen, und das psychologische Geschwafel habe ich satt.«

»Dann lieber ein paar offene Worte über knackige Hintern in strammen Hosen?«

Die Großmutter nippte an ihrem Kaffee.

»Du solltest deine Jugend genießen, Bella«, sagte sie ernst. »Als ich jung war, durften wir nichts. Heute dürft ihr machen, was ihr wollt.« Isabel verzog das Gesicht.

»Vielleicht ist das ja gerade das Problem.«

»Aber etwas verstehe ich trotzdem nicht«, sagte die Großmutter ungerührt. »Ich kann mir ja vorstellen, wie zwei Männer das machen. Aber wenn zwei Frauen zusammen ins Bett gehen … kannst du mir das erklären, Bella? Ich begreife einfach nicht, wie die das machen!«

Isabel wollte schon den Kopf in den Nacken legen und losprusten, doch dann sah sie, dass ihre Großmutter das ernst gemeint hatte.

»Ich gehe davon aus, dass sie sich gegenseitig zum Orgasmus bringen«, sagte sie nach einer Weile.

»Das ist mir schon klar. Aber wie?«

Isabel wusste nicht so recht, ob diese Wendung, die ihr Gespräch hier genommen hatte, ihr gefiel. »Ach, zum Henker«, sagte sie endlich. »Woher soll ich das wissen?«

Die Großmutter schnaubte skeptisch. »Na, das kann ja auch egal sein. Aber ich kann wirklich noch immer nicht verstehen …«

»Hast du ansonsten in letzter Zeit etwas Interessantes gelesen – außer Kampmann?«, fragte Isabel verzweifelt.

Die Großmutter strahlte.

»O ja, das musst du auch lesen … einen wunderbaren Krimi von einer Amerikanerin, ich kann den Namen nicht aussprechen. Darin gibt es alles. Gewalt, Sex, Romantik.«

Die Großmutter blickte sie mit unverhohlener Begeisterung an. Isabel verdrehte die Augen.

»Du hättest Schriftstellerin werden sollen. Dann wären wir jetzt Milliardärinnen!«

Sie schaltete ihr Fahrrad in einen anderen Gang und stellte sich auf die Pedale, als sie den Fattiggårdsbakken hochfuhr, vorbei am vertrauten Anblick von Dom und Reitstall. Århus lag eingetaucht im Licht der tief stehenden Septembersonne; klar und frisch, als habe die Stadt eben erst einen Regenschauer abgeschüttelt und wärme sich jetzt in den letzten Sonnenstrahlen des Tages. Nur der schwache Geruch der ewig aktiven Ölmühle störte die ansonsten fast perfekte Idylle ein wenig. Ihre Liebe zu dieser Stadt kannte fast keine Vorbehalte, Århus gehörte beinahe so sehr zu ihrem Leben wie

Frühstückskaffee und Käsebrote und die fünf Stunden Üben jeden Tag.

Im Weiterfahren überlegte sie, wie dieser Abend wohl ausfallen würde. Vielleicht würden sie später in der Stadt enden. In der Skolegade oder der Vestergade 58.

Sie hatte lange vor dem Spiegel gestanden und nicht gewusst, was sie anziehen sollte. Am Ende hatte sie sich für ein ziemlich verhüllendes Kleid aus einem Secondhandladen und ein selbst gehäkeltes lila Tuch entschieden. Das Kleid war aus einer alten geblümten Schürze genäht worden, es war ein Relikt aus ihrer Gymnasialzeit. Die Person, die dieses Meisterwerk geschaffen hatte, hatte ein Oberteil aus zwei breiten, silbergrauen Veloursstreifen und ein Mittelteil aus einem handgestickten Kissenbezug hergestellt. Zwei hohe Stiefel ließen die Trägerin angemessen hart und romantisch zugleich aussehen. Isabel hatte sich vor dem Spiegel gedreht und gewendet, hatte mit ungeübter Hand ein wenig Make-up aufgetragen, hatte zwei Pickel mit brauner Creme getarnt und ansonsten resigniert ihre vierschrötige Gestalt gemustert. Eine Sylphide konnte sie wohl niemals werden, aber immerhin hatte sie schöne Augen. Und die dunklen Augenbrauen sahen unter ihren blonden Haaren schließlich interessant aus.

Mit einer Flasche Rioja in einer Plastiktüte auf dem Gepäckträger und mit einer mit Fransen versehenen Wildlederjacke über dem Kleid war sie zu allem bereit, was der Abend bereithalten mochte.

Sie hatte eben auf die Uhr geschaut, als Solveig ihre Tür in der Ålborggade aufriss. Lange, buttergelbe Haare umkränzten ein kerngesundes Gesicht mit sehr wenig Make-up und blaugrauen, fröhlich funkelnden Augen.

»Schön, dass du da bist. Pernille sehnt sich schon nach einem Publikum für ihre Predigt.«

»Worüber denn?«

Solveig verdrehte die Augen.

»Irgendein Greenpeace-Kram. Natürlich die pure Propaganda.«

Sie zwinkerte Isabel zu.

»Tu doch einfach so, als ob du ihr zuhörtest!«

Solveig ging auf Zehenspitzen vor ihr her durch den Flur. Ihr schwarzer ausgefranster Rock schlug ihr gegen die noch immer sommerbraunen Beine.

Isabel beneidete sie um die frisch renovierte Patrizierwohnung mit den hohen Decken. Solveigs Eltern hatten ihr Wohnung und Auto geschenkt, doch bei genauerem Nachdenken zog Isabel ihr Fahrrad und ihr Chaos in Åbyhøj vor. Sie zog auch ihre eigenen Eltern vor, auch wenn die geschieden waren.

Solveig betete ihren Vater an, aber Isabel hatte sich in seiner Gesellschaft immer unwohl gefühlt. Seine Art zeugte von einer Verachtung anderer Menschen, die ihr nicht zusagte. Leo Aastrand mochte ein tüchtiger Sportarzt sein, aber er war auch ein Machtmensch. Macht über seine eigene Tochter hat er auf jeden Fall, dachte Isabel oft.

Pernille saß mit hochgezogenen Beinen auf dem Sofa.

»Bitte sehr. Ein Stück Zuhörerin, während ich mich an die Lasagne mache«, verkündete Solveig.

Sie wollte noch mehr sagen, doch dann hielt sie inne und schnupperte in der Luft herum.

»Es riecht angebrannt …«

Solveig stürzte davon, und Isabel hörte sie schimpfen und in der Küche herumhantieren, während der Gestank von verbranntem Käse die Wohnung füllte.

»Was hast du da für ein Projekt am Laufen?«

Isabel ließ sich in einen Sessel fallen und war bereit, sich Pernilles üblichen Vortrag anzuhören. Pernille, die in ihrer

Freizeit im Greenpeace-Laden arbeitete, machte sich sofort über ihr Opfer her.

»Uns fehlen noch Leute, die am Mittwoch in der Fußgängerzone Plaketten zur Unterstützung der Antiwalfangaktionen verkaufen«, sagte sie sofort. »Und da habe ich an euch gedacht.«

Es gab keine Fluchtmöglichkeit. Deshalb sagte Isabel einfach:

»Ja, und?«

»Was hast du am Mittwoch vor?«, fragte Pernille mit dem listigen Blick der Fanatikerin.

Isabel dachte nach und hoffte, ihr werde ein wichtiger Termin einfallen. Denn sie war schon längst als schlechteste Lügnerin aller Zeiten entlarvt.

»Da muss ich erst in meinem Terminkalender nachsehen ... und der liegt natürlich bei mir zu Hause.«

Sie merkte, dass Pernille eine scharfe, belehrende Bemerkung machen wollte. Doch in dem Moment ging die Türklingel, und Solveig rief aus der Küche:

»Würde eine von euch aufmachen?«

Draußen stand Mette, mit feinem, blassem Teint. Die glückliche Mette, die niemals Pickel bekam und niemals Bierhefe essen oder ihr Gesicht mit Clearasil waschen musste. Sie umarmten einander, wie sich das gehörte.

Mette befreite sich von ihrem Fjällräven-Rucksack und ihrem Anorak. Dann rümpfte sie die Nase.

»Hier riecht's ja angebrannt.«

»Das kommt aus der Küche. Aber ich glaube, jetzt ist alles unter Kontrolle.«

Mette lächelte nachsichtig, und Isabel dachte wie immer, dass Mette und nicht sie selber aussah wie eine angehende weltberühmte Pianistin. Mettes zartes Aussehen hätte sich auf einer Plattenhülle gut gemacht. Außerdem hatte sie Stil. Obwohl sie studierte und kaum Geld hatte, kaufte sie doch immer klassische, wenn auch wenige Dinge. Hier einen Gürtel, dort ein Paar Schuhe, und damit sah sie aus wie eine diskrete Million.

»Kontrolle! Das will ich sehen, ehe ich es glaube«, verkündete Mette und schaute in die Küche.

Der Wein war fast ausgetrunken, die Lasagne vollständig verspeist. Sie stritten sich um den letzten Rest Birnentorte aus dem Café »Karolines Køkken.« Gerede und Gelächter erfüllten den Raum.

Isabel ließ ihren Blick durch die Runde wandern. Nicht zum ersten Mal fragte sie sich, ob sie auch ohne jene Juninacht in ihrer Schulzeit, in der ihre Lebensbahnen so gründlich miteinander verflochten worden waren, noch so eng zusammenhalten würden. Ohne die Nacht, die keine von ihnen vergessen konnte, obwohl sie nie erwähnt wurde; sie war gewissermaßen in eine Abstellkammer verwiesen worden, in der alles versteckt wird, was man nicht zeigen mag.

Sie waren so unterschiedlich.

Pernille, die politisch Bewusste, wollte die Welt retten und hatte deshalb zu allem eine Meinung. Sie war eine ernste Person, doch hinter dem Ernst und der darunter verborgenen Sensibilität lag doch eine gute Portion Humor, was den Umgang mit ihr erträglich werden ließ.

Vor allem Solveig konnte Pernilles Humor wecken. Die beiden waren schon seit der Grundschule befreundet, und Isabel dachte oft, die zwei Freundinnen seien wie Feuer und Wasser. Pernille war das Feuer, die Intensivere, Angespanntere von beiden, die immer wieder gegen allerlei Ungerechtigkeiten in den Krieg zog, Solveig dagegen goss Öl auf die Wogen und stellte die Ruhe wieder her.

Mette war am schwersten zu durchschauen. Die Männer

schienen Angst vor ihrer eigentümlichen Schönheit zu haben, und sie lernte einfach nicht den richtigen Umgang mit dem anderen Geschlecht, zeigte eine Verzagtheit und eine Unbeholfenheit, die zu ihrem Aussehen nicht passten. Isabel überlegte sich oft, dass Mette vielleicht einen Mann brauche, der etwas älter wäre als sie. So, wie sie Mette kannte, würde diese sicher auch nicht protestieren, wenn dieser Mann etwas Geld hätte.

In diesem Moment musterte Mette die anderen. Der Wein brachte ihre Augen zum Strahlen und hatte ihre Mutlosigkeit vertrieben. Sogar ihre ansonsten dünne und zaghafte Stimme hatte jetzt an Kraft gewonnen.

»Spürt ihr das nicht auch?«, fragte sie. »Geht es uns nicht einfach fantastisch gut?«

»Redest du hier vom Essen?«, fragte Solveig hoffnungsvoll.

Mette lächelte.

»Davon natürlich auch. Vom Essen, vom Wein, vom ganzen Abend ... von der Zukunft und ...« Sie suchte nach dem richtigen Wort. »Von der Freiheit«, sagte sie triumphierend. »Wir haben unsere Freiheit. Ist das nicht fantastisch? Was sollen wir mit der vielen Freiheit anfangen?«

Die anderen tauschten Blicke, als hätten sie eine Offenbarung erlebt. Auch der Wein trug dazu bei, dass Mettes Worte ihnen plötzlich wie Goldstücke vorkamen.

Sie hatte ja Recht. Genau darum ging es, dachte Isabel. Um das Gefühl von Freiheit.

»Wir können alles selber entscheiden«, sagte Mette jetzt. »Von unserer Haarfarbe bis zu der Frage, was wir werden wollen, wenn wir groß sind. Niemand bestimmt über uns.«

»Nicht einmal die Liebhaber. Denn im Moment haben wir ja keine«, kommentierte Solveig, die offenbar von Mettes Eifer mitgerissen worden war. »Wir haben nur einander.«

Das stimmte. Eine Woge der Dankbarkeit durchflutete Isabel. Die Begeisterung der anderen wirkte ansteckend. Hier, an diesem warmen Septemberabend, schien die Luft mit Verheißungen geladen zu sein, und zum ersten Mal seit langer Zeit spürte sie, dass etwas mit den Flügeln schlug und hinauswollte. Die Lebensfreude. Die Freude und die Freiheit, die den meisten anderen als Selbstverständlichkeit erschienen.

Mette strahlte, und ein eifriges Lächeln umspielte ihren Mund. Sie ließ sich im Sessel zurücksinken und schaute eine nach der anderen an.

»Ist euch eigentlich klar, dass wir allesamt freie Frauen sind? … In jeglicher Hinsicht«, fügte sie hinzu.

Solveig sang mit leiser Stimme:

»Und kein Band hält mich gefesselt …«

»Nein, ich meine das wirklich. Wir fangen doch erst an … alle Möglichkeiten stehen uns offen.« Mettes Stimme wurde immer mitreißender und wärmer. »Und für nichts ist es zu spät. Wir haben noch immer die Möglichkeit, eine richtige oder eine andere Wahl zu treffen. Solveig kann noch immer von Medizin auf Sinologie überwechseln. Wenn sie das will. Isabel, du kannst eine Popgruppe gründen und reich und berühmt werden.«

Solveig griff diesen Faden auf:

»Und Pernille kann auch noch umsatteln und zu den Rechtspopulisten gehen.«

»Theoretisch«, murmelte Pernille. »Sehr theoretisch.«

»Alles ist möglich. Ist das nicht fantastisch?«, fragte Mette begeistert, und Isabel kam sich sehr lebendig und wach vor. Es stimmte ja, die Freiheit lag vor ihnen und alle Möglichkeiten waren offen. Kein Band hielt sie gefesselt. Sie waren einzigartig. Etwas ganz Besonderes.

Sie kamen überein: dass sie diese Freiheit niemals verlieren würden, sie würden sie füreinander hüten. Dass diese Freiheit immer ihr Kennzeichen sein sollte, und dass sie unzertrennlich bleiben würden.

Pernille, die über organisatorisches Geschick verfügte, sagte:

»Saugut. Wir gründen einen Verein zur Bewahrung von Freiheit und Freundschaft. Jetzt fehlt uns nur noch der Name!«

Und in diesem Moment wusste Isabel, wie der Verein heißen sollte, und was ihr in ihrem Leben bisher gefehlt hatte. Das berauschende Gefühl von Gemeinschaft, die Erkenntnis, dass sie unzertrennlich waren und dass sie und nur sie allein über ihre Zukunft bestimmten.

»Der Club der Unzertrennlichen«, sagte sie feierlich.

»Amen«, psalmodierte Mette.

Solveig legte feierlich ihre Hand mitten auf den runden Tisch.

»Der Club der Unzertrennlichen. Gegründet von Freien Frauen.«

Mettes Hand legte sich mit festem Griff auf Solveigs. Pernilles folgte. Isabel dachte an ihre Großmutter und hörte das Echo von deren brüchiger Stimme: »Du musst deine Jugend genießen, Bella.«

Und sie legte ihre rechte Hand auf die Hände der anderen.

OKTOBER 1997

Der Wind hatte sich ein wenig gelegt. Auch der Regen hatte aufgehört, und die Sonne schien einen zähen Kampf gegen die Wolkendecke auszufechten.

Isabel dachte an das Grab und fragte sich, ob die Blumen wohl den Regenguss überlebt hatten. Sie hätte gern gewusst, wie sie am nächsten oder übernächsten Tag oder in einer Woche aussehen würden, ob jemand sie entfernte, oder ob sie einfach liegen bleiben und verrotten würden.

Während sie sich mit diesen Überlegungen beschäftigte, fiel ihr Blick aus dem Fenster auf eine Gestalt, die sich über den Kirchplatz kämpfte. Es war ein älterer Mann, und sie erkannte in ihm den Pastor, der Solveig begraben hatte.

Sie schaute sich um. Sie hatten sich verändert. Natürlich hatten sie das. Mette sah wie immer traumhaft schön aus, und es war unbegreiflich, dass dieser schmale Leib zwei Kinder zur Welt gebracht haben sollte. Aber ihre unbekümmerte, mädchenhafte Art war verschwunden. Sie war ernster geworden, und Isabel hatte das Gefühl, dass die Schatten in Mettes Blick nicht von Solveigs Tod verursacht worden waren. Pernille ähnelte mehr denn je einem angespannten Windhund vor einem Rennen; lang gestreckt und schlank, wie immer auf dem Stuhl in sich versunken wie eine Feder, die jeden Moment in die Höhe jagen konnte. Trotzdem war auch sie nicht dieselbe wie früher. Ihre Züge waren schärfer, und das, was früher einmal ein offener, idealistischer Blick gewesen war, kam Isabel jetzt eher verbittert vor. Oder irrte sie sich? Hatte Solveigs Tod sie einfach so hart getroffen?

Sie fragte sich, ob die beiden anderen wohl darüber nachdachten, wie sehr sie selber sich verändert hatte. Sie war ja schließlich nicht mehr das junge musikalische Talent, vor dem die Zukunft offen lag. Was lasen die anderen wohl in ihrem Blick? Enttäuschung in der Liebe? Die Angst, alt zu werden, ohne alles erreicht zu haben? Die Trauer über den Verlust der Großmutter, die ihr dermaßen fehlte, dass sie manchmal glaubte, davon noch verrückt zu werden?

Als habe sie diese Gedanken gelesen, sagte Pernille:

»Du warst immer eine seltsame Größe in unserer Gruppe, Isabel.«

»Wer redet hier von seltsam«, entgegnete Isabel wie aus der Pistole geschossen. »Du hattest doch immer allerlei interessante Gebrechen und hast trotzdem für uns andere Gesundheit und Politik gepredigt. Und Vegetarierin warst du zu allem Überfluss auch noch!«

»Nur zur Hälfte«, gestand Pernille. »Aber du hast in deiner eigenen Welt gelebt. Du hattest keine Ahnung davon, was um dich herum vor sich ging.«

Isabel sah Pernille neckend an.

»Das brauchte ich doch auch nicht. Darüber hast du uns schließlich informiert. Mit allen frischen Nachrichten aus der Hochburg des Sozialismus. Und mit immer neuen unterhaltsamen Tatsachen über das Recht der Frau auf Selbstbestimmung über den eigenen Körper.«

»Es war immer witzig, Pernilles vorbehaltlose Meinung über irgendein aktuelles Thema zu hören.« Mette lächelte. »Da brauchten wir gar keine Zeitung zu abonnieren, und das hätten wir uns ja ohnehin nicht leisten können ... ich zumindest nicht.«

»Aber Solveig wohl«, erinnerte sich Isabel und begegnete ein weiteres Mal Pernilles Blick. »Sie hatte schon siebzehn Jahre, ehe das modern wurde, die *Jyllandsposten* abonniert. Ich habe mich so oft gefragt, welche Gemeinsamkeiten ihr beide wohl haben könntet.«

Sie hatte sich nicht so ungeschickt ausdrücken wollen. Jetzt sah sie, dass Pernilles Augen hinter ihren Brillengläsern blank wurden und dass die vertraute Röte sich über Hals und Wangen verbreitete.

»Ganz ruhig, so war das nun auch wieder nicht gemeint«, sagte Isabel besänftigend. »Ich weiß ja schließlich, dass ihr euch schon gekannt habt, ehe du wusstest, dass Marx und Mao die Welt erschaffen haben – als alles noch gut war.«

»Zur Hölle mit Marx und Mao«, murmelte Pernille verbissen. »Und zur Hölle mit ihr. Zur Hölle mit allem«, erklärte sie und leerte ihr Glas mit einem einzigen langen Zug.

Isabel hätte gern den Arm um sie gelegt. Um sie sanft hin und her zu wiegen, was ihre Mutter garantiert nie mit ihr gemacht hatte. Doch das konnte sich bei Pernille keine erlauben. Bei ihr gab es immer diese Distanz, was vielleicht an ihrem hohen Wuchs lag, vielleicht auch an etwas anderem. An etwas sehr Privatem. Nur Solveig hatte es gekonnt. Solveig, die Pernille seit ihrer Kindheit gekannt hatte.

»Ich weiß ja, dass wir nicht das Recht haben, uns verraten zu fühlen«, sagte sie dann. »Aber Gefühle lassen sich nicht diktieren. Und du bist vielleicht die unter uns, die hier die stärksten Gefühle hat.«

Pernille wandte ihr Gesicht ab.

»Du hast sie am besten gekannt, Pernille«, sagte Mette mit ihrer freundlichen Stimme. »Hast du wirklich gar keine Vorstellung davon, was sie dazu getrieben haben kann?«

Sie schaute eine nach der anderen an.

»Wer war Solveig eigentlich? Früher war sie diejenige, zu der wir kommen konnten. Aber wie oft hat sie uns ihre Probleme anvertraut? Wie gut haben wir sie eigentlich gekannt?«

Pernille starrte aus dem Fenster, auf die Kirche und den Friedhof. Isabel sah, dass ihre Unterlippe ganz leicht zitterte. Sie folgte ihrem Blick. Der Kirchplatz war leer, kein Mensch war zu sehen. Ein dünner Fächer aus Sonnenstrahlen war jetzt durch die Wolkendecke gedrungen.

»Ich weiß nicht, wie gut irgendeine von uns sie gekannt hat«, murmelte Pernille fast unhörbar. »Ich glaube, sie hatte immer das Gefühl, uns Dank schuldig zu sein. Aber in Wirklichkeit war es ja vielleicht genau umgekehrt.«

Sie fügte mit ihrer üblichen, schonungslosen Ehrlichkeit hinzu:

»Für mich war sie eine Zeit lang das Einzige, was meinem Leben einen Sinn gab.«

DEZEMBER 1980

PERNILLE
Luxusbad, Lakritze und Illustrierte.

Das war das Rezept für einen entspannenden Donnerstagvormittag, und Pernille und Solveig hatten sich wie immer vor den roten, gefängnisartigen Mauern der Badeanstalt Spanien verabredet.

Ab und zu kamen noch andere Freundinnen dazu, aber die beiden bildeten den harten Kern der Luxustiere. Das war schon so, seit Pernille als Pionierin die ganz spezielle Kombination von Schwimmen, Dampfbad und Sauna getestet hatte und zu der Erkenntnis gekommen war, dass sich Freundinnengeplauder aufs Feinste mit Körperertüchtigung und der Illusion von Gesundheit verbinden ließ. Illusion, weil ihr Aufenthalt in Spanien in der Regel von mehreren Tüten Lakritze begleitet wurde. Schokolade war unmöglich, das hatten sie versucht, die schmolz einfach nur.

Während sie auf Solveig wartete – die immer mit akademischer Verspätung eintraf – kaufte Pernille eine Illustrierte und setzte sich auf die Treppe, die zum Eingang hinaufführte. In der Regel freute sie sich auf die wöchentlichen Treffen, aber an diesem Tag ging ihr etwas die ganze Zeit durch den Kopf und wollte ihr keine Ruhe lassen: ihre Mutter, oder, genauer gesagt, die Geliebte ihrer Mutter, Ruth.

Sie streckte ein langes Bein zur untersten Treppenstufe aus und betrachtete die selbst gestrickten Socken in den neuen Gesundheitsschuhen, die sie sich eben geleistet hatte. Für einen Moment dachte sie über die seltsame Tatsache nach, dass Sockenstricken zu ihren absoluten Lieblingsbeschäftigungen zählte. Eigentlich hätten ganz andere Dinge die Hitliste anführen müssen, zum Beispiel die Lektüre der Diskussionsseiten in der Zeitung *Information* oder der Verkauf von Plaketten am Greenpeace-Stand in der Fußgängerzone. Aber egal. Auch Sockenstricken war doch ein kleiner Beitrag zum Umweltschutz, denn die Wolle stammte von den Schafen ihrer Mutter, sie hatte sie selber gefärbt, gesponnen und zu Garnsträngen aufgewickelt, und jedes Mal, wenn sie ein Paar Socken verschenkte, wurden anderswo Rohstoffe gespart, und der Umwelt wurden die giftigen Farbstoffe erspart, die in der Industrie verwendet wurden. Natürlich ließe sich theoretisch einwenden, dass sie durch ihr Stricken den Frauen an den Strickmaschinen die Arbeit wegnahm. Aber das wäre nun wirklich arg theoretisch gewesen …

»Musst du mal wieder die Probleme aller Welt lösen?«

Sie schaute auf. Solveig stand lächelnd vor ihr, in ihrem Anorak und mit dem Rucksack auf dem Rücken. Die Fahrt mit dem Rad hatte ihre Wangen gerötet, und ihre blonden Haare klebten schweißnass an ihrer Stirn.

Sie gingen die Treppe hoch und begrüßten einige der Schwulen, die sie jedes Mal hier in Spanien trafen.

»Wenn ich ein Mann wäre, würde ich mich in deren Abteilung nicht zu tief nach der Seife bücken«, pflegte Solveig dann immer zu sagen .

Anfangs hatte die Anwesenheit der Schwulen ihr Probleme gemacht, während Pernille diese kaum registriert hatte. So weit sie sich zurückerinnern konnte, hatte ihre Mutter immer Lesben und Schwule in allen Größen und Altersklassen ins Haus geschleppt.

»Also? Was macht dir solches Kopfzerbrechen?«

Solveig konnte ihre Freundin immer durchschauen. Sie

kannten einander so gut. Schon seit dem Tag in der dritten Klasse der Lisbjergschule, an dem Solveig als die Neue in der Klasse vorgestellt worden war. Die anderen Bauerngören hatten die Neue mit den wohlhabenden Eltern, die immer nach dem letzten Schrei gekleidet war, sofort argwöhnisch beäugt. Pernille dagegen hatte zu Hause gelernt, dass niemand ausgeschlossen werden durfte, und obwohl ihre Mutter dabei vielleicht nicht gerade an reiche Oberarzttöchter gedacht hatte, wurde Solveig schon bald in das kleine reetgedeckte Haus in Skejby mitgeschleppt.

»Meine Mutter«, teilte Pernille mit Grabesstimme mit.

»Was ist mit ihr?«, fragte Solveig.

»Ruth ist eingezogen.«

»Uakk! Und was sagt dein Vater dazu?«

Pernille zuckte mit den Schultern.

»Nichts, glaube ich. Der ist doch ein Schlappschwanz. Das wissen wir ja.«

Sie lugte zu Solveig hinüber, und die lächelte bekümmert.

»Armer Niller!«

Pernille nickte zustimmend.

»Aber wenn es denn schon sein muss, dann ist es gut, dass es dich trifft«, neckte Solveig, als sie sich im Umkleideraum auszogen.

Pernille stellte sich unter die Dusche und seifte ihren Körper mit einem der Wegwerfschwämme ein, die zum allgemeinen Gebrauch in einem großen Korb lagen. Die benutzten landeten in einem anderen Korb, und beide prägten sich genau ein, welche wo lagen, um sich nicht an den benutzten Schwämmen fremder Leute zu vergreifen.

»Wieso das denn?«

»Weil du so tolerant bist«, keuchte Solveig unter der kalten Dusche. Sie duschte immer kalt.

»Ich bin gar nicht tolerant, wenn es um meine Mutter geht.«

»Betrachte es als Herausforderung. Damit wird dein Charakter auf die Probe gestellt«, erklärte Solveig und streifte ihren lila Badeanzug über.

»Du findest vielleicht, ich hätte es verdient, dass meine Mutter mit ihrer lesbischen Freundin in demselben Haus zusammenlebt, in dem mein Vater noch immer wohnt und in dem Peter und ich aufgewachsen sind? Findest du das?«

Sie wusste genau, dass sie sich unnötig aufregte. Aber manchmal konnte sie einfach nicht anders. Sie wusste, dass sie alles zu wörtlich nahm, und sie wusste auch, dass die Röte jetzt von ihrem Hals her nach oben wanderte.

Solveig lachte nur und schlug mit ihrem Handtuch nach ihr.

»Manchmal bist du einfach nur blöd, du Dussel. Natürlich hast du das nicht verdient. Habe ich das vielleicht behauptet?«

»Du hast es angedeutet.«

»Nichts da. Wer zuerst im Wasser ist!«

Sie rannten los, so gut sich das auf dem glatten Boden machen ließ, doch wie immer erstarrte Pernille vor dem Sprung ins Becken. Solveig dagegen sprang sofort los und tauchte wie ein Fisch zum Boden. Sie war eine Wasserratte; sie war überhaupt eine begeisterte Sportlerin.

Pernille hielt einen Zeh ins Wasser und fröstelte.

»Na los. Mach schnell. Spring, verdammt!«

Sie holte tief Luft. Und dann wurde sie vom kalten, scharfen Chlorwasser umschlungen.

Sie schwammen wie immer fünfzehn Bahnen. Das war nicht viel, aber Kleinvieh macht auch Mist, und es war trotz allem ein Luxusbad. Während das eisblaue Wasser bei jedem Zug ihrer Körperfülle wich und Solveig wie aus einer Kanone geschossen dahinjagte, dachte Pernille an ihre Mutter.

Vor langer Zeit war sie einmal eine ganz normale Mutter gewesen. Eine, die dafür gesorgt hatte, dass Pernille und Peter Pausenbrote mit in die Schule nahmen, die putzte und sonntags Brathähnchen servierte. Doch eines Tages, als Pernille gerade elf war, hatte sie dann erklärt, sie wolle sich jetzt selbst verwirklichen. Von diesem Tag an war das Leben zu Hause auf den Kopf gestellt worden, und das Brathähnchen hatte Linsenpastete und Möhrensuppe weichen müssen. Das Abonnement der *Århus Stiftstidende* war gekündigt worden, jetzt wurde nur noch die *Information* gelesen, und Pernilles Mutter war nie mehr zu Hause, weil sie sich allen möglichen Aktionsgruppen angeschlossen hatte, in denen alles zwischen Ozonloch und Selbstentwicklung diskutiert wurde. Pernille wurde in Frauenlager mitgenommen, wo ihre Mutter an einem denkwürdigen Johannisabend eine Offenbarung erlebt und ihre lesbische Identität entdeckt hatte. Pernille konnte sich noch genau an den Abend erinnern, an dem ihre Mutter ihr diese Neuigkeit mitgeteilt und sie selber zum ersten Mal die bodenlose Angst empfunden hatte, die sie seither verfolgte und die sie immer wieder mit Gewalt unterdrücken musste.

Als habe diese Erinnerung sie endgültig eingeholt, schlug plötzlich das Chlorwasser über ihr zusammen. Das dauerte nur einen Moment, war aber so beängstigend wie immer. Diese verdammte Angst. Geh weg. Ich will nicht. Heute nicht.

Sie legte alle Kraftreserven in ihre Schwimmzüge und schoss durch das Wasser davon. Bei jedem Zug wurde die Angst ein wenig gedämpft, und das ängstliche Hämmern ihres Herzens machte Erschöpfung Platz. Müdigkeit, die konnte sie jetzt brauchen. Müde sein tat gut, dann merkte sie nicht mehr so viel.

»He, was ist denn in dich gefahren? Trainierst du für die Olympiade?«

Solveig bespritzte sie von der benachbarten Bahn her und holte sie damit in die Gegenwart zurück, wie nur Solveig das konnte.

Pernille lächelte erleichtert. Es war doch nichts. Und damit nichts, vor dem sie sich fürchten musste. Es gab nur das Wasser und das Schwimmen und Solveig und die Erwartung des Dampfbades, das ihr die allerletzten Kräfte nehmen und sie in Leib und Seele läutern würde.

Sie schaute auf die Schwimmbaduhr. Sie waren erst seit zehn Minuten im Wasser.

»Sollen wir nicht aufhören?«

»Ach, noch fünf Minuten«, verlangte Solveig.

Gleich darauf hörte Pernille ein Platschen, und alles um sie herum war nur noch Wasser, Wasser und abermals Wasser. Sie spürte, wie sie für einen Moment nach unten gezogen wurde und wie die Panik sie zu überwältigen drohte. Doch dann wurde sie von einem starken Arm gepackt, und spuckend und prustend erreichte sie wieder die Wasseroberfläche.

»Ich bitte tausendmal um Entschuldigung. Ist alles in Ordnung?«

Es war eine Männerstimme, aber im Moment konnte sie noch nichts sehen, und außerdem war sie vollauf damit beschäftigt, sich über Wasser zu halten. Erst, als sie sich das Wasser aus den Augen gerieben und ausgiebig gehustet hatte, sah sie den Jungen, der sie besorgt musterte und ebenfalls Wasser trat.

»Das war mein Fehler«, gab er zu. »Ich bin einfach losgesprungen.«

Er nickte zum Sprungbrett hoch. »Ohne mich richtig umzusehen«, fügte er hinzu.

Sie war zu geschockt, um wütend zu werden. Und außerdem hatte er schöne Augen, genau von derselben Farbe wie der Beckenboden. Ansonsten konnte sie nur Spekulationen anstellen, denn das Wasser verzerrte seine Körperform. Für einen Moment registrierte sie immerhin Solveigs neckendes Lächeln hinter seinem Rücken und sah ihren erhobenen Daumen.

»Ich heiße Poul«, sagte der Junge unaufgefordert und nickte zum Beckenrand hinüber. »Meinst du nicht auch, wir sollten an den Beckenrand gehen? Vielleicht hast du Wasser geschluckt, und überhaupt.«

›Wir.‹

Pernille wusste nicht, was sie sagen sollte. Sie folgte ihm einfach, als er zum Beckenrand schwamm. Mit einem Zug war er oben. Und schon hatte er einen Arm ausgestreckt und ihr aus dem Wasser geholfen.

»Ich bin sonst nicht so unvorsichtig«, sagte er mit einem Lächeln, das um Entschuldigung zu bitten schien.

Pernille planschte ziellos mit einem Fuß im Wasser herum. »Das war wirklich eine Überraschung. Aber so schlimm war es auch wieder nicht.«

»Kommst du oft hierher?«

»Jeden Donnerstag, zusammen mit meiner Freundin.«

»Ich auch. Ich meine, nicht mit meiner Freundin ... allein.«

Pernille wagte kaum, in seine türkisfarbenen Augen zu schauen. Es war fast zu viel. Sie kam sich davon wie geblendet vor.

»Dann sehen wir uns ja vielleicht wieder«, murmelte sie und mochte ihren eigenen Ohren nicht trauen. Was redete sie da bloß für einen Schwachsinn. Es hörte sich an wie ein Spruch aus einem der beiden Liebesromane, die sie mit dreizehn gelesen hatte.

Sie merkte, dass er lächelte.

»Das wäre nett. Ich werde auch bestimmt nicht wieder versuchen dich zu ertränken.«

»Ach, danke.«

Der Dampf quoll ihr entgegen, als sie die Tür zum Dampfbad öffnete.

»Wo steckst du?«

»Hier.«

»Wo ist hier?«

Solveig hatte sich weit in die Tiefe hineingewagt. Pernille kam sich vor wie in einem Ofen, aber trotzdem war es immer eine angenehme Form von Unbehagen. Das Gefühl, dass der Dampf durch ihre Haut und bis zu ihren Knochen vordrang und seine brennende Hitze durch ihren Leib jagte und die Kälte vertrieb. Die Kälte, die Angst und das Gefühl, so schrecklich viel beweisen zu müssen.

»Jetzt hau deinen Hintern schon irgendwo hin«, sagte Solveig, deren Umrisse aus dem Dampf auftauchten. Sie hatte sich in ihrer ganzen Blöße auf eine der alten Marmorbänke fallen lassen.

Pernille gesellte sich zu ihr. Wie immer bei der Begegnung mit dem Dampf nervös und zugleich erregt.

»Meine Fresse, ist das heiß!«

»Wie in der tiefsten Hölle. Versuch dich zu entspannen. Atme tief durch und denke an diesen Poul Newman. – Oder vielleicht solltest du das lieber lassen«, sagte Solveig bei genauerem Nachdenken. »Der hat sicher die genau entgegengesetzte Wirkung.«

»Sicher«, murmelte Pernille, deren Gedanken an zwei Orten zugleich waren. »Was soll ich mit meiner Mutter machen?«

Solveig legte den Kopf in den Nacken und lehnte sich an die Mauer.

»Was sollst du mit deinem Vater machen? Diese Frage kommt mir wichtiger vor.«

»Wieso das?«

»Weil es ihm sicher total dreckig geht. Weil er ein Mann ist und weil er es nicht schafft, sich wie ein Mann zu verhalten. Weil ihr ihn verachtet, du und deine Mutter.«

Pernille seufzte.

»Verachte ich ihn? Vielleicht. Aber ich liebe ihn doch auch.«

»Das will ich hoffen.«

Solveig setzte sich gerade hin und schaute auf Pernille herab.

»Ich mag deine Eltern wirklich beide sehr gern. Sie sind schon ziemliche Sonderlinge, aber ich mag sie trotzdem, und ich war bei ihnen immer willkommen. Sie werden schon eine Lösung finden.«

»Dreiecksdrama«, sagte Pernille theatralisch. »Wird das nicht so genannt?«

»Ist doch egal, wie das heißt. Los jetzt, Niller. Ich weiß, dass es immer etwas anderes ist, wenn es um die eigene Familie geht. Aber du musst versuchen, sie so zu akzeptieren, wie sie sind.«

Pernille schnaubte.

»Die sind einfach bescheuert!«

»Sind sie nicht. Sie wissen bloß nicht, wie sie sich verhalten sollen. Sie haben einander gern und können sich nicht zu einer Trennung aufraffen. Dein Vater möchte lieber mit seiner Rivalin unter einem Dach hausen, und deine Mutter möchte ihm das lieber zumuten, statt einfach endgültig ihrer Wege zu gehen.«

»Und Ruth?«

Solveig rief ärgerlich:

»Ruth ist im Großen und Ganzen ja wohl eher unwichtig. Vergiss sie. Entspann dich. Denk an etwas anderes. Wir können doch etwas unternehmen. Können in die Stadt gehen, mit den anderen zusammen kochen, wir haben einander!«

Pernille erhob sich von der Marmorbank. Allein diese Bewegung ließ sie die Temperatur viel stärker fühlen und jagte eine Hitzewelle durch ihren Körper. Rasch setzte sie sich wieder.

Solveig musterte sie durch den Dampf hindurch.

»Warum verliebst du dich nicht in den Typen vom Zehnmeterbrett? Verliebte Leute sehen immer alles viel positiver.«

»Woher weißt du das denn?«, fragte Pernille neugierig.

»Das hab ich in einem Buch gelesen.«

»Theorie ist sehr gut, aber Praxis ist besser.«

Solveig stellte sich taub. Und wie immer fragte Pernille sich, ob es ihr jemals erlaubt werden würde, bei Solveig in die Rolle der Zuhörerin zu schlüpfen. Und ob sie bei einer, die allen anderen lieber half als sich selber, überhaupt seelische Erste Hilfe leisten könnte.

OKTOBER 1997

»Bist du sicher, dass das geht? Ich kann doch mit der Bahn fahren.«

Isabel schaute auf die Uhr, während Mettes Volvo Geländewagen über den Randersvej dröhnte. Pernille hatte das Angebot angenommen, sie nach der Beerdigung in ihr Haus in Risskov zu begleiten. Pernilles vierzehnjähriger Sohn Thomas verbrachte das Wochenende bei seinem Vater.

»Natürlich. Wir haben jede Menge Platz. Ich muss nur kurz bei Mackies vorbeischauen. Da gibt es gute Pizzen zum Aufbacken. Donald und Marie sind verrückt danach.«

»Und was ist mit Malthe?«

Mette lächelte Isabel im Rückspiegel strahlend vor Mütterlichkeit an.

»Der ist noch zu klein für Pizza, damit du's weißt.«

»Aber die muss doch sicher erst mal belegt werden«, warf Pernille dazwischen.

»Ich freue mich darauf, ihn kennen zu lernen«, sagte Isabel höflich über Mettes acht Monate alten Sohn. Sie hatte keine

Ahnung von Kindern und wusste nicht, in welchem Alter die was zu sich nehmen konnten.

Das Auto legte eine scharfe Kurve ein. Fast hätten die Bremsen dabei aufgekreischt. Pernille klammerte sich auf dem Beifahrersitz an ihren Sicherheitsgurt, und auch Isabel hinten schnallte sich an. Sie hatte ganz vergessen, dass Mette Auto fuhr wie andere Leute auf dem Rummelplatz Autoscooter.

Sie waren länger im Gasthaus geblieben, als sie erwartet hatten. Isabel hatte eingesehen, dass sie die für den folgenden Tag angesetzte Probe mit einem der Geiger des Konservatoriums absagen musste. Sie hatte im Grunde auch gar keine Lust, nach Kopenhagen zurückzufahren. Und auch Pernille schien nicht von Heimweh nach ihrer Wohnung in der Tunøgade geplagt zu werden.

»Dann kommt doch mit«, hatte Mette gesagt. »Für eine, die Henkell Trocken mag, ist immer Platz.«

»Freixenet«, korrigierte Pernille, die nicht einmal im Traum auf die Idee kommen würde, Henkell Trocken zu trinken, was Mette übrigens sehr gut wusste.

»Das wird uns nicht auseinander bringen«, sagte Mette friedlich.

Im Wagen schwieg Pernille eine Weile, während Mette erst zu Mackies Pizzeria und dann zum Haus in Risskov fuhr. Eine nervöse Anspannung schien sich der Freundinnen bemächtigt zu haben.

»Ich hoffe, sie hat sich noch verlieben können«, sagte Mette plötzlich.

»Wer denn?«, fragte Isabel, die genau wusste, von wem hier die Rede war.

»Ich glaube nicht, dass Solveig jemals richtig verliebt war. Nicht in den Jahren, in denen ich sie gekannt habe.«

Das stimmte. Das wusste Isabel. Sie starrte in die Oktoberdunkelheit und auf die sparsame Straßenbeleuchtung. Es hatte Männer gegeben, natürlich hatte es das. Aber niemals hatte sie Solveigs Augen mit dieser besonderen Glut leuchten sehen; niemals hatten sie ihren selbstständigen eigenen Tanz aufgeführt, wie verliebte Augen das nun einmal machen, ob wir das wollen oder nicht.

Isabel dachte daran, wie lange sie selber schon nicht mehr verliebt gewesen war. Wenn sie jetzt sterben müsste, würden die anderen vielleicht auch sie bedauern.

Pernille murmelte eine unverständliche Bemerkung. Sie ist müde, dachte Isabel. Sie waren alle müde. Vielleicht hätte sie doch lieber gleich nach Kopenhagen zurückfahren sollen.

Mette blinkte und bog in eine stille Wohnstraße ab.

»Hier sind wir. Nicht Villa, Volvo und Wauwau, sondern Kids, Carport und Katze«, sagte Mette in betont munterem Tonfall. Sie fügte hinzu: »So drückt mein Mann das immer aus.«

Isabel hatte die Familie in Risskov nur wenige Male besucht. Zum einen war sie nicht gerade begeistert von Mettes Mann, Donald. Zum anderen war sie auch von Siamkatzen nicht gerade begeistert. Und da Mette sieben zur Zucht – und bisweilen mehrere Würfe Junge – hatte, empfand sie das als akzeptable Entschuldigung für sich. Wenn sie dann noch auf die beiden Kinder verwies, auf die neunjährige Marie, die von ebenso undurchschaubarem Wesen war wie ihr Vater, und auf Malthe, der noch zu klein war, um ihr besonders viel zu sagen, dann wurde die Entschuldigung vielleicht noch besser. Aber so gut sie auch sein mochte, sie war eben doch nur eine Entschuldigung.

Die Katzen hatte sie ansonsten total vergessen. Was die Katzen aber nicht lange hinnahmen. Kaum hatten die drei Freundinnen das Haus betreten, als auch schon drei blauäugige, silberglänzende Wesen auf sie zujagten und sich an Mettes Beinen anschmiegten, während sie die Fremden aus feindseligen, saphirblauen Augen musterten. Ihr Miauen brachte die Luft zum Zittern.

»Hallo, Barnaby, he, Oliver und Dodger«, grüßte Mette, während die Katzen sie in ihr unsichtbares Netz aus Zuneigung einspannen. Die anglophile Mette hatte sie allesamt nach Personen aus den Romanen von Charles Dickens benannt.

»Ja, du meine Güte, da haben wir ja den ganzen Leichenzug«, sagte eine Stimme hinter ihnen. Isabel drehte sich um.

»Hallo, Donald, long time, no see.«

Mettes Mann trat einen Schritt vor. Instinktiv wich Isabel einen Schritt zurück. Pernille erhielt den ersten Wangenkuss. Danach ließ auch Isabel ihre Wangen kurz streifen. Donalds Haut war glatt und duftete nach irgendeinem schweinisch teuren Wässerchen.

»Das mit eurer Freun*din* tut mir Leid.«

Er schien das Wort »Freun*din*« mit einer für Isabels Ohren spöttischen Distanz auszusprechen.

»Danke«, murmelte sie. »Es war ein ziemlicher Schock.«

»Mmm«, sagte er und blickte sie aus seinen viel zu intelligenten Augen an, die sie immer so sehr an die blöden Siamkatzen erinnerten.

Dieses Gefühl überkam sie wie ein Déjà-vu-Erlebnis. Das Gefühl, das sich immer einstellte und sie durcheinander brachte, wenn sie mit Mette und Donald und den übrigen Angehörigen der Kinder- und Tierwelt dieser beiden zusammen war. Dabei, dachte Isabel, schienen sie allesamt fast unmerklich in einen anderen Tonfall überzuwechseln.

Er war Amerikaner und er war ungeheuer intelligent. Er war außerdem ein Prahlhans und ein Mistkerl, davon war Isabel ehrlich überzeugt, auch wenn sie von seinem beharrlichen

Blick hinter den diskreten Brillengläsern fasziniert war. Diskret und teuer, wie alles an ihm, vom Mulberry-Halstuch bis zu der breit geriffelten Cordhose, die er garantiert bei Ralph Lauren gekauft hatte, einer anderen von seinen Lieblingsmarken. Wenn er Haare auf dem Kopf gehabt hätte, wäre er sicher der Typ gewesen, der nur zu dem Zweck nach London fliegt, um sie sich schneiden zu lassen. Aber dieses Problem hatte sich gelöst, denn er war zwar in mancher Hinsicht ein gut aussehender Mann, aber er hatte auch eine Vollglatze, was ihn maßlos ärgerte, das wusste Isabel.

»Bitte, nehmt Platz. Seine Hoheit hat sich schon gesetzt«, forderte Donald sie auf und flatterte mit ausgestrecktem Arm in Richtung Küche davon. Dort saß ein Baby in einem hohen Kinderstuhl und schaute die Besucherinnen mit ernster Miene an.

»Setzt euch doch einfach ins Warme«, fügte Mette atemlos hinzu, während sie ihren Mantel an einen Haken hängte. »Marie und ich müssen noch schnell die Raubtiere füttern.«

Sie verpasste ihrem Sohn einen lauten Schmatz und lief, gefolgt von den Katzen, über den Flur zur Waschküche. Das ungeduldige Geschrei der Tiere hallte im ganzen Haus wider.

Über Donald ließ sich vieles sagen, aber Gäste brauchten bei ihm niemals lange zu darben.

»Wir können sicher schon mal anstoßen, auch wenn die Gnädige noch mit Füttern beschäftigt ist«, sagte Donald. Er schenkte Rotwein ein, trank ihnen höflich zu und erkundigte sich nach der Beerdigung. Pernille erzählte bereitwillig. Isabel merkte, dass der Wein ihr bis in die Zehen hinunter gut tat und dass von unten die Wärme in ihr aufstieg. Versuchsweise griff sie nach Malthes kleiner Hand. Die schob sich weich und willig in ihre, während der Kleine mäuschenstill dasaß und die Gäste anstarrte. Er hatte ungeheure Ähnlichkeit mit Mette. Klein, schmächtig und dunkelhaarig, aber mit einem alabasternen Schimmer auf der Haut.

»Er hat ihren Teint«, sagte Donald, als habe er Isabels Gedanken gelesen.

»Wessen Teint?«

Mette kam zurück, gefolgt von Marie.

»Deinen, mein Schatz. Schneewittchen an einem frostklaren Tag.«

Marie schnaubte verächtlich und lehnte sich an den Rahmen der Küchentür.

»Komm herein, und sag Guten Abend«, sagte Mette lächelnd. »An Isabel kannst du dich doch sicher erinnern, oder? Und Pernille kennst du auch.«

Das Kind rührte sich nicht und starrte zuerst Isabel und dann Pernille an. Sie hatte die Augen ihres Vaters.

»Hallo«, murmelte sie fast unhörbar und ging dann zum Tisch, um die Pizzakartons zu öffnen.

»Hast du keine mit Peperoni gekauft, Mette?«

Isabel hatte immer schon darüber gestaunt, dass Marie ihre Mutter beim Vornamen nannte. Das hatte niemand sie so gelehrt. Sie tat es einfach.

»Doch, natürlich hab ich. Ist die nicht dabei?«

»Ich kann sie nicht finden … falls du nicht die hier meinst.«

Marie hielt Mette den Karton unter die Nase.

»Die sieht doch ganz richtig aus«, nickte Mette.

Wortlos nahm das Kind zwei Stück Peperoni von der Pizza. Darunter lagen kleine grüne Pfefferkörner.

»Du hast die mexikanische gekauft«, sagte Marie mit hasserfüllter Stimme. »Die kann ich nicht ausstehen.«

Mit diesen Worten verließ sie die Küche.

»Du meine Güte«, murmelte Pernille. »Was für eine kleine Dame!«

Mette setzte sich mit verletzter Miene.

»Ich habe doch ausdrücklich um Peperoni gebeten«, sagte sie dann.

»Aber offenbar nicht deutlich genug«, meinte Donald.

Isabel hatte gehofft, dass Donald sich zurückziehen würde, wenn die Kinder im Bett lagen. Doch erst, als der Kaffee getrunken und der letzte Rest Wein verschwunden war, erhob er sich und wünschte eine gute Nacht.

»Ich muss noch ein Projekt zu Ende bringen, deshalb überlasse ich euch jetzt euch selber und eurem Gewissen«, teilte er mit einer kleinen Verbeugung mit.

Mette lächelte ehefrauenhaft, als er ihr einen Kuss auf die Stirn drückte.

»Later, honey.«

Sie hörten dem gedämpften Saxofonspiel im Radio ein wenig zu. Dann erhob sich Mette, und Isabel ging davon aus, dass das das Zeichen zum Aufbruch war, und sie und Pernille ins Gästedoppelbett folgen sollten.

»Moment noch«, sagte Mette über ihre Schulter gewandt und erschien gleich darauf mit einer Flasche Hennessy XO und drei Gläsern. »Sollen wir uns nicht erst die richtige Bett schwere geben?«

Pernille hob eine Augenbraue.

»Donalds?«

»Morgen gibt's Ärger. Aber daran wollen wir jetzt nicht denken.« Mit diesen Worten öffnete sie die Flasche und goss die warme, würzige Flüssigkeit in die Gläser.

»Auf Solveigs Leben. Auch wenn es nur kurz war, hat es doch große Freude bereitet. Jedenfalls uns anderen«, fügte sie leise hinzu.

»Und obwohl es an Verliebtheiten mangelte, hatte es auch seine lichten Momente. Die muss es einfach gehabt haben«, erklärte Isabel.

»Es gibt auf der Welt noch andere Dinge als Verliebtheit«, sagte Mette.

»Was denn?«, fragte Isabel neckend.

»Sex.«

Pernille prustete los.

»Ausnahmsweise sprichst du mir voll aus der Seele.«

Aber Mette war ernst geblieben.

»Ich glaube aber auch nicht, dass Solveig ein Sexualleben hatte«, sagte sie leise.

JANUAR 1981

METTE

Irgendjemand weinte. Ein trockenes, krampfhaftes Schluchzen hallte im Zimmer wider und schwebte aus dem Fenster, das das ganze Jahr hindurch auf Kipp stand.

Mette öffnete die Augen. Und im selben Moment wusste sie, dass das Geräusch von ihr selber stammte. Das leise Schluchzen steckte ihr noch immer im Leib, es reichte bis hinunter in ihre Bauchkrämpfe. Und das Gefühl der Trauer war ebenso überwältigend wie in ihrem Traum.

Sie schauderte. Es war kalt. Sie fror am Hals und sehnte sich nach dem Kätzchen, das sich immer zufrieden unter ihrem Kinn aufrollte, wenn sie schlief. Wo mochte es stecken?

»Oliver!«

Leise rief sie durch ihre kleine Einzimmerwohnung, aber keine Antwort war zu hören. Das allein war schon seltsam, denn der Siamkater hatte sich von Anfang an durch sein »gutes Organ« ausgezeichnet, wie Isabels Großmutter immer sagte, wenn jemand für seine laute Stimme gelobt wurde. Sie benutzte diesen Ausdruck nicht für Katzen, sondern für den

Hofreporter Poul Jørgensen aus dem Fernsehen, der immer Rücksicht auf das schlechte Gehör alter Damen nahm.

Mette schob die Decke beiseite, setzte die Füße auf den Flokati und stieg in ein Paar Lammfellpantoffeln. Voller Besorgnis schlüpfte sie dann in einen dicken Pullover und rief noch einmal nach ihrem Kater.

»Oliver, wo steckst du? Miez, Miez!«

Dann fiel ihr sein Versteck ein. Als sie ihn vier Monate zuvor bekommen hatte, war er plötzlich verschwunden gewesen. Später, nachdem Solveig und Pernille zum Suchen geholt worden waren, hatten sie ihn unter dem Sofapolster gefunden. Sie hatte dieses verdammte Möbelstück vorher schon einmal auf den Kopf gestellt, ohne den Kleinen entdeckt zu haben.

Sie fiel auf die Knie und schaute unter dem Sofa nach.

»Oliver«, rief sie leise. »Bist du da?«

Sie musste immer wieder rufen. Geduld war im Umgang mit Siamkatzen eine Tugend, das wusste sie von zu Hause, denn ihre Mutter war eine eifrige Katzenzüchterin. Ihre Katzen waren von ganz eigenem Wesen. Fremden gegenüber waren sie schüchtern und fast schon feindselig, hingen zum Ausgleich aber an ihrem Frauchen wie ein Hund.

Endlich war aus der Tiefe der Federn ein leises Piepsen zu hören.

»Jetzt komm schon«, lockte Mette.

Noch ein Piepsen. Danach ein etwas längeres Miau. Mette wartete. Sie spürte, dass hier etwas nicht stimmte. Endlich – nach einem langen, klagenden Selbstgespräch – kam der Kater zum Vorschein. Er schaute sie vorwurfsvoll an, als er sich auf drei Beinen über den Boden schleppte und das vierte jämmerlich hinter sich herzog.

Solveig stellte keine Fragen, obwohl es Sonntag und erst neun Uhr morgens war.

»Ich komme«, versicherte sie am Telefon. »Und ich bring uns ein paar von den fertigen Brötchen aus der Schweizer Bäckerei mit … ich kenne einen Tierarzt.«

Solveig kannte immer irgendjemanden, entweder aus ihren zahllosen Sportvereinen oder aus dem Kreis der Bekannten, die ihre Eltern wie die Satelliten umgaben. Wie gut sie diese Leute kannte, war eine andere Frage, aber Mette war doch dankbar für jede kleine Empfehlung an jemanden, der ihren Kater retten konnte.

Während sie auf Solveig wartete, saß sie bei dem Kater auf dem Boden und redete auf ihn ein wie auf einen Freund.

»Wo hast du dich heute Nacht bloß rumgetrieben, du Trottel? Hast du im Verkehr gespielt?«

Obwohl er einwandfrei Schmerzen hatte, schnurrte Oliver angesichts von so viel Aufmerksamkeit. Er schmiegte sich an Mettes nackte Beine, und sie legte sich zu ihm auf den Flokati und deckte sie beide mit ihrer Bettdecke zu.

Sie wurde von Solveigs ausdauerndem Klingeln geweckt.

»Und wo steckt der Patient?«

»Hier unten«, sagte Mette schlaftrunken. »Wir waren weggeknackt.«

Solveig warf im Vorübergehen eine Tüte mit Brötchen auf den Küchentisch. Dann sah sie sich Oliver an.

»War er heute Nacht draußen?«

»Das macht er so ungefähr jede Nacht. Wir haben doch die Katzentür.«

»Meine Fresse. Das darfst du? Du Glücksschwein! Du musst ja bei Mikkelsen einen dicken Stein im Brett haben.«

Mette zuckte mit den Schultern. Mikkelsen war der Vermieter, dem die beiden Wohnungen im ersten und zweiten Stock gehörten.

»Nach der Sache mit meinem Vater habe ich ihm wohl Leid getan.«

Solveig nickte verständnisvoll. »Natürlich. Aber trotzdem. Nicht viele Vermieter erlauben Haustiere. Wenn ich danach fragte, würde mein Vater einen Herzschlag erleiden.«

Das Haus, in dem Solveig wohnte, gehörte ihrem Vater. Neben seiner Arbeit als Arzt verdiente er sich als Immobilienmakler noch etwas dazu.

Mette holte den Katzenkorb aus dem Schrank. Vorsichtig schob sie Oliver durch die Tür.

»Und da hilft nicht einmal eine gute Portion altmodischer Nepotismus?«

»Nein, ganz schön mies, was?«, fragte Solveig über ihre Schulter, während sie in die Küche lief. »Ich mach uns schnell einen Tee, wenn dir das recht ist. Ich habe einen Wahnsinnshunger.«

Mette schaute in den Korb, Oliver hatte sich in eine Ecke verkrochen. Normalerweise hätte er lauthals gegen das Eingesperrtsein protestiert.

»Eine Viertelstunde können wir uns wohl leisten«, sagte sie unsicher.

»In zehn Minuten sind wir aus der Tür«, versprach Solveig aus der Küche, wo sie schon den Kessel gefüllt hatte. »Wir nehmen uns ein Taxi.«

Mette schaute dankbar zu, als der Tee serviert wurde und Solveig ihr ein Brötchen reichte. Sie hatte sofort gewusst, wen sie anrufen würde, und das nicht nur, weil Solveig einen Tierarzt kannte. Die beiden anderen wären natürlich ebenfalls verständnisvoll und hilfsbereit gewesen. Aber Isabel konnte Katzen nicht leiden, und Pernille war immer so mit ihren vielen politischen Aktivitäten beschäftigt. Außerdem hatte Solveig eine ganz besondere Eigenschaft. Sie wusste in jeder Lage, was zu tun war. Wie auch jetzt.

»Und wie sieht's sonst so aus? Geht es dir jetzt besser?«, fragte Solveig, als sie mit dem Taxi zum Tierarzt fuhren.

Es gehörte nicht sehr viel dazu. Nur eine einfache, vorsichtige Frage, schon spürte sie, wie ihre Kehle sich zusammenschnürte. Schon lange, ehe ihr Vater an Krebs gestorben war, hatte dieses bedrückende Gefühl sie wie ein permanenter Schmerz begleitet. So permanent, dass Mette schon geglaubt hatte, sie werde es nie wieder loswerden. Erst in der letzten Zeit hatte es angefangen, seinen Griff zu lockern. Doch das nur, um sich dann wieder energisch zurückzumelden, wenn sie an ihren Kummer erinnert wurde.

»Ich habe letzte Nacht von ihm geträumt«, gestand sie. »Er war so lebendig. Und konnte laufen.«

Jetzt spürte sie, wie ihr wieder die Tränen kamen und ihre Kehle sich zu einem seltsamen, stummen Ächzen öffnete.

»Er konnte wirklich gehen. Kein Rollstuhl und kein Gehgerät. Nicht einmal ein blöder Stock!«

Solveig legte schweigend einen Arm um sie.

»Er war so stolz«, schluchzte Mette und spürte, dass sie ihre mühsam aufgebaute Fassung verlor. »Und jetzt sieh dir doch bloß diesen verdammten Kater an«, fügte sie dann unvermittelt hinzu.

»Bestimmt ist er angefahren worden«, sagte der Tierarzt und musterte sie mit freundlichem Blick.

Er war überhaupt ein freundlicher Mann. Er war auch am Sonntag für sie zu sprechen und sofort bereit, sich um Oliver und dessen gebrochene Pfote zu kümmern. Das Bein musste für sechs Wochen in Gips gelegt werden.

Der Tierarzt war noch jung. Hatte eben erst das Examen gemacht. Die Praxis in Højbjerg gehörte seinem Vater, und er wollte sie später weiterführen. Er kannte Solveig aus dem Tennisklub in Marselis. Ob Mette auch spiele?

Sie schüttelte den Kopf.

»Ich bin keine Sportkanone.«

»Du siehst aber ganz so aus«, sagte er und maß bei Oliver Fieber.

Wieder spürte Mette seine Blicke und fühlte sich ratlos. Sie wusste nie, ob Männer flirten wollten, oder was sie vorhatten, immer kam sie sich dumm vor. Sie schaute zum Kater hinüber, der ganz still und in sich gekauert auf dem Tisch saß.

»Jetzt hält er doch immerhin den Mund«, sagte sie, weil sie nicht wusste, was sie sonst sagen sollte, falls sie ihm nicht erzählen wollte, dass er liebe Augen habe, dass sie ihn auch sympathisch finde, dass sie nur leider so schrecklich, schrecklich schüchtern sei.

Und dann rief er am nächsten Tag trotzdem an. Dabei klang er überhaupt nicht so, als habe sie ihn weggeekelt, was sonst oft vorkam.

Im Gegenteil, er bot an, ihr Oliver, der jetzt fix und fertig und eingegipst war, persönlich zu bringen.

Sie schaute auf die Uhr. Eine rasche Dusche würde sie wohl noch schaffen.

Als sie im Keller unter der Dusche stand, fragte sie sich ein weiteres Mal, warum es ihr immer die Sprache verschlug, so wie ein Mann Interesse zeigte. Es lag ja nicht einmal daran, dass sie hässlich oder dumm wäre. Pernille hatte einmal, ohne das böse zu meinen, gesagt, sie wirke auf Männer wie eine Eisjungfrau, jage ihnen Angst ein.

»Du siehst einfach zu gut aus. Du musst deinen Charme aufdrehen, damit sie kapieren, dass du aus Fleisch und Blut bist.«

Mette war verletzt gewesen. Vor allem, weil sie wusste, dass Pernille Recht hatte. Vor allem, was die Eisjungfrau anging. Das Problem war nur, dass Mette einfach nicht anders konnte. Jedes Mal kam sie sich vor wie vor einer unüberwindbaren Mauer, und dann kam sie nicht weiter.

Aber Liebschaften hatte es doch gegeben. Einige wenige

Liebhaber hatten unbedingt bis zu ihr durchdringen wollen, ihr Ego hatte sie die Kälte, die Mette offenbar ausstrahlte, einfach ignorieren lassen. Aber das Problem war, dass sie in diesen Fällen gewählt worden war, statt selber ihre Entscheidung zu treffen.

Christian war nicht wie die anderen. Er hatte etwas auf freundliche Weise Drängendes, das sie ansprach, wie Tiere sie ansprachen. Er war so freundlich und lieb, dass er beschützt werden musste, so kam ihr das vor.

»Studierst du auch Medizin?«, fragte er höflich bei Tee und Kuchen.

Sie saßen im Wohnzimmer, und die Wintersonne wanderte in warmen Streifen über sie hin. Oliver lag in einem Sonnenflecken und sah mit seinem eingegipsten Bein absolut surrealistisch aus.

»Nein. Ich studiere Anglistik.«

»Und wirst du danach irgendwann am Gymnasium unterrichten?«, fragte er und griff nach seinem Teller mit der Sahnetorte.

Sie nickte.

»So wird es wohl kommen. Aber ich weiß gar nicht, ob ich Lust zum Unterrichten habe.«

Er blickte sie überrascht an.

»Aber warum studierst du dann Englisch?«

»Weil ich in diese Sprache verliebt bin«, antwortete sie ehrlich. »Das war immer schon so, frag mich nicht, warum.«

Er saß ganz still da und rührte in seiner Tasse. Oliver rappelte sich auf und humpelte in die Küche. Sie hörten sein Gipsbein auf den Boden schlagen.

»Der hört sich an wie Long John Silver«, lachte Mette.

Christian lächelte.

»Solveig hat mir erzählt, dass du deinen Vater verloren hast.«

So viel Freundlichkeit. Es war unerträglich. Das Glücksgefühl hatte ihren Kummer gerade ein wenig in den Hintergrund gedrängt, und nun kam er und wühlte alles wieder auf. Wieder spürte sie den schweren Stein auf ihrem Brustkasten.

»Herzliches Beileid«, sagte er plötzlich ein wenig ungeschickt. »Ich kann gut verstehen, wenn du nicht darüber sprechen möchtest. Aber vielleicht ist das ja der Grund, warum du so traurig aussiehst.«

Und da musste sie einfach lächeln. Sie war also nicht die Einzige, die auf steife, altmodische Ausdrucksweisen verfiel. »Herzliches Beileid«, so etwas sagten doch eigentlich eher ältere Leute.

»Ist schon gut«, sagte sie und spürte ein seltsames Flattern im Bauch. Als werde sie hochgehoben und zehn Meter über der Erdoberfläche wieder fallen gelassen.

Es kam ganz überraschend und es war absolut nicht geplant gewesen. Und das noch dazu an einem Montagnachmittag, an dem sie ihr Referat über Charles Dickens hätte beenden sollen und an dem Oliver mit großen blauen Augen und Gipsbein vor ihr saß und alles, was auf dem Sofa vor sich ging, im Auge behielt.

Aber Christian war so lieb und sagte zwischendurch immer genau das Richtige, was sehr wichtig war. Sie hätte bestimmt geschrien, wenn er zum Beispiel gesagt hätte, er habe »richtig Lust, jetzt mit dir zu bumsen«, denn auf bestimmte Wörter reagierte sie einfach allergisch. Er zog auch kein Kondom aus der Hosentasche, wie ein Magier, der ein Kaninchen aus dem Hut zaubert. Er war einfach nur ganz normal, unnormal wunderbar, und alles tat ihr so gut, sie hätte weinen mögen.

Als die Sonnenstrahlen so schräg fielen, dass die Sonnenflecken auf dem Boden ganz schmal wurden, nahmen sie ihr Gespräch wieder auf und holten sich eine frische Kanne Tee und Käsebrote.

»Da ist Tugend, da ist Anstand, da ist Weisheit und Verstand«, verkündete er mit salbungsvoller Stimme, als sie eine Kerze anzündete, um die Gemütlichkeit vollständig werden zu lassen.

»Was ist mit Solveig?«, fragte Mette vorsichtig.

»Was soll mit ihr sein?«

»Wart ihr mal zusammen?«

Sie hasste sich wegen dieser Frage, aber ihre Neugier siegte über ihre guten Manieren.

Er zuckte mit den Schultern.

»Sie ist ein nettes Mädchen. Und so ein richtiges Jungenmädchen.«

»Was verstehst du unter einem Jungenmädchen?«

Er streichelte sie mit einem Finger im Nacken.

»Ich meine nicht, dass ich glaube, sie steht auf Mädchen. Und ich bin auch nicht so eingebildet, dass ich mich für unwiderstehlich halte ...«

»Aber?«

Er dachte sorgfältig nach, das konnte sie sehen.

»Wir hatten das, was man vielleicht als kurze Affäre bezeichnen könnte. Aber es gab ein Problem. Ein sexuelles Problem.«

Er schaute sie mit offenem, ehrlichem Gesicht an.

»Sie sagte, es sei nicht so, dass sie nicht wollte. Und manchmal hätten wir es auch fast geschafft. Aber sie konnte das einfach nicht.«

Mette spürte wieder den Klumpen in ihrer Brust, der ihre Tränen nach oben presste.

»Sag mir lieber nicht mehr.«

OKTOBER 1997

An diesem Tag sah alles anders aus.

Isabel war allein unterwegs. Sie ging quer über den Friedhof zum Grab. Sie konnte es mit seinen vielen frischen Blumen und Kränzen schon aus weiter Entfernung sehen. Die Sonne schien, die Grabstätte lag windgeschützt hinter den schweren Steinmauern der Kirche. Isabel setzte sich ein Stück vom Grab entfernt auf eine Bank und stellte ihre Reisetasche neben sich. Aus einem Impuls heraus hatte sie sich von einem Taxi zur Kirche fahren lassen, nach diesem Besuch wollte sie den Zug nach Kopenhagen nehmen.

In der Sonne war es warm. Sie schloss für einen Moment die Augen. Dachte daran, wie die Freundinnen an diesem Morgen bei Mette voneinander Abschied genommen hatten. An ihr Versprechen, Kontakt zu halten und Solveig nicht zu vergessen.

»Von jetzt an wird alles anders, ja?«, hatte Mette gefragt, als sie mit Malthe auf dem Arm vor dem Herd gestanden und den Topf mit dem Haferbrei umgerührt hatte. »Wir müssen uns häufiger sehen. Wollen wir uns das versprechen?«

Pernille hatte sich an den Küchentisch gesetzt und schmierte sich ein Käsebrot.

»Und soll das nun alles gewesen sein? Ich meine, mit Solveig? Kommen wir da wirklich nicht weiter?«

Isabel seufzte. Auch sie hatte nachgedacht. Solveigs Selbstmord war ein Rätsel, egal, wie sie die Sache auch drehten und wendeten. Was hatte Solveig an jenem Abend dazu veranlasst, die Ketogan-Tabletten zu schlucken? Welche Gedanken hatte sie während der letzten Minuten gehabt, ehe sie das Mittel im Kaffee aufgelöst und dann den Becher geleert hatte?

»Ich finde, jede sollte sich das alles noch einmal überlegen, und auf jeden Fall bleiben wir in Kontakt miteinander«, sagte sie. »Vielleicht fällt einer von uns ja etwas ein, das den Beginn einer Erklärung ausmachen kann. Und wir sollten verabreden, dass bis zu unserem nächsten Wiedersehen nicht mehr als ein Monat vergehen soll. Wir wollen doch alle mehr wissen, aber wir haben schließlich auch unsere Arbeit und andere Verpflichtungen.«

Der Brei blubberte, und Mette nahm den Topf von der Platte.

»So viel zu den Freien Frauen.«

Isabel zuckte mit den Schultern.

»Wir müssen doch auch realistisch sein. Wir können nicht einfach alles hinschmeißen. Außerdem müssen wir unser Vorgehen ein bisschen planen und brauchen vor allem eine Denkpause.«

Sie dachte an die vielen Termine, die sich in ihrem Kalender angesammelt hatten. Konzerte mit Gesang und Orchester hier und dort, Unterricht und Begleitung. Aber vielleicht ließ sich ja doch bald ein Loch im Termindschungel finden, das einen längeren Ausflug nach Århus gestattete.

Sie hörte Schritte auf dem Kiesweg und öffnete die Augen wieder. Aber nichts war zu sehen. Die Umgebung war für einen Sonntagnachmittag überhaupt seltsam leer.

Isabel erhob sich und griff nach ihrer Tasche. Und dann sah sie die Gestalt, die vor Solveigs Grab kniete. Jetzt richtete die Gestalt sich wieder auf; ein langer, schlaksiger Mensch in Jeans und Wildlederjacke lief mit großen Schritten über den Weg. Instinktiv nahm Isabel die Verfolgung auf. Der Mann schaute sich nicht um, sondern steigerte sein Tempo und bog dann um die Ecke.

Als Isabel das Kirchentor erreicht hatte, war der Mann nicht mehr zu sehen. Aber die schwere Kirchentür war angelehnt, und ohne weiter darüber nachzudenken, drückte Isabel dagegen und trat in das nach feuchter Erde riechende Kircheninnere. Dort war es halbdunkel und ihre Augen mussten sich erst an das trübe Licht gewöhnen. Der Laubengang war leer. Das Regal mit den Gesangbüchern schien darauf zu warten, am kommenden Sonntag von der Gemeinde benutzt zu werden. Isabel öffnete die Tür zum Hauptschiff und schaute sich vorsichtig um. Auch hier war niemand zu sehen. Christus hing einsam an seinem Kreuz hinter dem Altar, und das Taufbecken sah einfach verloren aus.

Eine innere Stimme teilte ihr mit, sie sei eine Idiotin. Es war ja wohl nicht verboten, dass fremde Männer einen Friedhof besuchten, und ebenso wenig war es verboten, außerhalb der Gottesdienstzeit eine Kirche zu betreten. Doch die andere Stimme war lauter, die Stimme, die rief, dieser Mann sehe nicht so aus, als habe er hier etwas zu suchen. Dass etwas hier ganz bestimmt nicht so sei, wie es sein sollte. Warum hätte der Mann sonst so eilig davonlaufen sollen?

Isabel ging durch den Mittelgang auf den Altar zu. Unterwegs ließ sie ihren Blick an den Bankreihen entlangwandern und den Boden nach allem absuchen, was ihr irgendeine Information vermitteln könnte. Sie hatte die Altarbank schon erreicht, als sie die Tür zur Sakristei und danach näher kommende Schritte hörte.

Das Herz schlug ihr bis zum Hals, und sie konnte eben noch einen verzweifelten Blick zu dem blutenden Christus hochschicken, wobei die Inschrift INRI vor ihren Augen tanzte.

»Kann ich irgendwie behilflich sein?«, fragte eine freundliche Stimme.

Isabel fuhr herum. Dann jagte eine Welle der Erleichterung durch ihren ganzen Körper.

»Sie waren gestern hier, nicht war?«, fragte der Pastor sanft. »Auf Solveig Aastrands Beerdigung?«

Sie nickte und fand endlich die Sprache wieder.

»Ich wollte das Grab sehen.«

»Natürlich«, erwiderte er, als erkläre das, warum sie in der Kirche stand.

In diesem Moment wurde vor der Kirche ein Motorrad angelassen. Das Kreischen der Reifen zerfetzte die Luft.

»Heute waren noch andere hier«, sagte der Pastor nachdenklich. »Ihre Familie hat die Hochmesse besucht.«

Er war schon älter. Kurz vor der Pensionierung, nahm Isabel an. Auch ohne Talar, sondern einfach nur in einer dunklen Hose und einer abgenutzten Jacke, strahlte er Würde aus. Etwas, das in Solveig ein gewisses Vertrauen erweckte.

»Na, ich sollte wohl mal nachsehen … sollte wohl nach den Blumen sehen«, sagte sie endlich und entfernte sich rückwärts von ihm. Doch mitten in der Kirche blieb sie dann stehen. Der Pastor musterte sie noch immer mit milder Verwunderung.

»Haben Sie Solveig gekannt? Gut, meine ich«, fragte sie.

»Natürlich habe ich sie gekannt«, sagte er traurig und fügte nach einer Pause hinzu: »Aber nicht gut genug.«

Isabel drehte sich um, ging und fragte sich, wie er das gemeint haben mochte.

Sie bezwang ihren Impuls, diesen Ort so schnell wie möglich zu verlassen. Da war ja noch das Grab. Sie musste sich davon überzeugen, dass alles so war, wie es sein sollte.

Der Kies knirschte unter ihren Füßen, als sie ein letztes Mal über den Friedhof ging.

Isabel blieb für einen Moment still stehen und dachte an nichts, während sie ihren Blick über die vielen Blumen und Kränze gleiten ließ, die einwandfrei unter dem Regen des Vortags gelitten hatten. Dann erstarrte sie plötzlich. An einem

Kranz aus blauen und gelben Blumen lehnte ein frischer Strauß. Es war ein Strauß aus ganz außergewöhnlichen Rosen. Isabel zählte insgesamt zwölf. Zwölf langstielige, dunkle Rosen. So dunkel, dass sie schon fast schwarz aussahen.

Wer aber legte schwarzrote Rosen auf das Grab einer Verstorbenen? Das tat doch nur ein trauernder Liebhaber. Hatte Solveig einen Liebhaber gehabt?

Das Rattern des Zuges ließ sie in einen traumreichen Schlaf sinken.

Sie träumte, sie fahre zusammen mit Mette Bus. Mette saß neben ihr und hatte ihre Abiturientinnenmütze auf dem Schoß liegen.

»Solveig ist in Alex verliebt«, sagte Mette zu ihr.

»Das weiß ich doch. Alle sind in Alex verliebt«, sagte Isabel, und plötzlich war er da, sein Gesicht, Alex, anderthalb Jahre vor dem Abitur in die Stadt gezogen. Ein Blick, der sein Gegenüber bis auf die Haut auszog. Ein Lächeln, das etwas versprach, was kein anderer halten konnte. Er und Solveig tanzten eng. Das Gefühl, ausgeschlossen zu sein und sich nach zu viel Bier und zu viel Traurigkeit erbrechen zu müssen. Nach zu viel Angst vor der Zukunft und Ekel angesichts eines Körpers, der sich immer mehr und mehr ausdehnte und einfach nicht zu stoppen war.

Die Musik rockte weiter. Sie hörte sich an wie ein Zug, der sich über die Schienen frisst. Kadunk, kadunk. Solveig verschwunden. Pissen müssen. Klo besetzt. Oben versuchen. Abikleid mit Rotweinflecken und Schweißgeruch unter den Armen. Kadunk, kadunk. Das Geräusch erregter Stimmen. Solveig, die weinte. Alles wild durcheinander. Tür auf. Der Körper auf Solveigs, der lospumpte, während sie schrie und weinte und flehte und bettelte. Von hinten Pernilles heisere Stimme, der Kampf in Zeitlupe. Das Messer in seiner Hand. Das Blut auf dem weißen Kleid. Zerrissen. Mette, die dazukam und jammerte und Solveig tröstete. Pernille, die schluchzend den Kampf aufnahm, das Messer aus der Hand lösen konnte, sodass es klirrend auf den Boden fiel. Die Flasche, die neben seinem Kopf gegen die Wand prallte, die Flucht. Durch das Fenster, hinunter auf die Steine. Pernille hinterher, während Solveig rief:

»*Halt!* Lass ihn laufen, Pernille. *Pernille! Halt!*«

NÄCHSTER HALT KOPENHAGEN HAUPTBAHNHOF. BITTE ALLE AUSSTEIGEN, DER ZUG ENDET HIER.

Isabel fuhr aus dem Schlaf hoch und versuchte ihren Traum abzuschütteln. Doch als sie den Zug schon verlassen hatte und draußen durch die kühle Luft ging, wollte er sie noch immer nicht loslassen.

In Kopenhagen versuchte sie in den Tagen nach der Beerdigung sich auf ihre Arbeit zu konzentrieren. Sie hatte jede Menge Termine: Unterrichtsstunden, Konzerte, auf die sie sich vorbereiten musste. Aber sie arbeitete rein mechanisch, und das überraschte sie. Sie hatte damit gerechnet, dass ihre Empfindungen im Zusammenhang mit Solveigs Tod in ihre Musik hineinsickern und sie prägen würden wie ein roter Faden der Melancholie. Aber stattdessen erfüllte sie eine Gleichgültigkeit, mit der sie nicht gerechnet hatte. Und sie stellte fest, dass ihre Gedanken ihr immer wieder einen Streich spielten und sich in der Zeit zurück und zum Traum im Zug hinbewegten.

Wenn sie tagsüber keine Zeit zum Nachdenken fand, dann konnte sie sicher sein, dass die Nacht zu Hilfe genommen werden würde. Der immer wiederkehrende Albtraum machte sie nervös. Der Schlafmangel sorgte dafür, dass sie tagsüber bisweilen in Schweiß ausbrach und danach vor Kälte zitterte, während die Arbeit sich auftürmte. Ganz gegen ihre sonstige Art versuchte sie auszurechnen, wann sie sich einen Urlaub gestatten könnte, und wieder machte sie sich an die gefährlichen Spekulationen über das Älterwerden und stellte die Frage, was aus ihrem Leben werden sollte, was sie sich jetzt wünschte und was sie vermutlich niemals erreichen würde.

Ihre kleine Zweizimmerwohnung in Frederiksberg, in der sie zu ihrem Glück im Keller einen Übungsraum für ihren Flügel hatte mieten können, löste jetzt in ihr Klaustrophobie aus. Ihr fehlte ein Mensch, mit dem sie reden konnte. Natürlich fehlte ihr auch ein Mann; das brauchte sie sich weder von einem Psychologen noch von ihrer Mutter erzählen zu lassen. Aber vor allem fehlte ihr ein Mensch, der sie gut kannte. Ein Mensch, mit dem sie eine Vergangenheit teilte. Doch ihre Freundinnen wohnten in Århus, ihre Großmutter lebte nicht mehr, und ihre Mutter war viel zu sehr beschäftigt mit Henry, ihrem Bridgeklub und der nächsten Campingreise.

Also fing Isabel an zu rauchen. Sie war immer eine Gesellschaftsraucherin gewesen, doch jetzt riefen die Zigaretten mit einer ganz anderen Stimme nach ihr, und sie gab nach, weil ihr die Konsequenzen ziemlich egal waren, solange sie auf diese Weise das Gefühl zu leben zurückgewinnen konnte.

Als zehn Tage später der Brief durch den Türschlitz fiel, war sie ohnehin schon bereit, von allem wegzulaufen, den Laden dichtzumachen und die Flucht ins heimische Århus anzutreten, wie es in diesem schrecklichen Lied hieß, bei dem ihr, trotz seiner ganzen Schrecklichkeit, doch immer wieder die Tränen in die Augen traten.

Fast noch in der Sekunde, in der sie die Lektüre beendete, läutete das Telefon, und Pernilles vertraute Stimme wünschte ihr einen Guten Morgen.

»Hast du auch einen Brief von Solveigs Anwalt bekommen?«

Isabel, die eine Zigarette brauchte, sagte eilig:

»Momentchen. Ich hol mir nur schnell einen Kaffee. Gleich wieder da.«

Sie riss ihre Zigaretten und einen Becher Nescafé an sich, dann setzte sie sich in den Le Corbusier-Korbsessel neben dem Telefon.

»Hier bin ich wieder. Ich hab ihn gerade gelesen. Was bedeutet das?«

»Das wollte ich dich auch fragen. Kommst du zu diesem Termin am 22.?«

»Kann ich zwei Tage bei dir wohnen?«

Isabel hoffte, dass ihre Depression nicht allzu deutlich zu merken war.

»So lange du willst. Stimmt irgendwas nicht?«

»Ich weiß nicht. Ich glaube, ich muss einfach mal weg hier. Hast du was von Mette gehört?«

Pernille und Mette hatten sich zwei Tage zuvor zum Mittagessen getroffen.

»Wie geht es ihr denn?«

Nach einer kurzen Pause sagte Pernille:

»Ich durchschaue einfach nicht, ob Donald das Problem ist oder sie selber. Aber irgendetwas stimmt nicht bei ihr. Ist dir das nicht auch aufgefallen?«

»Ich hatte nur das Gefühl, dass alles so angespannt wirkte«, sagte Isabel. »Aber das kann ja viele Gründe haben. Und das Leben mit Kindern ist sicher auch nicht so leicht.«

Pernille schnaubte ein höhnisches »Ha!«

»Die sind doch immerhin zu zweit«, rief sie dann.

Pernille hatte Thomas allein großgezogen.

»Lass uns hoffen, dass die beiden eine Lösung finden«, sagte Isabel gutmütig. »Was ist mit Thomas, von dem weiß ich gar nicht viel. Geht's ihm gut? Wie kommt er in der Schule zurecht?«

»Er wird im Dezember fünfzehn.«

»Wirklich? Er war als kleines Kind so niedlich«, sagte Isabel und fand plötzlich, sie höre sich an wie ihre Mutter.

»Er ist noch immer niedlich. Er ist das Beste, was ich habe«, sagte Pernille ernst.

»Hat er eine Freundin?«

Pernille kicherte. »Wenn, dann gibt er das auf jeden Fall nicht zu. Aber er braucht Stunden im Badezimmer, wenn er auf ein Fest geht, also vielleicht will er ja doch auf irgendwen Eindruck machen.«

Isabel zog ausgiebig an ihrer Zigarette. Sie merkte, wie der Rauch ihre Lunge füllte und das wohltuende Gefühl von Nikotin sich in ihrem Körper ausbreitete.

»Ich glaube, Solveig hatte einen Freund«, sagte sie dann.

Sie erzählte Pernille von ihrem Besuch auf dem Friedhof und den schwarzen Rosen auf dem Grab.

»Warum ist er nicht zur Beerdigung gekommen?«, fragte Pernille.

»Ich weiß nicht. Vielleicht war er so neu, dass ihm das peinlich war. Was wissen denn wir? Und wie geht es sonst? Mit der Arbeit und so?«

»Ach, ich weiß nicht«, sagte Pernille. »Im Moment hab ich das alles ein bisschen satt. Behörden, ich kann dir sagen. Es dauert sieben lange und sieben breite Tage, bis überhaupt etwas passiert. Diese vielen Scheißformulare. Ich dreh demnächst noch durch.«

Isabel lachte.

»Das hört sich gar nicht an wie die alte Pernille. Vielleicht solltest du in die Privatwirtschaft überwechseln?«

»Ich habe wirklich meine politische Überzeugung nicht geändert und ich will auch nicht das dicke Geld scheffeln. Aber alles könnte so viel besser organisiert werden, sogar in einem Sozialamt. So meine ich das.«

»Natürlich.«

Isabel drückte ihre Zigarette aus und bekämpfte den Drang nach einer weiteren. Stattdessen trank sie einen Schluck Kaffee und sagte ehrlich:

»Es tut gut, deine Stimme zu hören, Pernille. Du hast mir gefehlt. Und Mette hat mir auch gefehlt. Und Solveig.«

»Ebenso«, erwiderte Pernille mit ernster Stimme. »Schön, dass du kommst. Du kannst Thomas' Zimmer haben.«

»Ich will ja nicht hoffen, dass du Thomas meinetwegen vor die Tür setzt.«

Pernille lachte.

»Absolut nicht. Aber in der Woche fährt er mit seinem Vater nach Paris, und deshalb brauche ich Gesellschaft, damit du's weißt.«

»Und du hast noch immer nichts mit Thomas' Vater am Laufen?«, fragte Isabel, die immer schon gefunden hatte, Pernille und dieser Mann seien füreinander wie geschaffen.

Pernilles Stimme nahm einen kleinen, fast unhörbaren Beiklang an.

»Absolut nicht!«

Isabel lachte.

»Du weißt genau, was Mette jetzt sagen würde, was? ›The lady doeth protest too much, methinks!‹«

»Du mich auch«, erwiderte Pernille, und Isabel wusste genau, wie sie jetzt aussah, mit ihrem kleinen unfreiwilligen Lächeln um die Lippen und einer verärgerten Furche in der Stirn.

APRIL 1981

PERNILLE

Er war nicht immer da. Absolut nicht. Andererseits war auch sie nicht immer da. Manchmal mussten sie und Solveig ihr Luxusbad auf einen anderen Wochentag verlegen oder es ganz einfach ausfallen lassen.

Aber wenn er da war, dann passierte immer etwas mit ihr. Etwas Unerklärliches. Alles schien plötzlich besser auszusehen. Die Welt wurde ganz einfach schöner, und alle ihre dummen Probleme kamen ihr klein und lösbar vor.

Eigentlich wusste sie nicht viel mehr über ihn als damals, vor einigen Monaten, als er sie unters Wasser gedrückt hatte. Natürlich hatten sie manchmal am Beckenrand miteinander gesprochen, aber zumeist hatte es nur Blickkontakt und Lächeln und Grüße gegeben. Bis vor sechs Wochen, als er dann plötzlich nicht mehr gekommen war. Warum, konnte sie sich einfach nicht vorstellen.

Pernille ließ ihren Blick suchend durch das Becken wandern, in dem Solveig bereits umherplatschte. Auch an diesem Tag war er nicht gekommen. Vielleicht würde er nie wieder auftauchen, und sie kannte doch nur seinen Vornamen.

»Komm schon, Niller. Träum hier nicht rum!«, rief Solveig mit Lehrerinnenstimme.

Aber Pernille hatte noch immer keine richtige Lust, und deshalb setzte sie sich an den Beckenrand, ließ ihre Füße ins Wasser baumeln und ihre Gedanken in alle möglichen Richtungen schweifen.

Eigentlich war sie vor allem mit der Angst beschäftigt. Sie habe eine Angstneurose, hatte der Psychiater gesagt. Und das werde sich erst ändern, wenn sie selber die Kontrolle übernehme und sich einfach weigere, sich von dieser Angst tyrannisieren zu lassen. Er könne nicht mehr für sie tun und meinte, ihr Zustand sei nicht so schlimm, dass er ihr Medikamente verschreiben müsse. Immerhin ein Segen. Sie hätte sich auch geweigert. Wer wollte schon wie ein Zombie durch die Gegend laufen? Dann lieber ab und zu einen Angstanfall durchstehen.

»Verzeihung, aber ist der Stuhl neben dir noch frei?«

Das kam so unerwartet, dass sie zusammenfuhr.

Sie schaute hoch. Da stand er. Mit einem neckenden Lächeln in seinen Paul-Newman-Augen und nach der Dusche mit nassen Haaren. Er war nicht besonders groß. Aber er hatte etwas an sich, das ihn sehr präsent erscheinen ließ. Sie hatte versucht, sein Alter zu erraten und ihn auf einige Jahre älter als sich selber geschätzt, aber trotzdem nahm er seinen Platz im Raum ein wie ein richtiger Mann.

Pernille nickte nur.

»Natürlich.« Und dann platzte es aus ihr heraus:

»Wo hast du die ganze Zeit gesteckt?«

Sofort bereute sie es. Das war zu offensichtlich gewesen. Zu deutlich. Jetzt würde er sicher fragen, ob sie ihn vermisst habe.

Doch er setzte sich einfach nur und starrte mit ernster Miene das Becken an.

»Ich hatte persönliche Probleme, um die ich mich kümmern musste«, sagte er.

Ihr wurde ganz seltsam zu Mute, sie wusste jedoch nicht, warum.

»Ich hoffe, du hast sie lösen können.«

Er erwiderte ihren Blick. Sie konnte seine Miene nicht deuten. Er sah aus, als habe sie ihn mit irgendeiner Bemerkung verletzt.

»Irgendwie schon … ich hoffe, es war die richtige Lösung.«

Dann saßen sie in unbeholfenem Schweigen da. Sie hatten

noch nie ernsthaft miteinander gesprochen. Pernille platschte wieder ein wenig mit den Füßen im Wasser.

Er räusperte sich.

»Ich wollte fragen, ob du vielleicht nachher noch Zeit für einen Kaffee hast.«

In ihrer Überraschung schaute sie ganz schnell auf die Uhr. Wenn sie das Dampfbad sausen ließ, dann hatte sie bis zur Vorlesung Zeit genug. Und an sich konnte sie auch die Uni sausen lassen. Diese Stunde Wissenschaftstheorie konnte ja wohl noch warten. Außerdem war sie fast schon dazu entschlossen, ihr Geschichtsstudium an den Nagel zu hängen, sich einen Job zu suchen und sich in Ruhe zu überlegen, was sie mit ihrem Leben wirklich anfangen wollte.

»Das lässt sich machen. Wo wollen wir denn hin?«

In der Nähe gab es eigentlich kein passendes Café.

»Bist du mit dem Rad hier?«

Natürlich war sie das.

»Kennst du das Casablanca?«

»Diesen eleganten Laden mit den Spiegeln? Doch. Da war ich einmal«, gab sie zu.

»Dann treffen wir uns dort in einer Dreiviertelstunde. Ich bin mit dem Wagen da.«

»Er hat einen Wagen«, sagte sie verärgert zu Solveig, als sie danach unter der Dusche standen. Trotzdem konnte sie ihre Spannung nicht verbergen.

Solveig machte ein entsetztes Gesicht.

»Soll das heißen, dass er sich nicht überlegt hat, dass der private Automobilverkehr der größte Umweltverbrecher ist? Glaubst du, er engagiert sich kein bisschen für öffentlichen Nahverkehr und Pedalkraft?«

Pernille warf einen Schwamm, der mit gedämpftem Klatschen auf Solveigs Hinterteil auftraf.

»Du bist ja bloß neidisch!«

»Natürlich bin ich neidisch. Wenn du dir einen stinkreichen Heini mit eigener Erbfirma und eigenem Jaguar gekrallt hast, dann sterbe ich hier noch vor Neid. Vor allem, weil du das überhaupt nicht zu würdigen weißt«, sagte Solveig und warf den Schwamm zurück. Pernille fing ihn auf und ließ ihn in den Eimer für die benutzten Schwämme fallen. Sie sagte vage:

»Ich weiß so viele andere Dinge zu schätzen.«

»Als da wären? Gemütlichkeit zu Hause, Natur, Spaziergänge und Ehrlichkeit?«, schlug Solveig mit Anspielung auf ihren sonntäglichen Lieblingszeitvertreib vor, da lasen sie in den Zeitungen die Kontaktanzeigen.

»Was gibt's dagegen einzuwenden?«, fragte Pernille verletzt.

Solveig blickte sie an. Zu Pernilles Überraschung waren ihre Augen feucht geworden. Oder war das nur Einbildung?

Ihre Umarmung ging ganz schnell. Nur eine kurze Berührung und ein feuchter Wangenkuss, als sie noch im Evaskostüm dastanden. »Pass gut auf ihn auf, Niller. Wenn er der Richtige ist, dann halt ihn um Himmels willen fest, und lass ihn nie im Leben wieder los.«

Das Café Casablanca sah tagsüber nicht so cool aus wie abends. Das Tageslicht schien die Magie der Spiegel viel leichter zu durchschauen und damit den Drang der Gäste, zu sehen und gesehen zu werden, auf eine ganz andere, unbarmherzige Weise bloßzustellen.

»Willkommen in den Achtzigern«, grüßte Poul. Er stand am Tresen und wartete auf sie.

»Angezogen siehst du ganz anders aus«, stellte sie fest, und beide lachten leicht nervös.

Aber das war die Wahrheit. Plötzlich ging ihr auf, dass sie ihn immer nur in seiner dunkelblauen, ziemlich neutralen Badehose und mit nassen Haaren gesehen hatte. Und jetzt stand er plötzlich vor ihr und zeigte einen Stufenschnitt wie ein schwedischer Schlagerstar und richtige Herrenhosen mit Bügelfalte und passendem Pullover über hellblauem Hemd – hier war nicht die Rede von Jeans und T-Shirt.

Sie versuchte ihn nicht anzustarren. Sein Aussehen sollte sie nicht umwerfen. Wir sind schließlich zur Toleranz erzogen, dachte sie und hoffte insgeheim, dass diese Toleranz auch noch weiter reichen würde.

Sie bestellten Cappuccino. Während die Kaffeemaschine die Milch in Schaum verwandelte, musterte Poul Pernille von der Seite her mit einem undefinierbaren Lächeln.

»Vielleicht sind wir beide anders, als wir erwartet hatten.«

Sie war noch nicht auf die Idee gekommen, dass ihr Aussehen ihn seinerseits überraschen könnte. Sie war ja schließlich normal angezogen. Alle Welt trug Anorak und Jeans. Na ja, unter dem Anorak hatte sie ja den selbst gestrickten Pullover mit den vielen kleinen Mustern. Und die selbst gestrickten Socken. Und den Rucksack mit der Atomkraft-nein-danke- und der Smiley-Plakette.

Sie schob verstohlen den Rucksack, den sie auf den Boden gestellt hatte, etwas weiter weg und merkte, dass sie keine Lust hatte, den Anorak auszuziehen, obwohl sie schwitzte. O verdammt. Das war ja ein netter Anfang.

Wieder musterte er sie neckend. Und dann lachte er mit seinen türkisblauen Augen, die immer so gut zum Boden des Schwimmbeckens passten, und alles, die ganze Klamottenfrage, war plötzlich nur noch gleichgültig.

»Was, zum Henker«, sagte er. »Schlips und Kragen oder Entenfüße, darauf kommt es ja wohl nicht an.«

Sie entspannte sich ein wenig mehr. Der Cappuccino wurde serviert. Sie wusste nie, ob sie zuerst umrühren oder ihn einfach so trinken sollte wie einen Irish Coffee. Sie hielt sich an Pouls Beispiel. Gab ein wenig Zucker hinein und rührte um. Nicht so sehr, dass der Schaum ganz verschwand, sondern so, dass er sich mit dem Kaffee vermischte und hellbraun wurde, nicht mehr weiß.

Sie setzten sich in eine der braunen Nischen auf der rechten Seite des Tresens.

»Das haben sie doch toll eingerichtet, findest du nicht? Ich glaube, sie haben die ganze Einrichtung aus Paris geholt«, sagte er.

Pernille schaute sich um in dem Café, dessen Wände mit französischen Plakaten aus den zwanziger und dreißiger Jahren geschmückt waren.

»Es sieht jedenfalls sehr französisch aus«, gab sie zu und spürte wieder, wie die Nervosität ihr unter die Haut kroch. Unfreiwillig fröstelte sie.

Das sah er und beugte sich vor, über den Tisch.

»Du bist hier nicht die Einzige, die nervös ist. Ich glaube sogar, dass ich noch nervöser bin als du«, sagte er auffällig langsam und ruhig. Er schien das Verhalten in Situationen, in denen die Nerven Ärger machen können, trainiert zu haben.

Sie blickte ihn überrascht an und machte sich an ihrer Kaffeetasse zu schaffen.

»Wieso in aller Welt solltest du das sein?«

»Weil für mich viel auf dem Spiel steht.«

»Hast du eine Wette laufen, oder was?«

Er schüttelte den Kopf.

»So ist das nicht. Das ist kein Jux.«

»Aber was ist es dann?«

Er sprang auf.

»Was hältst du von einem Glas Wein? Ich glaube, ich könnte jetzt eins vertragen.«

Pernille schaute automatisch auf die Uhr.

»Es ist erst drei.«

Und sofort kam sie sich reichlich spießig vor.

»Na gut. Ein einziges Glas Weißwein.«

Bald darauf kehrte er mit zwei Gläsern zurück. Weiß für sie, rot für sich selber. Er setzte sich.

»Dann können wir auch besser anstoßen«, sagte er, noch immer auf diese langsame Weise. Doch jetzt sah sie die kleinen Schweißperlen auf seiner Oberlippe.

Sie sagte vorsichtig:

»Ich glaube, du wolltest mir etwas erzählen.«

Er faltete auf dem Tisch die Hände und setzte sich gerade, wie vor einem wichtigen Diskussionsbeitrag zu irgendeiner Fernsehdebatte.

»Ich habe während der vergangenen sechs Wochen versucht, dich mir aus dem Kopf zu schlagen. Aber das ist mir nicht gelungen.«

Sie wollte schon etwas sagen, freute sich aber, als er die Hand hob, um sie daran zu hindern.

»Lass mich erst ausreden. Du musst wissen, wer ich bin. Ich bin altmodisch. Ich glaube an Treue in einer Beziehung. Und an Offenheit. Ich wohne seit zwei Jahren mit einem Mädchen zusammen. Wir kennen uns seit dem Gymnasium, und ich habe ihr erzählt, dass ich mich in eine andere verliebt habe.«

Er starrte zur Decke hoch, als könne er dort seine weiteren Worte finden. Dann streckte er die Hand nach seinem Glas aus und trank es mit einem einzigen Zug halb leer.

»Ich bin vor drei Wochen ausgezogen. Ich wollte das so.«

Pernille schwieg. Dann nahm auch sie ihr Glas, trank und merkte, wie der Wein ihr das Sprechen ein wenig leichter machte.

»Ich weiß nicht, was ich sagen soll.«

Er lächelte, fast wie um Entschuldigung zu bitten.

»Du sollst eigentlich gar nichts sagen. Und du sollst dich auch nicht für mein Privatleben verantwortlich fühlen und glauben, ich wolle dich unter Druck setzen. Taktisch gesehen war es sicher dumm von mir, dir alles zu erzählen.«

Er holte sehr tief Luft.

»Ich hätte dich vielleicht lieber mit süßen Reden und billigem Portwein locken sollen. Aber in der Liebe war ich noch nie ein großer Taktiker«, fügte er leise hinzu.

Pernille schluckte und klammerte sich an ihrem eigenen Glas an. Sie schwiegen eine Weile. Sie versuchte, ihre Gefühle auszuloten. Eigentlich, fand sie, müsse sie mit Pouls Freundin solidarisch sein und Mitleid mit ihr haben. Aber sie kannte diese Frau nicht und stellte fest, dass es ihr absolut egal war, dass irgendwo in der Stadt eine verschmähte Geliebte saß und sich nach ihm sehnte. Das einzige, was sie empfand, war Dankbarkeit. Darüber, dass sie hier sitzen, ihn ansehen und spüren konnte, wie sie nacheinander brannten und wie die Kraft der Pole sie immer weiter über den Tisch zog, der plötzlich nur noch eine dumme, unpassende Sperre war.

»Gut, dass du den Wein geholt hast«, sagte sie endlich. »Soll ich nicht eine ganze Flasche besorgen?«

Er lächelte erleichtert und erhob sich.

»Das sollst du auf keinen Fall. Jetzt gebe ich einen aus.«

Zeit und Raum schienen plötzlich keine Bedeutung mehr zu haben. Es schien nichts anderes mehr zu geben als Pernille und Poul.

Sie redeten. Plapperten drauflos, über alles Mögliche, während sie in Wirklichkeit nur an diesem Tisch sitzen und einander in die Augen starren und sich freuen wollten, lächeln und lachen, die ganze Zeit, bis ihnen schließlich die Wangenknochen wehtaten.

Poul ging auf die Handelshochschule und studierte Wirtschaftswissenschaften. Das konnte sie nicht begreifen, sagte sie. Verstand nicht, was irgendwen ins Wirtschaftsleben locken konnte. Konnte auch nicht verstehen, wie sie sich für jemanden erwärmen konnte, der sich für eine solche Ausbildung entschieden hatte. Sie studierte Geschichte, war überzeugte Sozialistin und müsste ihn eigentlich verabscheuen. Das fanden sie sehr komisch.

Schließlich hatten sie keinen Wein mehr, und sie mussten die Entscheidung treffen, die die ganze Zeit über ihnen in der Luft geschwebt hatte.

»Ich kann dich nicht zu mir nach Hause einladen, ich wohne im Moment nämlich bei meinen Eltern«, sagte er.

Damit hatte er ihr den Ball zugespielt. Eine innere Stimme sagte ihr, dass sie seine Achtung gewinnen könnte, wenn sie es ihm nicht zu leicht machte. Aber dazu hatte sie verdammt noch mal keine Lust.

»Ich hab ein Zimmer, wenn du damit leben kannst. Aldersrovej. Ich lad dich zu einem Tee ein.«

»Kaffee.«

»Tut mir Leid. Ich hab bloß Tee ... aber ich kann sicher bei den Nachbarn etwas klauen.«

Als sie mit dem Taxi nach Trøjborg fuhren, wobei ihr Fahrrad hinten an einem Gestell befestigt war, dachte sie kurz darüber nach, wie Poul reagieren würde, wenn Asger zu Hause wäre. Asger studierte Theologie. Und zwar seit elf Jahren. In seinem Zimmer standen zwei riesige gebrauchte Fernsehapparate, an denen ein selbstklebender Zettel mit der Aufschrift: »Nimm zwei für 9,95« befestigt war. Dann gab es noch Jes und Lars, die beiden Kommilitonen, die niemals spülten und Töpfe und Pfannen so lange benutzten, bis die Spaghetti Löcher in den Boden fraßen und die Essensreste zum Leben erwachten. Abends lasen sie einander laut Comics vor, wenn sie in ihren gegenüberliegenden Zimmern bei offener Tür im Bett lagen, und riefen alle schönen Comicausdrücke quer über den Flur: Kadonk, urggh, Schwisch, Uach, Wambam. Jes war schwul, und Pernille hatte das Gefühl, dass Lars demnächst sein Coming-out haben würde.

Sie hoffte wirklich, dass keiner von den Nachbarn zu Hause sein würde.

Aber das waren sie natürlich. Denn es war jetzt inzwischen Abendbrotzeit, und Jes und Lars kochten, die ganze Treppe bis zum fünften Stock stank schon nach Knoblauch und Büchsentomaten.

»Hiiimmel, Perniiiille, was hast du denn da mitgebracht? Ist der für mich?«, fragte Jes und musterte Poul von Kopf bis Fuß.

Poul reichte ihm höflich die Hand und stellte sich vor. Lars wischte sich ganz schnell die Hände am Spüllappen ab und machte eine übertriebene Verbeugung.

»Ja, entschuldigt bitte das Chaos. Wir sind nämlich Künstler. Da darf man das.«

Pernille schaute Poul nicht an, sondern lief weiter über den Flur zu ihrem eigenen Zimmer.

»Jetzt hole ich Kaffee«, sagte sie nervös und glaubte plötzlich, seine Gedanken lesen zu können, als er auf dem Boden die Matratze mit der bunten mexikanischen Decke, die tönerne Öllampe und an der Decke die chinesische Reislampe sah. In einer Ecke standen ihre Chinaschuhe, die sie als Pantoffeln benutzte.

Sie hatte schon die Tür erreicht, als er die Hand nach ihr ausstreckte, sie um die Taille fasste und sie an sich zog. Sie spürte, wie ihr Herz ängstlich unter ihrer Bluse umherhüpfte, und wehrte sich nervös. Aber er hielt sie fest, beharrlich und entschlossen.

»Ganz ruhig«, murmelte er. »Das ist doch alles egal. Hab keine Angst.«

Das war der erste Kuss. Nur ein Kuss. Aber er war auch Balsam für ihre ausgefransten Nervenenden, und sie hatte sich danach gesehnt.

»Ist die Tür abschließbar?«, flüsterte er ihr ins Ohr.

Sie hakte den Riegel ein, und er zog sie zur Matratze. Für einen Moment spielte sie mit dem Gedanken, ihm zu erzählen, dass sie zwei Matratzen hatte und eine neben die andere legen könnte. Aber sie hatte jetzt Angst vor einer Unterbrechung. Angst davor, die Magie könne verschwinden. Diese zerbrechliche Magie, die immer dann verflog, wenn das Gegenüber die Socken anbehalten wollte.

Doch das passierte nicht. Die Magie war wie eine treue Zuschauerin, als sie einander ungeduldig die Kleider vom Leib rissen.

»Jetzt kann ich dich viel besser kennen lernen«, murmelte er.

Und sie liebten einander, als ob das Wort »später« nicht existiere.

Doch später kam. Als sie immer noch in der gegenseitigen Wärme lagen und sein Gesicht so dicht an ihrem war, wie es noch kein Gesicht geschafft hatte, so lange sie sich erinnern konnte.

»Ich möchte dir noch etwas sagen«, murmelte er.

Wieder setzte ihr Herz aus. Eine bange Ahnung machte sich bemerkbar.

»Was denn?«

Er seufzte.

»Es ist wirklich nicht wichtig. Für mich wenigstens nicht.«

Ihre Angst wuchs.

»Was denn?«

Er küsste sie sanft, wie zur Beteuerung.

»Ich bin zweiter Vorsitzender bei der KU.«

Im ersten Moment, als er das gesagt hatte, empfand sie

nichts. Aber tief in ihr spürte sie, dass ein Haken zuschnappte.

»Bei der Konservativen Jugend-Union?«, fragte sie dumm. Denn der Name dieser Erzfeindin war ihr schließlich nur zu vertraut.

NOVEMBER 1997

Das Testament war zwei Jahre alt.

Es war vor Solveigs Umzug nach Skörping in Nordjütland verfasst worden, wo sie ihren Traumposten als Ärztin an einer Privatklinik gefunden hatte.

Einen guten Monat nach der Beerdigung fanden sie sich alle in einer Anwaltskanzlei in der Vestergade ein. Sie saßen in zwei Gruppen zusammen. Solveigs Eltern nebeneinander vor dem Schreibtisch. Die Freundinnen etwas zurückgezogen in weicheren Sesseln um einen Couchtisch. Dort standen Tee und Kaffee, und Mette füllte die Plastikbecher und reichte sie herum.

»Ich kann es nicht verstehen. Ich habe sie in finanziellen Fragen immer beraten, und sie hat kein Wort von einem Testament gesagt«, sagte Leo Aastrand mit einer Mischung aus Kummer und Irritation in der Stimme.

Solveigs Vater hatte immer schon Autorität ausgestrahlt, überlegte Isabel. So, wie er dort saß, groß und schlank in seinem Tweedjackett und mit der rahmenlosen Brille auf der Nase, erinnerte er sie unwillkürlich an einen englischen Landedelmann. Er war einwandfrei daran gewöhnt, dass ihm zugehört wurde, und sie ging davon aus, dass das für seine Arbeitskollegen und für seine Frau galt. Die Freundinnen wussten alle, das er für Solveig eine Art Vorbild gewesen war.

Auf jeden Fall hatte sie häufig von seinen Leistungen auf dem Pferderücken und dem Tennisplatz erzählt, von seinem fachlichen Können ganz zu schweigen.

Er nahm den Becher wortlos entgegen, wie aus der Hand einer bezahlten Serviererin. Ohne seinen gequälten Gesichtsausdruck hätte man ihn für den Anwalt halten können, und nicht den verhuschten Wicht, der sich in seinem Sessel auf der anderen Schreibtischseite zurückgelehnt hatte.

Der Anwalt Erling Meinert sah ungefähr so aus wie das, was die Mädchen früher auf der Grundschule als »Kneifarsch« bezeichnet hätten. Er erinnerte Isabel an den Mozart in Milos Formans Film, mit seinen unbezähmbaren Struwwelhaaren und seinen ruhelosen Bewegungen, doch er hatte auch scharfe Augen, die jedes Detail in seiner Umgebung registrierten.

»Ich kann natürlich versichern, dass das Testament gültig ist. Ihre Tochter hat sich bereits 1995 an mich gewandt, um ihre Situation zu diskutieren«, sagte er und drehte seinen Schreibtischstuhl ein wenig zur Seite, was eher wie eine schlechte Gewohnheit aussah als wie eine bewusste Handlung.

Isabel hatte Solveigs Eltern nie sonderlich gut leiden mögen, obwohl sie nicht behaupten konnte, sie zu kennen. Natürlich hatte es Solveig rein finanziell an nichts gefehlt. Mit materiellen Gütern war sie so richtiggehend voll gestopft worden, und ihre Freundinnen hatten häufiger die guten Weine aus Leo Aastrands Keller genossen, wenn Solveig sie zum Essen eingeladen hatte. Aber die Beziehungen in dieser Familie waren ihr nie als besonders herzlich erschienen, trotz der ganz speziellen Beziehung zwischen Solveig und ihrem Vater.

»Aber Solveig hatte doch schon einen Anwalt, den unserer Familie«, sagte Leo Aastrand und fügte rasch hinzu: »Ja, Verzeihung, ich wollte damit nicht sagen … Sie müssen verstehen, sie war ja nicht unvermögend.«

Solveigs Mutter, eine eher unauffällige Frau mit hellen

Dauerwellen und bleichgrünem Kostüm beugte sich in ihrem Sessel vorsichtig ein wenig vor.

»Mein Vater hatte einen Fonds für sie eingerichtet, über den sie an ihrem fünfundzwanzigsten Geburtstag verfügen konnte«, flüsterte sie.

Der Anwalt nickte.

»Das ist mir bekannt, Frau Aastrand. Solveig hat mir fast alles erzählt, glaube ich.«

»Aber warum?« Ihr Vater ließ nicht locker. »Warum hat sie nicht mit uns darüber gesprochen?«

Das Geld stammte von der Mutter, das wusste Isabel. Solveigs Mutter hatte von ihrem Vater, einem erfolgreichen Kunststoffhersteller, ein kleines Vermögen geerbt. Ansonsten war es die übliche Geschichte von Arzt und Sprechstundenhilfe gewesen, die so eng zusammenarbeiteten, dass es in ihrer Beziehung plötzlich um ganz andere Dinge gegangen war.

Der Anwalt setzte sich gerade.

»Vielleicht sollten wir mit dem offiziellen Teil der Besprechung anfangen«, regte er an. »Sind alle anwesend?«

Er leierte die Namen herunter, und alle nickten. Dann öffnete er einen Ordner, der vor ihm auf dem Schreibtisch gelegen hatte.

»Die Verstorbene hat mit meiner Hilfe ihr Testament zu Gunsten der heute hier anwesenden Personen aufgestellt.«

Erling Meinert schaute wieder auf und betrachtete die kleine Versammlung. Isabel folgte seinem Blick. Solveigs Eltern saßen angespannt dicht nebeneinander. Leo Aastrand starrte vor sich hin. Mette und Pernille schauten den Anwalt an wie zwei Musterschülerinnen einen Lehrer.

»Ich werde mich kurz fassen. Die Hinterlassenschaft der Verstorbenen ist noch nicht taxiert worden, hat aber, durch das Reihenhaus in Aalborg und diverse Aktien und Obligationen sowie eine Lebensversicherung, einen Wert von an die zweieinhalb Millionen Kronen. Dazu kommen Einrichtungs- und andere Gegenstände sowie diverse elektrische Apparate, Computer, Stereoanlage und so weiter.«

Meinert sagte dann:

»Solveig Aastrand hat – auf meinen Rat hin – das mögliche Erbe in Prozente eingeteilt. Es verteilt sich wie folgt: Leo und Bodil Aastrand bekommen zusammen fünfundzwanzig Prozent, was vor Abzug der Steuern ungefähr eine Summe von sechshundertdreiunddreißigtausend Kronen ausmacht. Der Rest, nämlich fünfundsiebzig Prozent der Hinterlassenschaft, fällt zu gleichen Teilen an Pernille Gram, Isabel Lund Jepsen und Mette Severinsen.«

Isabel spürte eine Hand, die ihre packte. Pernille stieß einen leichten Klagelaut aus. Mettes Schultern zogen sich zu einem unterdrückten Schluchzen zusammen. Dann fand auch ihre Hand Isabels, und wortlos starrten sie erst den Anwalt und dann einander an.

Solveigs Eltern saßen wie erstarrt in ihren Sesseln.

Erling Meinert schloss den Ordner.

»Wenn es Fragen gibt, dann schießen Sie los«, sagte er geradeheraus, was besser zu ihm passte als die förmliche Anwaltssprache.

Das gab Isabel den Mut, die Mauer des Schweigens zu durchbrechen.

»Hast du Solveig gut gekannt?«, fragte sie. Sie brachte es nicht über sich, einen Mann, der jünger als sie selber war, zu siezen.

Der Anwalt ließ sich in seinem hochrückigen Drehsessel zurücksinken und verschränkte die Hände in seinem Nacken.

»Wie gesagt, Solveig hat mich 1995 erstmals aufgesucht. Ich möchte nicht behaupten, sie gut gekannt zu haben. Aber ich hatte den Eindruck einer sehr entschiedenen Frau, die genau wusste, was sie wollte. Wenn wir über die juristische Seite der Angelegenheit sprachen.«

»Gibt es einen Grund zu der Annahme, dass sie … dass sie geahnt haben kann, was passieren würde?«

Der Anwalt schüttelte den Kopf und wollte antworten, doch Solveigs Vater kam ihm zuvor.

»Unsinn. Natürlich hat sie das nicht gewusst«, erklärte er mit schroffer Stimme.

»Jede junge Frau in ihrer finanziellen Situation hätte doch ein Testament gemacht. Das habe ich ihr ja selber eingeschärft. Was ich aber nicht verstehen kann, ist …«

Nun fiel Erling Meinert ihm ins Wort.

»Ich muss Herrn Aastrand Recht geben. Es ist ganz normal und vernünftig, ein Testament zu machen, wenn Vermögen vorhanden ist. Aber es stimmt auch, dass es ein früheres Testament gab, das durch das neue ungültig geworden ist. Warum sie das wollte, weiß ich nicht.«

»Und zu wessen Gunsten war das erste?«, fragte Pernille.

Der Anwalt lockerte seinen Schlips, der ohnehin ziemlich lose gehangen hatte.

»Es war ein klassisches Testament, durch das das Vermögen den nächsten Angehörigen zufällt«, sagte er.

Alles schwieg. Die Stille war so bedrückend, dass Isabel sich unruhig bewegte. Sie sprang auf und schenkte sich Kaffee nach.

»Ich würde gern eine Frage stellen. Eine Frage, die vermutlich nicht viel mit der Erbschaft zu tun hat«, sagte sie und sah zuerst Solveigs Eltern und dann den Anwalt an. »Weiß irgendwer, ob Solveig einen Freund hatte?«

In diesem Moment erhob sich Leo Aastrand, dessen Gesicht von einer Art stummen Frustration gezeichnet war. Als sie dem Beispiel ihres Mannes folgen wollte, geriet Solveigs Mutter ins Schwanken und griff nach seinem Arm. Isabel sah, wie er sie verstohlen abschüttelte, indem er seinen Arm plötzlich schlaff nach unten hängen ließ.

»Natürlich nicht«, sagt er dann wie zu einer Untergebenen, die eine dämliche Frage gestellt hatte. »Das hätten wir ja wohl gewusst.«

Bodil Aastrand nickte. »Natürlich hätten wir das gewusst. Solveig hat ihre Freunde doch immer mit nach Hause gebracht.«

»Freunde ja. Aber Liebhaber? Hat sie je einen Liebhaber mit nach Hause gebracht?« Isabel ließ sich nicht beirren, doch Solveigs Eltern gaben ihr keine Antwort, als sie dem Anwalt zunickten und dann das Lokal verließen.

Danach gingen sie durch die Straßen von Århus. Pernille hatte nur Zeit für ein schnelles Glas. Es war Donnerstag um halb zwei nachmittags, und sie hatte einen Termin mit einem Klienten, der wegen seines Alkoholproblems, das derzeit behandelt wurde, seinen Arbeitsplatz verloren hatte. Mette musste um vier Uhr Malthe in der Krippe abholen. Nur Isabel hatte Zeit genug, sie hatte sich die ganze Woche frei genommen und sich in Pernilles Wohnung bereits häuslich eingerichtet.

»Das ist ja ein Vermögen«, sagte Isabel und wusste nicht, was sie sonst noch sagen sollte. Es war schwer, nicht mitten in aller Trauer begeistert zu sein, aber im tiefsten Herzen schämte sie sich ihrer Freude ein wenig. Vor ihrem inneren Auge sah sie schon einen neuen, blanken Steinwayflügel, der ihr gehören sollte. Sie versuchte die prickelnde Erwartung zu unterdrücken, ihre Finger auf die Tasten zu legen und einen wunderschönen Klang hervorzurufen.

Pernille schob ihr Fahrrad neben den anderen her. Auch sie hatte eine Zeit lang geschwiegen.

»Wisst ihr überhaupt, was das bedeutet?«, fragte sie endlich, als sie im Novembersonnenschein zu dritt durch die Vestergade und weiter zum Lille Torv und zum Store Torv wanderten. Die beiden Plätze sahen aus wie sehr nackte, gepflasterte Vorgärten, fand Isabel. Umweltfreundlich hin oder her, die Stadt hatte ihr früher, als Autos und Fahrräder mitten im Zentrum ein Chaos verursacht hatten, besser gefallen.

Mette wich einer somalischen Familie mit zwei Kinderwagen aus und lief hinter den anderen her.

»Das bedeutet, dass Solveig aus irgendeinem Grund ihre Eltern bestrafen wollte«, sagte sie, als sie die Freundinnen eingeholt hatte. »Oder dass sie uns aus irgendeinem Grund etwas Gutes tun wollte. Oder vielleicht auch beides.«

Wie Pferde, die sich an eine bestimmte Route gewöhnt haben, bogen sie fast automatisch in die Badstuegade ein. Plötzlich blieb Isabel stehen. Es war so lange her, aber es kam ihnen trotzdem wie gestern vor, dass sie in den Cafés des Studentenviertels ein und aus gegangen waren. Im Kindrødt, im Jorden, im Englen. Damals hatte sie genau gewusst, was ein Engelbrunch kostete und wie viel Brot beim Mittagstisch im Café Kindrødt serviert wurde, von den Preisen für Fassbier und Cappuccino ganz zu schweigen.

»Das ändert sich wirklich nie«, sagte sie und wusste, dass sie sich wie eine Auslandsdänin auf Heimaturlaub anhörte. In Wirklichkeit lag ihr letzter Besuch hier wohl nur zwei Jahre zurück. Sie hatte aus vielen verschiedenen Gründen einen Bogen um Århus gemacht.

»Ein wenig schon«, korrigierte Pernille, die noch immer mitten in der Stadt wohnte. »Die Cafés unten am Fluss machen den alten inzwischen ganz schön Konkurrenz. Aber bei den Preisen haben die das ja auch nicht besser verdient«, fügte sie hinzu.

»Lasst uns nicht länger um die Sache herumreden«, sagte Mette. »Wir können doch im Carlton einen Kaffee trinken und über alles sprechen.«

Sie holten sich Tee und Kaffee, setzten sich an den kleinen runden Tisch und musterten einander forschend. Mette brach als Erste das Schweigen.

»Ich glaube, Solveig hätte gewollt, dass wir uns über das Geld freuen. Das ist nicht verboten. Und es ist nicht unmöglich, zu trauern und sich gleichzeitig zu freuen.«

Ihre Worte schienen eine Blockade beseitigt zu haben. Sofort redeten alle drei wild durcheinander los. Bekannten, dass die Erbschaft eine große Hilfe sein werde und versprachen einander, sie in Solveigs Sinn zu verwenden.

»Und was ist mit Solveig? Und was ist mit ihrem Liebhaber, wenn sie denn einen hatte?«

Diese Frage hatte Mette gestellt. Sie fügte hinzu:

»Können wir diese Sache einfach so auf sich beruhen lassen und ansonsten ihr Geld ausgeben und vergessen, warum sie gestorben ist? Können wir das?«

Sie begegnete den Blicken der anderen. Isabel konnte es ihnen ansehen, und sie wusste es auch selber. Das konnten sie nicht. Sie trugen Verantwortung.

»Wir sollten lieber versuchen, ihn zu finden«, sagte sie leise und spürte, wie ein Wirbelwind aus unterschiedlichen Gefühlen sich durch den Schock, den sie in der Anwaltskanzlei bei der Verlesung des Testaments erlitten hatte, zu Wort meldete. Sie hatten diese Erbschaft nicht verdient, fand sie. Sie hatten nicht genug getan, hatten sich nicht gut genug um Solveig gekümmert. Als sie diese Gedanken ausgesprochen hatte, sah sie, dass die anderen ebenso empfanden.

»Ich weiß nicht, warum wir sie uns nie vorgeknöpft und dann versucht haben, etwas für sie zu tun«, gab Pernille zu. »Aber sie schien immer total abzublocken, wenn wir ein seltenes Mal versucht haben, ihren Panzer aus Nachdenklichkeit und Hilfsbereitschaft zu durchdringen. Und außerdem … ich glaube irgendwie, es hat ihr geholfen, anderen zu helfen. Ich glaube, das hat sie froh gemacht und ihre anderen Sorgen vergessen lassen.«

Mette fügte hinzu:

»Wir müssen ja zugeben, dass sie das wirklich gut gemacht hat. Sie hat so viel für uns getan. Immer hat sie uns auf irgendeine geheimnisvolle Weise Liebhaber besorgt. Aber sie selber scheint nie einen richtigen gehabt zu haben.«

Isabel musterte mit neckendem Lächeln eine nach der anderen.

»Solveig hätte eine Kontaktagentur aufmachen sollen.«

»Aber lange gut gegangen ist es ja nicht immer«, meinte Mette, und Isabel wusste genau, woran sie dabei dachte.

JUNI 1982

METTE

Sie sehnte sich noch immer ein wenig nach ihm. Aber im tiefsten Herzen wusste sie, dass sie den richtigen Entschluss gefasst hatte. Wie hätte sie denn sonst mit gestrecktem Sommergalopp im Herzen und mit ihrer neuen Frisur und ihrer neuen Kleidung als Symbol dafür, dass hier eine ganz andere Frau des Weges kam, losziehen können? Als selbstständigere und selbstsicherere Frau.

Mette fuhr den Hang zu Isabels Wohnung im Thorsvej in Åbyhøj hinunter. Der Thorsbakken, wie Isabels Großmutter ihn nannte, war steil und eine arge Plage, wenn es nach oben ging. Aber jetzt ging es im Nu nach unten. Der Club der Unzertrennlichen traf sich bei Isabel, und Mette hatte mehr als eine Überraschung im Ärmel.

Als sie, ohne die Pedale zu berühren, den Hang hinuntersauste, atmete sie tief durch und genoss den Sommerduft des heißen Asphalts und des Parks, der sich auf der anderen Straßenseite den ganzen Hang hinunterzog. Eine Fußballmannschaft trainierte auf der Grünfläche neben dem Spielplatz, und ihre Stimmen waren noch auf der Straße zu hören. Die Luft war warm und roch nach Blumen. Das Leben hatte gerade erst angefangen.

Mit von der Bewegung heißem Körper stieg sie vom Rad und stellte es vor der Nummer 29 ab. Isabels Großmutter saß in einem Klappsessel vor ihrem Wohnzimmerfenster und las das »Familienjournal«. Sie trug eine hellblaue Strickjacke, Nylonstrümpfe und einen dicken Rock, obwohl es doch fast schon Hochsommer war.

»Ist dir denn nicht warm, Oma?«

Anfangs hatte sie Isabels Großmutter »Frau Jensen« genannt, aber diese Gewohnheit hatte sie recht bald abgelegt. Die alte Dame reagierte nicht, deshalb räusperte Mette sich laut.

»Hallo, Oma.«

Die Großmutter schaute auf. Sie kniff im Licht der untergehenden Sonne leicht die Augen zusammen. Ihr Gesicht hatte Farbe bekommen, und das stand ihr gut.

»Wer ist das? Ja, Himmel, bist du das, Mette? Ich hab dich nicht wiedererkannt!«

Mette drehte sich einmal um sich selber, um der Großmutter ihre neue Frisur vorzuführen.

»Du bist aber elegant. Das sieht richtig fesch aus!«

»Ist dir nicht zu heiß in den dicken Kleidern, Oma?« Das rief Mette fast. »Ist es nicht höchste Zeit, dass du dir ein Paar Shorts zulegst?«

»Nein. Himmel, nein. Von unten her gibt es einen so kalten Luftzug. Das sage ich Isabel auch immer. Ihr jungen Mädels solltet auf euren Unterleib achten. Ihr lauft doch fast nackt herum.«

Mette nickte zu Isabels Wohnung hinüber.

»Kennst du das Menü schon?«

Die Großmutter bekam in der Regel etwas ab, wenn die Freundinnen kochten. Aber nicht immer war ihr Magen so glücklich damit.

»Das klingt sehr gut«, sagte sie ohne weitere Begeisterung in der Stimme. »Ihr habt ja immer so gute Ideen.«

Mette lachte.

»Ich hoffe, du kannst es vertragen. Ich glaube, es gibt irgendein Currygericht. Und dir wären Frikadellen bestimmt lieber.«

Die Großmutter nickte.

»Ja«, sagte sie mit geheimnisvollem Grinsen. »Aber ich habe keine Lust, welche zu braten.«

Mette klopfte an und öffnete dann die Tür zu Isabels kleiner Zweizimmerwohnung. Isabel hatte sie nicht gehört, weil der Wasserhahn lärmte, im Duett mit der Rockgruppe Jethro Tull, nach der Isabel aus irgendeinem Grund verrückt war.

Pernille, die nur aus Armen und Beinen zu bestehen schien, beugte sich in kurzem weißem Rock und Sandalen in unbequemer Haltung über das Spülbecken und säuberte das Gemüse. Isabel, üppig und fröhlich in türkisblauem Flatterrock, weißem T-Shirt und weißen Segeltuchschuhen, schnitt Fleisch in Würfel und summte bei einem Musikstück mit.

»Göttin! Wir haben eine neue Mette«, rief die bereits sommerbraune Solveig aus dem Wohnzimmer und übertönte damit den Lärm. Sie hatte mit ihren Eltern eine Woche auf Rhodos verbracht. Mette konnte gerade noch denken, dass sie jetzt aussah wie eine Reklame für irgendeinen gesunden Markenartikel, so, wie sie dastand in ihrem geknöpften Jeansrock, dem blaukarierten Hemd und den Espadrilles an den Füßen. Für irgendein Sonnenschutzmittel vielleicht.

Pernille legte das Messer beiseite und starrte durch die offene Tür auf den Flur.

»Das ist doch überhaupt nicht Mette«, erklärte sie. »Das ist eine *alien*.«

Sie nickte zu Mettes neuer, blauweiß gestreifter Hose hinüber.

Mette hatte auf diesen Augenblick und auf die Reaktion der anderen gewartet. Zum zweitenmal innerhalb weniger Minuten drehte sie sich um sich selber, um ihr neues Aussehen vorzuführen. Ein weiteres Mal machte sie sich klar, dass die Hose perfekt saß und ihren flachen Bauch und ihre Taille betonte, die sie von ihrer Mutter geerbt hatte. Sie kam sich dünn und schön vor.

»Na, was sagt ihr? Jetzt sagt schon, dass es sautoll ist!«

»Es ist sautoll«, erklärte Solveig. »Meine Fresse, was für eine Veränderung. Darf ich mal anfassen?«

Mette spürte, wie Solveigs Hand über ihre frisch geschorenen Haare glitt, die wie Borsten von ihrer Kopfhaut abstanden.

»Igel«, neckte Solveig. »Was hast du dir da reingeschmiert? Irgendein Gelee oder so?«

»So ungefähr. Ich komme gerade vom Friseur«, gestand Mette.

Auch die beiden anderen wollten sie jetzt anfassen.

»Das fühlt sich wirklich witzig an. Bist du jetzt zum Punk geworden?«, fragte Isabel, während Pernille meinte:

»Das muss doch ein Vermögen gekostet haben. Neue Haare, neue Klamotten, neues Image.«

Mette dachte kurz, dass sie auf jeden Fall etwas Neues geworden sei. Und auch etwas mit einem Beigeschmack von Aufruhr.

»Christian und ich sind nicht mehr zusammen.«

Sie wusste, dass diese Nachricht wie eine Bombe einschlagen würde. Sie und Christian hatten sich ja nicht zerstritten, und dieses eine Mal hatte sie sich keiner der Freundinnen anvertraut, ehe sie ihren Entschluss gefasst hatte. Etwas in ihr selber hatte sich nicht mehr übersehen lassen. Ein Drang nach etwas Neuem und Spannendem und anderem, und die Angst vor dem Steckenbleiben.

»Aber warum denn bloß?«, fragte Solveig, und Mette konnte sehen, wie ihr Gesicht sich vor Überraschung verzog.

Sie nahmen im Wohnzimmer Platz. Isabel spielte die Gastgeberin, brachte eine kalte Flasche Weißwein und stellte Kartoffelchips und Salzstangen auf den Tisch.

Mette setzte sich auf das von der Großmutter geerbte Cretonne-Sofa, das so klein war, dass es nur für eine Platz bot. Sie schaute Solveig an. Und plötzlich fühlte sie sich absolut nicht mehr so fröhlich und selbstsicher. Sie hatte Solveig enttäuscht, das wusste sie.

»Wir passen nicht zueinander. Wirklich nicht.«

Es ärgerte sie, dass sie sich hier verteidigte.

Solveig musterte sie mit strengem Blick und nahm sich eine Hand voll Salzstangen.

»Du hast ja keine Ahnung, was du da verschmäht hast.«

Mettes Gereiztheit wuchs noch.

»Meinst du nicht, dass ich mehr Ahnung davon habe als du? Wenn du ihn so toll findest, warum hast du ihn dann nicht selber behalten?«

Sie wusste, sie hätte das nicht sagen dürfen, aber trotzdem redete sie jetzt unangefochten weiter.

»Du weißt immer so genau, was gut für andere ist. Aber warum suchst du dir nicht selber einen Liebhaber? Du bist doch verdammt noch mal hier diejenige, die alle tollen Typen kennt.«

Solveig sprang auf. Mette sah, dass sie unter ihrer Bräune leichenblass geworden war. Sie glaubte schon, Solveig werde in Tränen ausbrechen, doch Solveig ging nur zum Fenster, kehrte den anderen den Rücken zu und musterte die Spieler, die noch immer im Park mit Trainieren beschäftigt waren.

Pernille setzte sich mit ihrem Glas leise in eine Ecke, Isabel durchsuchte den Kasten mit den LPs und vertiefte sich demonstrativ ins Abstauben der ausgesuchten Platte.

»Das stimmt ja alles«, sagte Pernille freundlich. »Mette hat doch Recht. Schon seit dem Abifest damals ... warum willst du nicht darüber reden? Vielleicht können wir dir ja helfen«, fügte sie ungeschickt hinzu.

Solveig drehte sich um. Plötzlich sah sie müde aus.

»Er ist so ein lieber Junge«, sagte sie nachdrücklich, und Mette spürte ihren Blick, der um die Erlaubnis bat, über Christian zu sprechen.

»Hör doch auf, Solveig. Steck nicht immer den Kopf in den Sand, wo du doch wirklich ein Problem hast«, sagte Isabel sanft und legte eine gedämpfte, klassische Aufnahme auf. »Vielleicht ist es wirklich an der Zeit, dass wir darüber reden.«

Solveig wandte ihren Blick ab. Mette schämte sich plötzlich. Sie hatte das Gefühl, ein Tier in eine Ecke gejagt zu haben, Solveigs Angst schien dick in der gespannten Luft zu hängen.

»Darüber gibt es nichts zu bereden«, sagte Solveig und drückte sich gegen den Fensterrahmen. »Lasst mich in Ruhe. Das ist einfach nur passiert. Es hat keine Bedeutung.«

Natürlich hätten sie sie weiter bedrängen können, dachte Mette später. Natürlich hätten sie weiter bohren können, bis Solveig am Ende ... ja, was? Bis sie zusammengebrochen wäre und alles gestanden hätte?

Sie fing Pernilles Blick auf und las darin Mitleid und Hilflosigkeit.

»Natürlich ist Christian ein lieber Junge«, sagte Pernille mit aufgesetzter Munterkeit. »Er ist ein Spitzentyp. Aber wir können ja schließlich nicht mit allen Spitzentypen auf der Welt zusammen sein.«

Mette nahm den Faden auf:

»Wenn er kein lieber Junge wäre, hätte ich es ja wohl nicht über ein Jahr mit ihm ausgehalten. Aber mir fehlt etwas. Intensität, Funkensprühen. Irgendetwas. Vielleicht fehlt mir ein Poul«, fügte sie hinzu und schaute Pernille an. Die verdrehte die Augen.

»Bitte sehr. Er gehört dir. Greif ruhig zu.«

»Das meinst du doch nicht im Ernst.«

Sie mussten eine ganze Weile über Poul und Pernille und deren Hund-und-Katze-Beziehung sprechen, ehe Solveig sich wieder setzte. Doch als sie die Weißweinflasche geleert hatten, lockerte ihre Stimmung sich ein wenig auf, und die gute Atmosphäre wurde wiederhergestellt.

»Poul ist nicht mein Freund. Er ist mein Liebhaber«, teilte Pernille mit. »Wir verstehen uns nicht. Es geht uns nur um reinen, puren Sex.«

»Wirklich?«, fragte Mette skeptisch, denn sie wusste genau, dass es noch anderes und mehr zwischen diesen beiden gab. Sie hatte Poul nicht sehr oft getroffen, aber er und Pernille schienen wirklich etwas zu teilen, was ihr bei Christian fehlte. Die Kombination von Verliebtheit und gegensätzlichen politischen Einstellungen schien eine Spannung in ihre Beziehung zu bringen, die Mette bei ihrer vermisst hatte. Pernille drohte immer wieder mit dem Bruch, wenn Poul zu irgendeiner ihrer Ansicht nach feindlichen Aktivität ansetzte. Was sehr häufig der Fall war, da er ja unleugbar der zweite Vorsitzende der Konservativen Jugend-Union war und alles, was Pernille wichtig war, ganz anders sah.

»Immer, wenn irgendwelche falsch informierten, wohlmeinenden Idioten die Welt retten wollen, geht es schief«, sagte Poul immer wieder neckend. »Wenn wir in Nordeuropa wirklich eine atomwaffenfreie Zone einrichteten, glaubst du, dass Russland die bei Kriegsausbruch respektieren würde? Und wenn du Sozialismus willst, dann sieh dich doch in den Ostblockländern um. Nirgendwo geht es korrupter und ungerechter zu als da. Ganz zu schweigen davon, dass Meinungsfreiheit ein Dorf in Sibirien ist.«

»Die Sowjetunion«, korrigierte Pernille dann immer und blickte ihn dabei wütend an. Und dann feuerte sie los, mit ihren eigenen Argumenten über Klassenkampf und Kapitalisten, die durch ihr Eigentumsrecht an den Produktionsmitteln immer die Unterdrücker sein würden, während alle anderen, Arbeiter und so weiter, unterdrückt waren. Poul hörte sich diese Predigten in der Regel geduldig an und lieferte erst danach seine Gegenargumente. Am Ende herrschte dann zwischen beiden eine Eisfront, aber wenn sie das nicht mehr ertragen konnten, versöhnten sie sich in einer dermaßen heißen Umarmung, dass es richtig peinlich war.

Als alles verzehrt war und die Großmutter wie immer in ihrem Wohnzimmer vor dem Fernseher bei einem Quiz wie ein Vögelchen gegessen hatte, teilten die anderen noch in aller Ruhe die letzte Flasche Rotwein.

Draußen war es noch immer hell. Abendliches Vogelgezwitscher drang durch die offene Verandatür herein, die den Essensgeruch davonziehen lassen sollte.

Isabel hatte wieder gedämpfte Musik aufgelegt. Es war irgendein klassisches Stück mit Geigen und allem, was dazugehört.

Mette machte es sich wieder auf dem Sofa bequem und zog die Beine an.

»Und jetzt, Freie Frauen«, fragte sie. »Was steht ansonsten auf der Tagesordnung?«

Sie schwiegen eine Weile. Dann sagte Isabel:

»Wir haben keinen Bock mehr auf das Thema Männer, oder?«

Solveig räusperte sich in ihrer Ecke, aus der heraus sie die anderen beobachtet hatte.

»Ich würde gern etwas sagen«, kam dann mit gepresster Stimme. »Über das, wovon wir vor dem Essen gesprochen haben. Über das, was damals passiert ist.«

Keine sagte etwas. Nur die Vögel zwitscherten noch immer, und ein einsames Moped ratterte den Thorsbakken hinunter.

»Ich möchte nur sagen, dass es besser ist, nicht darüber zu reden. Es hilft nichts«, sagte Solveig mit harter Stimme. »Das Einzige, was hilft, ist, es zu ignorieren. Und das habt ihr schon früher versprochen.«

»Aber du willst doch nicht«, begann Isabel, doch Solveig fiel ihr ins Wort.

»Und deshalb verlasse ich mich darauf, dass ihr mir auch in Zukunft helfen werdet.«

Pernille beugte sich vor und musterte sie eindringlich. Mette spürte, dass zwischen den beiden eine wortlose Kommunikation ablief. Jede schien die Gedanken der anderen lesen zu können.

Pernille seufzte resigniert.

»Du bist wirklich das starrköpfigste Kamel, das jemals über Gottes grüne Erde geschritten ist.«

Solveig lächelte versöhnlich.

»Dann ist das abgemacht.«

Als Mette durch den warmen Abend nach Hause fuhr, überlegte sie sich, wie schnell ein Menschenleben eine andere Richtung einschlagen kann. Wo wäre Solveig jetzt, wenn sie sich nicht an einem drei Jahre zurückliegenden Abend allein mit Alex in einem Zimmer aufgehalten hätte? Wo wäre sie selber, wo Pernille und Isabel?

Auf jeden Fall wäre alles ganz anders, das wusste Mette. Denn obwohl es nie erwähnt worden war, hatte dieses Erlebnis sie einander näher rücken lassen, wo andere vielleicht nach dem Gymnasium in unterschiedliche Richtungen getrieben worden wären. Die Vergewaltigung, dachte sie und entdeckte zu ihrer Überraschung, dass sie dieses Wort lange nicht mehr benutzt hatte. Die Vergewaltigung hatte auf irgendeine Weise zwischen ihnen eine Bindung verursacht, die sonst vielleicht zerrissen wäre.

Diese Gedanken riefen ihr Alex vor ihr inneres Auge. Was mochte aus ihm geworden sein? Vergewaltigte er die Frauen immer noch reihenweise, oder war es ein einmaliger Vorfall gewesen? Das war eigentlich nicht so wahrscheinlich. Wenn er es einmal gemacht hatte, konnte er es auch ein zweites Mal tun. Und dann wieder und wieder.

Sie hoffte, dass er erwischt worden war. Denn wie sie es auch drehte und wendete, er hätte schon längst vor Gericht gestellt werden müssen. Dafür hätten sie sorgen sollen. So, wie sie auch eine Möglichkeit hätten finden müssen, um Solveig zu helfen.

Sie seufzte in die Abendluft hinaus und philosophierte darüber, ob Schuldgefühle sich vielleicht mit dem Erwachsenwerden einstellten. Das Gefühl, den Augenblick nicht ergriffen, sondern ihn verstreichen lassen zu haben und auf diese Weise der Verantwortung ausgewichen zu sein.

In gewisser Hinsicht waren sie alle schuldig.

NOVEMBER 1997

Thomas war eine zweite Ausgabe von Pernille, lang wie eine Bohnenstange und windhunddünn. Allerdings hatte er seine langen Glieder und seinen schlaksigen Körper viel weniger unter Kontrolle. Seine Arme bewegten sich wie die Windmühlenflügel, wenn er in Erregung geriet und etwas Wichtiges erklären wollte. So wie jetzt, als Isabel irgendeinen Blödsinn über Fußball von sich gegeben hatte, seine große Leidenschaft.

»Du hast das ganz falsch verstanden. Du hast ja keine Ahnung, wovon du da redest«, sagte er mit rauer Stimmbruchstimme und fuchtelte dermaßen mit dem Arm, dass ein Milchkarton auf dem Tisch in akute Absturzgefahr geriet.

»Aber, aber, junger Mann«, tadelte Pernille. »So redet man nicht mit einer Dame, die deine eigene Mutter sein könnte.«

Isabel lachte.

»Ja, das wäre schön. Aber der Junge hat doch Recht. Ich hatte wirklich keine Ahnung, dass Peter Schmeichel je für Brøndby gespielt hat.«

»Hast du schon alles gepackt, Schatz?«, fragte Pernille, um das Thema zu wechseln.

Der vierzehnjährige Thomas nickte mit dem Mund voll Käsebrot.

»Gut. Dann hol ich ein Taxi.«

Thomas schluckte. Einen Moment lang spielte er mit einem Stück Küchenpapier, das als Serviette diente.

»Ich hab gehört, wie ihr darüber geredet habt, dass Solveig vielleicht einen Freund hatte«, murmelte er.

»Hier hat wohl jemand lange Ohren, was?«, sagte seine Mutter. »Und was wäre, wenn?«

»Gar nichts natürlich. Ich meinte nur … das hätte ich euch schon längst sagen können.«

Isabel und Pernille tauschten einen überraschten Blick.

»Was hättest du?«, fragte Pernille, zog einen Stuhl zu sich heran und setzte sich an den Küchentisch. »Wovon redest du jetzt?«

Thomas schielte zu den beiden hinüber, wie nur ein unbeholfener Teenager mit Pickeln das kann.

»Ich bin ihr vor kurzem noch in der Stadt begegnet. Zusammen mit ihm … das war im Sommer. Sie saßen im Park.«

Er errötete leicht.

»Sie haben sich geküsst. Aber dann hat Solveig mich entdeckt, und dann war er plötzlich verschwunden.«

»Verschwunden?«, fragte Isabel.

Thomas zuckte mit den Schultern.

»Er wollte sicher auf die Toilette. Ich habe ihn danach nicht mehr gesehen, obwohl ich noch eine Weile mit Solveig geredet habe.«

»Aber warum hast du mir das nie erzählt?«

Der Junge musterte seine Mutter resigniert.

»Ich konnte doch nicht wissen, dass das wichtig war. Und außerdem …«

»Außerdem was?«

»Ja, außerdem hat sie mich ausdrücklich gebeten, euch nichts zu sagen.«

Pernille kippte vor Verblüffung der Kopf nach hinten.

»Warum denn das, um Himmels willen?«

»Woher soll ich das wissen?«

Er sah verletzt und wütend zugleich aus. Isabel ging auf, dass Solveig doch jahrelang für ihn wie eine Tante gewesen war, und dass er jetzt versuchte, ihr gegenüber loyal zu bleiben. Selbst jetzt, nach ihrem Tod, fiel es ihm offenbar schwer, sein Versprechen zu brechen.

»Es ist schon in Ordnung, wenn du uns das jetzt erzählst, Thomas«, sagte sie. »Vielleicht kann uns das helfen.«

»Wobei denn?«, fragte er.

Pernille und Isabel wechselten einen raschen Blick. Isabel wusste nicht, wie viel Pernille ihrem Sohn erzählt hatte. Dann sagte Pernille:

»Jemand hat einen Strauß frische Rosen auf ihr Grab gelegt. Wir würden gern mit ihm sprechen und mehr über Solveigs letzte Zeit erfahren. Du weißt doch, dass wir uns nicht mehr sooft gesehen haben.«

»Ja, warum eigentlich nicht?«, fragte er plötzlich. »Warum hast du sie im Stich gelassen, Mutter?«

Es war, als ob er mit einer unsichtbaren Peitsche zugelangt hätte. Pernille keuchte auf. Isabel rechnete mit einer Explosion von scharfen Pernille-Kommentaren, doch Pernille schien sich zusammenzureißen.

»Sprich nicht über Dinge, von denen du keine Ahnung hast, Knabe«, sagte sie freundlich. »Zu einer Freundschaft gehören zwei, und hier hat es auf beiden Seiten Versagen gegeben.«

Thomas schob seinen Stuhl zurück und stand auf. »Du meinst die alte Geschichte mit Vater?«

Er schüttelte den Kopf, bückte sich aber dennoch und gab seiner Mutter einen ungeschickten Kuss. »Das war doch nicht so schlimm«, murmelte er.

Pernille seufzte. »Solveig und ich waren nicht zerstritten, das weißt du. Aber am Ende sind wir einfach auseinander geglitten. Das hatte viele Gründe, Schatz«, sagte sie und musterte ihn liebevoll. »Aber du hast Recht, wenn du von Im-Stich-Lassen redest. Wir haben sie beide im Stich gelassen, und das war eine Schande. Eine richtige Schande, wie sie im Buche steht.«

Ihr Gespräch wurde von einer Autohupe unterbrochen.

Thomas holte sich im Flur seine Jacke und warf sich die Tasche über die Schulter.

»Pass gut auf dich auf. Und bestell deinem Vater einen schönen Gruß.«

Sie winkten ihm beide hinterher, als er mit der Tasche im Nacken davonstürzte.

»Macht's gut«, hörten sie ihn von der Treppe her rufen. »Du kannst gern meinen CD-Player benutzen, Isabel. Und vergiss nicht den Fahrradhelm, wenn du mein Rad nimmst.«

Seine Mutter schüttelte den Kopf.

»Dieser Musterknabe!«

Pernille räumte mit heftigen Bewegungen den Küchentisch ab.

»Der wird dir immer ähnlicher«, erklärte Isabel und wickelte die Ökobutter wieder ein.

»Äußerlich vielleicht. Beim Inneren bin ich mir nicht so sicher.«

»Ein bloßer Klon wäre doch auch langweilig. Glaubst du, Solveig fehlt ihm?«

Pernille band eine Schürze vor und machte sich an den Abwasch. »Schwer zu sagen. In den letzten zwei Jahren hatten sie ja nicht viel Kontakt. Aber ich glaube, er hat Sehnsucht nach der Zeit, wo das anders war. Damals wusste er immer, was er von uns zu halten hatte.«

»Was ist mit deinen Eltern? Die hat er doch noch?«

Pernille warf wütend die Spülbürste ins Wasser, das wild in die Luft spritzte.

»Die haben sich doch nie für ihn interessiert. Meine Mutter hatte sich natürlich eine Enkelin gewünscht, und mein Vater … der ist doch so schwach, dass er sich kaum auf den Beinen halten kann.«

»Ist er krank?«

Pernille schüttelte so heftig den Kopf, dass ihre blonde Pagenfrisur nur so flog.

»So habe ich das nicht gemeint. Ich meine, er ist viel zu sehr damit beschäftigt, den Märtyrer zu spielen, weil das Leben ihn seiner Ansicht nach so schlecht behandelt hat. Auf die Tour. Und deshalb hat Thomas nur mich und Peter und Solveig gehabt.«

Isabel wusste, dass Pernilles Bruder Peter inzwischen als Antiquitätenhändler in England lebte.

»Na ja, und natürlich auch seinen Vater«, sagte Pernille mit kurzem Lachen.

Isabel räusperte sich und sagte mit aufgesetztem Ernst:

»Den dürfen wir ja nicht vergessen.«

Sie griff nach einem Geschirrtuch und machte sich über die tropfende Bodumkanne her. Eine Weile schwiegen sie bei der Arbeit. Ein seltsames Schweigen, dachte Isabel. Keine schien es nach einem Gespräch zu verlangen. Es lag auch nicht die Erwartung in der Luft, die Weltsituation auf den Kopf zu stellen. Pernille hatte sich verändert. Sie war in ihren Aussagen weniger kategorisch, weniger kämpferisch gegenüber anderen, die andere Ansichten vertraten als sie selber. Und vielleicht auch toleranter, auch Menschen wie Isabel gegenüber, die sich einfach nicht für Politik engagieren konnten. Sie war weicher geworden, und Isabel fühlte sich in ihrer Gesellschaft wohl.

»Was ist mit dir?«, fragte Pernille plötzlich. »Willst du nie Kinder haben, oder darf ich dich danach nicht fragen?«

»Natürlich darfst du. Aber ich habe keine Antwort, abgesehen davon, dass ich mir diese Frage ja auch selber stelle. Aber erstens brauchte ich dann doch einen Mann, mit dem ich sie bekommen könnte.«

»Und zweitens?«

Isabel stellte die Kanne fort und sah Pernille an.

»Zweitens brauche ich die Garantie, dass ich ein Kind bekomme, das ich verstehen kann und das seine Mutter versteht.«

»Ha«, rief Pernille und ließ das Spülwasser aus dem Becken ablaufen. »Dann kannst du auch gleich ins Kloster gehen!«

SEPTEMBER 1982

ISABEL
Nach der letzten Unterrichtsstunde am Freitag gab es immer Kaffee bei der Großmutter. An diesem Tag hatte sie einen Gewürzkuchen gebacken, nach dem das ganze Haus duftete.

»Deine Mutter hat angerufen. Sie bittet um Rückruf.«

Isabel ließ sich auf das Sofa fallen. Sie wusste, worum es hier ging. Sie hatte versprochen, später an diesem Nachmittag ihr altes Zimmer auszuräumen. Henry, der neue Bekannte ihrer Mutter, mit dem diese seit drei Wochen zusammen war, wollte einziehen. Isabel war ihm ein einziges Mal bei einem Essen zu Hause begegnet, bei dem er sich ziemlich betrunken, Gassenhauer geschmettert und ihre Mutter in den Hintern gekniffen hatte.

»Nachher. Ich muss mich erst ein bisschen ausruhen.«

Wie immer half sie dabei, den Kacheltisch zu decken.

Es war ein frischer Septembertag, und die Großmutter hatte die weißen, durchsichtigen Vorhänge zurückgezogen, so dass sie den Park sehen konnten. Eine ganze Kinderschar war wie ein emsiger kleiner Bienenschwarm über den Spielplatz hergefallen.

»Hast du deine Tochter jemals verstanden, Oma?«

Die Großmutter machte ein neutrales Gesicht. Isabel kannte ihre Versuche, sich unparteiisch zu verhalten. Die Großmutter wollte Sonne und Wind immer gleich verteilen, doch ab und zu ließ sie sich doch zu Aussagen verlocken, die ihre wirklichen Gefühle verrieten.

Isabel ließ nicht locker:

»Ich verstehe sie nicht. Und sie versteht mich auch nicht.«

»Unsinn«, schnaubte die Großmutter. »Deine Mutter hat es nicht leicht gehabt, vergiss das nicht. Die Scheidung hat ihr schrecklich zu schaffen gemacht«, fügte sie hinzu und ließ Zuckerstücke in ihren Kaffee fallen.

Isabel beugte sich vor und nahm sich ein Stück Kuchen.

»Aber das war doch ihre eigene Schuld«, sagte sie und dachte an die alles andere als diskreten Affären ihrer Mutter. »Warum haben wir so wenig Ähnlichkeit miteinander … warum habt ihr so wenig Ähnlichkeit miteinander? Woher hat sie ihre Unruhe und ihr zigeunerhaftes Aussehen? Doch nicht von Opa?«

Sie hatte ihren Großvater niemals kennen gelernt, aber immerhin hatte sie Bilder gesehen. Ihm verdankte sie ihre rundlichen Formen. Ihre Großmutter lachte leise vor sich hin.

»Nein, da kannst du wohl Recht haben«, sagte sie und musterte Isabel neckend. »Aber die Familie soll ja Landfahrerblut in den Adern haben. Ich glaube, bei deinem Onkel Georg war das zu sehen. Und er war auch immer ein wenig wild.«

»Kannst du mir verraten, warum sie ständig die Männer wechseln muss?«, fragte Isabel und hörte zu ihrem Ärger die Empörung in ihrer Stimme.

Die Großmutter machte wieder ihr neutrales Gesicht.

»Jetzt hat sie ja Henry. Deine Mutter war nie gern allein.«

Isabel konnte ein schallendes Lachen nicht unterdrücken. Sie musste sich die Hand vor den Mund schlagen, um die Kuchenkrümel zurückzuhalten.

»Henry! Der soll ihr Gesellschaft leisten? Warum legt sie sich dann nicht lieber einen Hund zu?«

Die Großmutter schwieg. Isabel wusste, dass sie auch nicht gerade begeistert von Henry war und ihn deshalb nicht mit gutem Gewissen verteidigen konnte.

»Was ist mit dir, Oma?«, Isabel ließ nicht locker. »Warum ziehst du nicht zu Mutter, damit sie nicht allein ist?«

Die Großmutter sah ehrlich entsetzt aus. Sie schüttelte den Kopf so heftig, dass die schütteren selbst gelegten Locken nur so wippten.

»Wer so viele Jahre hindurch Kinder gehabt hat, muss auch ein wenig allein sein.«

Isabel lächelte zufrieden.

»Du kannst sie also auch nicht ausstehen?«

»Das habe ich nicht gesagt«, erklärte die Großmutter und bedachte sie mit ihrem Adlerblick.

Isabel schwieg einen Moment und sah sie an. Der Sommer hatte der Großmutter gut getan, sie sah gesund aus. Doch jetzt kamen Herbst und Winterkälte, die durch die undichten Ritzen drang und aus dem Keller nach oben stieg. In jedem Winter schien die Großmutter plötzlich ein wenig kleiner zu werden.

Sie streckte die Hand aus und nahm die knochige Hand der Großmutter. Die war warm und stark, und das beruhigte sie.

»Kleines Omichen«, sie benutzte den Kosenamen von früher. »Ich würde dir auch nie erlauben, wegzuziehen.«

Das Haus in Hasle erinnerte sie viel, viel zu sehr an ihre Kindheit. Isabel ging so selten hin, wie es nur möglich war. Doch ab und zu ließ es sich eben nicht vermeiden.

Um nicht mehrere Stunden allein mit ihrer Mutter verbringen zu müssen, hatte sie Solveig gebeten, sich in ihrem neuen Auto einzufinden. Das war natürlich ein Geschenk von Solveigs Vater. Isabel hatte nicht genug Platz für alle ihre Habseligkeiten, deshalb hatte Solveig angeboten, sie in ihrer Rumpelkammer zu lagern.

Die Wohnstraße sah aus wie alle anderen Wohnstraßen auch. Die Häuser waren in den sechziger Jahren von Architekten entworfen worden, die davon ausgingen, dass jede Familie aus Mutter, Vater und drei Kindern bestand, und ähnelten einander aufs Tristeste. Isabels Eltern waren aus Årslev hergezogen, als ihre Mutter Helle erwartet hatte, während der Vater als Produktionsleiter in Frichs Maschinenfabrik gearbeitet hatte.

Der Widerwille bohrte sich wie Nadeln in ihr Gemüt, als sie vor der Auffahrt das Fahrrad abstellte. Als sie den Windfang betrat und den vertrauten heimischen Geruch in sich aufnahm, krampfte sich ihr der Magen zusammen. Doch die Familie, die sie einmal gehabt hatte, existierte nicht mehr. Ihre sechs Jahre ältere Schwester, Helle, hatte sich bei der Scheidung für den Vater entschieden und war mit ihm an seinen neuen Arbeitsplatz Odense gezogen. Welche Ironie des Schicksals, hatte Isabel gedacht, denn Helle war die wildere von beiden gewesen. Die, die der Mutter aussehens- und wesensmäßig am meisten ähnelte. Sie selber und Helle hatten nie besonders aneinander gehangen, sicher, weil sie so unterschiedlich gewesen waren. Sie trafen sich bisweilen, meistens bei den wenigen Familienfesten, die immer noch begangen wurden. Doch ihre Mutter litt weiterhin darunter, dass Helle sich zwölf Jahre zuvor auf die Seite ihres Vaters gestellt hatte, und Isabel hatte im tiefsten Herzen immer gewusst, dass sie lieber Helle behalten hätte als sie selber.

Sie hörte Schritte und sah durch die Rauchglasfenster in der Tür eine verschwommene Gestalt.

»Na, da bist du ja endlich«, sagte ihre Mutter als Willkommensgruß und führte sie in ihrem neuen rosa Trainingsanzug ins Wohnzimmer. Nicht, weil die Mutter – auch wenn sie weiterhin gertenschlank war – ein Sportsmensch gewesen wäre, aber das war offenbar auch nicht nötig, solange sie sportlich aussah.

Wie schon sooft dachte Isabel, dass ihre Mutter aussah wie

eine Wahrsagerin, mit ihren großen runden Goldohrringen und ihren ihrer Aussage nach von Natur aus nachtschwarzen Locken. Während Isabels Haut hell war und kaum Sonne vertragen konnte, ohne einen krebsroten Farbton anzunehmen, hatte ihre Mutter einen tief olivenbraunen Teint. Sie war dazu eine eifrige Sonnenanbeterin und Winterbaderin, deshalb war schwer zu sagen, was nun ihre natürliche Farbe war. Überhaupt war es schwer, bei ihrer Mutter Natur und Kunst zu trennen, wie Isabel boshaft dachte.

»Möchtest du Tee?«

Isabel schüttelte höflich den Kopf.

»Ich hab eben erst bei Oma Kaffee getrunken.«

»Aber irgendwas möchtest du doch sicher?«

»Dann gib mir ein Mineralwasser.«

Während sie wartend im Wohnzimmer saß, fand ihr Blick die vertrauten Gegenstände, die sie immer mit dem Wort »Zuhause« verbinden würde. Sie standen genauso da wie immer. Auf der Fensterbank alle die königlichen Porzellanfiguren in Reih und Glied, garantiert peinlich sorgfältig abgestaubt, denn ihre Mutter litt an unbehandeltem Waschzwang allererster Güte. An der Wand über dem Sofa hingen die Weihnachtsbilder von Bing und Grøndahl, von denen die Frauen der Familie, auch die Großmutter, immer behaupteten, sie seien ein Vermögen wert. Auf dem Ecksofa lagen Kissen, die nur zur Zierde dienten; die Mutter, eine tüchtige Handarbeiterin, hatte alles selber bestickt; die Disteln wie die Milcheimer. Und dann gab es noch das Klavier, ein großes Hornung & Møller, an dem Isabel erstmals entdeckt hatte, dass etwas sie dermaßen gefangen nehmen konnte, dass sie in eine ganz andere Welt versetzt wurde.

Alles sah so aus wie damals. Wie ein Denkmal für das, was einmal eine Familie gewesen war. Sicher waren sie nicht mehr und nicht weniger glücklich gewesen als andere Familien.

Einfach eine normale Familie mit Vater, Mutter, zwei Kindern, einem Hund und einer Großmutter, die immer wie ein Sonnenstrahl von rechts eingeflogen kam und ihre liebevollen Strahlen über alle leuchten ließ. Ganz zu schweigen von Onkel Georg, der inzwischen verstorben war, der aber immer für lustige Stimmung gesorgt hatte.

Isabel spürte, wie die Sehnsucht sich in langsamen Wellen näherte. Wie sehr sehnte sie sich nach diesem entsetzlichen, völlig chaotischen Haushalt, der nach der Scheidung nie wieder so wie früher geworden war. Ein Jahr später war Onkel Georg gestorben, der mit seiner Harmonika immer die ganze Familie in Schwung gebracht hatte. Isabel sehnte sich sogar nach den schrägen Tönen seiner Quetsche: »Das Mädel von Fünen«, »Der Schneewalzer«, »Katinka, Katinka...« Ob sie ihre musikalische Begabung vom Onkel geerbt hatte? Vielleicht hatte auch sie ein wenig vom Landfahrerblut der Familie abbekommen.

Sie hatte seit Jahren nicht mehr in ihrem alten Zimmer geschlafen. Aber das Wissen, dass es vorhanden war, war ihr immer wie eine Art Rettungsring vorgekommen. Es war ein seltsames Gefühl, dass es von nun an nicht mehr ihr Zimmer sein würde.

Nach einigem Hin und Her beschlossen sie, einfach alles unsortiert in Kartons zu packen. Isabels Mutter hatte einige alte Umzugskartons aus dem Keller geholt, und bald waren vier davon bis zum Rand mit Büchern und Kleidungsstücken, mit alten Lampen und allem möglichen Kram voll gestopft. Alles, was weggeworfen werden konnte, landete in schwarzen Plastiksäcken.

»Sieh mal, was ich gefunden habe. Die willst du doch sicher mit in den Thorsvej nehmen?«

Ihre Mutter saß auf dem Boden und blätterte in Isabels alten Fotoalben, die bis zum Beginn der siebziger Jahre zurückreichten.

Isabel beobachtete derweil ihr Gesicht. Zuerst zeigte es eifrige Neugier, und die Ohrringe baumelten nur so, während der Blick die Bilder in sich hineinsaugte. Doch dann verstummte das leise Klimpern, und das Wetter im Zimmer schien von sonnig auf bewölkt überzuwechseln. Isabel ging in die Hocke. Das Bild zeigte sie und Helle kurz vor dem Scheidungsdrama. Sie war zehn, Helle war sechzehn, und nur selten hatten zwei Schwestern so unterschiedlich ausgesehen wie die beiden vor dem Campingwagen während der letzten Deutschlandferien der Familie. Das Foto zeigte ein ernstes, untersetztes Mädchen in Jeans, das seine Nase nur widerwillig von seinem Buch gehoben hatte. Neben ihr saß ein magerer, angespannt aussehender Teenager in Shorts mit schwarzen Locken, witzigem Strohhut und einem überaus strahlenden, einnehmenden Lächeln.

»Wie es ihr wohl geht? Wir haben schon lange nichts mehr von ihr gehört«, sagte ihre Mutter leise.

Helle hatte eine Ausbildung als Kosmetikerin gemacht und lebte seit zwei Jahren in Los Angeles. Sicher mit der Hoffnung auf eine Karriere in Hollywood.

»Wie sie heute wohl aussieht?«

Vorsichtig nahm Isabel ihrer Mutter das Fotoalbum weg und klappte es zu.

»Sie sieht dir doch ähnlich, Mutter.«

Ihre Mutter stieß ein Schnauben aus, das eine Mischung aus Weinen und Lachen war.

»Als Kind war sie ein richtiger Wildfang. Und sie hat immer gern einen losgemacht. Wenn sie Ähnlichkeit mit mir hat, dann hat sie sicher viele Verehrer«, sagte sie sehnsüchtig. »Das hatte ich, als ich jung war.«

Ihre Blicke trafen sich. Isabel spürte die Ohnmacht, die sie überkam und schwindelig machte. Und wie schon so oft, dachte sie: Wenn ich mich in Helle verwandeln könnte, würde ich das auf der Stelle tun.

Als Solveig dann endlich auftauchte, war das eine Erleichterung. Sie schnallten Isabels Fahrrad auf den Dachgepäckträger und stopften die vier Umzugskartons in den kleinen Mazda, wo dann für sie selber kaum noch Platz war.

»Hol mich hier raus«, murmelte Isabel, als sie nebeneinander im Wagen saßen.

»Mit Vergnügen, gnä' Frau. Wo soll's denn hingehen?«

Isabel hörte ihre eigene heisere Stimme:

»Ich will so richtig einen losmachen.«

NOVEMBER 1997

Isabel genoss Århus. Sie hatte das Gefühl, einen guten alten Freund wiederzusehen. Einen, dem sie sehr viel zu sagen hatte.

Für Oktober war das Wetter frisch und sonnig, und in der Stadt wimmelte es von den vielen lebhaften jungen Leuten, die hier einige ihrer besten und wichtigsten Jahre, abgesehen vom Studieren, damit verbrachten, dass sie in Cafés herumhingen, in den kleinen Läden einkauften oder einfach, so wie Isabel, umherliefen und alles in sich aufnahmen.

Sie wurde von dem gefährlichen Drang erfasst, Geld auszugeben, und kaufte sich ein stark herabgesetztes Kleid, das ihr gar nicht schlecht stand. Während der letzten Zeit hatte sie wohl ein wenig abgenommen, sie hatte kaum Appetit gehabt. Traurig dachte sie an Solveig. Nicht zum ersten Mal fragte sie sich, ob die wohl oben im Himmel saß und beobachtete, wie ihre Freundinnen wie verirrte Hühner umherwuselten; verloren und von ihrer Trauer überrumpelt. Ob sie mit dieser Reaktion gerechnet hatte? Hatte sie vorausgesehen, dass die anderen versuchen würden, die Gründe für ihren Tod in Erfahrung zu bringen? Oder hatte sie geglaubt, sie würden das Geld einsacken und ansonsten weiterleben, als ob nichts geschehen wäre?

Nach einer Runde durch das Szeneviertel merkte Isabel plötzlich, dass es sie hoffnungslos zu den Schaufenstern des Kaufhauses Magasin hinzog. Während sie Schuhe in allen Größen und Farben anprobierte, fragte sie sich, wie sie weitermachen sollte. Thomas hatte den Mann, den er für Solveigs Liebhaber gehalten hatte, nicht richtig beschreiben können, er hatte ihn auf echte Jungenweise nur als groß und dunkelhaarig bezeichnet. Eine Beschreibung, die auf ein Drittel aller dänischen Männer passte. Aber wenn sie ihn nun finden könnten. Wenn sie ihn einkreisen könnten, dann würde er vielleicht alles erklären.

Für einen Moment verlor sie sich in Spekulationen über diesen geheimnisvollen Liebhaber. Stellte sich vor, wie Solveigs und seine Beziehung ausgesehen hatte. Erinnerte sich plötzlich mit seltsamem, scharfem Schmerz an das Gefühl, umfangen von einem beschützenden Arm aufzuwachen

Vielleicht, weil ihre Gedanken sich ohnehin schon in diesen Bahnen bewegten, war sie nur leicht überrascht, als die Stimme durch den Klangteppich der Kaufhausgeräusche drang.

»Isabel?«

Sie kam von irgendwo hinter ihr. Isabel drehte sich auf ihrem Stuhl um, auf dem sie ein Paar kurze schwarze Stiefel anprobierte. Voller Panik starrte sie in die Menschenmenge. Und dann sah sie ihn.

Tausend Gedanken schwirrten ihr gleichzeitig durch den

Kopf. Sie wollte ihm schon entgegenlaufen, doch die Vernunft riet ihr dazu, Ruhe zu bewahren und so schnell wie möglich einen Grund zum Aufbruch zu finden. Außerdem hatte sie ja nur einen Stiefel an.

»Andreas!«

Plötzlich stand er vor ihr und schaute mit einem nachdenklichen Lächeln auf sie herab. Seine Gedanken schienen schon vorausgelaufen zu sein.

»Ich dachte, du lebst in Kopenhagen.«

Isabel stieg in ihre eigenen Stiefel und erhob sich. Einen Moment standen sie beide unschlüssig da und wussten nicht so recht, wie ihre Begrüßung aussehen sollte. Dann breitete er die Arme aus, beugte sich vor und küsste sie brüderlich auf die Wange.

»Ich dachte schon, ich würde dich niemals wiedersehen. Hast du Zeit für einen Kaffee?«

Als sie mit der Rolltreppe zum Café hochfuhren, machte sie sich bittere Vorwürfe. Sie hatte Ja gesagt. Aber in Wirklichkeit hatte sie Nein gemeint. Ein Teil von ihr hatte zumindest Nein gesagt. Aber offenbar nicht laut genug.

Sie stieg eine Stufe höher, um auf seine Höhe zu gelangen. Wie viele Jahre mochte es her sein? Sieben? Acht? Seine Haare waren jetzt noch grauer. Um die schwarzen Augen lagen tiefe Schatten, um seinen Mund hatten sich eckige Furchen gegraben. Verhärmt und mager wie ein wildes Tier, dachte sie unwillkürlich. Doch der Mund. Der war noch immer weich und füllig und rosig, wie der eines Kindes.

Plötzlich wurde sie auf ihr eigenes Aussehen aufmerksam. Unwillkürlich hob sie die Hand und fuhr sich durch die Haare, fragte sich, ob ihr Lippenstift noch hielt, nachdem sie vorhin ein Brot gegessen hatte.

»Du siehst gut aus«, sagte er, als habe er ihre Gedanken gelesen.

»Und es geht dir auch gut, wie ich höre. Ich habe einige Konzerte eures Trios besucht.«

Sie hätte sich geschmeichelt fühlen sollen. Aber die Vorstellung, dass er ohne ihr Wissen im Publikum gesessen hatte, machte ihr Angst.

»Es wäre nett gewesen, das zu erfahren«, sagte sie mit trockenem Mund.

»Wirklich?« Er lächelte, und sie wusste, dass er Recht hatte. Nie im Leben würde sie in dem Wissen, dass er da unten im Saal saß, ein Konzert abhalten können. Dann wollte sie doch lieber in Ungewissheit leben.

Bei Kaffee und einer trockenen Kokosmakrone dachte sie darüber nach, wie seltsam es war, dass er ihr damals schrecklich alt vorgekommen war, während er ihr jetzt fast als gleichaltrig erschien. Er war achtzehn Jahre älter als sie. Damals war sie zweiundzwanzig gewesen und er knapp vierzig. Jetzt war sie siebenunddreißig und er Mitte fünfzig. So viel älter, und doch waren sie jetzt ebenbürtiger.

»Wie geht's auf dem Konservatorium?«

»Gut. Sehr gut. Ich bin bald alt genug, um in Pension zu gehen.«

Sie erkannte seinen teuflischen Ernst, war aber trotzdem ein wenig schockiert.

»Aber das hast du doch hoffentlich noch nicht vor?«

Seine Zähne schlossen sich zu einem Grinsen, und sie fand in seinem Blick das Wolfslächeln.

»So leicht werden die mich nicht los!«

Das war sein Spitzname auf dem Konservatorium gewesen. Der Wolf. Wegen seines verhärmten Aussehens und seines leicht schleichenden Gangs. Und wegen der Glut, die immer gefährlich unter der Oberfläche des Lächelns schwelte. Und einer Gefährlichkeit, die in Freundlichkeit, wenn das Gegenüber Glück hatte, die aber auch in Feuer und Schwefel, zum

Entsetzen seiner armen Schülerinnen und Schüler, umschlagen konnte.

Er hatte als hart und fast schon boshaft gegolten. Sie selber war vor der ersten Stunde bei ihm außer sich vor Angst gewesen. Ihr erster Lehrer war gerade in Pension gegangen und hatte ihr empfohlen, sich bei Andreas Scharff zu bewerben.

FEBRUAR 1983

ISABEL
Sie hatte solche Angst vor der ersten Stunde gehabt.

Alles über ihn Gehörte wirbelte jetzt schon seit Wochen durch ihren Kopf und machte ihn zu einem beängstigenden Monster, zu einem Luzifer, dem nur der lange Schwanz und die Hörner fehlten.

Andreas Scharff war der Albtraum aller, die Klavier studierten, und Gerüchte behaupteten, er habe schon mehrere Male dafür gesorgt, dass unsichere Wesen in Tränen ausgebrochen waren und das Konservatorium auf Nimmerwiedersehen verlassen hatten. Wenn er dennoch der begehrteste Lehrer war, dann hing das damit zusammen, dass er als fantastischer Pianist und, wenn er wollte, als noch fantastischerer Pädagoge galt.

Sie hatte keine andere Wahl gehabt. Andreas Scharff als Lehrer abzulehnen, wäre die größte Dummheit gewesen, die eine ehrgeizige Klavierstudentin überhaupt nur begehen könnte. Also hatte sie zugesagt, als ihr guter Freund und ehemaliger Lehrer David Cohn ihr einen Zeitpunkt zum Vorspielen genannt hatte. Danach sollte die endgültige Entscheidung fallen.

Natürlich hatte sie ihn schon früher gesehen. Sie hatte auch seine Konzerte besucht; einmal hatte er mit dem Stadtorchester im Aarhus Musikhus Beethovens Drittes Klavierkonzert gespielt. Das hatte ihr fast den Atem verschlagen. Aber gesprochen hatte sie mit ihm noch nie. Sie war ihm niemals vorgestellt worden. Das würde sich jetzt ändern. Er saß am Flügel und spielte zerstreut in wildem Tempo einen erhöhten E-Moll-Dreiklang. Er trug seine übliche Uniform: verschlissene Jeans und ein einfarbiges, dunkles Hemd. An diesem Tag war das Hemd schwarz.

»Was willst du?«

Er schaute sie kurz an, spielte aber weiter.

Isabel spürte, wie sich in ihrem Körper die Nervosität ausbreitete. Selbst ihre Handflächen prickelten.

»Ich soll hier vorspielen. Ich glaube, wir haben einen Termin … über David Cohn.«

Seine Hände erstarrten in der Luft über den Tasten.

»Das glaubst du?«

Sie räusperte sich. Hatte Zweifel. Durchwühlte fieberhaft ihren Rucksack nach ihrem Kalender. Konnte sie sich geirrt haben?

»Freitag um 10, Raum 24«, sagte sie erleichtert, als sie den Kalender endlich gefunden hatte.

»Wirklich?«

Er erhob sich, schlich auf sie zu, schaute ihr über die Schulter und studierte ihren Kalender.

»DCDU. Was ist das denn?«, fragte er in Anspielung auf den Kreis, der für den Abend um die Uhrzeit 20°° gemalt war.

Sie zeigte noch immer auf den Kreis um die Zahl 10.

»Hier steht unser Termin. Andreas Scharff, Raum 10. David Cohn hat das abgemacht«, wiederholte sie.

Sie spürte seinen Atem im Nacken, er blies in ihre Haare. Sie glaubte fast sein Wolfslächeln zu sehen, bei dem er seine Zähne zeigte.

»Ja, ja, das sehe ich. Aber was bedeutet DCDU? Das finde ich viel interessanter.«

Der Zorn stellte sich wie eine heftige Welle ein, heftiger als eigentlich nötig gewesen wäre.

»Das da«, sagte Isabel und zeigte auf die Eintragung, »ist eine Privatsache. Du siehst ja, dass es eine Verabredung außerhalb der Arbeitszeit ist. Und die geht sonst niemanden an.«

»Die Zähne zeigen kann sie immerhin«, sagte er wie zu sich selber. Bei ihm hörte sich das an wie ein Kompliment.

Mit einer einladenden Handbewegung bat er sie, sich an den Flügel zu setzen.

»Los.«

»Du aber auch«, flüsterte sie unhörbar, während sie die Noten auf den Ständer knallte und sich in eine Beethoven-Sonate stürzte.

Als sie fertig war, zog er sich einen Stuhl heran und setzte sich neben sie. Sie drehte sich um und schaute ihn an. Sie hatte das Gefühl, einem ganz anderen gegenüberzusitzen. Seine Augen, die ohnehin schon tief in ihren Höhlen lagen, waren noch weiter eingesunken. Seine fülligen Lippen umspielte ein geheimnisvolles Lächeln, das das einzig Schöne an ihm zu sein schien. Und als er sprach, lag in seiner Stimme eine Freundlichkeit, die sie bei ihm nie im Leben erwartet hätte.

»Hervorragend«, sagte er nur. »Durchaus hervorragend.«

Und damit begann der Unterricht.

Als sie eine Dreiviertelstunde später ihre Noten zusammenpackte, begriff sie nicht, wohin die Zeit verschwunden war. Die Minuten waren einfach verflogen. Waren verschlungen worden von seiner Intensität, seinem glühenden Interesse für die Musik.

Sie konnte nicht anders, sie musste sich umdrehen, als sie die Tür öffnete.

»Der Club der Unzertrennlichen.«

Für einen Moment sah er verwirrt aus. Dann sah sie das Verständnis, das sein Gesicht prägte, und das breite Lächeln, das seine Augen schwarz aussehen ließ.

»Natürlich. Blöde Frage.«

Während der folgenden Tag übte sie wie eine Besessene.

Als sie zur nächsten Stunde bei ihm erschien, hatte er der Tür den Rücken gekehrt und schaute aus dem Fenster.

Isabel grüßte nur kurz. Sie trat nicht neben ihn, um zu fragen, ob etwas nicht stimme. Sie setzte sich einfach hin und übte Tonleitern.

»Kannst du nichts anderes spielen?«, rief er plötzlich gereizt.

Isabels Trotz war geweckt. Sie biss die Zähne zusammen und spielte weiter, und dabei spürte sie, wie er unruhig im kleinen Übungsraum hin- und herlief.

»Dann wenigstens Legato. Nicht dieses Staccato-Unwesen. Das ist einfach unmöglich. Unerträglich!«

Sie spielte die Tonleiter legato. Band die Töne zusammen und ließ sie ineinander übergleiten.

Endlich setzte er sich auf den Stuhl neben ihrem.

»Hör auf«, bat er leise. »Bitte.«

Sofort verstummte ihr Spiel. Das hier lief nicht nach Drehbuch. Er sollte jetzt mit dem Unterricht anfangen. Aber das tat er nicht. Er schaute nur scheinbar voller Trauer ins Leere.

»Etwas stimmt nicht«, stellte sie fest.

»Wieso glaubst du das?«, fragte er mit schroffer Stimme. »Jetzt spiel schon irgendwas.«

Sie schüttelte den Kopf. »Bist du krank?«, fragte sie vorsichtig.

Er hob die Augenbrauen.

»Natürlich nicht. Was für ein Unsinn. Jetzt spiel schon den Beethoven.«

Später erkundigte sie sich diskret bei Marie-Chantal, einer seiner anderen Schülerinnen. Sie saßen mittags zusammen in der Mensa und bedienten sich an der Salatbar.

Marie-Chantal hatte ein Madonnengesicht, war ansonsten aber ausgesprochen ungepflegt und lief immer mit langen, ungekämmten Haaren, in schlampiger Kleidung und Pantoffeln durch das Konservatorium. Wie viele andere hier konnte sie nur dort üben, deshalb hatte sie einen Schlüssel und konnte nach Belieben kommen und gehen. Isabel nahm an, dass das Konservatorium für sie mehr ein Zuhause war als ihr Zimmer im Studentenheim.

»Seine Frau ist wieder in der Klinik«, sagte Marie-Chantal, während sie die Salatsoße aus der kleinen Plastikpackung quetschte.

»Seine Frau?«

Isabel wusste selber nicht, warum sie dieses Wort wiederholte. Vielleicht war sie einfach noch nicht auf die Idee gekommen, dass er verheiratet sein könnte.

Marie-Chantal berichtete:

»Das kommt ziemlich häufig vor. Sie ist in Risskov. Weißt du nicht, dass er mit Mariann Albertsen verheiratet ist?«

Plötzlich dämmerte in Isabel eine Erinnerung auf. Etwas hatte sie einmal gehört, in den engen, inzestuösen Kreisen, die im Konservatorium für den Klatsch sorgten. Die Gesangslehrerin Mariann Albertsen war fast immer krankgeschrieben, und Isabel glaubte, sie nur ein einziges Mal gesehen zu haben. Sie also war seine Frau. Isabel konnte sich noch an andere Dinge erinnern. Sie meinte gehört zu haben, dass Mariann Albertsen vor einem großen internationalen Durchbruch gestanden haben sollte und von den besten Opernhäusern der Welt umworben worden war. Doch ihre Nerven hatten bei einem wichtigen Konzert versagt, und seither war sie nie wieder aufgetreten. Stattdessen war sie Lehrerin geworden.

»Sie leidet an irgendeiner Gemütskrankheit, und deshalb muss sie ab und zu in die Klinik«, teilte Marie-Chantal mit. »Und in diesen Zeiten ist er ein ziemlich schwieriger Umgang.«

»Du meinst, noch schwieriger?«, fragte Isabel trocken.

Marie-Chantal lächelte verständnisinnig und verrührte die Soße im Salat. »Dich kann er gut leiden.«

»Wie kommst du auf die Idee? Hat er das gesagt?«

»Nicht mit Worten. Aber mit seiner unmissverständlichen Mimik«. Marie-Chantal lachte.

»Was soll das heißen?«

Isabel klammerte sich an ihr Mineralwasserglas. Irgendetwas in ihr hämmerte wie wild drauflos. Vielleicht ihr Puls.

»Das soll heißen, dass er sein Wolfslächeln aufsetzt, wenn er deinen Namen sagt«, erklärte Marie-Chantal kryptisch und zwinkerte ihr zu. »Du weißt doch sicher, dass er ›Wolf‹ genannt wird.«

Isabel nickte.

»Heute hatte er nicht viel Wolfsmäßiges«, sagte sie.

Marie-Chantal schüttelte den Kopf und machte sich über ihren Salat her. Ihre Art zu essen war ebenso chaotisch wie ihr Aussehen, und eine kleine Krabbe und ein Salatblatt fielen von ihrer überladenen Gabel zurück auf den Teller.

»Er macht sich natürlich auch Sorgen um die Kinder«, sagte sie mit vollem Mund.

Wieso brach ihr plötzlich der kalte Schweiß aus? Isabel versuchte ihre Stimme unter Kontrolle zu halten, hörte aber selber, dass diese ein wenig zitterte.

»Wie alt sind die?«

Marie-Chantal leerte ihre Cola mit einem langen Zug und unterdrückte ein Rülpsen.

»Acht und zehn. Zwei Mädchen. Sie sind viel bei seiner Mutter, wenn Mariann krank ist.«

Sie schaute auf ihre Uhr und sprang auf.

»Ich muss los. Sonst komm ich zu spät zur Gehörbildung.«

Sie warf achtlos ihr Geschirr auf ihr Tablett. Als sie durch die Mensa ging, fielen eine Gabel und eine Serviette herunter. Ein anderer Schüler hob automatisch alles auf, als sei es seine tägliche Pflicht, hinter ihr herzuräumen.

Isabel blieb noch einen Moment sitzen, um das eben Gehörte sacken zu lassen. Dabei starrte sie auf den Hof hinaus, wo die Schneewehen an den Mauern klebten. Als sie ihren Kopf wieder umwandte, sah sie, wie er die Mensa betrat und sich an die Essensschlange anstellte; eine hoch gewachsene, leicht gebeugte Gestalt mit dunklen Haaren, die kurz genug geschnitten waren, um jeden Anflug von Locke zu ruinieren. Die Nase war groß und griechisch geschnitten, sein Gesicht wies scharfe Züge auf.

Als hübsch konnte er nicht bezeichnet werden. Trotzdem wusste sie, als sie mit ihrem Mineralwasser dasaß und ihr Puls wie besessen loshämmerte, dass sie, so banal sich das anhören mochte, in ihren Lehrer verliebt war. Dass er verheiratet war, dass seine Frau in der Klinik war, dass er sicher doppelt so alt wie sie war und noch dazu zwei Kinder in verletzlichem Alter hatte – auf das alles nahm ihr Herz offenbar keine Rücksicht.

NOVEMBER 1997

»Meinst du nicht, dass wir uns gegenseitig bald genug bestraft haben?«

Andreas sah sie an. Sie bemerkte das kleine Lächeln, das in seinem Mundwinkel auf der Lauer lag.

Isabel riss ihren Blick von seinem los. Sie wusste nicht so

recht, wohin sie nun schauen sollte, und am Ende starrte sie einfach vor sich hin, wodurch die Menschen an den Nachbartischen zu flimmernden Figuren wurden.

»Ich wollte dich nicht bestrafen.«

»Aber dich selber. Du wolltest dich bestrafen«, beharrte er.

Natürlich hatte sie das gewollt. Das wusste sie natürlich. Meinte er vielleicht, sie sei sich darüber nicht im Klaren?

»Ich möchte nicht darüber sprechen«, sagte sie flehentlich. »Im Moment macht mir so viel anderes zu schaffen.«

Sie erzählte ihm von Solveig. Er hörte zu.

»Sie muss ein Geheimnis gehabt haben«, meinte er. »Eine Seite, die sie nicht zeigen wollte.«

Isabel schüttelte den Kopf.

»So, wie du das sagst, klingt das so richtig suspekt ... Solveig war doch ungeheuer gesund. Sie war total sportfixiert und mit allen möglichen Trainingsarten beschäftigt.«

Andreas betrachtete sie nachsichtig.

»Ein gesunder Körper bedeutet nicht immer auch eine gesunde Seele. Das kann ich dir jedenfalls versichern, und du solltest es im Grunde auch wissen.«

Als sie schwieg, erhob er sich.

»Na gut. Ich hoffe, ihr findet, was ihr sucht. Du weißt, wo du mich finden kannst ... meine Fresse, ich hör mich ja an wie in einem Hollywoodfilm«, er lachte, fügte dann aber mit ernster Miene hinzu: »Das meine ich wirklich ... einen Tee kannst du immerhin haben, auch wenn du sonst nichts willst.«

Er fuhr ihr kurz durch die Haare, dann schlenderte er davon. Sie schaute ihm hinterher und wünschte, er möge schnell verschwinden, ehe sie dem Drang nachgab, ihm hinterherzulaufen.

Als Pernille von der Arbeit kam, hatte Isabel schon für das Abendessen eingekauft und schälte in der gemütlichen Küche mit den schrägen Fenstern und dem Blick auf alle modisch korrekten Ziegeldächer im Øgadeviertel Kartoffeln. Vor ihr stand ein Glas kalter Weißwein, nach dem sie ab und zu die Hand ausstreckte. Mit Hilfe des Weines und einer sehr bewussten, positiven Gedankenarbeit hatte sie sich in gute Laune versetzen und Solveigs Tod und ihre Begegnung mit Andreas weit nach hinten in ihrem Bewusstsein schieben können.

»Wein, doch nicht so früh«, sagte Pernille und warf ihre Tasche auf den Boden, als sei es eine Schultasche und sie selbst ein schulmüder Teenie.

»Ach was. Und ehe du auch zugreifst, will ich nichts hören, wenn ich darüber nicht lachen kann.«

Pernille öffnete den Kühlschrank und schaute hinein. Sie fand den Weißwein sofort und holte sich ein Glas.

»Hast du das Traurigsein auch satt?«

Isabel nickte und fragte hoffnungsvoll:

»Meinst du nicht, wir könnten das alles ein bisschen verdrängen? Nur für ein paar Stunden?«

Diesen Entschluss hatte sie gefasst, als sie beim Fischhändler und in der Lebensmittelabteilung des Magasin eingekauft hatte. Jetzt reichte es. Sie brauchte eine Aufmunterung. Etwas, was sie die Welt mit neuen Augen sehen ließ.

»Natürlich«, sagte Pernille und fügte hinzu: »Ich schließe mich meiner Vorrednerin voll und ganz an. Ich habe heute wirklich nur Ärger gehabt. Unsere Abteilung ist derzeit mit einem Fall von Kindesmisshandlung beschäftigt, und eine Kollegin wurde von einem Vater überfallen, der ein Vermögen an Geld für seine Kinder schuldet.«

»Showdown im Sozialamt?«

»So in etwa. Was gibt's zu essen?«

»Gekochten Kabeljau mit allen Schikanen.«

»Mmmm.«

Pernille setzte sich vor ihr Weinglas.

»Weißt du was? Ich habe eine gute Idee für ein Spiel, das können wir dann beim Essen spielen.«

Isabel schälte Kartoffeln und gab Salz dazu.

»Lass hören.«

Sie schaute zu Pernille hinüber, deren Augen jetzt munter funkelten.

»Können wir nicht spielen ›Was machen wir mit dem Geld‹? Glaubst du, Solveig hätte etwas dagegen? Wäre das Blasphemie? Was meinst du?«

Isabel dachte ernsthaft über diese Frage nach. Dann schüttelte sie den Kopf.

»Nö. Es bringt doch nichts, wenn wir so tun, als freuten wir uns nicht über die Kohle. Wir freuen uns ja schließlich.«

Sie saßen vor ihren gefüllten Tellern und hatten die zweite Flasche Weißwein angebrochen. Pernille streckte ihre langen Beine mit den Stricksocken aus.

»Es muss aber etwas ganz Wildes und Unvernünftiges sein, okay? Unsere kühnsten Träume. Du fängst an. Und die, die den besten Vorschlag macht, braucht nicht zu spülen«, erklärte sie.

Isabel dachte fieberhaft nach.

»Ich miete die Royal Albert Hall für ein Solokonzert.«

Pernille machte eine wegwerfende Handbewegung.

»Ach was, das ist doch überhaupt nicht witzig. Denk dir was Besseres aus.«

»Und heuere die Rolling Stones als Vorgruppe an«, schlug Isabel vor. »Und jetzt bist du an der Reihe.«

Pernille streckte die Hand nach der Flasche aus und goss sich neuen Wein ein.

»Ich mache in Japan einen Geisha-Kurs und schnappe mir einen reichen Mann, dem ich meine Jungfräulichkeit verkaufen kann.«

Isabel schnaubte höhnisch.

»Die hast du doch schon längst verkauft.«

»Aber ich hab kein Geld dafür gekriegt«, klagte Pernille. »Gib's zu, ich liege in Führung. Und jetzt du.«

»Ich kaufe mir eine Fahrkarte für die nächste Expedition zum Mond.«

»Die kriegst du aber nicht für sechshunderttausend«, wandte Pernille ein. »Und außerdem bleibt nach den Steuern nur noch die Hälfte.«

»Krieg ich wohl.«

»Gelogen. Das Geld reicht höchstens für einfache Fahrt.«

»Ich will aber keine einfache Fahrt. Ich will doch wieder nach Hause, damit ich ein Buch darüber schreiben und ein Vermögen verdienen kann.«

Pernille spülte sich den Mund mit Weißwein aus und schluckte.

»Wenn du das kannst, kann ich das auch. Ich kaufe mir eine einfache Fahrkarte.«

»Das wäre auf jeden Fall Betrug. Dann kannst du doch nicht nach Hause kommen und das restliche Geld ausgeben.«

»Es wird doch gar kein Rest mehr da sein, hab ich gesagt. Und außerdem ist die Fahrkarte nicht für mich.«

»Für wen denn sonst?«

Pernille kniff ihre Augen zu zornigen Strichen zusammen und starrte wütend vor sich hin.

»Die ist für Thomas' Vater.«

Isabel schüttelte den Kopf.

»Das glaubst du doch selbst nicht.«

Doch Pernille ließ sich nicht beirren.

»Hast du nicht gehört, dass es da oben früher Wasser gegeben hat? Es dauert nicht mehr lange, dann können da Menschen wohnen. Stell dir vor, in der ersten Niederlassung auf dem Mond zu hausen. Das wäre doch was für ihn und seine

Kumpanen! Dann können sie da oben sitzen und nach Herzenslust die Umwelt versauen. Und wir hier unten können einen saubereren Planeten genießen.«

Isabel wurde plötzlich philosophisch.

»Warum schicken wir sie nicht alle hoch?«

»Wen denn alle?«

»Die Männer natürlich.«

Pernille gab vor, sich diesen Vorschlag sorgfältig zu überlegen. Isabel schenkte Wein nach. Für einen Moment kam ihr der Gedanke, dass sie vielleicht so langsam genug hatten.

»Das geht nicht«, sagte Pernille.

»Wieso nicht?«

Sie schaute Isabel an, und die stellte fest, dass sie nicht mehr scharf blicken konnte.

»Dann könnten wir uns doch nie wieder verlieben. Und Kinder könnten wir auch nicht bekommen.«

MAI 1983

PERNILLE

Warum mussten sie immer ihre Freundinnen mitschleifen? Warum konnten sie nicht einfach ein Essen veranstalten, ohne dieses schwachsinnige Paarwesen über sich ergehen lassen zu müssen?

Die Gereiztheit hatte schon den ganzen Tag wie ein nervöser Hunger in ihrem Magen gebrodelt und machte sie ganz besonders empfindlich, was den Abend betraf. Poul hatte Geburtstag und er wollte zwei gute Freunde und deren Freundinnen zum Essen einladen. Das Problem war nur, dass seine guten Freunde absolut nicht Pernilles Freunde waren. Und noch weniger konnte sie die beiden Mädchen leiden, die ihrer

Ansicht nach zwei nichts sagende Püppchen waren, die keine zwei zusammenhängenden Sätze von sich geben oder einen einzigen selbstständigen Gedanken denken konnten. Immer starrten sie bewundernd ihre Männer an, die beide hohe Tiere bei der KU waren. Falls sie nicht die Farbtöne ihres Nagellacks oder ihre Haarfarbe verglichen. Genauer gesagt, ihre Haarentfärbung, denn beide waren Costa-del-Sol-Blondinen. Himmel. Und natürlich hießen sie Betina und Connie. Drunter taten sie es nicht.

Um eine Art Gleichgewicht zu schaffen, hatte sie darauf bestanden, auch Solveig einzuladen, wogegen Poul natürlich keine Einwände hatte. Schließlich hatte Solveig sie ja gewissermaßen zusammengebracht.

»Meine Fresse, was geht mir das auf die Nerven«, flüsterte sie Solveig laut zu, die als Erste mit einem Geschenk im Arm in Pouls Wohnung in der Horsensgade erschien. »Warum zum Teufel muss es immer so kleinbürgerlich zugehen? Warum kennt er nicht ein paar spannende Schwule oder ein verkanntes Genie, sondern nur diese immer gleichen Papasöhnchen mit ihren Schlipsen und ihren zu großen Sakkos?«

Sie wusste es sehr gut. Spürte, wie die Röte sich über ihren Hals verbreitete, und hörte ihre eigene Stimme wie ein Auto, das in einem viel zu hohen Gang losbraust.

Solveig sagte beruhigend:

»Das ist doch nur ein einziger Abend. Den wirst du schon überleben.«

»Das weiß ich noch nicht so recht. Ich könnte schon bei dem Gedanken, dass sie in zehn Minuten herkommen, die Wände hochgehen. Garantiert haben sie ihre föhngetrockneten Stufenschnitte und ihre schwachsinnigen Blusen mit den Applikationen und ihre verdammten weißen Lederhosen. So richtiger Disko-Dasko-Drecksgeschmack.«

Solveig legte ihre Jacke ab. Darunter trug sie einen marineblauen Schlabberrock und eine weite Bluse. Wie ein Festfeuerwerk war eine Hand voll funkelnder Pailletten auf der Bluse verstreut.

»Wenn du das hier Applikationen nennst, dann kann ich auch gleich wieder nach Hause gehen. Ich muss zugeben, dass mir beim Kauf auch Zweifel gekommen sind.«

Solveigs blaugrüne Augen leuchteten sie fröhlich an. Pernille unterdrückte ein Kichern.

»Gut, dass du das bist, sonst wäre es wirklich peinlich. Aber ich kann diesen Kram einfach nicht leiden, auch wenn das hier nicht das schlimmste Beispiel ist, das ich gesehen habe.«

»Arme Niller«, neckte Solveig, legte ihr Geschenk auf die Kommode und ordnete vor dem Spiegel ihre Frisur.

»Du hast noch gar nicht entdeckt, dass dieser ganze Flitterkram inzwischen total out ist. Wo steckt übrigens das Geburtstagskind?«, fügte sie hinzu.

»In der Küche. Er kämpft mit irgendeinem kranken Stück Lammfleisch.«

Solveig hob die Augenbrauen.

»Sind die schon da?«

»Ich meine nicht diese Sorte Lammfleisch, du Dussel.« Pernille lachte und fühlte sich gleich wohler in ihrer Haut. Solveig hatte ihr wie immer die gute Laune gerettet und nun schaffte sie es sogar, die am Morgen gemachte Entdeckung zu einem schlichten und lösbaren Problem schrumpfen zu lassen. Vielleicht hatte sie sich ja einfach nur geirrt.

»Komm mit rein und sag guten Tag und hoch soll er leben.«

Es wurde genauso hoffnungslos peinlich und tödlich langweilig, wie sie erwartet hatte.

Poul hatte ansonsten ein richtig schönes Festmahl gezaubert, auch wenn es nicht gerade ein exotisches Menü geworden war. Im Grunde war er ein »Suppe, Braten und Eis«-

Mann. Na ja, vielleicht nicht immer in genau dieser Zusammensetzung, aber so ungefähr fiel es dann doch zumeist aus. An diesem Abend gab es Krabbencocktail, Lammbraten mit Gemüse und überbackenen Kartoffeln und Mousse au chocolat. Zu seinem Lob ließ sich sagen, dass er alles selber hergestellt hatte. Sicher aus der Erkenntnis heraus, dass Pernilles Küchenkünste mehr als kläglich waren, was sie unter Beweis stellte, wenn sie ein seltenes Mal bei ihr aßen. Sie wollte nicht mit ihm zusammenziehen, und die einzige Küche, die ihr zur Verfügung stand, war weiterhin die im Aldersrovej, wo es nur zwei Kochplatten gab und vier Personen, die sich darum stritten.

Sie waren beim Nachtisch angekommen und Pernille war sehr stolz auf sich. Mit Solveigs Unterstützung und ab und zu einem flehenden Blick von Poul hatte sie es geschafft, sich nicht reizen zu lassen und sich einigermaßen ruhig zu verhalten, wenn das Gespräch irgendein brisantes Thema berührte. Sie hatte sogar ihren Kommentar zu so trivialen Themen wie dem Grand Prix d'Eurovision abgegeben, um nicht aus der Rolle zu fallen.

Sie nippte an ihrem Rotwein und ließ ihren Blick durch die kleine Runde schweifen. Die beiden Mädels plapperten irgendeinen belanglosen Kram, es ging offenbar um die Kassiererin, die einen Promi geheiratet hatte. Die Männer sprachen natürlich über Politik. Sie waren gerade bei den Rechtspopulisten angekommen. Wieder spürte Pernille die Unruhe in ihrem Bauch, die inzwischen in Übelkeit umzuschlagen drohte. Sie versuchte ihre Ohren zu verschließen.

»Wir können aber nicht leugnen, dass sie mit ihrer Ausländerpolitik durchaus richtig liegen«, sagte Pouls Freund Jens-Erik. Er war ein kleiner, kurz geschorener Typ, dessen Mund mehrere Nummern zu groß für ihn zu sein schien.

»Zu irgendeinem Zeitpunkt müssen wir für Flüchtlinge und Einwanderer schärfere Grenzen ziehen.«

Der andere Freund, Leif, nickte mit staatsmännischer Miene. Er war sehr groß und so dünn, dass sein beiger Anzug und sein weinrotes Hemd an ihm hingen wie eine Fahne an einer Fahnenstange.

»Darüber kann man doch nur einer Meinung sein. Oder, Poul?«

Pernille starrte Poul an, und der erwiderte ihren Blick.

»Kann schon sein«, sagte er neutral.

Jens-Erik, der sein Jackett ausgezogen hatte, beugte sich mit offenem Mund vor, wie um sie allesamt zu verschlingen.

»Auf jeden Fall sollten wir uns das Gesetz über Familienzusammenführung genauer ansehen«, sagte er und spuckte dabei seine Worte aus. »Inzwischen holen viel zu viele ihre Kusinen und Vettern und Großvettern ins Land. Man kann doch bald nicht mehr auf die Straße gehen, ohne mit einer ganzen Sippe zusammenzustoßen.«

Pernille spürte ihren Puls, der sich Unheil drohend beschleunigte. Ihre Augen begegneten Solveig, deren blaugrüner Blick warnend funkelte. Pernille knüllte ihre Serviette zusammen und starrte Poul an. Sie ärgerte sich darüber, dass er diese Diskussion nicht abbrach.

Betina, deren Namen Leif immer mit zwei n aussprach, hatte offenbar ein wenig vom Gespräch der Männer mitbekommen. Sie rümpfte ihr Stupsnäschen.

»Da hast du wirklich Recht. Ich war neulich beim Arzt, und im Wartezimmer war kein Stuhl mehr frei, so viele Kanacken waren da. Ist doch wirklich toll, dass die einfach herkommen und sich an unserem Gesundheitssystem bedienen können.«

Vor Pernilles Blick stieg roter Nebel auf.

»Was sollen sie denn deiner Meinung nach machen, wenn

sie krank sind? Ihren Medizinmann herbeitrommeln?«, fragte sie mit scharfer Stimme.

Connie kicherte teeniehaft.

»Das wäre vielleicht eine gute Idee.«

Betina mit zwei n starrte Pernille kampfbereit an.

»Und dann die ewigen Kopftücher. Du als Emanze, wie kannst du es hinnehmen, dass ihre Frauen sich immer fünf Meter Stoff um den Kopf wickeln müssen? Ganz zu schweigen von diesen grottenhässlichen Kleidern, die sie über ihren Pluderhosen tragen!«

»Das ist eben ihre Kultur«, sagte Pernille gelassen. »Und wenn wir Leute aus dem Land werfen wollten, weil sie scheußliche Klamotten tragen, dann wäre sicher auch die Hälfte unserer Landsleute fällig«, sagte sie wütend mit einem Blick auf Betinas gigantische Schulterpolster.

Ehe irgendwer reagieren konnte, fügte sie hinzu:

»Und wenn hier noch jemand rassistische Sprüche klopfen will, dann nur zu. In dieser Bude ist doch immer Platz für ein paar kleine Neonazis.«

Sie lächelte Poul, der derweil die Augen verdrehte, zuckersüß an. »Nicht wahr, Schatz?«

»Pernille, hör doch auf«, bat er und erhob sich. »Ich hol uns noch ein bisschen Wein.«

»Ja, es ist ja auch immer leichter, einfach aus der Diskussion auszusteigen«, rief sie hinter ihm her.

Jens-Erik schüttelte den Kopf.

»Pernille, zum Teufel, wir können doch nicht abstreiten, dass die meisten von ihnen unser System ausnutzen. Sie kommen her und kassieren Sozialhilfe, und die schicken sie dann dahin, wo immer sie herstammen mögen.«

»Nach Kanackistan«, säuselte Connie mutig.

Pernille bedachte sie mit einem, wie sie hoffte, eiskalten Blick.

Poul brachte gerade den Wein, als Solveig ihren Stuhl zurückschob.

»Wolltest du mir nicht deine neuen Turnschuhe zeigen, Niller?«

Pernille sprang auf und warf ihre Serviette auf den Tisch wie einen Handschuh, der zum Duell im Morgengrauen auffordern soll.

Sie starrte die Tafelrunde an und hätte sich in der Anstrengung, den Mund zu halten, fast auf die Zunge gebissen.

»Was zum Teufel ist denn heute Abend in dich gefahren? Kriegst du deine Tage, oder was?«

Solveig saß im Schlafzimmer auf dem Bett. Pernille war zum Abkühlen auf den Balkon gegangen.

»Jetzt fang du nicht auch noch an«, rief sie Solveig zu. »Es ist eine Beleidigung, zu unterstellen, das PMS sei etwas anderes als eine Erfindung der Männer, damit Frauen sich für unzurechnungsfähig halten sollen.«

Solveig antwortete mit sehr lauter Stimme:

»Hör doch zum Henker mit diesen blöden Phrasen auf und komm rein. Wir wissen doch beide, dass Frauen oft gereizt sind, ehe sie ihre Tage kriegen, und wenn das nicht stimmt, kannst du mich Mads nennen.«

»Mads!«, sagte Pernille, als sie wieder ins Zimmer kam. »Du willst doch wohl nicht behaupten, es sei leicht gewesen, diesen ganzen Wichs hören zu müssen?«

Solveig klopfte auf die Bettdecke. Pernille setzte sich.

»Heute ist Pouls Geburtstag, Niller. Und das sind seine Freunde.«

»Das kann ich dir sagen. Die können einander doch allesamt die Hand geben und sich zu den braunen Fahnen melden.«

»Poul nicht. So ist er nicht, und das weißt du sehr gut«, sagte Solveig wütend. »Das Leben ist nicht unbedingt immer so schwarzweiß, wie du glaubst. Natürlich sind diese Tussis einfach blöd, und dieses Kanackengerede ist der pure Dreck. Aber du kannst nicht alle anderen als Rassisten beschimpfen, bloß weil sie sich ihre Gedanken über Ausländer machen.«

Pernille ließ sich auf den Rücken fallen und starrte zur Decke hoch.

»Ich bin schwanger.«

»Du bist *was*?«

»Das hast du doch gehört. Aber ich kann es gern noch einmal wiederholen. Ich bin schwanger.«

Dieses eine Mal war Solveig sprachlos. Sie saß da wie gelähmt.

»Aber wann denn? Und wie?«

»Von wann kann keine Rede sein. Ich will abtreiben lassen.«

»Ach, Niller.«

Eine Umarmung hätte sie nicht ertragen. Alles, nur das nicht.

Sie sprang auf. Solveig blieb ratlos sitzen.

»Aber warum denn?«

Wenn sie jetzt den Mund öffnete, würde sie losheulen. Das wusste sie genau. Deshalb stürzte sie mit schwankenden Schritten ins Badezimmer und schloss die Tür ab. Vom Wohnzimmer her hörte sie das Geplauder der anderen. Die Übelkeit steckte ihr wie ein Pfropf im Hals, und sie erbrach sich über der Toilette.

Hier hatte sie an diesem Morgen den Test gemacht. Sie hatte auf der Toilette gesessen und den kleinen blauen Strich angestarrt, der ihr wie ein Kreidestrich vorkam, der ihr Leben in zwei Hälften teilte. In vorher und nachher.

Die Gewissheit war etwas ganz anderes als der Verdacht, mit dem sie sich seit einigen Tagen herumgequält hatte. War sehr viel ernster und auf eine seltsame Weise ermutigend und niederschmetternd zugleich. Ermutigend, weil es mitten in dem Chaos, aus dem ihr Leben bestand, doch schön war zu wissen, dass sie schwanger werden konnte. Niederschmetternd, weil ... ach, da gab es Gründe genug.

Sie und Poul. Das ging einfach nicht. Auf die Dauer würde es niemals gehen, das sah sie plötzlich ganz klar und deutlich. Ein Kind wäre ein Irrtum. Sie fühlte sich ganz beklommen bei der Vorstellung, zu einer konservativen Ehefrau mit allem, was dazugehörte, werden zu sollen. Zu einer, die sich zu Hause um die Kinder kümmerte und bunte Decken steppte, während ihr Mann politische Veranstaltungen besuchte. Sie war keine Betina oder Connie. Sie gehörte nicht in deren Welt. Zum Teufel, sie war die Tochter einer lesbischen Mutter und eines ausgeflippten Lehrers, sie hatte ihre Sommerferien in Insellagern verbracht, und Dinge wie »Klassenkampf« und »Nieder mit dem Imperialismus« waren ihr wie ein Code auf die Stirn tätowiert, oder wie eine Nummer, die in ein Katzenohr gestempelt wird. Sie waren ihr Gepäck. Und vor dem konnte sie nicht davonlaufen.

Sie lehnte ihr Gesicht an die kühle Fliesenwand. Sie streckte die Hand aus und ließ den Wasserhahn laufen, damit es sich anhörte, als wasche sie sich die Hände.

Ihr Kind sollte nicht zu einem kleinen rechtsdrehenden Egoisten werden, der sich nur für schnelle Flitzer und entfärbte Tussis namens Betina mit zwei n interessierte.

Denn es war ein Junge. Das wusste sie genau. So sicher, wie sie wusste, dass das hier das Ende einer Liebesbeziehung war, der wichtigsten in ihrem Leben. Und so sicher, wie sie wusste, dass sie unmöglich das Kind behalten und im Alter von dreiundzwanzig Jahren zu einer allein stehenden Mutter werden konnte.

Es war zwei Tage nach dem Geburtstag, und beide wussten, dass die Lage diesmal ernst war.

Sie sah es in seinem Blick, als sie ihn bat, sich zu setzen. Es war der Ausdruck, den ein Tier bekommt, wenn sein Instinkt ihm sagt, dass etwas Schreckliches passieren wird. Die Gewissheit, dass die nächsten Minuten wehtun werden.

Sie musste einfach Abschied nehmen, sie umschlang ihn mit ihrem Blick und verabschiedete sich von den hellen Haaren mit der Strähne, die ihm immer wieder in die Stirn fiel. Sie nahm Abschied von seinem Körper, der kräftig und muskulös wie der eines Mannes war, nicht so schlaksig und dürr wie der der anderen Jungen, die sie gekannt hatte. Sie hatte sich so an diesen Körper gewöhnt. Daran, ihn zu spüren, wenn sie schlief und wenn sie erwachte. Die im Aldersrovej verbrachten Nächte waren in dieser Zeit zu Nächten voller Sehnsucht geworden. Doch das war jetzt vorbei.

Poul und sie hatten seit dem Geburtstag kaum miteinander gesprochen. Es war nicht zu der üblichen Versöhnung gekommen, wie sonst, wenn ihre unterschiedlichen Einstellungen zu einem Zusammenstoß geführt hatten. Sie wusste, dass es ein Sakrileg war, ihn vor seinen Parteigenossen zu blamieren. Bei seiner Familie und seinen anderen Bekannten war das nicht so wichtig, Fremden gegenüber spielte es überhaupt keine Rolle. Aber die Kollegen aus der Partei, in der er Karriere machen wollte. Die durften nicht erleben, wie seine Freundin ihm in den Rücken fiel.

Er hatte zugesehen, wie sie die wenigen Habseligkeiten einpackte, die sie in seiner Wohnung deponiert hatte. Die Zahnbürste, Toilettengegenstände, Tampons, einige saubere Unterhosen und zwei Paar Schuhe. Sie waren beide sehr schweigsam gewesen. Und jetzt saßen sie einander seltsam fremd gegenüber und warteten auf das Unvermeidliche.

»Es geht doch nicht, oder?«, fragte sie leise. Sie saß auf der

Sofakante, die beiden Plastiktüten standen vor ihren Füßen. »Das hätten wir längst begreifen können.«

Er saß auf einem der Esszimmerstühle mit den starren Rückenlehnen und hatte seine Ellbogen auf seine Knie gestützt. Mit einer müden Bewegung rieb er sich das Gesicht.

»Das ist dein Entschluss«, sagte er mit heiserer Stimme. »Ich glaube noch immer daran. An uns. Das kann einfach nicht stimmen. Das, was uns zusammenbringt, ist stark genug, um zwei gegensätzliche politische Anschauungen ertragen zu können.«

Pernille schüttelte den Kopf.

»Es geht doch nicht nur um die politischen Anschauungen. Unsere ganze Lebenssicht ist unterschiedlich. Unser Hintergrund. Und außerdem …«

Sie hatte sich geschworen, ihm nichts zu verraten.

Dazu bestand kein Grund. Es würde ihn nur unnötig verletzen.

Sein Instinkt war erwacht. Sie konnte ihm seinen Verdacht ansehen.

»Außerdem was?«

Die türkisblauen Augen hingen an ihren fest. Er war wirklich verdammt feinfühlig.

»Was ist los, Niller?«

Außer Solveig war er der Einzige, der sie so nannte. Und ihr war das gar nicht recht. Es machte alles nur noch schwerer.

»Nichts.«

Aber sie selber hörte, dass es wie eine Lüge klang.

»Schau mich an, Pernille.«

Er setzte sich neben sie auf das Sofa und zwang ihr Gesicht nach oben.

»Du bist schwanger, nicht?«

»Ich werde abtreiben lassen«, sagte sie, so kalt sie konnte.

Sie hatte ihn noch nie weinen sehen. Gesehen, dass seine Augen, wie jetzt, zu ertrinken drohten. Sie machte sich ganz steif und riss sich von ihm los.

»Du kannst an meinem Entschluss nichts mehr ändern. Der steht fest«, teilte sie mit und griff nach ihren Plastiktüten.

Weg hier. An die Luft. Ganz allein, nicht einmal Solveig. Nur allein sein und spüren, dass sie über ihren Körper und über ihr Leben bestimmte.

Sie hatte die Tür schon erreicht, als seine Stimme sie festhielt. Seltsam stark mitten in aller Verzweiflung, aller Hoffnungslosigkeit, allen Tränen, die wie eine dünne Schicht unter der Autorität lagen. Die geschulte Politikerstimme drohte zu brechen.

»Ehe du gehst … du weißt ja, dass ich dich liebe, Niller. Ich möchte gern für dein Kind ein Vater sein. Auch, wenn wir kein Paar mehr sind.«

Er redete schnell, schien Angst zu haben, nicht mehr alles sagen zu können, ehe sie ging.

»Das musst du wissen. Ich möchte alles sein, was ein Vater sein kann. Alles, was du mich sein lässt. Zum Henker, Niller, ich möchte Windeln wechseln und den Kinderwagen schieben und Eisenbahn spielen.«

Sie wusste selber nicht, ob es Weinen oder Lachen war, das in ihrer Kehle nach oben wollte, als sie die Tür hinter sich zuzog.

NOVEMBER 1997

Der Kaffee belebte sie ein wenig.

»Sind wir jetzt nüchtern?«, fragte Pernille und stupste Isabel mit ihrem sockenlosen Fuß an. Sie hing lässig im IKEA-Sessel und hatte ihren Kaffeebecher unter der Nase. Sie hatten den Holzofen geheizt und im Zimmer war es heiß wie in einer Sauna.

Isabel richtete sich im Sessel auf und horchte in sich hinein. Das Gefühl, dass alles um sie herum summte, nahm jetzt ab. Sie wusste, dass sie unmöglich schlafen könnte, ehe es sich ganz gelegt hätte.

»Ein bisschen vielleicht. Oder wir sind einfach wach und blau statt müde und blau.«

Pernille lachte.

»Meine Fresse, da sagst du was Wahres. Gibt's nicht irgendwo was zu essen?«

Isabel stand auf, wackelte in die Küche und schob alle Gedanken an eine Schlankheitskur in die hinterste Ecke ihres Gehirns. Sie packte Brot, Butter, Käse und Bioschinken auf ein Tablett und holte Teller und Messer.

Als sie sich aufrichtete, sah sie, dass Pernille weinte. Die Tränen kullerten lautlos über ihre Wangen und hinterließen Streifen auf dem blassen Gesicht. Ihre Brille war schon ziemlich beschlagen.

»Warum zum Teufel musste sie auch einfach so sterben«, fragte sie und schaute Isabel beleidigt an. »Ich wollte ihr doch noch so viel sagen!«

Isabel setzte sich schweigend in ihren Sessel. Plötzlich war sie stocknüchtern.

»Vielleicht klingt das ja schwachsinnig, aber ab und zu glaube ich, dass sie irgendwo da oben sitzt und alles beobachtet. Kannst du dir das nicht vorstellen?«, fragte sie zaghaft.

Pernille schaute hoch, als sei dort mehr zu sehen als nur die Decke, die dringend einen neuen Anstrich brauchte.

»Das habe ich mir auch schon überlegt«, schniefte sie. »Und seither habe ich die ganze Zeit das Gefühl, dass sie irgendwo da draußen sitzt und genau sieht, was wir so treiben.«

»Vielleicht kann sie auch Gedanken lesen«, meinte Isabel.

Pernille zog die Schultern zusammen und nippte an ihrem Kaffee.

»Sie kann auf jeden Fall hören. Ich bin ganz sicher, dass sie hören kann. Sie schaltet ihren Hörapparat ein, wenn du und ich und Mette etwas sagen. Sie will im Club wieder dabei sein.«

Isabel lehnte ihren Kopf an die Nackenstütze des Sessels und schloss die Augen.

»Kannst du ihr nicht sagen, was du ihr so gern sagen möchtest?«

»Danke«, sagte Pernille feierlich und beschwipst zugleich. »Ich möchte mich so gern bei ihr bedanken. Für unsere Freundschaft, aber vor allem …«

Isabel öffnete beim Klang dieser belegten Stimme die Augen. Sie dachte kurz an das Sprichwort über Kinder und Betrunkene.

»Vor allem möchte ich ihr für Thomas danken.«

JUNI 1983

PERNILLE

Sie durfte daran nicht wie an etwas Lebendes denken.

Sie lief rasch weiter. Über die Felder von Skejby, dicht vorbei am Flugplatz, wo kleine leichte Flugzeuge seltsam ziellos umherstanden. Ein sanfter Wind wehte, doch die Luft war sommerlich warm, und auf dem Flugplatz startete gerade ein Motorflugzeug, das ein Segelflugzeug hinter sich herzog. Sie fragte sich, was es für ein Gefühl sein mochte, oben in der Luft zu hängen, in der Spannung zwischen Himmel und Erde, wie ein Blatt, das auf dem Rücken des Windes davonfliegt. Unbekümmert und ziellos.

Sie aber machte sich Sorgen.

Noch war es doch nichts. Nur ein kleiner Klecks ohne Gefühle, ohne Gestalt. Etwas, das verschwinden sollte.

Trotzdem war es verdammt schwer. Ihr ansonsten so strukturiertes Gehirn schien ihre Gefühle nicht überzeugen zu können, sie schien eine Person zu brauchen, die ihr die richtigen Gedanken in ihrer Lage vorformulieren konnte.

Eigentlich hatte sie damit gerechnet, dass Solveig das übernehmen würde, das machte Solveig doch sonst immer. Aber Solveig stand auf Pouls Seite, während Pernille Unterstützung brauchte. Und nur zu gut wusste, woher sie die nehmen könnte.

Das Flugzeug brummte beim Beschleunigen und stieg in die Luft. Sie konnte den winzigen Menschenpunkt im Cockpit und sein Gegenstück im Segelflugzeug erkennen. Nur zwei Pünktchen. Das war alles.

Ihre Mutter hatte ihr immer gepredigt, welch großer Fehler es gewesen war, dass sie schon mit zwanzig ein Kind bekommen hatte. Sie hatte ihre Ausbildung nicht beenden können, und ihre Verbitterung hatte das Leben ihrer Kinder geprägt. Sicher waren Pernille und Peter geliebt worden. Aber zugleich hatten sie immer das Gefühl gehabt, zu einem unpassenden Zeitpunkt geboren zu sein. Kinder machten doch so viel Mühe.

Natürlich war ihre Mutter die Erste gewesen, die Pernille in ihrem Entschluss für die Abtreibung unterstützt hatte, als sie in der offenen Küche an dem schweren Eichentisch gesessen und bei einer Tasse Kräutertee über alles gesprochen hatten. Ruth, die Freundin der Mutter, war zum Glück taktvoll genug gewesen, um zum Hühnerfüttern nach draußen zu gehen. Ihr Vater war auf Klassenreise.

»Das ist dein Recht, meine Liebe. – Dafür haben wir Frauen viele Jahre kämpfen müssen. Du kannst dein Recht wahrnehmen, das ist keine Schande.«

Ihre Mutter, die es immer noch für ein Zeichen von Emanzipation hielt, unter der Bluse keinen BH zu tragen, beugte sich über den Küchentisch und knetete den Graubrotteig. Ihre Brüste hingen unter dem lila T-Shirt, das wie ihre Jeans von Mehl bestäubt war, bis auf ihren Nabel hinunter.

Sie musterte Pernille mit strengem Blick.

»Und vergiss nicht, es ist ein hart erkämpftes Recht.«

Der Termin war für den Montag angesetzt. Sie brauchte also nur noch das Wochenende hinter sich zu bringen.

Pernille blieb stehen und spürte wieder eine Unruhe im Unterleib, wie ein leichtes Perlen. Sie legte den Kopf in den Nacken. Jetzt waren die beiden Flugzeuge oben angekommen, kreisten und suchten den richtigen Wind. Sie konnte den Draht, der beide verband, gerade noch ahnen.

Sie schaute auf die Uhr. Es war drei Uhr, und sie war seit dem Vortag in Skejby. Jetzt war wieder Teezeit, und obwohl ihr vieles an ihrer lesbischen Mutter, deren Geliebter und dem Vater, der sich mit diesem Dreieck einfach abfand, auf die Nerven ging, so waren die drei doch ihre Familie. Das, was am ehesten an Blutsbande heranreichte.

Auf dem Weg zurück in das kleine Fachwerkhaus auf dem Feld summte das Wort Familie durch ihren Kopf. Sie war nicht dazu erzogen worden, in solchen Bahnen zu denken. Im Gegenteil. Eine Familie schien nie in den Karten gelegen zu haben, die ihr zugeteilt worden waren. Aber sie musste zugeben, dass sie nicht so recht wusste, wer diese Karten gegeben hatte. Gott, falls es ihn gab? Oder ihre Mutter? Auf jeden Fall hatte sie nie zu den Mädchen gehört, die mit Puppen spielen und von Mann und Kindern träumen. Ihre Träume hatten anders ausgesehen. Sie hatte allerlei besser machen wollen: die Indianer vor der Ausrottung retten, die Wale retten, die Welt retten, wie Solveig das so liebevoll ausdrückte. Ihre Fantasien waren in die Richtung gewandert, dass die Menschen zusammenhalten und die Mächtigen dazu zwingen können, die richtigen Entschlüsse zu fassen. Wie Atomkraftwerke abgeschafft werden, wie die armen Schwarzen in den USA zu einem besseren Leben finden können. In ihren Fantasien hatte es immer Männer gegeben, aber eben ganz andere als Poul. Sie hatte von Freiheitskämpfern wie Che Guevara oder Jacob Holdt geträumt. Immer hatten diese Männer lange Haare und Bärte und fanden die Sache wichtiger als die Liebe, und so sah es auch Pernille. Zusammen leisteten sie Großes und stahlen sich ab und zu die Zeit zu einem Schäferstündchen, mitten im Guerillakrieg, wo sie in ihrem Versteck im Dschungel versuchten, im Schatten ihres Ziels auch ihrer Liebe zu leben.

Aber er war niemals aufgetaucht, ihr gut aussehender revolutionärer Held, und die Ideale hatten niemals Blut oder Schweiß verlangt, obwohl sie sehr viel freiwillige Arbeit für Greenpeace oder Frauen für den Frieden geleistet hatte. Stattdessen war ihr Poul begegnet. Und jetzt lief sie hier in Skejby über ein Feld. Mit einem kleinen Leben, das sich in ihrem Unterleib festgesetzt hatte und mit Gewalt losgerissen werden sollte.

Wieder schaute sie nach oben und hätte fast gelächelt, als der Draht zum Segelflugzeug jetzt gekappt wurde. Frei wie ein Vogel kreiste es lautlos auf dem Wind, während das Motorflugzeug brummend zum Flugplatz zurückkehrte.

»Versuch doch, an etwas anderes zu denken«, riet ihre Mutter. »Was ist mit deiner Ausbildung, was willst du machen? Oder willst du in alle Ewigkeit im Kindergarten arbeiten?«

Pernille nahm sich ein Stück frisches Brot. Das vermisste sie am meisten, wenn sie nicht bei ihrer Mutter war. Das frisch gebackene Graubrot mit der krossen Kruste, warm und eben erst aus dem Ofen genommen, mit Butter und Honig. Ihre Mutter, die nach Küche duftete und sich ruhig und zufrieden zwischen Tisch und Herd hin- und herbewegte.

»Ich sammle Punkte, während ich dort bin. Und das kann doch nicht schaden«, sagte Pernille mit vollem Mund.

Ruth war jetzt hereingekommen. Sie wusch sich die Hände und trocknete sie an ihrer Hose ab. Dann ließ sie sich mit einer Tasse Tee und der Zeitung *Information* auf einen Sitzsack sinken.

»Wofür sammelst du Punkte, Pernille?«, fragte sie gleichgültig.

»Für einen Studienplatz.«

»Für welches Studium denn?«

Pernille zuckte die Schultern.

»Das weiß ich noch nicht genau. Vielleicht Sozialfürsorge.«

Ruth nickte beifällig.

»Solche Leute werden immer gebraucht.«

Plötzlich hatte Pernille Lust, die beiden zu provozieren.

»Aber ich könnte mir auch vorstellen, etwas mit Computern zu machen.«

Ruth und ihre Mutter blickten sie entsetzt an.

»Das meinst du doch hoffentlich nicht im Ernst?«

Pernille zuckte mit den Schultern. Sie meinte es natürlich nicht ernst. Im Moment meinte sie überhaupt nichts. Sie wollte keine Meinung haben, wollte nicht noch mehr folgenschwere Entschlüsse fassen müssen. Sie wollte ihre Ruhe haben und Tee trinken und sich zu Hause fühlen, was ihr jedoch schwer fiel. Sehr schwer.

Ihre Mutter hatte sich ausnahmsweise einmal neben sie gesetzt. Sie schenkte für beide Tee ein.

»Sollen wir mitkommen und Händchen halten?«

Wie sie dieses »wir« hasste!

»Bloß nicht. Ich meine, vielen Dank. Ich möchte lieber allein sein.«

In einer für sie untypischen Geste streckte ihre Mutter die Hand aus und streichelte ihr unbeholfen mit dem Handrücken die Wange.

»Das geht schon gut, Liebes. Du brauchst keine Angst davor zu haben.«

Für einen Moment begegneten sich ihre Blicke. Pernille konnte sich nicht erinnern, wann sie zuletzt eine Liebkosung von Seiten ihrer Mutter erlebt oder diese ihrerseits liebkost hatte. Aber gleich darauf war ihre Mutter bereits wieder aufgesprungen, um mehr Brot abzuschneiden.

Als Erstes hörte sie ein schreiendes Baby.

Die Gebärklinik im Vennelystpark war die Größte des Landes. Und dort wurden auch Abtreibungen vorgenommen. Offenbar nach der Devise, dass alles, was mit dem Unterleib zu tun hatte, zusammengehörte, ohne Rücksicht auf die Gefühle der Betroffenen.

Wieder schrie das Baby. Oder war es ein anderes? Eines, das gerade geboren worden war und jetzt keuchend und brüllend um sein Überleben kämpfte?

Pernille wünschte, sie hätte Oropax mitgenommen. Sie dachte vage, dass sie das vorschlagen wollte: Frauen, die eine Abtreibung vornehmen lassen wollten, Oropax zu geben, damit sie keine schreienden Kinder hören müssten.

Im Wartezimmer saßen mehrere Frauen. Einige mit dicken Bäuchen, Schwangere, die zur Untersuchung gekommen waren. Einige ohne Bauch, so wie sie selber. Ein ganz junges Mädchen hielt die Hand der Mutter, zwei Erwachsene, die offenbar Freundinnen waren. Ihnen war nicht anzusehen, welche schwanger war.

Pernille war als Einzige allein hier. Vielleicht fürchtete sie sich auch als Einzige. Nicht vor dem eigentlichen Eingriff, davor hatte sie keine Angst. Wohl aber vor dem Leben in ihrem Bauch. Davor, etwas Unwiderrufliches zu tun. Etwas, das sich nie wieder gutmachen ließe, hieß das nicht so?

»Pernille Gram.«

Eine Frau in weißem Kittel und mit sehr knappem Lächeln stand in der Tür. Pernille erhob sich. Das Zimmer kippte um.

»Dann wären wir so weit. Bitte, kommen Sie mit …«

Pernille ging wie in Trance hinter der anderen her. Versuchte die Angstwellen von sich fortzuhalten. Die hatten sich lange nicht mehr eingestellt. Nicht, seit sie Poul kannte. Aber jetzt schienen sie ganz neue Kraft gewonnen zu haben. Hau ab, verdammte Angst. Ich will dich nicht. Lass mich in Ruhe. Lass mich tun, was getan werden *muss*. Ich habe keine andere Wahl.

Sie erhielt ein Krankenhaushemd und Socken, die so klein waren, dass sie sie kaum über ihren hohen Spann streifen konnte. Und dann wurde ihr Blut abgenommen.

Die Angst wogte in großen Wellen über sie hinweg. Sie setzte sich im Bett auf und riss den Arm weg. Die Nadel rutschte heraus, das Blut quoll hervor.

Das Leben in ihrem Unterleib grummelte, oder war das ihr Magen? Sie hatte seit dem Vorabend nichts mehr gegessen. Und dann hörte sie wieder das schreiende Baby, und einen anderen Schrei, der sich mit dem des Kindes vermischte. Dieses Geräusch traf sie wie ein Messerstich, und irgendwo in ihrem Herzen wusste sie, dass sie selber geschrien hatte. Vage hörte sie, wie die beiden Krankenschwestern schweigend diskutierten, was hier zu tun sei. Und dann endlich, nachdem der Schrei unendlich lange in ihrem Gehirn widergehallt hatte, hörte sie eine vertraute Stimme, die durch Lärm und Krankenhausgerüche hindurchbrach:

»Niller!«

Zwei starke Arme hielten sie fest. Solveigs besorgte blaugrüne Augen dicht vor ihren, als sie sie hin- und herwiegte, still und ruhig wie ein Baby. Das Blut, das über dem weißen Hemd verschmiert war.

»Du bist wirklich schwer im Griff zu halten«, sagte Solveig mit belegter Stimme. »Ich musste bei deiner Mutter anrufen, um endlich deine Spur zu finden.«

Pernille spürte ihre Tränen, die sie zuerst schluchzen ließen und dann wie eine Sintflut hervorbrachen.

»Ich will nicht«, hörte sie sich immer wieder sagen. »Ich will es nicht umbringen.«

Und Solveig, die sie wiegte und tröstete, bis sie nicht mehr weinte und die beiden Krankenschwestern diskret verschwunden waren.

»Natürlich willst du das nicht. Das hätte ich dir schon vorher sagen können, du Dussel.«

»Aber was will ich denn dann?«, schniefte Pernille ratlos.

Solveig berührte ihre Nasenspitze mit ihrer eigenen, wie zu einem Eskimokuss. Pernille verschwand im Lächeln der blaugrünen Augen.

»Du willst Mutter werden, das ist doch klar.«

NOVEMBER 1997

»Glaubst du, es stört sie, dass wir Malthe mitbringen?«

Mette riss in einer Haarnadelkurve in Brendstrup den Volvo so heftig herum, dass Isabel nach einem festen Halt griff. Malthe, der auf dem Beifahrerplatz in einem Kindersitz angeschnallt war, schrie vor Begeisterung.

»Keine Ahnung. Vielleicht stört sie ja unser Besuch an sich. Vielleicht ist auch einfach niemand zu Hause.«

»Wir müssen es darauf ankommen lassen«, erklärte Mette, während Isabel hinten saß und sich wünschte, sie hätten den Bus genommen.

Es war Mettes Idee. Ihr Anruf hatte Isabel morgens geweckt, und Isabel, in deren hintersten Gehirnkammern ein wild gewordener Kater seine Klauen wetzte, war zum Apparat gestapft. Pernille war – wie immer sie das geschafft haben mochte – schon längst zur Arbeit gegangen.

»Geht's dir gut?«, fragte Mettes erwartungsvolle Stimme am anderen Ende der Leitung.

»So, wie das überhaupt nur zu erwarten ist, wenn Pernille ihren schlechten Einfluss spielen lässt«, murmelte Isabel mit rostiger Stimme. »Meine Güte, du klingst ja wirklich penetrant übergesund«, fügte sie hinzu und sah sich zum ersten Mal im Zimmer um. Sogar die Topfblumen sahen morgenfrisch aus. Vielleicht sollte sie sie zur Strafe mit einer Flasche Wein übergießen.

»Habt ihr gesoffen? Ohne mich?«

Mette hörte sich richtig neidisch an.

»Darauf muss ich wohl mit ›ja‹ antworten«, gab Isabel zu. »Und zwar geplant und vorsätzlich.«

Mette seufzte hörbar.

»Ich weiß schon gar nicht mehr, wann ich das letzte Mal blau war. Das geht einfach nicht bei kleinen Kindern, die dich morgens um sechs wecken.«

»Das weiß ich.«

»Ich habe heute frei. Malthes Krippe ist wegen Krankheit geschlossen, und deshalb habe ich mir überlegt, wir drei könnten doch das Gut von Solveigs Ahnen besuchen«, schlug Mette mit gewaltigem Pathos vor. »Ich habe so das Gefühl, dass wir mit Bodil leichter reden können, wenn Leo mit der Reparatur von Hüften und Knien beschäftigt ist. Was meinst du?«

Isabel bat kurz um Entschuldigung, streckte gierig die Hand nach ihrer Jacke aus und fischte die Prince-Packung hervor.

»Sollten wir nicht zuerst anrufen?«, fragte sie und knipste ihr Feuerzeug an.

»Ich weiß nicht, ob das eine gute Idee wäre. Ich glaube an den Überraschungseffekt, wenn du verstehst, was ich meine.«

Isabel verstand das sehr gut. Sie zog an der ersten Zigarette des Tages und versuchte sich Bodil Aastrands Reaktion auf diesen unangemeldeten Besuch vorzustellen.

»Vielleicht sollten wir einen Kuchen mitnehmen«, schlug sie vor.

Isabel klammerte sich an den Vordersitz, während Mette den Motor aufdröhnen ließ und die Gänge wechselte, als handele es sich beim Volvo um einen Panzer. Malthe saß mit dem Rücken zur Windschutzscheibe, sah zufrieden aus und erzählte etwas Unverständliches, das ihn ungeheuer zu amüsieren schien. Isabel hielt die Kuchenschachtel auf dem Schoß. Sie schaute zu Mette hinüber, die wie immer in lässiger Designerkleidung und mit ihrer trotz des bewölkten Wetters auf die Stirn hochgeschobenen Ray-Ban-Sonnenbrille fantastisch aussah.

»Woher hast du diese Jeans? Die sitzen einfach toll«, fragte Isabel, obwohl sie wusste, dass diese Jeans, auch wenn sie ein Vermögen gekostet hatten, an ihr aussehen würden wie ein Sack.

Mette schaute sich um, und Isabel bereute ihre Frage. Sie wäre froh gewesen, wenn Mette ihren Blick starr auf die Straße gerichtet und ihre Angewohnheit, auch beim Fahren ihre Gesprächspartnerin anzusehen, für diesmal vergessen hätte.

»Bei Victoria 2. Da gab es zwei Paar für fünfzehnhundert. Das war ein Schnäppchen. Und außerdem haben sie diese

Calvin-Klein-Bluse für einen Fünfhunderter weggeschmissen.«

»Zweitausend Kronen? Für zwei Paar Jeans und ein Blüschen?«

Isabel hörte selber, wie verärgert ihre Stimme klang. Sie selber kaufte fast alles im Ausverkauf und nahm nichts, was mehr als dreihundert kostete, egal, ob es sich dabei um Hosen oder Blusen handelte. Mette errötete ein wenig.

»Für Qualität muss man eben bezahlen.«

»Wenn man sich das leisten kann.«

»Ach, hör doch auf. Ich muss doch wenigstens einen Vorteil davon haben, dass ich einen reichen Mann geheiratet habe.«

Das große, gelb gestrichene Gut war idyllisch gelegen und hatte Blick auf das Moor von Kasted. Es hatte früher einmal zu einem Kloster gehört und trug deshalb den ungeheuer originellen Namen »Klosterhof«.

Isabel wusste, dass die Felder größtenteils verpachtet, und dass die Ställe von Reitpferden bevölkert waren, denen Leo Aastrands große Leidenschaft galt. Er vermietete auch Boxen, in denen andere ihre Pferde einstellen konnten, und viele nutzten dieses Angebot.

Als der Volvo auf den mit Kies bestreuten Hofplatz fuhr, kam Bodil Aastand in Reithosen und Stiefeln aus dem Stall. Mit ihren blonden Dauerwellen sah sie aus wie eine Hausfrau, die sich in der Stadt verirrt hat. Sie blieb stehen und versuchte offenbar, ihre Besucherinnen zu erkennen.

Mette brachte den Wagen zum Stehen, und sie stiegen aus. Mit besorgt gerunzelter Stirn kam Bodil Aastrand näher, und Isabel rechnete mit dem Schlimmsten. Bestimmt würden sie jetzt gleich vor die Tür gesetzt werden.

»Hallo, Bodil. Wir sind das nur. Isabel und ich. Ja, und Malthe natürlich.« Mette lächelte und drehte ihren Charme voll auf.

»Malthe?«

»Mein Sohn.«

Mette lief um das Auto herum und öffnete die Tür zum Beifahrersitz. Bodil Aastrand bückte sich und schaute hinein, und Malthe wählte diesen Moment, um in sein glucksendes Lachen auszubrechen.

»Was für ein munterer Junge. Und wie hübsch er ist. Er kommt sicher nach seiner Mutter.«

Bodil Aastrand drehte sich zu den anderen um. Zu Isabels Überraschung lächelte sie.

»Aber kommt doch ins Haus, dann mach ich uns einen Kaffee.«

Isabel hatte Solveigs Elternhaus nur zweimal betreten.

Das erste Mal war kurz nach dem Abitur gewesen. Der Bus der feiernden jungen Leute hatte auch hier angehalten, und sie hatten auf dem Gelände, das eher wie ein Park aussah als wie ein Garten, Bowle und Brote erhalten. Beim zweiten Mal hatte Solveig vorher den Freien Frauen des Clubs der Unzertrennlichen eingeredet, Freiheit sei besonders berauschend, wenn sie hoch zu Ross über die gepflügten Felder und durch das Moor sprengen könnten. Das Unternehmen war kein Erfolg gewesen, jedenfalls nicht für Pernille oder Isabel selber, beide hatten den Versuch aufgeben müssen, ihre Tiere zum Gehorchen zu bringen. Mette dagegen war mit ihrer unerklärlichen Anziehungskraft auf Tiere sogleich zur begeisterten Reiterin geworden und später noch einige Male zurückgekehrt.

Das Gut war noch immer beeindruckend groß und gepflegt, aber Isabel hatte sich hier noch nie wohl in ihrer Haut gefühlt. Ihr schien es, als könnten jeden Moment alle Arten von Unglücken und unheimlichen Wesen aus den Schatten und den vielen Ecken hervorschauen.

Doch dieses Gefühl war jetzt verflogen, als sie im Wohnzimmer saßen und Mette den Mandelkranz anschnitt, während Malthe ziellos über den Teppich krabbelte und sich mit der neuen Umgebung vertraut machte.

»Ich soll von Malthe grüßen und mitteilen, dass der Teppich von guter Krabbelqualität ist«, übersetzte Mette.

Bodil Aastrand war sichtlich in den Kleinen verliebt. Sie lächelte vor sich hin und ließ Malthe nicht aus den Augen, als der glucksend und sabbernd mit den Fransen des Perserteppichs spielte.

»Ihr wollt sicher über Solveig reden«, sagte sie dann.

Mette beugte sich über den Tisch, um Blickkontakt aufzunehmen.

»Wir wollen wirklich nicht lästig fallen. Bestimmt nicht. Und die Sache mit der Erbschaft ...« Sie zuckte mit den Schultern, wie um Entschuldigung zu bitten.

»Das hätte sich keine von uns träumen lassen. Wir hatten doch keine Ahnung ... wir hatten ja im letzten Jahr so gut wie keinen Kontakt.«

Solveigs Mutter sah ihre Besucherinnen an. Isabel dachte an ihre eigene Mutter, die zwar knatschverrückt sein mochte, die aber immer lebhaft und interessiert aussah. Bei Bodil Aastrand war das anders. Sie schien längst alle Kraft verloren zu haben. Isabel nahm an, dass ihr Gesicht früher eine ganz andere Lebensfreude ausgestrahlt hatte.

»Das ist doch egal«, sagte Bodil Aastrand mit ausdrucksloser Stimme. »Das Geld ist in diesem Zusammenhang wirklich gleichgültig. Wir haben doch alles, und das hat Solveig gewusst, aber ...« Sie hob einen Finger an ihr Auge, um eine Träne wegzuwischen. »... Es kam so überraschend ... dass sie uns nichts gesagt hatte ... die Vorstellung, dass sie uns vielleicht aus irgendeinem Grund bestrafen wollte, was weiß ich.«

Mette nahm ihre Hand, die schlaff und seltsam ziellos auf der Sessellehne lag.

»Wir haben auch versucht, das zu begreifen. Aber wir können auf jeden Fall ganz ehrlich sagen, dass wir uns nicht vorstellen können, warum Solveig euch hätte bestrafen wollen. Wir glauben eher, dass Solveig auf diese Weise etwas für uns tun wollte, falls du verstehst, was ich meine. So muss es doch gewesen sein, meinst du nicht?«

Bodil Aastrand schüttelte verwirrt den Kopf.

»Ich weiß wirklich nicht. Das ist alles so verwirrend, und außerdem ... Leo ist so kategorisch. Er will diesen Gedanken nicht an sich heranlassen. Er sagt weiterhin, es sei ein Unfall gewesen.«

»Aber das stimmt doch nicht. Das weißt du, nicht wahr? Das weiß er sicher auch«, sagte Mette vorsichtig.

Bodil Aastrand zog ihre Hand zurück und machte ein ratloses Gesicht. Isabel empfand Mitleid mit ihr.

»Was soll ich glauben? Dass mein eigenes Kind keinen Lebenswillen hatte? So etwas passiert doch nur anderen, oder? Uns selber doch nie.«

In diesem Moment stieß Malthe ein gurgelndes Geräusch aus. Er hatte den Vorhang erreicht und wollte feststellen, wie fest er daran ziehen konnte.

Bodil Aastrands Gesicht öffnete sich plötzlich zu einem Lächeln.

»Solveig hat Kinder so geliebt«, sagte sie träumerisch.

DEZEMBER 1983

METTE
Der Junge schmatzte gierig beim Saugen, so, als sei er darauf programmiert, mit siebenundzwanzig Geschwistern um den ersten Platz bei der Nahrungsausgabe kämpfen zu müssen.

Pernille saß wie eine Madonna mit seligem Lächeln zurückgelehnt zwischen ihren Kissen, während das Baby auf ihrer weißen Brust die Adern hervortreten ließ.

In diesem Moment dachte Mette daran, dass Pernille während ihrer Schwangerschaft sooft lauthals darüber spekuliert hatte, ob sie wohl gerade das Kind lieben könnte, das aus ihrer Gebärmutter zum Vorschein kommen würde. Natürlich wünschte sie sich ein Baby, aber das sei doch keine Garantie dafür, dass das heilige Muttergefühl über sie hereinbrechen würde, wie sie es ausdrückte. Denn was, wenn das Kind dumm und hässlich wäre?

»Liebst du ihn also?«

Pernille reckte sich unter der Bettdecke, und ihre Füße in den Krankenhaussocken lugten hervor.

»Schwer zu sagen. Ich kenne ihn doch nicht«, sagte sie. Aber dabei lächelte sie über das ganze Gesicht. »Ich kann dir sagen. Es ist einfach seltsam. So ist es. Es lässt sich nicht erklären.«

Mette verdrehte die Augen.

»Jetzt fang du nicht auch noch an. Warum bringen Frauen, die gerade geboren haben, immer solche Sprüche? Das ist doch ungerecht.«

Pernille grinste dämlich. Ihr Lächeln schien auf ihrem Gesicht angeklebt worden zu sein.

»Aber es stimmt eben. Das ist so ungefähr wie die erste Autofahrt. Ein Totalerlebnis. Und eine Überraschung, dass es gerade dieses Gefühl auslöst.«

Das Baby rülpste laut, und Pernille legte es sich vorsichtig über die Schulter.

»Das Auto scheint für die nächsten Stunden genug getankt zu haben«, kommentierte Mette. »Wie soll es eigentlich heißen?«

»Thomas«, sagte Pernille entschieden.

»Schöner Name. Aber warum ausgerechnet Thomas? Doch wohl nicht nach dem aus der Parallelklasse, wie hieß der doch noch gleich … Thomas Eje?«

»Himmel, glaubst du, ich hätte mein Gehirn komplett zugeschissen? So ein Spießer«, schnaubte Pernille.

»Aber warum dann?«

Pernille nahm ihren Sohn von der Schulter, legte ihn auf ihren Schoß und musterte ihn forschend, so, als sehe sie ihn gerade zum ersten Mal. Sie nahm jedes seiner Fingerchen in die Hand, und Mette sah, wie diese sich instinktiv zum Griff krümmten. Etwas in ihr bewegte sich, wie ein Fisch, der mit dem Schwanz schlägt, und sagte ihr, dass auch sie in nicht allzu vielen Jahren so dasitzen wollte, voller Seligkeit und mit ihrem Kind auf dem Schoß. Sie streckte die Hand aus und ließ einen Finger vom Flaumhaar auf dem Kopf des Kleinen an dem niedlichen Ohr vorbei zum Nacken wandern.

»Es gibt keinen Grund. Ich habe das einfach geträumt.«

»Du hast einen Namen geträumt?«

Pernille lächelte glücklich. Und das war ansteckend.

»Jetzt bist du verraten und verkauft, das weißt du doch?« Mette lächelte auch. »Lebenslänglich.«

Sie wechselten einen Blick, und Mette merkte, dass es an der Zeit war, die beiden allein zu lassen.

»Jetzt gehe ich, sonst krieg ich noch einen Lachmuskelkrampf. So viel Glück ist einfach nicht auszuhalten.«

Im Gehen sah sie sich nach den beiden um. Pernille winkte ihr mit dem kleinen hellblauen Teddy zu, den Mette eben als Geburtsgeschenk abgeliefert hatte.

Auf dem Flur begegnete ihr die mit Schmusetieren und Pralinenschachteln beladene Solveig. Auch Solveig lächelte so selig, als sei ein Engel zur Erde herabgestiegen und habe alles gut werden lassen.

»Hast du ihn gesehen? Ist er nicht wunderbar?«

»Ganz unglaublich wunderbar. Was war es für ein Gefühl, dabei zu sein?«

Es war erst zwölf Stunden her, und Mette wusste, dass Solveig zum Schlafen nach Hause gegangen war.

»Grauenhaft«, Solveig lächelte. »Ich dachte schon, sie hätte mir den Arm gebrochen, so, wie sie sich daran festgehalten hat. Und sie hat geschrien wie ein kleines Schwein.«

Mette schüttelte den Kopf.

»Es gehört sicher viel Liebe dazu, ein solches Erlebnis zu vergessen. Aber ich glaube, sie hat es schon verdrängt.«

Solveig drückte den langarmigen Affen, den sie im Arm hielt, an sich.

»Ich auch.«

Mette trabte in ihren samischen Stiefeln und ihrer Daunenjacke weiter durch die Stadt, um Weihnachtsgeschenke zu kaufen. Es war der 15. Dezember, und Århus hatte sich schon längst in seinen Weihnachtsstaat geworfen.

Thomas hatte sich an einem richtig tristen und trüben Tag gebären lassen, an dem die Sonne erfolglos versuchte, wenigstens einen einzigen dünnen Strahl durch die Wolken zu bohren. Die Kastanienbäume an der Nørre Alle streckten ihre toten Zweige aus, und zwischen Auspuffgasen und den bis auf die Straße herabhängenden Wolken war kein Unterschied zu erkennen.

Das Bild von Pernille und dem kleinen Thomas stand ihr

noch immer vor Augen und erinnerte sie an die Sehnsucht nach Familienleben, die sie in letzter Zeit erfüllte. Es war keine konkrete Sehnsucht nach Mann und Kindern, sondern eher eine danach, nicht mehr so viel allein zu sein. Der Wunsch, sich eine Zukunft mit etwas Greifbarem zu sichern, jemanden, den sie umarmen und umsorgen konnte. Abgesehen von Oliver eben, für den sie natürlich auch sorgte. Vor allem, wenn sein siamesisches Miauen sie zum Wahnsinn zu treiben drohte. Aber zum Henker, als allein stehende Mutter wollte sie auch nicht enden. Wenn sie Kinder bekam, dann mit einem festen Mann, am besten mit einem mit gut gefüllter Brieftasche, damit sie nicht auf ihr Vergnügen zu verzichten brauchte.

Als sie die Nørregade erreichte, brannten bereits die Straßenlaternen, und das Gewimmel auf Bürgersteig und Straße kündigte schon an, welches Gefühl es sein würde, sich mit allen anderen Weihnachtsgeschenksuchenden im Magasin oder bei Salling zusammenzudrängen.

Als sie von Pustervig aus durch die Clemens Stræde ging, dachte sie wieder an Pernille. Der war ihre Trennung von Poul offenbar ernst gewesen, denn drei Monate vor der Geburt war sie in eine Zweizimmerwohnung in einem Studentenheim gezogen. Natürlich mit Hilfe der Behörden, denn weder Pernille noch ihre Familie hatten sich auf ein Dasein als ledige Mutter vorbereitet. Poul, das wusste Mette, hatte immer wieder seine Hilfe angeboten, aber auch er war ja nicht reich.

Beim Gedanken an Geld empfand sie die vertraute Sehnsucht und schämte sich. Sie war nicht dazu erzogen worden, nur an Geld zu denken, immer hatte sie gehört, Geld sei nicht alles. Bei ihr zu Hause war jede Münze dreimal umgedreht worden, und sie war mit dem Gefühl aufgewachsen, dass jeden Moment die Gläubiger erscheinen und Fernseher, Stereoanlage oder das von der Großmutter ererbte Silberbesteck mitnehmen könnten. Ihr Vater, den sie noch immer schmerzlich vermisste, war ein sorgloser Typ gewesen. Immer überzeugt davon, dass die Probleme sich schon lösen würden. Auf irgendeine geheimnisvolle Weise war das auch immer passiert, und Mette hatte an ihrem Elternhaus sonst nichts auszusetzen. Es stand auch nicht fest, ob es an ihrer Kindheit lag, dass sie die Vorstellung grauenhaft fand, sich nicht alles leisten zu können, was sie sich wünschte. Vielleicht war sie einfach so geboren. Gierig. So gierig auf Geld wie der kleine Thomas auf Muttermilch. Und daran konnte sie nichts ändern. Es gab einfach viel zu viele verlockende Dinge auf der Welt, und allesamt schienen sie Geld zu kosten. Auf die eine oder andere Weise.

Wie an diesem Tag.

Es gab so entsetzlich viel, was sie gern gekauft hätte. Geschenke für Verwandte und Bekannte, natürlich, aber die wurden nach einem festen Tarif beschenkt, damit niemand das Gefühl haben musste, in ihrer Schuld zu stehen. Geschenke für Mette selber waren etwas anderes. Sie blieb vor einer Boutique in der Clemens Stræde stehen, bei der sie sich nicht einmal das Anschauen leisten konnte. Trotz allem, was ihr erzählt worden war, hatte ihre Erfahrung sie gelehrt, dass auch das Hinschauen Geld kostet. Dennoch öffnete sie die Tür und ging in den Laden.

Dort wurde exklusive Markenkleidung verkauft, und das Angebot war nicht sehr groß. Das war immer so in solchen Boutiquen. Immer gab es nur gerade genug. Mette ließ ihre Hände über eine cremefarbene Hose von Ivan Grøndahl wandern. Der weiche Stoff schmiegte sich um ihre Haut und rief sie mit seiner eigenen verlockenden Stimme.

»Kann ich behilflich sein?«

Mette spürte, wie die Verkäuferin sie von Kopf bis Fuß

musterte. Und in ihr erwachte der Drang, dem schwarzen Loch in ihren Finanzen zu trotzen, was jeglichen Gedanken an die spärlichen Reste ihres Studiendarlehens unmöglich machte.

»Darf ich die mal anprobieren?«

»Natürlich. Hier hinten.«

Die Verkäuferin ging vor. Mette sah die spöttische Haltung des Rückens der anderen, und der Beine, die auf den eleganten Absätzen munter dahinklapperten. Ihre ganze Ausstrahlung sagte deutlich: Vergiss es. Das kannst du dir doch nicht leisten!

»Ist das die passende Größe?«

»Ich glaube schon.«

Das Problem war, dass ihr fast alles gut stand. Sie hatte einfach die Sorte von Figur, mit der sie alles tragen konnte. Was sie sehr gut wusste. Und obwohl sie sich auch darüber freute, war es bisweilen ärgerlich, denn alles verlockte sie so sehr.

Sie betrachtete ihr Spiegelbild. Die Hose saß wie ein Traum. Die weiche, feine Wolle ließ Mette aussehen wie eins der niedlichen Schmusetierchen, die Thomas bekommen hatte. Ihre schokoladenbraunen kurzen Haare schrien geradezu nach einem Oberteil in derselben Farbe. Sie schob den Vorhang beiseite.

»Gibt es dazu einen passenden Pullover?«

Die Verkäuferin holte das Wunder, das aus dünner schottischer Wolle hergestellt war und einen kleinen Rollkragen besaß. Beim Anprobieren versuchte Mette in Gedanken auszurechnen, was das Ensemble kosten würde. 1540 Kronen. Ein Vermögen. Und fast ihr gesamtes Studiendarlehen.

»Ich nehme beides.«

Sie starrte in die kleinen, skeptischen Augen der Verkäuferin und genoss den Moment, als deren Ausdruck sich in demütiges Erstaunen verwandelte.

»Das steht Ihnen aber auch ungeheuer gut.«

Mette zog ihre Jacke um sich zusammen und öffnete ihr Portemonnaie, um das Geld für die Weihnachtsgeschenke herauszunehmen.

»Das weiß ich auch.«

Das Triumphgefühl begleitete sie bis zu Salling. Dort jedoch holte das schlechte Gewissen sie ein. Das passierte nicht zum ersten Mal, aber diesmal war wegen des bevorstehenden Weihnachtsfestes die Lage besonders ernst. Bisher hatte es gereicht, wenn sie sich selber einige Wochen lang Ausflüge in die Stadt verbot und sich von Käsebroten und Spaghetti mit Büchsentomaten ernährte. Diesmal half das nicht. Es waren noch neun Tage bis zum Heiligen Abend, den sie zu Hause in Herlev verbringen würde. Ihre beiden jüngeren Brüder und ihre Mutter würden erwarten, dass Weihnachtsgeschenke unter dem Baum lagen. Und Mette hatte bisher auch immer das Geschenk für die Person besorgt, die die Mandel im Pudding findet. Und diesmal hatte sie nicht einmal wie sonst Plätzchen gebacken. Und Marzipan hatte sie auch nicht gemacht.

Scheiße! Wie ein weiser Mann einmal gesagt hatte: Dieser verdammten Kauflust nachzugeben war ein ebenso kurzlebiges Vergnügen, wie sich bei Frost in die Hose zu pissen.

Mette machte mitten im Weihnachtsgewimmel auf dem Absatz kehrt und lief in entgegengesetzter Richtung durch die überfüllte Einkaufsstraße. Ihre Schritte trugen sie bis zum Magasin und dann weiter durch die Vestergade. Sie hatte schon früher mit dem Gedanken gespielt, aber bisher niemals etwas unternommen. Stattdessen hatte sie sich das höchstmögliche Studiendarlehen geben lassen. Aber der Gedanke an die astronomisch hohen Zinsen, die sie erst mit fünfzig Jahren abgestottert haben würde, ließ ihr unter der Daunenjacke den

Schweiß ausbrechen. Sie musste sich einfach auf andere Weise behelfen.

Jacobs Bar-BQ sah aus wie immer. Die feuchte Dezemberluft ließ die Pflastersteine auf dem kleinen Hof fast ebenso funkeln wie die elektrischen Kerzen am Weihnachtsbaum. Aus der Pianobar hörte sie die Triller einer verjazzten Ausgabe von »Jingle Bells«, und durch das Fenster ahnte sie die Mauer aus winterlich eingemummelten Menschen, die am Tresen standen und sich mit Weihnachtsbier und Glühwein voll schütteten.

Sie stieß die Tür auf und steuerte die Hühnerleiter zum ersten Stock an, wo sie nach dem Geschäftsführer fragte.

Zwei Minuten darauf stand ein kleiner lockiger Mann mit lebhaften Augen vor ihr. Mette registrierte seinen wohlgefälligen Blick und wusste sofort, dass es leicht sein würde, hier Arbeit zu finden.

Sie ließ einen Moment lang ihren Blick über die Gäste schweifen und bemerkte einiges an stadtbekannter Prominenz. Zwei Männer bedachten sie mit demselben Blick wie gerade erst der Geschäftsführer. Der Gedanke, der sich dabei in ihr zu Wort meldete, erschreckte sie dermaßen, dass sie sich selber leise aufkeuchen hörte. Sie versuchte den Gedanken zu verdrängen, konnte sich aber nicht von der Erkenntnis befreien, dass es im Leben auch noch andere und raschere Verdienstmöglichkeiten gab.

NOVEMBER 1997

Die Standuhr in der Ecke zertickte die Sekunden.

Bodil Aastrand starrte in ihre Kaffeetasse, als suche sie im Kaffeesatz nach einer Antwort. Was sie dann sagte, schien sich eher an die Tasse zu richten als an ihre Besucherinnen.

»Zwischen Solveig und mir hat es immer eine gewisse Distanz gegeben. Nicht, dass wir einander nicht geliebt hätten. Aber wir waren so unterschiedlich. Wir waren einfach nicht auf derselben Wellenlänge, könnte man sagen.«

Sie lachte ein wenig unsicher und schaute auf. Die anderen schwiegen.

»Ihr Vater war immer die starke Kraft in ihrem Leben. Leo ist so dominierend. Als sie klein war, waren die beiden unzertrennlich, und sie hatte seine Furchtlosigkeit, wenn es um Sport und physische Dinge ging. Sie war sicher ein sehr jungenhaftes Mädchen.«

Bodil Aastrand räusperte sich nervös.

»Ich konnte da gar nicht mithalten. Ich habe auch erst später Reiten gelernt. Ich fühlte mich vielleicht ein wenig ausgeschlossen. Auf jeden Fall haben wir nie die Nähe zueinander gefunden, die ich mir gewünscht hätte.«

Isabel lauschte einem Lied, dessen Grundtöne lange Zeit auch in ihrem eigenen Leben erklungen waren. Mütter und Töchter. Das vertraute Messer war irgendwo tief in ihr am Werk. Es war spitz und kalt und stieß ganz rasch zu. Warum zum Teufel stellte aber auch alle Welt so hohe Erwartungen aneinander? Wann war die bedingungslose Liebe aus der Mode gekommen?

»Ich glaube, wir fühlen uns allesamt an Solveigs Tod schuldig«, sagte Mette leise. »Jede auf ihre Weise.«

Bodil Aastrand riss die Augen auf, als sei sie eben erst erwacht. Sie schaute ihre Gäste eine Weile an. Dann sprang sie plötzlich auf und holte ein kleines grünes Buch mit Spiralbindung.

»Ihr wolltet doch wissen, ob Solveig einen Freund hatte.«

Sie nickten. Bodil Aastrand zuckte mit den Schultern.

»Diese Frage habe ich mir selber oft gestellt. Aber Solveig war ja in vieler Hinsicht eine sehr zurückhaltende Person, und deshalb habe ich es nie gewagt, dieses Thema zur Sprache zu bringen.«

Sie reichte Isabel das Buch.

»Leo und ich haben natürlich schon darin geblättert, aber uns sagt es nicht viel. Vielleicht hilft es euch ja trotzdem weiter.«

Isabel schlug den Kalender für das Jahr 1997 auf. Auf der ersten Seite stand eine Reihe von Telefonnummern, geschrieben in Solveigs vertrauter Schrift.

»Und jetzt geht ihr wohl besser«, sagte nun Bodil Aastrand mit leicht unsicherer Stimme. »Leo kommt heute früher nach Hause, und ich bin nicht so sicher, ob er von eurem Besuch so begeistert wäre. Und davon.«

Sie nickte zu dem Kalender hinüber.

»Das bleibt unter uns, ja?«

Mette erhob sich.

»Natürlich. Und tausend Dank.«

Sie nahm Malthe auf den Arm, und der quengelte los.

Sie verabschiedeten sich auf der Treppe zum Hof.

»Wenn ihr weiterkommt ... wenn ihr etwas in Erfahrung bringen könnt ...«

Isabel fiel ihr freundlich ins Wort.

»Dann sagen wir Bescheid. Das versprechen wir.«

Auf der Rückfahrt war keine besonders redselig. Selbst Malthe schwieg. Erst als sie den Paludan Müllersvej erreicht hatten und der Kleine auf seinem Sitz eingeschlafen war, sagte Isabel:

»Das war ganz schön mutig von ihr.«

»Was denn? Dass sie uns den Kalender gegeben hat?«

Isabel schüttelte den Kopf.

»Das weniger, obwohl auch das Mut erfordert hat. Ich meine eher ihr Eingeständnis, dass sie und Solveig einander nicht besonders gut gekannt haben. Das muss ihr schwer gefallen sein. Wenn wir Kinder bekommen, rechnen wir doch eigentlich mit einer gewissen Nähe, oder?«

Sie stellte die Frage aus purer, mit Unwissenheit vermischter Neugier. Auf Mettes Reaktion war sie nicht vorbereitet gewesen.

»Wann zum Teufel werden Erwartungen denn jemals erfüllt? Gehört das nicht zum Erwachsenwerden, dass unsere Erwartungen an uns selber und an andere zu Bruch gehen?«

In Mettes Stimme klang eine überraschende Bitterkeit mit. Isabel wollte schon eine Bemerkung machen, um alles zu überspielen, aber Mette kam ihr zuvor.

»Tut mir Leid. War nicht so gemeint. Wie wär's mit etwas Musik?«

Sie streckte die Hand aus und schaltete das Radio ein. Ein Schubertlied wurde gespielt. Isabel kannte es sehr gut. Es war die Geschichte des verzweifelten Vaters, der mit seinem sterbenden Kind im Arm in gestrecktem Galopp durch den finsteren Wald jagt. Und während der Klavierbass polterte und der Mezzosopran sang, dachte sie an das erste Mal, als sie beim »Erlkönig« eine Sängerin begleitet hatte.

MÄRZ 1984

ISABEL

Warum hatte sie sich ausgerechnet eine dermaßen gut aussehende Sängerin ausgesucht? Warum war sie nicht gescheit genug gewesen, die vierschrötige Karin Pind zu bitten, mit ihr zusammen die Schubertlieder einzustudieren?

Isabel schaute verstohlen zu der Sängerin hinüber, die ihre Stimme erklingen ließ, während eine elegante Hand auf dem Flügel lag. Mit dramatischer Stimmführung und leidender Miene führte Anne Frandsen den »Erlkönig« auf eine Weise vor, bei der Isabel Andreas Scharffs Blick auf den wogenden Busen geradezu spüren konnte. Oder war sie jetzt ungerecht?

Vielleicht. Ab und zu kam sie sich wirklich vor wie eine Laus.

»Zusammen mit der Sängerin Luft holen«, hörte sie hinter sich. Sie wusste, dass er am Fenster lehnte und sein Wolfslächeln zeigte.

»Phrasieren, zum Teufel, Isabel!«

Gereizt hämmerte Isabel auf den polternden Bass ein und versuchte zu erraten, wann Anne zu atmen geruhen werde. Das geschah nämlich nicht immer an denselben Stellen. Diese Unregelmäßigkeiten gehörten zur »künstlerischen Freiheit«, wie Anne freundlich erklärt hatte.

Schon in der ersten Stunde hatte Isabel die Zusammenarbeit bereut. Vielleicht, weil Anne in einem engsitzenden schwarzen Kleid und hochhackigen Schuhen angetreten war. In Schwarz, das einen dramatischen Kontrast bot zu ihren feuerroten Haaren und den funkelnden grünen Augen, die zum Klischee der Allerweltssängerin passten. Denn waren sie nicht alle so? Bis zum Gehtnichtmehr ichbezogen. Unsichere Existenzen, die ohne abgrundtiefe Bewunderung und das Begehren des anderen Geschlechts nicht überleben konnten. Sollte sie doch alle der Teufel holen. Aber Anne konnte natürlich nichts dafür, dass Isabel einen schlechten Tag hatte.

Denn es war wirklich ein absoluter Dreckstag.

Eigentlich müsste sie jetzt in Pantoffeln zu Hause sitzen, mit einer Tasse Tee in Reichweite, und sich in Gedanken auf das nachmittägliche Konzert vorbereiten, das überhaupt nichts mit Gesang zu tun hatte. Sie sollte bei einer Veranstaltung des

Konservatoriums solo ihr Examensprogramm vorspielen und sie hoffte, dass ihre Familie und ihr Fanclub, alias die Freundinnen, zu ihrer moralischen Unterstützung erscheinen würden. Die Stunde mit der Sängerin war unplanmäßig dazwischengeschoben worden, Anne hatte das so gewollt. Mit Scharffs Segen, natürlich. Isabel hatte vergessen, welchen Grund sie angeführt hatte, aber ihre Entschuldigung hatte ja immerhin gewirkt. Wie konnte er sie bloß einer dermaßen egozentrischen Sängerin in den Rachen werfen, wo sie doch ein Konzert hatte und sich konzentrieren musste?

Schuberts Herz-Schmerz bohrte sich bis zu ihrem Bewusstsein durch, und sie konnte zu Annes Gezwitscher das »Heideröslein« einigermaßen korrekt abschließen.

Um alles noch schlimmer zu machen, war die Großmutter krank geworden. Morgens früh hatte sie bei Isabel angeklopft, was sonst gar nicht ihre Art war.

»Bist du wach, Bella?«, hatte sie durch den klappernden Briefschlitz gefragt.

Das war Isabel nicht. Aber das wurde sie. Ihre Stimme bebte, sie schien aus dem Grab zu kommen, und ehe die Großmutter den Satz beendet hatte, war Isabel schon aus dem Bett gesprungen.

»Stimmt was nicht? Bist du krank?«

Die Großmutter stand klein und in sich zusammengesunken in ihrem langen, hellblauen Nachthemd vor ihr. Ganz bleich um den Schnabel war sie. In der Hand hielt sie das unentbehrliche Taschentuch, das sie immer umklammerte, wenn sie sich schlafen legte.

»Mir war so schlecht. Darf ich ein bisschen reinkommen?«

»Natürlich.«

Die Großmutter stützte sich auf Isabels Arm und schwankte auf ihren hochhackigen Schuhen durch das Zimmer.

»Komm. Setz dich hierher, dann mache ich Kaffee. Oder

Tee?«, sagte Isabel verzweifelt und bereute zum hundertsiebzehnten Mal, keinen Erste-Hilfe-Kurs besucht zu haben. Wenn die Großmutter nun in Ohnmacht fiel? Sollte sie es dann mit Herzmassage versuchen? Dabei würde sie den gebrechlichen Brustkasten garantiert in Stücke brechen. Und was könnte sie an Stelle von Riechsalz verwenden? Essig vielleicht? Was war überhaupt zu tun, wenn andere alt und krank wurden?

»Nur ein Glas Wasser.«

»Schön. Okay. Ein Glas Wasser, ein Glas Wasser«, wiederholte Isabel wie ein Mantra und stürzte in der Hoffnung, ein Menschenleben retten zu können, in die Küche.

»Ich rufe einen Arzt an«, erklärte sie. »Oder einen Krankenwagen? Soll ich nicht einen Krankenwagen holen?«, fragte sie, als die Patientin das Glas mit zitternden Händen entgegennahm.

»Warte noch ein bisschen. Es geht schon vorüber, Bella«, sagte die Großmutter geduldig.

»Aber was ist passiert? Ist es passiert, als du geschlafen hast? Warst du wach? Warst du schon auf?«

Die Großmutter legte ihr beruhigend die Hand auf den Arm.

»Ganz ruhig jetzt. Ich wollte nur nicht allein sein«, fügte sie hinzu. »Und es ist nicht so schlimm wie es aussieht.«

Isabel schnitt eine Grimasse.

»Da hättest du mich ja fast an der Nase herumgeführt.«

Die Großmutter lächelte schwach.

»Nur zwei Minuten. Dann ist es vorbei.«

Und so kam es dann auch. Was immer das Unwohlsein ausgelöst haben mochte, war verflogen, langsam nahmen die Wangen der Großmutter wieder Farbe an, und eine halbe Stunde später bat sie glücklich um einen schwarzen Kaffee und eine Zigarette.

»Glaubst du, Rauchen ist gesund? Jetzt im Moment, meine ich?«

Die Großmutter musterte sie nachsichtig.

»Nein, aber der Tod muss doch eine Ursache haben, oder?«

Nach der Stunde mit der Sängerin hatte sie Zeit für sich selber. Es war halb drei, und sie schaffte es nicht mehr nach Hause. Deshalb rief sie an und vergewisserte sich, dass die Großmutter noch immer lebte. Das Konzert sollte um vier Uhr beginnen, und sie war als Zweite an der Reihe, deshalb ging sie zum Kiosk und kaufte sich Kekse, eine Flasche Limonade und einen Schokoriegel. Und nachdem sie das alles an einem ruhigen Tisch in der Mensa verzehrt hatte, fing sie mit dem Aufwärmen an, wobei sie nach und nach mit Willenskraft und Tonleitern alle unerfreulichen Ereignisse des Tages verdrängte. Und sich dabei im Klang des schönen, majestätischen Instrumentes versinken ließ, das sie liebte.

Sie hatte sich nur mit großer Mühe zwischen dem großen Bösendorfer Flügel und dem Steinway entscheiden können.

Der Bösendorfer hatte diesen besonderen, mahagonidunklen Klang, der an einsame Nächte in tiefer Melancholie denken ließ. Sein Anschlag war zäh und verlangte große Kraftreserven; es war ein maskulines Instrument und für ein kleingewachsenes weibliches Wesen nur schwer zu bewältigen. Aber Isabel liebte den Bösendorfer-Klang, und ihr kribbelte es vor Verlangen in den Fingerspitzen.

Sie entschied sich für den Steinway. Im Grunde, weil der sich für Mozart am besten eignete, aber auch, weil er etwas anderes in ihr ansprach. Etwas, von dem sie meinte, es sei gesund, sich darum zu kümmern. Es war nicht so sehr der Schmerz im hellen, spröden Klang des Steinway. Sondern eine beherrschte Munterkeit. Der an das fröhliche Gemüt erinnerte, von dem sie sich bisweilen eine größere Portion wünschte.

Jemand klopfte an die Tür des Übungsraums. Solveig schaute herein.

»Störe ich?«

»Ist schon gut.«

»Ich wollte nur mitteilen, dass der Fanclub eingetroffen ist. Bist du nervös?«

Isabel bemerkte, dass ihre Handflächen schweißnass waren.

»Ein bisschen, vielleicht.«

Sie streckte die Hände aus. Und die zitterten ein wenig.

»Das ist nur richtig so«, tröstete Solveig. »Sonst spielst du nachher nicht gut.«

Isabel versuchte es mit einer A-Moll-Tonleiter. Die Töne kamen ein wenig ruckhaft, und sie spielte nicht gleichmäßig.

»Du hörst dich an wie mein Lehrer«, murmelte sie und gab Solveig ein Zeichen, wieder zu gehen.

»Hab ich's mir doch gedacht«, lachte Solveig. »Komischer Kauz, wenn du meine Meinung hören willst. Er schleicht draußen auf dem Flur herum, so, wie du ihn beschrieben hast, muss er es sein.«

»Sag ihm, dass er sich verpissen kann«, sagte Isabel wütend. Solveig achtete nicht darauf.

»Weißt du überhaupt, dass du in der Zeitung stehst?«

Isabel nickte. Die Konzertankündigung war in zwei Zeitungen erschienen, und allein bei diesem Gedanken strömte das Blut schneller durch ihren Körper. Publikum aus der Stadt wurde erwartet. Nicht nur die braven Hilfstruppen aus dem Konservatorium, sondern Musikliebhaber, die sich ein Erlebnis versprachen. Was die Auftretenden natürlich noch mehr unter Druck setzte.

Zum Glück sollten insgesamt sechs von ihnen spielen. Doch trotzdem hatte die Anzeige Isabel nervös gemacht. So, wie es sie auch nervös machte, sich selber auf der Bühne vor sich zu sehen, in irgendeinem teuren, scheußlichen Kleid und hohen Absätzen. Sie konnte das Schicksal einfach nicht auf diese Weise herausfordern, deshalb hatte sie sich für vertraute, alte Kleidungsstücke entschieden. Für einen blaurot-karierten Rock und ein weißes Baumwollhemd. Die Schuhe hatten Probleme gemacht. Sie konnte doch nicht in ausgelatschten Turnschuhen auf der Bühne sitzen. Aller Augen würden sich auf ihre Füße richten, wenn sie die Pedale benutzte. Deshalb hatte sie zur Feier des Tages in kurze schwarze Stiefel mit kleinem Absatz investiert. In Stiefeletten, wie ihre Großmutter sagte. Sie band sich die Haare zu einem Pferdeschwanz, der sie ein wenig größer aussehen ließ. Ihr brach von der Vorstellung, beim Spielen mit den Fingern in ihren Haaren hängen zu bleiben, noch immer der Schweiß aus.

Wieder wurde an die Tür geklopft.

»Bist du so weit? Wie fühlst du dich?«

Dieses eine Mal lag in Andreas Scharffs Stimme ein fürsorglicher Klang.

»Könnte besser sein«, sagte Isabel ehrlich. »Aber es geht schon.«

Er kam herein und legte ihr die Hände auf die Schultern. Und bildete sie sich das ein, oder lag seine Hand wirklich eine Sekunde länger als notwendig da?

»Natürlich geht das. Du spielst den Mozart doch gut. Der liegt dir wirklich.«

Das waren große Worte für seine Verhältnisse. Als sie ihre Noten zusammensuchte, dachte sie vage, wie seltsam es sei, dass ihr Lehrer eine andere Auffassung vertreten konnte als sie selber. Natürlich spielte sie gern Mozart. Aber ihrer Meinung nach war sie für die Romantik viel geeigneter. Vielleicht stimmte das ja gar nicht. Vielleicht lagen ihr doch fröhliche Triller und Sprünge besser.

Als sie über den Flur ging, hörte sie aus den Übungsräumen

gedämpftes Spiel. Hier eine Geige, dort eine Flöte, im dritten Raum holperte ein Klaviertrio durch irgendeinen schnellen Satz. Isabel stellte sich die Studierenden oft als Schmetterlingslarven vor, die schrecklich mit sich selber und miteinander beschäftigt waren, die zusammen spielten und kreuz und quer miteinander ins Bett gingen. Das Konservatorium war ihre Puppe. Was außerhalb dieser Puppe stattfand, interessierte sie nicht weiter.

»Jetzt ist's so weit«, sagte eine Kommilitonin und hörte sich an wie eine zum Tode Verurteilte, die aufs Schafott steigen soll. Isabel wartete fast schon auf die Frage nach ihrem letzten Wunsch.

Sie wurde hinter die Bühne geführt, wo die Instrumente wild durcheinander lagen. Vor allem waren Schlaginstrumente vertreten, große Xylophone und Trommeln und Congas jeder Art. Dort stand auch ein Cembalo, während ein Cello im roten Samtfutter seines Kastens auf seinen Auftritt wartete. Flöte und Klavier auf der Bühne kamen zum Schluss und nahmen ihren Applaus in Empfang.

Die beiden Musikerinnen verließen die Bühne, mit vom Adrenalin geröteten Wangen. Isabel wartete einen Moment und registrierte wieder den kalten Schweiß in ihren Handflächen und ihre zum Zerreißen gespannten Nerven. Sie hatte beschlossen, dem Publikum nicht in die Augen zu sehen, sondern es als anonyme Masse zu betrachten. Als großes Tier. Aber das gelang ihr nicht. Als sie sich anfangs kurz verbeugte, entdeckte sie in der ersten Reihe ihre Mutter und Henry. Daneben saßen die Freundinnen. Sie ließ ihren Blick weiter über das Publikum wandern; ihr Lehrer betrachtete die Wand und schien schon in eine andere Welt hinübergewechselt zu sein. Und dann stutzte sie für einen Moment und schaute verwirrt wieder Solveig, Pernille und Mette an. Die drei waren gleich gekleidet. In schwarze T-Shirts mit weißer Beschriftung. Isabel schaute noch einmal hin. Alle drei T-Shirts gemeinsam ergaben den Text We Love Isabel.

Sie merkte, dass ihr Gesicht sich zu einem breiten, erleichterten Grinsen verzog. Die Nervosität stieg wie ein Ballon in die Luft und blieb irgendwo unter den Leuchtröhren hängen. Isabel stellte rasch den Klavierhocker ein und setzte sich. Und als sie den ersten majestätischen Akkord der Sonate in A-Moll anschlug, wusste sie, dass sie für den Club der Unzertrennlichen spielte. Und vielleicht für einen Mann mit Wolfslächeln, der ärgerlich viel Platz in ihrem Bewusstsein einnahm.

Es war wie mit Sex in Romanen, wo es nur ein Danach gab, während der Akt an sich in der Nebellandschaft der Erinnerung verloren war.

Benommen merkte sie, dass Solveig auf die Bühne sprang, ihr einen großen Blumenstrauß in die Arme drückte und ihr einen Schmatz verpasste.

»Saugut. Wir sind ja so stolz auf dich. Gut gemacht.«

Sie wurde zweimal hervorgerufen und ging dann mit unsicheren Schritten mit ihren Blumen ins Hinterzimmer, wo die nächste nervöse Künstlerin schon wartete. Und dann stand sie zwischen Trommeln und Xylophonen für einen Moment allein da, wie sie glaubte, mitten im Chaos des Zimmers und ihrem eigenen inneren Aufruhr, als sie in eine Umarmung gezogen wurde, die die Blumen und ihr Herz zerquetschen könnte, wenn sie nicht aufpasste. Was sie aber längst aufgegeben hatte.

»Das hast du noch nie so gut gespielt. Dieser Klang, den du im zweiten Satz gefunden hast. Schön. Verdammt schön«, flüsterte er heiser, und sie konnte das Wolfslächeln an ihrem Ohr und ihren sich lösenden Haaren fast spüren. Und sie konnte plötzlich nicht dagegen an, sie hob ihr Gesicht ein wenig und begegnete seinem Mund, der sich nicht entfernen wollte, sondern sich heiße Sekunden hindurch auf ihren presste, wobei sie spürte, wie er sie fast vom Boden hochhob, wie eine Puppe, wie ein Tintenfisch, der sich festsaugte und sie niemals wieder loslassen würde.

Sie öffnete die Augen und begegnete seinem schwarz und gefährlich funkelndem Blick.

»Glaubst du, wir trauen uns?«

Die Geigerin auf der Bühne lieferte die Begleitung, als Isabel erkannte, dass sie in den alles verschlingenden Hexenkessel der Liebe geplumpst war.

»Haben wir eine Wahl?«, hörte sie sich fragen und konnte nicht fassen, dass das hier wirklich passierte. Dass es ihr passierte.

»Nicht, dass ich wüsste«, flüsterte er.

Sie hörten vom Flur her Stimmen und fuhren auseinander. Was beide wieder ein wenig verlegen zu machen schien.

»Ich habe für nachher Käse und Rotwein besorgt«, sagte sie verwirrt und schaute ihm in die Augen, wie um sich bestätigen zu lassen, dass sie sich die Szene von vorhin nicht eingebildet hatte. »Du bist willkommen. Thorsvej 29, links«, leierte sie rasch herunter.

Aber es war keine Einbildung. Er zwinkerte ihr zu und bedachte sie mit einer freundlichen Ausgabe des Wolfslächelns, als die Tür geöffnet wurde und der nächste Auftretende hereinkam.

»Später. Vielleicht gegen zehn. Ist dir das recht?«

Als ob das nicht ganz einfach perfekt wäre, was er im Übrigen auch genau wusste.

Die Gäste waren gegangen, doch ihre aufgeregten Stimmen hallten noch in der kleinen Wohnung wider, als sie die Haustür hörte und auf der Treppe das Licht anging.

Mit zwei Schritten stand sie vor der Tür und riss sie auf, und sie schwiegen beide, so schnell und heftig war sein Kuss, als habe er die Treppe einige Sekunden vor seiner Stimme hinter sich gebracht.

Sie hatte noch nie so etwas empfunden. Aber der Verdacht war immer vorhanden gewesen, dass sie wirklich existieren könnte, diese berühmte und viel besprochene rosa Wolke. Sie war jetzt gerade farbenfroh genug, um alle anderen dringlichen Fragen auszuschalten.

Er lachte gedämpft in ihren Nacken und ließ Küsse auf sie herabregnen.

»Und was jetzt, Frau Naseweiß? Wie kommen wir aus dieser Soße wieder heraus?«

»Du stellst zu viele Fragen«, murmelte sie.

Er hielt sie von sich ab und betrachtete sie mit neckendem Ernst.

»Und ich dachte, das wäre mein Spruch.«

»Tu dir keinen Zwang an.«

Wortlos gingen sie in die Wohnung, wo sein Blick als Erstes auf Isabels großes Doppelbett fiel, das sie für fünfhundert Kronen gebraucht gekauft hatte.

Seine Augenbrauen fuhren nach oben.

»Du meine Güte. Hier im Thorsvej scheint's ja hoch herzugehen.«

Isabel lachte verlegen.

»Mach dir nicht zu große Hoffnungen. Wenn ich ganz ehrlich sein soll, dann ist das pure Show. In Wirklichkeit hat das Bett so wenig Ahnung, dass es sich für einen Single hält.«

Sie starrte das Bett an und hatte plötzlich das Gefühl, dass es ihre Unbeholfenheit in alle Welt hinausposaunte.

»Ich bin nicht besonders erfahren, das sollte ich wohl lieber gleich zugeben«, murmelte sie und dachte kurz an ihre wenigen, unbedeutenden Beziehungen.

Einen Moment lang betrachtete er sie nachdenklich; streckte die Hand aus, fasste ihr Kinn und zwang sie, seinen Blick zu erwidern.

»Wenn es mir um Erfahrung ginge, dann wäre ich nicht hier«, sagte er freundlich und zog sie an sich. Sie spürte behutsame Hände, die ihren Nacken streichelten. Jetzt war sein Kuss vorsichtig und suchend, und ihr Magen machte vor Freude einen Sprung.

»Wir werden das schon schaffen. Wenn wir unsere Erfahrungen zusammenlegen.«

Leise schloss er die Tür zum Flur und suchte eine passende Beleuchtung; nicht die grelle an der Decke, sondern die kleine über dem Bett. Er zog die Vorhänge vor, als sei er hier zu Hause, setzte sich aufs Bett und zog sie zu sich hinunter.

»Das ist im Grunde wie mit Musik«, murmelte er, streichelte ihre Haare und küsste ihre Nasenspitze. »Wichtig ist die Begabung. Die Technik kommt später.«

»Und du hältst mich für begabt!«

»Aber unbedingt. Ich hatte von der ersten Sekunde, als du mit deinem bescheuerten Kalender in der Tür standst, Vertrauen zu dir.« Er lachte.

Sie konnte sich daran nur allzu deutlich erinnern.

»An dem Tag hätte ich dich umbringen können.«

Langsam machte er sich an die mühselige Arbeit, ihre Bluse aufzuknöpfen. Ließ vorsichtig seine Hände über ihre Brüste und weiter ihren Körper hinunterwandern. Schob sie im Bett behutsam zurück, beugte sich vor und betrachtete sie, und sein Wolfsblick wurde durch etwas sehr Sanftes gemildert.

»Auf jeden Fall hast du irgendeinen Pfeil auf mich abgeschossen. Doch ich halte ihn nicht für tödlich, auch wenn er sehr gut getroffen hat.«

Die Welt verschmolz zu einem Wirrwarr aus unbekannten Geräuschen und Bildern. Ihre Gedanken wurden in den Hintergrund gedrängt, und wie er schon zu Recht bemerkt hatte, machte sich nun die Begabung geltend. Ein so starker und fordernder und alles verschlingender Instinkt, dass sie sich ab und zu wie eine Taucherin vorkam, die zum Luftschnappen an die Wasseroberfläche muss, ehe die Tiefe sie wieder ruft.

Aus der Ferne hörte sie ein zaghaftes Klopfen. Dann spürte sie, wie sein Körper erstarrte und wie er sich vorsichtig aus ihr herauszog.

»Ich glaube, da ist jemand an deiner Tür«, murmelte er.

Langsam kehrte sie in die Welt zurück. Wieder das Klopfen. Aber das konnte doch nicht stimmen. Nicht schon wieder. Nicht jetzt. Sie drehte sich ihm zu und versuchte das Geräusch auszusperren.

»Das ist nichts«, murmelte sie. »Wo waren wir?«

Er schüttelte sie sanft.

»Da ist wirklich jemand, Isabel.«

Sie setzte sich auf. Und dann hörte sie das, was sie im tiefsten Herzen schon vor Minuten wahrgenommen hatte. Eine brüchige, vorsichtige Stimme.

»Bist du da, Bella?«

Sie schnitt eine ärgerliche Grimasse.

»Meine Großmutter, zum Teufel.«

Rasch schwang sie die Beine über die Bettkante, tastete nach ihrem Bademantel und stürzte hinaus auf den Flur.

»Du meine Güte, Oma. Ist dir wieder schlecht?«

Die Großmutter war ganz grau im Gesicht und sie kniff im grellen Flurlicht die wasserblauen Augen zusammen.

»Mir geht es nicht so gut, Bella. Es tut weh.«

»Wo denn, Oma? Wo tut es weh?«

Sie schämte sich über die Ungeduld, die aus ihrer Stimme klang. Die Großmutter hatte das sofort erfasst.

»Hast du Besuch?«

Isabel nickte und half der Großmutter auf einen Hocker in

der Küche. Füllte schnell das obligatorische Glas mit Wasser. Dann hörte sie die Schlafzimmertür, und plötzlich stand er in der Küche, er hatte seine Hose angezogen und sein Hemd lose übergestreift. Die Großmutter starrte ihn gequält an, als er wortlos ihren Puls fühlte.

»Haben Sie Krämpfe?«, fragte er vorsichtig.

Die Großmutter nickte wie ein müder kleiner Vogel.

»In der Brust und im linken Arm?«

Wieder nickte sie und schaute vertrauensvoll zu ihm auf.

»Sind Sie Arzt?«, fragte sie hoffnungsvoll.

Er schüttelte den Kopf und lächelte sie aufmunternd an.

»Nein, aber ich habe große Erfahrung mit Krankenhäusern.«

Er zog Isabel ein wenig zur Seite und flüsterte:

»Ich rufe einen Krankenwagen. Ich glaube, sie hat es mit dem Herzen.«

Isabels eigenes Herz krampfte sich zusammen, zwei starke Hände schienen es auszuwringen wie einen Putzlappen. Das Gefühl, die Großmutter im Stich gelassen zu haben, füllte ihren Mund mit einem bitteren Geschmack.

»Ich habe es gewusst«, murmelte sie. »Im Grunde habe ich es gewusst, aber ich wollte es einfach nicht wahrhaben.«

Er packte ihre Schultern härter.

»Selbstvorwürfe sind das Schlimmste. Glaub mir. Die helfen niemandem.«

NOVEMBER 1997

Die Siamesen strichen um ihre Beine, als sie in Mettes Küche die Pizzen aufbuken. Die Katzen kamen Isabel vor wie blanke, glatte Fische. Wie aalartige Wesen, die lautlos und gutwillig neben ihr auftauchen konnten, um dann fauchend Ansprache oder Futter oder ganz einfach Bewunderung zu verlangen.

Ihr unergründliches Wesen ärgerte sie. Vor allem, weil sie offenbar irgendeine Art von Anziehung auf sie ausübte, von der sich andere, katzenfreundlichere Personen sicher geehrt gefühlt hätten. Sie schienen sich um sie zu scharen, sowie sie sich auch nur bewegte.

»Du musst sie einfach ignorieren«, sagte Mette. »Sie wollen dich auf die Probe stellen. Schubs sie weg, wenn es dir zu viel wird.«

Das war es schon. Aber Isabel schwieg. Sie war dankbar dafür, dass Donald nicht da war, um die Atmosphäre noch eisiger werden zu lassen. Er war auf einem Kongress in Oslo, und Mette hatte Isabel und Pernille nach Risskov zum Essen eingeladen.

Mette war nicht als großartige Köchin bekannt, und ihre Tochter Marie war die Erste, die das kundtat.

»Mette kann nicht kochen. Wir essen immer Pizza«, hatte sie mitgeteilt, als die Gäste eingetroffen waren. Sie starrte sie aus Donalds blauen Augen an und presste die Lippen zu einem feindseligen Strich aufeinander.

»Unsinn, Schatz«, sagte Mette nervös. »Die Mädels wissen genau, dass das nicht stimmt. Du kannst im Wohnzimmer den Tisch decken, wenn du so lieb sein willst.«

»Und wenn ich nicht so lieb sein will?«, fragte das Kind, und Isabel spürte instinktiv, dass die Bezeichnung »Kind« auf die neunjährige Marie nicht mehr zutraf. Vom Alter und Aussehen her mochte sie ein Kind sein, aber ihre Persönlichkeit war bereits so entwickelt, dass sie es mit einer kleinen Erwachsenen zu tun hatten. Mit einem kleinen Donald in weiblicher Ausgabe, deren geheimste Gedanken sich unter einem Panzer von Widerwillen gegen absolut alles verbargen, was mit ihrer

Mutter zu tun hatte. Isabel beobachtete Marie, als diese ihre Trotzhaltung einnahm und die Hände in die Seiten stemmte. Sie war nicht so schön wie ihre Mutter. Hatte nicht deren leicht asiatische Züge mit den hohen Wangenknochen und den schräg liegenden grünen Augen. Ihr Gesicht war rund, das jedoch auf keine charmante Weise. Ohne ihre eisblauen Augen wäre sie unscheinbar gewesen. Aber ihr blauer Blick gab ihr dieses feindliche Aussehen, vor dem die anderen unwillkürlich zurückwichen.

Isabel lugte zu Mette hinüber und fragte sich, ob das unterschiedliche Aussehen der Grund für diese gespannte Beziehung sein könnte. Oder ob es eine tiefer sitzende Ursache gäbe.

Danach überlegte sie, wie oft die Gymnasiasten sich wohl in ihre schöne Lehrerin verlieben mochten. Sicher kam das sehr oft vor, was sie nur daran erinnerte, wie voraussehbar sich ihre eigenen Gefühle aufgeführt hatten.

Sie verbannte den Gedanken an Andreas in ihren Hinterkopf. Doch beim Essen war er noch immer da und bohrte in ihr wie ein Dorn mit Widerhaken.

Nach dem Essen blätterten sie noch einmal in Solveigs Kalender, auf der Jagd nach einer Spur, die sie in die richtige Richtung führen könnte.

»Ist das nicht ein bisschen hoffnungslos?«, fragte Mette, die eben Malthe ins Bett gebracht und dann eine Hanne-Boel-CD eingelegt hatte. Marie hatte sich schon längst zum Computer in ihrem Zimmer zurückgezogen.

»Was machen wir?«

Isabel hielt den Kalender in der Hand und stöberte ziellos darin herum. Mehr war hier nicht zu holen. Oder, um genau zu sein, gar nichts. Natürlich waren darin viele Termine verzeichnet, aber dabei handelte es sich vor allem um sportliche Zusammenhänge, hier eine Verabredung zum Tennis, dort eine zum Laufen.

»Wenn wir der Sache auf den Grund gehen wollen, müssen wir mit allen sprechen, die hier erwähnt sind«, sagte Isabel. »Sonst sehe ich nicht, wie wir weiterkommen wollen.«

»Du meinst, wir sollen ihre Sportskameraden interviewen?«, fragte Pernille. »Auch die in Skørping?«

Isabel zuckte mit den Schultern und suchte in ihrer Tasche nach den Zigaretten.

»Ich wüsste wirklich nicht, was wir sonst tun könnten.«

»Was ist mit den Verabredungen, bei denen nur eine Uhrzeit und irgendeine unbegreifliche Abkürzung steht?«, fragte Mette.

Das war schon schwieriger. In den Kalenderblättern gab es eine Reihe von Verabredungen, bei denen Solveig nur eine Uhrzeit eingekreist hatte. Noch häufiger hatte sie Initialen notiert. Und einige Male stand dort nur ein unbegreifliches X.

»Haben wir uns schon überlegt, ob das ein Muster ergeben kann?«, fragte Pernille.

»Das sollten wir uns vielleicht genauer ansehen. Wenn hier eine Papier und Kugelschreiber hat, dann machen wir einen Versuch. Zuerst nehmen wir die Verabredungen, wo nur eine Uhrzeit steht. Mette, wenn du schreibst, dann diktiere ich, ja?«

Mette nickte und hielt Papier und Kugelschreiber bereit. Isabel zählte die Termine auf, und schon bald schien sich ein Muster zu zeigen.

»Donnerstags oder freitags am späten Nachmittag«, murmelte Mette. »Nie am Wochenende und nie an den anderen Wochentagen. Was kann das nur sein?«

»Ein Verhältnis mit einem verheirateten Mann«, schlug Isabel vor. »Das könnte die Geheimniskrämerei erklären.«

»Das ist immerhin eine Möglichkeit«, meinte Pernille widerwillig. »Aber so richtig kann ich mir das nicht vorstellen.«

»Es kann auch etwas ganz anderes sein«, sagte Mette. »Was haben wir sonst noch für regelmäßige Termine? Krankengymnastik vielleicht. Ich hatte eben erst zehn Behandlungen wegen Lendenschmerzen.«

»Aber warum hat sie das nicht notiert? Wäre das nicht natürlich gewesen?«, fragte Pernille. »So, wie wir Zahnärztin oder Friseur schreiben?«

Isabel trommelte mit den Fingern auf dem Plastikeinband des Kalenders herum.

»Du meinst, ihr war das vielleicht peinlich? Etwas, das niemand durch Zufall sehen sollte? So, wie manche nur ein Kreuz machen, wenn sie ihre Tage haben. Das habe ich früher auch so gemacht.«

»Wie prüde!«, Pernille lachte.

»Auch prüde Leute sind eine Art Menschen«, sagte Isabel verletzt.

»Was haben wir selber für Erfahrungen? Können wir die hier anwenden?«, fragte Mette, die eine Katze auf dem Schoß hatte, während zwei andere sich an sie schmiegten. »Hattet ihr noch nie so private Verabredungen, dass ihr sie nicht einmal als Abkürzung aufschreiben wolltet?«

»Natürlich«, antwortete Pernille langsam, und die beiden anderen starrten sie an, wie sie da zusammengefaltet in ihrem Sessel saß.

»Das machen Leute, die zur Psychotherapie gehen. Ich hab das wenigstens so gemacht. Ich hätte nicht im Traum daran gedacht, dieses Wort in meinen Kalender zu schreiben.«

Isabel begegnete ihrem Blick. Das kleine Wort »prüde« spukte noch immer zwischen ihnen herum und lag irgendwo auf ihren Zungenspitzen. Aber jetzt war es nicht mehr wirklich komisch.

JUNI 1984

PERNILLE
Es war unmöglich etwas zuzugeben.

Sie wusste ja nicht, auf was für Ideen die anderen kommen könnten. Vielleicht würden sie sie in die Klinik stecken, oder – und etwas Schlimmeres konnte sie sich gar nicht vorstellen – sie würden ihr ihr Kind wegnehmen. Nein, nicht ihr Kind. Sie dachte nie an ihn als »das Kind«. Nur als Thomas. Abgesehen davon, wenn er schrie und schrie. Wenn er sie rund um die Uhr wach hielt und sie ab und zu den gefährlichen Drang nach drastischem Vorgehen unterdrücken musste. Den Drang nach etwas ungeheuer Verbotenem, danach, ihm ein Kissen aufs Gesicht zu pressen oder ihn in den Müllschacht zu werfen.

Aber das waren doch nur Gedanken. Mehr nicht. Sie würde das hier schaffen können. Auch dann, wenn er nicht er selber war, wie sie insgeheim die Zeiten nannte, wenn ein Teufel in ihn gefahren zu sein schien.

»Vielleicht solltest du Hilfe suchen«, schlug die Psychologin vor, die sie offenbar für knatschverrückt hielt. Eine Angstneurose war offenbar nicht die beste Grundlage für eine Karriere als allein stehende Mutter.

»Was ist mit dem Vater des Kindes? Steht der nicht zur Verfügung?«

»Ich will nicht, dass er sich einmischt«, erklärte Pernille energisch. »Ich schaffe das schon allein.«

Die Psychologin beugte sich vor und musterte sie scharf.

»Es geht nicht nur darum, es zu schaffen, Pernille. Sondern auch darum, sich wohl zu fühlen. Und ich glaube nicht, dass du das tust. Warum also willst du keine Hilfe haben? Was ist mit deiner Mutter? Oder einer Freundin?«

Das war ein Hoffnungsschimmer.

»Solveig«, sagte sie triumphierend. »Solveig hilft mir, wenn ich sie frage.«

»Aber fragst du sie denn?«

Sie wollte ein Versprechen hören, diese Psychologin. Wollte sicher sein, ehe sie Pernille entließ. Sie war in Alarmbereitschaft, das war ganz klar.

»Na gut. Ich werde sie fragen.«

Und damit durfte sie gehen.

Es war wirklich ein Mysterium, wie sie die ersten Monate überlebt hatte. Thomas litt an Koliken, wie ihr die Krankenschwester freundlich erklärte, nachdem er zwei Wochen fast ununterbrochen geschrien hatte, und Pernille fühlte sich so leblos und kraftlos wie eine Schale voller kalter und erstarrter Hafergrütze.

Sie hatte sich eingeigelt. Wollte niemanden sehen, sondern sich nur auf das Kind konzentrieren, wie sie erklärte. Poul war immer wieder von ihr abgewiesen worden. Die Vorstellung, dass er von Thomas' Koliken erfahren könnte, versetzte sie aus irgendeinem Grund in Panik. Vielleicht würde er sie für eine schlechte Mutter halten, die doch zu jung war und doch die Abtreibung hätte durchführen sollen. Bei ihrer Mutter ging es ihr ähnlich. Die hatte ja schließlich darauf bestanden, dass Pernille ihr »Recht« geltend machen und das Kind wegnehmen lassen sollte. Sie hatte versucht, Pernille zu beeinflussen und in ihre politischen Unternehmungen einzupassen. Interessierte sie sich überhaupt für dieses Enkelkind, das sich zu ihrem großen feministischen Kummer als Junge entpuppt hatte? Pernille hatte davon noch nichts bemerkt.

Wer also blieb, war Solveig. Und obwohl sie eigentlich keine Lust dazu hatte, sah sie doch, dass es vernünftig wäre, sie ein wenig einzubeziehen. Es machte ihr kein Problem, dass sie kein Vertrauen zu Solveig hatte. Sie hatte schließlich zu keinem Menschen Vertrauen, im Grunde nicht einmal zu sich selber.

»Ich kann es wahrscheinlich schaffen«, sagte sie, als sie eines Tages den Kinderwagen über den breiten Weg am Brabrandsee schoben. Das Gebüsch duftete nach Frühling, und die Jogger sausten an ihnen vorbei.

»Das ist nicht die Frage«, fügte sie hinzu. »Aber ich brauche vielleicht ein wenig Entlastung.«

»Natürlich brauchst du das«, erklärte Solveig und musterte sie forschend. »Das tun alle frisch gebackenen Mütter.«

»Das Problem ist, dass ich zu niemandem Vertrauen habe. Außer zu dir.«

Sie hatten lange nicht mehr miteinander gesprochen. Das heißt, richtig gesprochen.

Solveig blieb stehen und nahm die Luft in sich auf.

»Wir hätten Proviant mitnehmen sollen«, sagte sie. »Dann hätten wir uns ans Ufer setzen und dabei reden können.«

Sie nickte zu einem grünen Rasenflecken im Gebüsch hinüber. Zwei Stück Eispapier und eine leere Colaflasche verrieten, dass schon andere auf diese Idee gekommen waren.

»Wir können uns doch trotzdem setzen. Thomas hat seinen Proviant ja bei sich«, sagte Pernille, der schon leichter ums Herz geworden war.

Sie hielt ein wenig die Nase in die Sonne. Thomas bewegte sich im Kinderwagen, wachte aber nicht auf.

Solveig schaute sie freundlich an.

»Du siehst wirklich aus wie eine aufgehängte Katze, Niller. So hatte ich mir das nicht vorgestellt, als ich bei der Geburt dabei war. Ich hatte mir doch die ganze Zeit vorgestellt, dass ich dich unterstützen und dir helfen würde. Warum hast du das bisher nicht gewollt?«

Das war eine zu schwere Frage. Pernille schloss in der Sonne die Augen.

»Reicht es nicht, dass ich jetzt um Hilfe bitte? Wir schaffen es doch nicht, immer andere offen um etwas zu bitten.«

Solveig machte ein nachdenkliches Gesicht.

»Nein, da hast du vielleicht Recht«, sagte sie langsam. »Und Poul willst du noch immer nicht sehen?«

Pernille schüttelte verbissen den Kopf. Es war zu viel, war zu aufwühlend und zu deprimierend. Natürlich hatte er Thomas ansehen und sich unbedingt um ihn kümmern und sein Vater sein wollen. Aber aus irgendeinem Grund hielt auch er sich jetzt zurück.

»Wir können das so machen, wie du willst«, sagte er immer wieder. »Vielleicht ist es nur eine Frage der Zeit, bis du mich hinzuziehen möchtest. Ich kann warten, Pernille.«

Es hatte sie bis ins Mark gerührt; hatte ein Stück aus ihrer Seele gerissen, als sie gesehen hatte, wie verliebt er sein Kind anstarrte. Aber trotzdem brachte sie es nicht über sich, ihm entgegenzukommen. Deshalb war er beide Male unverrichteter Dinge wieder gegangen.

Solveig ließ sich ins Gras zurücksinken und streckte die braunen Beine mit den Gesundheitslatschen aus.

»Du kannst ihn doch nicht ewig fern halten, das weißt du, oder? Er als Vater hat doch auch seine Rechte.«

Pernille spürte, wie in ihr die Angst aufstieg.

»Die würde er aber niemals durchdrücken. So nicht.«

Solveig schüttelte den Kopf. »Nein, dazu ist er ein viel zu guter Mensch«, sagte sie leise, und zum ersten Mal verspürte Pernille einen Stich der Eifersucht. Solveig hielt zu Poul. Das hatte sie immer schon getan. Was für eine Freundin war sie eigentlich, wenn sie Partei für den Feind ergriff?

Als habe sie diese Gedanken gelesen, sagte Solveig eilig:

»Na, wollen wir nicht gleich einen Plan für mich und Thomas machen? Das muss natürlich zu den Vorlesungen und allem passen, aber was hältst du von drei Stunden zweimal pro Woche? Dann hast du ein bisschen Zeit für dich, um in der Stadt herumzuschnuppern und vielleicht herauszufinden, wie es mit deiner Ausbildung weitergehen soll. Du musst im Leben doch auch weiterkommen, Niller.«

Pernille nickte dankbar, obwohl die Vorstellung, Thomas auch nur einige wenige Stunden entbehren zu müssen, sie fast wahnsinnig zu machen drohte. Oder noch wahnsinniger, dachte sie ironisch.

Thomas war noch nie von anderen gehütet worden. Wohlmeinende Menschen – von der Psychologin bis zu ihrer Mutter – hatten immer wieder vorgeschlagen, jetzt damit anzufangen. Mutter zu werden und sich unbedingt selber um das Kind kümmern zu wollen, wurde offenbar manchmal als kriminelle Handlung, auf einer Ebene mit Kleptomanie, betrachtet.

»So kann das doch nicht weitergehen«, hatte ihre Mutter mit verärgerter Stimme und ganz ohne Takt gesagt. »Du machst dich noch kaputt, Kind.«

Niemand konnte begreifen, dass es einfach unmöglich war. Dass sie Thomas nun einmal keinem anderen Menschen überlassen konnte. Wo er doch die beste Mutter auf der Welt haben sollte. Das hatte sie ihm schließlich versprochen, als sie im Krankenhausbett saß und nur mit knapper Not der Abtreibung entronnen war? Schon damals hatte sie ihm hoch und heilig versprochen, er werde eine perfekte Mutter haben. Wenn er ihr nur vergab und sie liebte.

Natürlich wusste sie, dass das verrückt war und dass ein Kind seine Mutter fast automatisch liebte, wenn es nur Liebe und Essen bekam. Natürlich konnte sie ihn nicht auf ihren Armen wiegen, bis er sechzehn war. Aber solange er so klein war, ließ sie ihn nicht los. Oder vielleicht höchstens ein einzelnes

Mal, zwischendurch. Und sie würde ihn nur Solveig anvertrauen.

»Das musst du erst noch üben«, sagte Solveig, die fast alles verstand. »Sollen wir nicht heute gleich anfangen? Zum Einstieg kann ich doch eine Stunde oder anderthalb mit ihm spazieren gehen. Wäre das keine Idee?«

Pernille nickte mit einer Mischung aus Erleichterung und Angst. Anderthalb Stunden müsste sie doch überleben können. Sie würde waschen und sich vielleicht ausnahmsweise einmal etwas Gutes kochen. Irgendetwas tun, was ihr die Gedanken vom Leib hielt.

»Na gut«, sagte sie vorsichtig. »Wir machen einen Versuch.«

Solveig lachte erleichtert.

»Du bist wirklich eine verrückte Nuss, Niller. Du bist fast so seltsam wie ich selber, und das will etwas heißen.«

»Du bist doch ganz normal«, erklärte Pernille gnädig.

Die erste Dreiviertelstunde war ein Albtraum.

Ruhelos jagte sie durch die kleine Wohnung und machte sich an alle möglichen Arbeiten, während sie darum kämpfte, ihre Gedanken auf Distanz zu halten. Es konnte doch so viel passieren. Was, wenn Solveig vergaß, ihm den kleinen Sonnenhut aufzusetzen, und er einen Hitzschlag und einen Sonnenstich und Verbrennungen erlitt? Oder wenn sie ihn zwei Minuten aus den Augen ließ und er gestohlen wurde? Oder wenn er sich aus ihren Armen wand und mit dem Kopf zuerst auf den harten Bürgersteig aufprallte? Es war unerträglich, auch wenn sie wusste, dass es verrückt war. Dass sie selber verrückt war.

Am Ende kam sie zu dem Schluss, dass sie mit jemandem sprechen musste. Aber mit wem? Mit ihrer Mutter auf keinen Fall. Mit Isabel oder Mette hatte sie schon lange nicht mehr geredet. Oder sie gesehen. Anfangs waren sie oft gekommen, aber sie hatten wohl auch gespürt, dass Pernille am liebsten mit Thomas allein sein wollte. Deshalb hielten sie sich seit einiger Zeit bedeckt. Schon meldete sich das schlechte Gewissen zu Wort. Isabels Großmutter hatte mit Herzbeschwerden im Krankenhaus gelegen und Pernille hatte sich nicht einmal nach ihrem Zustand erkundigt. Sie hatte ihr auch keine Blumen geschickt. Sie beschloss Mette anzurufen, bei der ihr Gewissen nicht so rabenschwarz war.

»Ei der Daus. Womit habe ich diese Ehre verdient?«, fragte Mette und Pernille hörte deutlich ihren gedämpften Optimismus. »Bist du von den Scheintoten auferstanden?«

»Das kannst du wohl sagen«, Pernille musste widerwillig lachen. »Solveig hat Thomas.«

»Du meinst, sie hat ihn entführt?«

»Genau. Für anderthalb Stunden, und ich musste einfach mit jemandem reden. Und ich habe Isabel gegenüber ein zu schlechtes Gewissen und trau mich nicht sie anzurufen.«

Mette lachte am anderen Ende der Leitung.

»Darüber brauchst du dir keine Sorgen zu machen. Sie weiß bestimmt nicht einmal mehr, wer du bist. Sie ist verliebt.«

»Immer noch diese Geschichte mit dem Lehrer?«

»Genau.«

»Und wie läuft das?«

Pernille konnte Mettes Gesicht vor sich sehen, während diese Plus und Minus zusammenzählte und zu einem Ergebnis kam.

»Kommt drauf an, wen du fragst. Wenn du die Frau dieses Mannes fragst, geht es sicher nicht so gut, wenn der eigene Ehemann sich mit jungem Gemüse herumtreibt. Obwohl sie hoffentlich noch nichts davon weiß. Andreas Scharff dagegen hat sich zweifellos fast schon mehr Probleme an den Hals geholt, als irgendein Mann verdient. Was schließlich Isabel angeht, so kann ich dir versichern, dass ein schlechtes Gewissen und eine herzkranke Großmutter dem Glück keinen Abbruch tun.«

Pernille krümmte sich im Sessel zusammen und lächelte wehmütig. Glücklich und verliebt. Und das passierte ausgerechnet Isabel!

»Das hat sie aber auch verdient. Wenn nur das Ende nicht zu schlimm wird.«

»Wer redet hier von Ende?«

»Das Gesetz der Schwerkraft«, antwortete Pernille trocken. »Was aufsteigt – auf eine rosa Wolke, um zu einem ganz zufälligen Beispiel zu greifen – kommt irgendwann auch wieder herunter.«

Mette lachte.

»Du Spielverderberin. Jetzt erkenne ich dich wieder.«

Sie sprachen weiter. Mette war mehr als ausgelastet mit ihrem Studium und der Arbeit bei Jacobs, wo sie seit Weihnachten servierte. Und nein, es standen keine Verehrer auf der Matte. Auf jeden Fall keiner, der einer Erwähnung wert wäre.

»Ich bin noch immer eine freie Frau, obwohl das auf die Dauer vielleicht auch nicht so toll ist«, sagte Mette.

Sie verabschiedeten sich mit dem Versprechen eines baldigen Treffens.

»Wenn Solveig so wild aufs Babysitten ist, können wir doch mal abends ins Kino gehen«, schlug Mette vor. »Oder irgendwo richtig schön essen. Ich lad dich ein – jetzt bin ich ja reich«, fügte sie lachend hinzu.

Noch wenige Stunden zuvor wäre Pernille bei der Vorstellung, allein zu sein, in kalten Schweiß ausgebrochen. Jetzt merkte sie, dass sie sogar ein wenig Lust dazu hatte.

»Das klingt wie eine gute Idee«, sagte sie vorsichtig.

Als sie aufgelegt hatte, schaute sie auf die Uhr. Anderthalb Stunden waren verstrichen, und die zweite Hälfte dieser Zeit war nur so verflogen. Fast widerwillig hatte sie diese kurze Zeit der Freiheit genossen, und allein die Vorstellung, dass Thomas bei Solveig etwas zustoßen könnte, erschien ihr als absurd. Natürlich passte Solveig auf ihn auf wie auf ihr eigenes Kind. Natürlich würde sie ihn heil wieder nach Hause bringen.

Kaum hatte sie das gedacht, öffnete sich die Tür und Solveig erschien mit einem strahlend lachenden Thomas auf dem Arm.

»Wir haben uns köstlich amüsiert, was, Knabe? Erzähl deiner Mutter, was du erlebt hast!«

NOVEMBER 1997

Die Novemberdunkelheit umfing die Stadt. In der Nørregade wurde bereits die Weihnachtsdekoration aufgehängt, aber noch steckten keine Kerzen in den langen Tannengirlanden, die sicherlich aus echtem Kunststoff bestanden. Schön sind sie nicht, aber sicher sehr praktisch, fand Isabel und dachte liebevoll an die fast kindlich naive Seele der Stadt, die schlechten Geschmack gestattete, ohne belehrend die Augenbrauen zu heben.

Auf der anderen Straßenseite taumelte ein brüllender Betrunkener dahin; ein junger Mann, dem die Aggressivität aus jeder Faser seiner übergroßen Hose quoll, kam auf sie zu und hatte offenbar keine Lust, ihnen auf dem Bürgersteig Platz zu machen.

Die Unschuld der Stadt gehörte vielleicht schon fast der Vergangenheit an. Sie kam ihr nicht mehr so sicher vor wie damals, als sie bedenkenlos von einem Fest nach Hause geradelt war und es dem Fahrrad überlassen hatte, den Weg zu finden.

»Hast du nie Angst, wenn du nachts allein hier unterwegs bist?«

Pernille lächelte.

»Ist es so schlimm, dass oben in Kopenhagen von uns die Rede ist? Glaub nicht die Hälfte davon.«

Es stimmte, oft war von Gewalt in Århus die Rede. In Århus und in Randers, wo es noch ärger zugehen sollte. Aber Letzteres war vielleicht nur zu erwarten gewesen. Bei Århus war das anders. Es war ihre Stadt. Eine friedliche Universitätsstadt. Die provinzielle Unschuld, gepaart mit jugendlicher, intellektueller Vitalität. Århus war kein Schläger. Sondern Zuhause.

Bei diesem Gedanken ging ihr plötzlich auf, wie sehr das stimmte. In Kopenhagen hatte sie sich niemals richtig zu Hause gefühlt. Sicher gefiel ihr die Hauptstadt; mit ihren vielen kulturellen Angeboten und nicht zuletzt den Arbeitsmöglichkeiten, den spannenden und anregenden Menschen, die sie dort kannte, den schlagfertigen und im Grunde sehr freundlichen Einheimischen, die ihr anfangs allesamt vorgekommen waren wie Quasselstrippen, die dauernd oberflächliche Witze von sich gaben. Sicher gefielen ihr das Tempo, der schnellere Puls. Aber Kopenhagen würde für sie niemals zum Zuhause werden. Es war und blieb eine Fremde. Mit Århus war das anders. Diese Stadt war wie ein langsames, niemals verklingendes Lied. Nicht unbedingt wie ein schönes Lied, auch nicht wie ein besonders kompliziertes. Sondern wie eine schlichte, vertraute Melodie.

»Bleibst du da oben wohnen, was glaubst du?«, fragte Pernille vorsichtig.

Isabel zuckte mit den Schultern.

»Bis auf weiteres. Da oben gibt es doch Arbeit und Geld.«

»Geld könnte es sicher auch hier geben.«

Sie bogen in die Sjællandsgade ein. Aus der Kneipe an der

Ecke dröhnte Rock auf die Straße, und drinnen am Tresen drängten sich die mit Jeans und karierten Hemden bekleideten Gäste. Ein Schild vor der Tür lockte mit Fassbier zu zwölf Kronen, und an der gelben Mauer lehnte eine ganze Fahrradschar.

»Vielleicht irgendwann einmal«, sagte Isabel vage und spielte für einen Moment mit dem Gedanken, von Andreas Scharff zu erzählen. Aber es blieb bei dem Gedanken. Kein Grund, in der Vergangenheit herumzuwühlen und sich irgendeiner Moralpredigt auszusetzen. Obwohl, warum sollte Pernille ihr etwas vorpredigen, sie würde ja nur eine Predigt zurückbekommen. Und dann könnten sie sich gegenseitig ihre Feigheit in der Liebe vor den Latz knallen.

Sie bogen nach rechts in die Tunøgade ab, und Pernille fischte den Hausschlüssel aus der Tasche. Die Lampe über der Tür war erloschen, und die Dunkelheit fiel wie ein Schatten über das Treppenhaus. Als sie ins Haus gingen, spürte Isabel, dass ihre Füße irgendeinen weichen Gegenstand zertraten.

»Mach doch mal Licht. Hier liegt was.«

Endlich drückte Pernille auf den Lichtschalter. Isabel schaute zu Boden.

»Irgendwer hier im Haus scheint einen Verehrer zu haben«, stellte Pernille fest, als sie den Rosenstrauß sah.

Isabel bückte sich und hob ihn hoch. Dann musterte sie die Blumen eindringlich.

»Wohnen hier denn außer dir noch andere Frauen?«

Pernille lächelte vage.

»Jetzt, wo du das sagst. Nein, keine. Meinst du, die sind für mich?«

Jetzt sah auch sie sich die Rosen genauer an. Sie waren in einem traurigen Zustand. Irgendwer schien sie bereits totgetrampelt zu haben.

»Das können doch keine Leute gewesen sein, die ins Haus gekommen sind«, sagte Pernille nachdenklich.

Isabel zuckte mit den Schultern, konnte sich aber nicht von dem beunruhigenden Gefühl befreien, dass, wer immer den Strauß gebracht, ihn auch selber zertreten hatte. Auch die Tatsache, dass die Rosen genau denselben Farbton aufwiesen wie die auf Solveigs Grab – eher schwarz als rot – gefiel ihr nicht so recht.

Sie schüttelte ihr Unbehagen ab. Es konnte einfach nicht sein. Sicher war alles nur ein Zufall.

Sie stiegen die Treppen hoch und warfen oben den Strauß in den Mülleimer.

»Ich zieh mir nur schnell mein Nachthemd an. Dann setzen wir uns noch ein paar Minuten hin«, sagte Pernille müde und stapfte ins Schlafzimmer.

Isabel setzte sich. Ihr war seltsam zu Mute. Ob sie das erwähnen sollte? Und damit Pernille grundlos Angst einjagen? Hatte ihr das viele Alleinsein Verfolgungswahn beschert? Oder drehte sie jetzt einfach durch?

Sie fuhr senkrecht hoch, als das Telefon plötzlich klingelte.

»Gehst du mal ran?«, rief Pernille mit dem Mund voll Zahnpasta.

Isabel erhob sich auf unsicheren Beinen und griff nach dem Hörer. Sie empfand dieselbe Kälte, die sie durchjagte, wie an dem Tag in der Kirche, als plötzlich der Pastor aufgetaucht war.

»Hallo«, sagte sie vorsichtig.

»Isabel? Ich wollte nur hören, ob ihr gut nach Hause gekommen seid.«

Mettes Stimme klang besorgt. »Was ist denn los? Du hörst dich an, als ob du ein Gespenst gesehen hättest!«

Isabel erzählte von den Rosen.

»Meinst du, das hat etwas zu bedeuten?«, fragte sie ängstlich.

Sie schwiegen kurz.

»Nein, was sollte das schon zu bedeuten haben?«, fragte Mette dann. »Sicher wollte irgendwer die Rosen loswerden und hatte keinen Bock, sich eine Mülltonne zu suchen.«

»Aber wer schmeißt denn frische Rosen weg?«

Mette kicherte.

»Hast du das noch nie gemacht? Aus Wut über die Fantasielosigkeit der Männer oder deren automatische Annahme, dass ein Rosenstrauß noch die größten Probleme lösen kann?«

Isabel dachte fieberhaft nach. Ihres Wissens hatte sie nie zu dermaßen drastischen Schritten gegriffen.

»Ich schon«, gestand Mette. »Und er hatte es wirklich nicht besser verdient.«

SEPTEMBER 1984

METTE

In Jacobs Bar-BQ war es heiß wie in einem Backofen, und ihre Füße waren in ihren Schuhen sicher um mehrere Nummern gewachsen.

Manchmal war so viel los, dass sie nicht einmal sicher war, ob sie richtig herausgegeben hatte. Und dann konnte es passieren, dass sie das Besteck zusammen mit den Essensresten wegwarf und zu notieren vergaß, wer sein Steak medium haben wollte und wer es rot und blutig vorzog, wer Paprikasoße wünschte und wer lieber nur einen Klecks Butter.

Es gab andere, seltenere Tage, an denen sie kühlen Überblick behielt, ein wenig mit den Gästen plaudern und sie bei der Wahl beraten konnte, ehe sie vom Oberkellner dann wieder angescheucht wurde. Es gab Tage, an denen sie glaubte, endlich genug Routine bekommen zu haben; dass sie trotz zahlloser Beweise für das Gegenteil als Serviererin ein Naturtalent war. Als ein solcher Beweis galt für sie, dass der Restaurantbesitzer ihr beibringen wollte, wie sie eine Flasche Champagner öffnen sollte. Mit dem Ergebnis, dass sich der halbe Flascheninhalt über seine Hose und der Rest über seine beiden Geschäftsfreunde ergoss. Zu seiner Ehre musste gesagt werden, dass er die Sache doch einigermaßen mit Humor nahm.

Alles in allem war die Arbeit als Kellnerin im Jacobs ein gemischtes Vergnügen. Das Geld war ein Vergnügen. Das Trinkgeld war ein auserlesenes Vergnügen. Mehr verlangte sie nicht, und deshalb übernahm sie auch die Spätschichten in einem der beliebtesten Speiselokale der Stadt.

Mette trank in der Ecke hinter dem Tresen bei der Kasse einen Schluck Sprite. Ihr Block war mit Bestellungen voll, und ihr Gehirn lief bereits im Leerlauf. Es war einer von den Abenden, wo am Ende alles, auch ihre Nerven, in Fetzen hängen würden; sie hatte etwas derartiges noch nie erlebt. Die Weihnachtswoche hatte gerade begonnen, und seit Arbeitsbeginn um sieben Uhr herrschte Hochkonjunktur. Wahrscheinlich würde sie erst gegen vier oder fünf Uhr morgens Feierabend machen können.

»Vergiss nicht, die Aschenbecher in den Nischen auszutauschen«, flüsterte ihr Kollege ihr freundlich zu.

»Danke«, murmelte Mette und stürzte davon.

Die ganze Zeit wurde sie gefordert; sie kam sich vor wie in einem Karussell, das sich unablässig dreht. Aber zum Glück waren die Gäste noch nicht betrunken. Das passierte erst später, und dann kam es durchaus vor, dass eine unsichtbare Hand ihr in den Hintern kniff oder ihr allerlei sexuelle Anträge gemacht wurden. Im Moment saßen hier vor allem Familien. Oder kleine Studentengruppen, die eine Spätvorstellung besuchen und vorher noch einen Happen essen wollten.

Eine ihrer Gästegruppen erhob sich zum Gehen. Aus dem

Augenwinkel sah sie, wie der Mann seine Tasche nach Münzen durchwühlte. Trinkgeld. Mettes Blick wurde aufmerksam. Sie schätzte gern, wie viel die Leute wohl geben würden. In der Regel war das nicht sehr viel. Fünf Prozent der Rechnungssumme oder so. Ab und zu aber, wenn die richtig großen Kanonen aus der Stadt auftauchten, gab es durchaus ansehnliche Beträge. Sie kannte die Prominenz inzwischen. Der Fernsehdirektor war immer freigebig. Wie auch der lokale Schlagerstar und ein paar Leute vom Theater. Manchmal ließen sich auch bekannte Rockmusiker sehen. Århus galt noch immer als Brutstätte für neue Talente, und sie hatte auch Mitglieder der Gnags und der Tøsedrengene bedient. Sogar Anne Linnet und Lis Sørensen waren einmal zusammen mit anderen Mitgliedern der alten Band Shit und Chanel da gewesen.

Mette räumte den Tisch ab und stapelte die Teller auf ihrem Arm, wie sie das gelernt hatte. Zwanzig Kronen Trinkgeld. Besser als nichts. Sie steckte das Geld in ihre Schürzentasche und balancierte die Teller auf dem anderen Arm. Sie schaute auf. Eine kleine Gruppe steuerte schon den eben frei gewordenen Tisch an.

Sie musterte die neuen Gäste diskret. Sie drängten sich zusammen und warteten darauf, dass sie mit dem Tisch fertig würde. Diese Leute wollten keine Weihnachtsfeier veranstalten. Das konnte sie schon aus der Entfernung riechen. Männer mittleren Alters, die gerade zu ihrer Befriedigung irgendein Geschäft abgeschlossen hatten und darauf nun anstoßen wollten. Dieser Tisch verhieß Gutes. Spesenkonto und überhaupt. Ohne einen Hauch von schlechtem Gewissen lächelte sie zuckersüß. So lief das Spiel nun einmal. Ihr gefielen diese geschäftsmäßigen, oberflächlichen Kontakte zur Kundschaft. Man bekam das, wofür man bezahlte, auch was Lächeln und Flirts anging.

»Unser heutiges Sonderangebot ist Coloradosteak«, säuselte sie dem Herrn zu, der die Führung übernommen hatte. »Und dann gibt es den Wein des Monats, einen israelischen Shiraz zu neunzig Kronen. Aber vielleicht möchten Sie bei der Hitze lieber zuerst etwas trinken, was den Durst löscht.«

Der Mann musterte sie. Sein Blick war geübt. Er hatte sicher schon Dutzende von Frauen wie Mette getroffen, gut aussehende Studentinnen, die sich abends etwas dazuverdienten. Sie las in den grauen Augen hinter der Brille geschäftsmäßige Anerkennung.

»Vielleicht sollten wir mit einem kalten Bier anfangen.«

Er schaute die anderen an, und die nickten. Einer lockerte seinen Schlips.

»Dann machen wir das so.«

Sie nickte und musterte ihn mit ruhigem Blick. Mit einem offenen Blick, der alles Mögliche bedeuten konnte. Er war ihr Einsatz, wie der einer Spielerin am Spieltisch, eine Investition, die später Ertrag einbringen könnte.

Sie hatte während dieser sechs Monate viel gelernt. Wenn ihr Chef genau gewusst hätte, wie viel, würde er sie sicher sofort feuern, dachte sie oft. Aber vielleicht hätte er ihr auch einen Bonus gezahlt, was jedoch eher unwahrscheinlich war.

Später, als alle Gäste mit Speis und Trank versorgt waren und das Gerede zu einem undurchdringlichen, symphonischen Brei zusammenfloss, der glücklicherweise die ewige Kassette mit den »Vier Jahreszeiten« übertönte, konnte sie auch ein wenig essen. Sie bat in der Küche um kalten Lachs und stellte sich diskret hinter den Vorhang, und dabei musste sie unwillkürlich an den ersten hoffnungslosen Versuch denken.

Er war ein deutscher Geschäftsmann, der nach Århus gekommen war, um der *Jyllandsposten* eine neue vierfarbige Druckerpresse zu verkaufen. Der pure Zufall hatte ihn an diesem Tag, an dem Mette ihren Entschluss gefasst hatte, ins Jacobs geführt.

Sie hatte ihn schon entdeckt, als er die Treppe hochgekommen war. Allein und gut angezogen, sah er sich um, um in Erfahrung zu bringen, wie die Einheimischen sich in der Öffentlichkeit verhielten. Sie führte ihn in die Nische zum Tisch Nummer vier, wo sie ihn im Auge behalten konnte, und empfahl wie immer Coloradosteak und den Wein des Monats.

»Ich nehme als Vorspeise Krabbencocktail«, sagte er mit der englischen Aussprache, wie man es von deutschen Offizieren in Hollywoodfilmen über den Zweiten Weltkrieg kennt.

»Eine gute Entscheidung«, log sie. Sie hatte den Krabbencocktail noch nie probiert.

Er würdigte sie nur eines einzigen forschenden Blickes.

»Ist das sehr blutig, das Coloradosteak?«

Sie hätte es nie gewagt, einen fremden Mann so offen zu mustern. Aber das hier war etwas anderes. Das hier war Arbeit. Sie betrachtete sein freundliches Gesicht, das eigentlich ziemlich hübsch und anziehend war. Es war umkränzt von dunklen, gut geschnittenen Haaren, sein Schnurrbart war perfekt gestutzt; sanfte braune Augen unter wunderschön geschwungenen Brauen begegneten den ihren. Ihr fiel auf, dass seine olivenbraunen Handrücken von dunklen Härchen bedeckt waren und dass er an einer Hand zwei gediegene Goldringe trug. Ansonsten beschränkte sich sein Schmuck auf neutrale, teuer aussehende Manschettenknöpfe aus Gold.

Danach kam sie zu der Erkenntnis, dass es die Augen gewesen waren. Die hatten sie zu ihrem großen Irrtum verleitet. Mit einem Mann mit Dackelaugen waren einfach keine Geschäfte möglich, aber als sie ihre Pläne für diesen Abend geschmiedet hatte, hatte sie das nicht gewusst.

»Sie können haben, was Sie wollen«, erklärte sie und setzte ein Lächeln auf, mit dem sie signalisieren wollte: »Du kannst auch mich haben, wenn du willst. Unter bestimmten Bedingungen natürlich.«

Das Lächeln schien seine Wirkung zu tun, denn jetzt schien etwas in ihm zu erwachen, und ein Lächeln entblößte ein strahlend weißes, gepflegtes Gebiss.

»Danke schön, junge Frau«, sagte er auf Deutsch.

Als sie später an diesem Abend Feierabend machte, saß er noch immer dort. Vielleicht nicht zuletzt, weil sie einen Kollegen gebeten hatte, nebenbei die Bemerkung fallen zu lassen, sie habe ab neun Uhr frei.

Während sie wartete und ihn verstohlen musterte, spürte sie zu ihrer Verwunderung ein unbekanntes Gefühl in sich auftauchen. Sie hatte sich bisher nie bewusst einen Mann ausgesucht, mit dem Ziel, ihn wie eine Beute zu erlegen. Immer war sie der Vorstellung ausgewichen, die Aktive zu sein, und sie hatte, worüber sie sich ja oft genug geärgert hatte, sich wählen lassen, statt selber zu wählen. Aber das hier war anders. Weil sie einen Plan hatte und weil sie in mehr als nur einer Hinsicht bei der Arbeit war, hatte sie hier die Macht in der Hand. Sie spielte hier die Karten aus. Natürlich bestand die Möglichkeit, von ihm abgewiesen zu werden, aber das würde sie nicht persönlich nehmen. Es würde an ihrem mühsam aufgebauten, geschäftsmäßigen Panzer abprallen, und sie würde sich einfach nach einem anderen und passenderen Objekt umsehen.

Mette kam sich mächtig vor und beschloss sofort, dieses Gefühl sehr gut leiden zu können.

Deshalb schaffte sie es auch, sich dem Deutschen, der nach dem Essen bei einer Tasse Kaffee saß, freimütig zu nähern.

»Darf ich mich setzen?«

Er nickte höflich, erhob sich ein wenig und stellte ihr einen Stuhl zurecht.

»Bitte«, sagte er auf Deutsch.

»Vielen Dank«, sie nickte und bedachte ihn mit ihrem verführerischsten Lächeln. Sie wechselte auf das ihr vertrautere Englisch über.

»Bist du geschäftlich in Dänemark?«

Er nickte und erzählte ihr ausgiebig und in langweiligen Details über die Druckerpresse, die derzeit in Viby installiert wurde.

»Wie interessant«, log sie und fragte sich, wann sie offen legen sollte, worum es hier ging. Und wann sie den ersten, unmissverständlichen Schritt machen sollte. Allein schon bei diesem Gedanken durchjagte sie ein Schauer von Angst und Freude bis in die Zehen.

»Und wie lange bleibst du in Århus?«

Er rechnete mit zwei Wochen. Er wohnte im Hotel Mercur in Viby und kannte außer zwei weiteren deutschen Ingenieuren keinen Menschen. Auch die Stadt war ihm unbekannt, er war an diesem Abend zum ersten Mal hier.

Als sei es das Natürlichste auf der Welt, bot sie an, ihm Århus zu zeigen. Und als sei es das Zweitnatürlichste auf der Welt, bot sie ihm danach an, ihm ihre Wohnung zu zeigen und ihm ein Bier oder einen Kaffee vorzusetzen.

Im Taxi lehnte sie wie zufällig ihr Knie ein wenig an sein Bein. Er hätte sein Bein wegnehmen können, aber das tat er nicht. Sie fand, dass bisher doch alles gut lief. Als das Taxi um eine Kurve bog, ließ sie sich scheinbar ungewollt gegen ihn fallen. Die teure Wolle seines Jacketts kratzte an ihrer Wange, und er duftete rein und dezent nach Tabak und Rasierwasser.

»Ups!«

Er kam ihr nicht überrascht vor. Und auch nicht irritiert. Aber andererseits auch nicht sonderlich interessiert.

»Du riechst gut«, sie hielt ihre Nase an seinen Hals.

»Mmmm«, meinte er nur. Was hätte er sonst auch sagen sollen?

Aber dann schien er tief Luft zu holen und plötzlich, wie bei einem Hinterhaltsangriff, bohrte er seine Nase in ihre Haare, und sie konnte ihr triumphierendes Lachen fast nicht unterdrücken, als er die fantasievolle Bemerkung losließ:

»Du riechst auch gut.«

Er bezahlte das Taxi, und Mette registrierte einen weiteren kleinen Sieg, als sie die Tür zu ihrer Wohnung in der Høegh-Guldberggade öffnete und er ihr brav wie ein dressierter Pudel folgte.

Danach lief alles wie eine Vorschrift für ein preußisches Militärmanöver. Alles war korrekt bis ins kleinste Detail. Sogar sein Schwanz erhob sich wie auf Kommando, hart wie ein Gummiknüppel, in einem Winkel von nicht mehr und nicht weniger als neunzig Grad. Doch das alles passierte erst, nachdem er ihr in einer langen Umarmung, die sie an einen Polizeigriff erinnerte, die Luft aus dem Leib gequetscht hatte. Und nachdem er dann mit peinlich langsamer Rücksichtnahme auf Reißverschlüsse und Knöpfe sie und sich selber ausgezogen hatte und sie einander splitternackt gegenüberstanden, wie zwei Heere vor einer Schlacht.

Irgendwo in ihrem Gehirn erklang wieder die Hollywoodstimme: »Eins, zwei, drei, Aaaangriff!« Und dann presste er sie aufs Bett, und sie konnte gerade noch denken: Jetzt weiß ich, was die Frauen in Romanen meinen, wenn sie sagen, ihr Mann sei plötzlich zu »einem wilden Tier« geworden.

Doch wenn es auch alles nach Vorschrift abgelaufen war, so war es doch nicht nach Mettes Plan gegangen. Zu dieser Erkenntnis kam sie, während er auf ihr lag und wie zehn wilde Pferde in einer finsteren, stürmischen Nacht lospumpte. Da sie nichts Besseres zu tun hatte, bohrte sie ihre langen Fingernägel in seinen Hintern, und er heulte erschrocken auf. Diese Pause nutzte sie, um sich unter ihm hervorzuaalen und sich einen Platz ganz oben zu sichern, und dort blieb sie, bis sie merkte, dass der Knüppel sich in einen Windsack ohne Wind verwandelte und der Deutsche, dessen Namen sie vergessen hatte, einen leisen Klagelaut ausstieß, der sich anhörte wie »Achhh!«

Abgesehen davon, dass sie nichts auch nur irgendwie Orgasmusähnliches erlebt hatte, hatte ihr das Ganze ja doch Vergnügen bereitet. Das dachte sie, während sie die Decke betrachtete und seinem unregelmäßigen Atem lauschte. Das Problem war nur, dass sie total vergessen hatte, die Bedingungen klarzustellen. Jetzt war es zu spät, das war ihr klar, und sie prägte sich ein, dass sie damit ihre allererste Lektion gelernt hatte: Von Anfang an müssen klare Verhältnisse herrschen.

Doch wie gesagt, erwiesen die braunen Augen sich als ihr zweiter großer Irrtum. Denn als sie später aufwachte, begegnete ihr sein feuchter, bettelnder Blick, und sie hätte nicht einmal ihre Ohren spitzen müssen, um sein »Ich liebe dich, Mette« zu hören, um zu wissen, dass das Kind in den Brunnen gefallen war. Er hatte sich in sie verliebt.

Wenn sie ab und zu auf diesen ersten fatalen Abend und die darauf folgende Nacht zurückblickte, musste sie zugeben, dass sie auf der Ziellinie davon gerettet wurde, dass er zwei Tage darauf frühzeitig nach Hause musste. Sie war davon überzeugt, dass ihr das allerlei Unannehmlichkeiten erspart hatte; er hätte ja zum Beispiel unangemeldet antreten und ihr vor ihrem Wohnzimmerfenster ein Ständchen bringen können. Doch so, wie die Dinge nun lagen, musste er sich damit begnügen, ihr rote Rosen en masse zu schicken, was er denn auch so pflichtbewusst tat, dass er sicher zum größten Kunden der Interflora wurde. Als sie schließlich für die fast täglich eintreffenden Sträuße keine Vasen mehr hatte, warf sie die Blumen resolut in den Abfall. Ein Strauß nach dem anderen landete im Mülleimer – nachdem sie vorher der ganzen Nachbarschaft Rosen überreicht hatte – und widerstrebend musste sie sich noch einen dritten Irrtum eingestehen:

Es war eine sehr schlechte Idee, die Kundschaft mit nach Hause zu nehmen.

Mette beobachtete die vier Geschäftsmänner, während sie ihren Lachs verzehrte und sich zum nächsten Einsatz im Lokal bereitmachte.

Ihre Fehler hatte sie schon bald korrigieren können. Und ebenso rasch hatte sie einen Instinkt dafür entwickelt, wer sich für ihre Zwecke eignete. Das galt zum Beispiel in höchstem Maße dem Herrn mit dem abschätzenden, grauen Blick. Er war ein Profi, fast wie sie selber. Er würde die Spielregeln verstehen.

NOVEMBER 1997

Sie hätte schon längst etwas unternehmen sollen. Aber irgendetwas hatte sie davor zurückgehalten. Kopenhagen und alles, was mit Arbeit und Pflichten zu tun hatte, schien während der vergangenen Tage in den Hintergrund getreten und aus ihrem Blickfeld verschwunden zu sein.

Isabel hörte ihren Anrufbeantworter in Kopenhagen ab; hörte ihre ungeduldige Stimme und fand zum ersten Mal, sie höre sich an wie eine aufdringliche Handelsreisende. Ein wenig zu munter irgendwie:

»Hallo, hier ist Isabel. Bitte, hinterlasst nach dem Signal eine Nachricht, dann rufe ich so schnell wie möglich zurück.«

Sie rümpfte neben Pernilles Telefon die Nase. Ebenso hätte sie sagen können: »Gebrauchter Flügel, nur leicht beschädigt, nachdem die Katze ihn mit dem Katzenklo verwechselt hat, zu ungeheuer günstigem Preis abzugeben.« Dieser helle, einschmeichelnde Tonfall passte in Wirklichkeit nicht zu ihr. Er war ein Versuch, sich freundlicher anzuhören, nachdem ihre Mutter gemeint hatte, sie höre sich am Telefon an wie eine KZ-Wache, die Befehle brüllt.

Rasch wählte sie den Code und hörte sich die Nachrichten an, die im Laufe der Woche auf dem Anrufbeantworter hinterlassen worden waren. Alle hatten etwas mit ihrer Arbeit zu tun. Glücklicherweise fiel ein Kammerkonzert am folgenden Sonntag aus, weil die Querflöte mit Grippe im Bett lag. Und ein Sänger sagte wegen Halsschmerzen eine Probe ab. Nichts Neues unter der Sonne. Sänger haben immer Halsprobleme, Flötisten sind allesamt Hypochonder, und Messingbläser sind dauernd verkatert, dachte sie boshaft, während sie hastig Notizen in ihren Kalender kritzelte. Sie wollte schon auflegen, als sie seine unwillige Stimme hörte, die wegen der Begegnung mit einem Anrufbeantworter ganz tief hinab in den Basskeller gekrochen war:

»Hätte ich mir ja denken können, dass auch du dir so ein Dings angeschafft hast« (Pause, Husten). »Egal, das hier soll ein rein kollegialer Tipp sein. Esther Jensen ist für längere Zeit krankgeschrieben, und es wird ganz schnell eine Vertretung gesucht, die ein gewisses Repertoire beherrscht. Vielleicht eine gute Gelegenheit für dich … wenn du dich für Århus interessierst, dann ruf doch mal beim Rektor an und lass dir die Einzelheiten erklären.«

Weder Hallo noch Auf Wiedersehen. Eine ganz neutrale Mitteilung. Ein rein kollegialer Tipp. Sie wartete, ob noch mehr käme. Nur ein wenig. Aber was hätte das schließlich sein sollen?

Verärgert erhob sie sich und räumte die Frühstücksreste weg. Die beiden halben Brötchen waren dermaßen eingetrocknet, dass der Mülleimer zur nächstliegenden Lösung wurde. Als sie den Deckel unter dem Spülbecken öffnete, fiel ihr Blick auf die zertretenen Rosen. Bei Tageslicht sahen sie ganz unschuldig aus. Himmel, das war doch nur ein zufälliger Blumenstrauß, hinterlassen in einem zufälligen Treppenhaus in der friedlichen Innenstadt von Århus.

Trotzdem streckte sie die Hand aus und fischte den Strauß aus dem Mülleimer. Ohne weiter darüber nachzudenken, riss sie eine Schere aus einer Schublade und schnitt zwei der am wenigsten ramponierten Blüten ab. Danach wickelte sie sie vorsichtig in Plastikfolie und steckte sie in eine Plastiktüte. Sie kam sich ein bisschen albern vor, als sie die Tüte in ihre Manteltasche stopfte und die Wohnung verließ.

Es war ein grauer Tag, und die verdammte Ölmühle hatte eine schwere Duftwolke über die Stadt gelegt. Das müsste verboten werden. Århus müsste überhaupt verboten werden, dachte sie vergrätzt. Es müsste vakuumverpackt und nach Sibirien geschickt werden, zusammen mit allen Enttäuschungen des Lebens allgemein und der Liebe insbesondere. Wieso sollte sie dorthin zurückkehren? Was erwartete sie dort schon außer einem gebrauchten Mann mit Wolfsgrinsen, der bald in Pension gehen könnte? Na ja, und natürlich zwei Freundinnen, die beide mit ihrem eigenen Leben genug zu tun hatten, egal, was sie einander versprochen haben mochten. Und zwei Fetzen ihrer Seele auf dem Friedhof. Solveig mit dem freundlichen Lächeln und den vielen Geheimnissen. Und die Großmutter, die kleine Großmutter. Mein Omichen, meine beste Freundin.

Der Duft feuchter Blumen schwebte ihr entgegen, als sie die Tür öffnete.

Es war die Zeit der Herbstfarben. Orangefarbene Lilien und Rosen; Zweige mit goldenen Blättern und Grünzeug mit kleinen Beeren. Die gesuchten Blumen waren nicht zu sehen.

»Kann ich helfen?«

Die Blumenfrau war rund und üppig und rang um Atem, als sie diese Frage stellte. Isabel zog ihre Tüte aus der Tasche und öffnete sie.

»Ich suche diese Art Rosen.«

Die Frau hob vorsichtig eine Rose hoch und musterte sie.

»Ich muss schon sagen. So eine habe ich noch nie gesehen.«

»Sie kann also nicht bei Ihnen gekauft worden sein?«

Die Frau stieß ein asthmatisches Lachen aus.

»Schön wär's.«

»Wieso denn?«

Das Asthma wütete weiter und wurde von einem Hustenanfall gefolgt. Als die Frau endlich wieder sprechen konnte, standen ihr Tränen in den Augen.

»Schwarze Rosen. Oder fast schwarze«, brachte sie heraus. »Sind Sie verrückt? Die könnten wir doch tonnenweise verkaufen. Vor allem an junge Leute. Die lieben doch alles, was schwarz und geheimnisvoll ist.«

Isabel packte ihre Blumen wieder ein.

»Wissen Sie, wo ich solche bekomme?«

Die Blumenfrau wendete ihren kräftigen Körper wie ein Schiff im Wasser. Mit lautem Prusten verschob sie die Blumeneimer und zog zwei Zweige hervor, die zweifellos bessere Tage gesehen hatten.

»Jedenfalls nicht hier in der Stadt, da bin ich mir sicher«, erklärte sie mit dem Rücken zu ihrer Besucherin.

Nachdem sie noch ein Weilchen mit den Eimern gekämpft hatte, richtete sie sich wieder auf. »Wenn ich ehrlich sein soll, dann glaube ich nicht, dass die überhaupt irgendwo verkauft werden.«

Isabel starrte ihre Tüte nachdenklich an.

»Aber irgendwo müssen sie doch herkommen.«

Die Frau zuckte mit den Schultern.

»Natürlich. Aber das kann sich um einen privaten Züchter handeln. Oder um jemanden, der mit Veredlung oder wie immer das heißt experimentiert. Rufen Sie Laursen an. Möglicherweise kann der Ihnen weiterhelfen.«

»Laursen?«

»Rosen Laursen in Lystrup.« Sie beugte sich über den Tresen vor. »Kann ich sonst noch irgendwie behilflich sein?«

Das »Nein« lag Isabel bereits auf der Zunge. Doch dann entdeckte sie die gelben Freesien, und deren Duft schien sie zu rufen. Sie nickte zu ihnen hinüber.

»Geben Sie mir davon einen Strauß mit etwas Grün.«

Als sie aus dem Bus ausstieg, kam Regen auf, und ein boshafter Wind wirbelte Blätter über den Boden. Trotzig zog Isabel den Mantel um sich zusammen und mühte sich über den Weg zwischen den grünen Büschen. Den Friedhofspflanzen, wie die Großmutter die immergrünen Gewächse voller Verachtung genannt hatte. Wenn sie jemals einen Garten besessen hätte, dann hätte sie den mit gelben Blumen bepflanzt. Sonnenschein, hatte sie gesagt. Holen wir uns ein wenig Sonnenschein ins Zimmer.

Die anonymen Gräber hatten Aussicht auf den Park, die kleinen Behälter, die den Gedenkstein umkränzten, waren mit Blumen gefüllt. Die Urnen lagen unter dem Grasboden. Niemand wusste, wo die eigenen Angehörigen lagen. Die vielen namenlosen Menschen, die kein Wesen von sich hatten machen wollen, sondern die einen Platz im Dasein ausgefüllt hatten und nachher für die Hinterbliebenen unersetzlich gewesen waren. So war es eben, Isabel dachte an sie. Leben, das bis zur Schmerzgrenze vermisst wurde, und dem die Diskretion eine Ehrensache gewesen war.

Sie fand einen freien Behälter und steckte die Freesien hinein.

»Sonnenschein, Oma«, murmelte sie fast unhörbar vor sich hin.

»Ich habe dir Sonnenschein mitgebracht.«

MÄRZ 1985

ISABEL

Halt mich fester
mit deinen runden Armen;
halt fest, solange dein Herz
noch Blut und Wärme besitzt.

Bald werden wir getrennt sein
wie Beeren in der Hecke,
bald werden wir verschwunden sein
wie Blasen im Bach.

Born in the USA, I was … Born in the USAaaaeh …

Emil Aarestrup und Bruce Springsteen liefen jeder in seiner Bahn. Das Gedicht tanzte irgendwo in ihrem Bauch auf Versfüßen dahin und schickte sehnsüchtige Signale durch ihr System. Während Springsteen auf dem Frühjahrsfest des Konservatoriums aus den Lautsprechern dröhnte und ein altes Lied über Freiheit Funken sprühen ließ.

Sie fühlte sich gespalten. So war das. Zwischen dem Drang, darauf zu warten, dass er alle Komplikationen löste, die ihre Liebe zu einem langen Hürdenlauf machten. Und dem Drang, schreiend von allem davonzustürzen; von der Geheimniskrämerei, den ewigen Rücksichten auf seine Frau und seine Kinder, den verstohlenen Momenten der Leidenschaft und dem Gefühl, verdammt zu sein, sich auf unverzeihliche Dinge eingelassen und damit den Zorn der Gottheiten oder des Schicksals auf sich herabbeschworen zu haben. Oder vielleicht ihren eigenen?

Isabel nippte an ihrem Rotweinglas und starrte in die tanzende Menge. An dem Fest war im Grunde nichts auszusetzen. Solveig schien das auch nicht zu finden. Mette war bei der Arbeit, Pernille war bei Thomas. Solveig hatte als Einzige der Freundinnen den Mut gehabt mitzukommen, und jetzt war sie in ein Gespräch mit einem bebrillten Cellisten vertieft. Das Fest war in Ordnung. Das Problem war Isabel selber. Das wusste sie nur zu gut.

Das Gedicht trug den Sieg davon. Die Sehnsucht nach seiner Stimme, die es eine Woche zuvor rezitiert hatte, bei ihrer letzten Begegnung; brüsk und eilig, als lese er die Fischereinotierungen vor. Aber trotzdem mit einer Entschiedenheit, die sie jetzt als Innigkeit erkannte.

»Ich wusste nicht, dass du dich für Poesie interessierst. Man lernt doch jeden Tag etwas dazu.«

»Ich wollte dir damit nur klarmachen, was ich meine, wenn ich sage, dass ich dich und deinen Körper liebe«, hatte er gemurmelt. »Das glaubst du mir ja nie.« Er ließ einen Finger über ihre Augenbrauen wandern. »Und es ärgert mich, dass du das nicht begreifst. Dass du wunderbar bist. Dass ich niemals zulassen werde, dass du Schluss machst … dass ohne dich alles aufhört.«

In seiner Stimme lag jetzt eine Glut, die sie nervös machte. Sie sehnte sich ja nach Liebeserklärungen. Aber die sollten in seiner üblichen Lässigkeit erfolgen. Wenn die fortfiel, meldete der Schmerz sich zu Wort.

Er hatte sie verräterisch keusch auf die Wange geküsst, als sie dort im Bett gelegen hatten. In ihrem Bett. Nie in seinem. Nie in seinem Haus.

»Du meinst das mit den runden Armen? Willst du mir mit dem Gedicht sagen, dass Dicksein in Ordnung ist?«, fragte sie, fast, um ihn wieder zu sich herabzuholen. Auf den Boden.

Er drehte sich lachend auf den Rücken.

»Meine Fresse, du bist manchmal wirklich schwachsinnig. Da versuche ich nun, romantisch zu sein.« Er drehte sich wieder um, und sie lagen dicht beieinander. Nase an Nase. Mund an Mund. Nur ihre Körper konnten offen alles aussprechen, Worte taten zu weh.

Sie legte die Arme um ihn. Und hielt ihn fest, während sie in Gedanken sah, wie sie zu nichts zerfielen. Wie Blasen in einem Bach.

Wieder Springsteen.

Die Menge wogte auf der Tanzfläche auf und ab. Jetzt sah sie Solveig dazwischen, zusammen mit dem Cellisten. Sie sah fesch aus in ihren neuen All Stars und der engen Stretchjeans. Die blaue breitschultrige Satinjacke glänzte bei jeder Bewegung.

Isabel stand auf, um sich an der improvisierten Bar noch ein Glas Rotwein zu holen. Als sie zwischen den verstreut stehenden Tischen und Stühlen hindurchging, ließ sie ihren Blick über die Festgäste wandern. Er war nicht da. Würde auch nicht kommen. Wenn sich überhaupt Lehrer auf solchen Festen sehen ließen, dann die ganz jungen. Die Singles, die sich einen lustigen Abend machen wollten. Die, die mit den Jungen zusammen jung waren. Das war ja auch nur richtig so.

Es war ihr eigentlich ganz recht, ein wenig für sich zu sitzen. Sie konnte an einem rauchigen Abend nach einer halben Flasche Wein so gut denken, sagte sie sich. Sie konnte zum Beispiel versuchen, ihre Gefühle ein wenig in den Griff zu bekommen.

Sie begriff nicht, dass ein Jahr vergangen war. Zwölf Monate. Und das Gift strömte noch immer durch ihre Adern. Das Gift des Pfeils.

Sie hatten zweimal halbherzig versucht, Schluss zu machen. Aber ihnen schien dann doch die Kraft zu fehlen. Also sahen sie einander weiterhin, während sich die Zukunft und die Folgen ihres Verhaltens vor ihnen auftürmten, wie vor einem Schneepflug, der am Ende einen ganzen Berg zusammenschiebt, der größer ist als er selber.

Nichts ließ sich planen. Sie konnte sich nicht erinnern, wann sie zuletzt einen Tag im Voraus gewusst hatte, dass er kommen würde. Sie sprachen nie sehr viel darüber, aber immer verlangten seine Kinder und sein schlechtes Gewissen von ihm, den Sonntag mit seinen beiden Töchtern auf Radtour oder im Vergnügungspark zu verbringen, wenn ihre Mutter krank war. Was sie meistens war. Nicht immer lag sie im Krankenhaus, aber krank war sie trotzdem. Und dann waren da natürlich noch die Krankenhausphasen. Davon hatte es zwei gegeben, und dann wohnten die Kinder bei ihrer Großmutter, und er wurde zerrissen von seinen Schuldgefühlen darüber, dass er sich nicht genug um die Mutter seiner Kinder kümmerte, dass er nicht verhindern konnte, dass ihre Vernunft von ihrer Krankheit zerfressen wurde. Und vielleicht auch darüber, dass er sie nicht mehr so liebte wie früher. Denn das hatte er ja, wie Isabel sehr gut wusste, obwohl sie versuchte, sich das Gegenteil einzureden.

Die Krankenhausphasen gaben ihnen die Möglichkeit, zusammen zu sein. Zeit, die Isabel mit Dankbarkeit und zugleich mit Verzweiflung darüber erfüllte, dass die Krankheit der anderen für sie zu einem Segen wurde. Das war eine bittere, harte Pille. Aber Isabel griff begehrlich danach.

Ihre Mutter wusste nichts. Ihre Großmutter wohl. Wie hätte sie sich auch sonst erklären können, wie oft die Enkelin sie im Stich ließ. Wenn sie versprochen hatte, für sie einzukaufen oder in die Bücherei zu gehen oder es dann vergaß oder einfach verschwunden war und die Großmutter sich allein den Thorsbakken hochschleppen musste. Wobei sie die Einkaufskarre auf Rädern hinter sich herzog. Wenn Isabel wusste, dass die Großmutter sich aussprechen musste, über ihr schwaches Herz und den Tod und das Leben und die Liebe, wenn sie aber doch die Tür hinter sich zuzog, weil Andreas sich angesagt hatte. Und dann war da das eine entsetzliche Mal, als die Großmutter gestürzt war und den ganzen Abend auf dem Wohnzimmerboden gelegen hatte, während Andreas zu Besuch gewesen war und Isabel ihr Versprechen, der alten Frau Essen zu bringen, einfach vergessen hatte. Sie hätte sonst Stunden voller Angst und Schmerzen verhindern können, in denen sicher das vierundachtzigjährige Leben der Großmutter vor deren innerem Auge vorbeigezogen war, und in denen sie vielleicht endlich aufgegeben und ihre unmögliche Enkelin abgeschrieben hatte.

Doch trotzdem hatte sie, als sie bleich und klein im Krankenhausbett gelegen hatte, nur sagen können:

»Du musst deine Jugend genießen, Bella.«

Denn sie verlangte in Wirklichkeit doch gar nichts. Sie war so selbstständig und frei wie ein Adler in der Luft. Verbat sich jegliche andere Hilfe außer jener, die ganz natürlich war. Doch selbst Adler werden alt und brauchen Hilfe dringender, als sie zugeben mögen.

Derweil sollte Isabel ihre Jugend genießen. Ja, danke. Und welche Jugend! Mit einer unmöglichen Liebe in einem ewigen Dilemma.

Und doch war diese unmögliche Liebe vielleicht besser als gar nichts. Sie konnte sich kaum an das Gefühl erinnern, nicht von einem Mann geliebt zu werden. Nicht glücklich zu sein. Trotz allem.

Solveig ließ sich atemlos neben ihr auf einen Stuhl fallen und trank einen Schluck von ihrem schal gewordenen Bier.

»Meine Güte. Ich werde langsam zu alt für so was. Die nächste Station ist dann der Tanztee für die reifere Jugend oder so. ›Mit dem Mädel in den flachen Schuhen.‹«

Sie sah fröhlich aus. Aktivität – egal welche – brachte Solveig immer in Stimmung.

»Ich dachte, ich wäre die Einzige, die das kennt«, sagte Isabel und freute sich über diese Ablenkung. »Meine Eltern hatten das auf Platte. Von Susse Wold und Gustav Winkler, glaube ich. ›Komm mit in die Lauhaube‹«, sang sie unsicher.

»›Zum Saft der Trauhaube‹«, trällerte Solveig, und sie sangen im Chor weiter:

»›Und zum alten Lied von der Liehiebeh‹!«

Solveigs Blick hielt irgendwo über Isabels Schulter inne.

»Wo wir schon von Liebe reden. Hier kommt dein Geliebter. Und er sieht nicht sonderlich munter aus.«

Sie konnte sich nicht mehr umdrehen, er stand schon neben ihr.

Es war wieder passiert. Sie kannte diesen Blick. Wütend und verschlossen in stummer Frustration. Schwarz vor Schuldgefühlen und Sehnsucht.

»Tanz mit mir.«

Er riss sie vom Stuhl und auf die Tanzfläche. Springsteens heisere Stimme meldete sich nach einer Pause wieder zu Wort. Alle anderen rockten los. Er hielt sie fest, drückte sie an sich und begrub sein Gesicht in ihren Haaren.

»Das ist vielleicht nicht so klug … gerade hier«, sagte sie vorsichtig. »Sie schauen schon.«

»Sollen sie schauen.«

Sie hätte gern nachgegeben. Aus dem Augenwinkel heraus registrierte sie die erstaunten Blicke der anderen. Er würde es bereuen. Sie vielleicht nicht, er auf jeden Fall.

»Andreas, wir müssen weg hier.«

Die Verzweiflung ließ seine Stimme brechen.

»Ich brauche dich. Ich will dich. Ich sehne mich so verdammt unendlich nach dir.«

Wie hätte sie ihn von sich stoßen können, als er sie küsste, während Aarestrup und Springsteen in eins verschmolzen? Das wäre nicht menschenmöglich gewesen. So einfach war das. Es ging nicht.

»Die wissen es doch«, flüsterte sein Mund an ihrem. »Jetzt wird ihr Verdacht einfach nur bestätigt.«

»Und wenn sie noch keinen Verdacht hatten?«

Er hob den Kopf und schaute sich um.

»Dann scheißen wir trotzdem darauf!«

Sie spürte, dass jemand an ihrer Bluse zupfte. Und zwar eine blasse, erschrockene Solveig.

»Mir ist so schlecht, Isabel. Wirklich. Kommst du für einen Moment mit mir an die Luft?«

Sie ließen einander los. Der Zauber war gebrochen.

»Mir geht es wirklich mies«, bat Solveig stammelnd um Entschuldigung. »Alles dreht sich vor mir.«

Andreas nickte verdutzt.

»Dann musst du dich um sie kümmern. Ich warte.«

Sie gingen. Die Märzluft war eiskalt. Beide rangen um Atem. Isabel legte besorgt einen Arm um Solveig, doch die machte sich von ihr los.

»Spinnst du eigentlich?«, fauchte Solveig, als sie endlich außer Hörweite waren. »Willst du alles kaputtmachen? Was zum Teufel denkt ihr euch denn bloß?«

Isabel starrte sie verwundert an. Dann ging ihr ein Licht auf.

»Soll das heißen, das war pures Schauspiel? … Meinetwegen?«

»Euretwegen, ja, zum Teufel. Bist du jetzt sauer?«

Solveig drückte ihre Nase an Isabels Gesicht, wie um deren Stimmung zu ermitteln.

»Ich wollte doch nichts kaputtmachen. Aber wenn ihr selber nicht mehr denken könnt … ihr benehmt euch doch verdammt noch mal wie die verknallten Teenies. Romeo und Julia zum soundsovielten Mal … Jetzt sag doch, dass du nicht sauer bist!«

Aber wie hätte sie sauer sein sollen? Wie hätte sie etwas anderes sein sollen als dankbar? Isabel wischte sich etwas Feuchtes aus den Augen und umarmte die gesunde und starke Solveig. Solveig, die immer für andere die Kastanien aus dem Feuer holte. Solveig, die an andere dachte, nicht an sich. Korrektur: Die niemals an sich selber dachte, wenn sich das auf irgendeine Weise vermeiden ließ.

»Du hast Recht, und du bist ein Schatz. Es kann ja sein, dass es längst bekannt ist. Aber das wäre dann nicht deine Schuld.«

Solveig schniefte.

»Endlich werden hier meine Verdienste gebührend gewertet. Ich wollte schon gehen«, fügte sie hinzu. »Aber jetzt spiele ich lieber noch ein Weilchen den Anstandswauwau.«

»Das tu.«

Während der letzten halben Stunde saßen Isabel und Andreas mit einer Flasche Wein an einem Tisch. Solveig hatte sich außer Hörweite niedergelassen, was nicht schwer gewesen war. Auch Isabel und Andreas konnten einander nur mit Mühe hören und sagten wenig. Isabel hatte das Gefühl, dass die Blicke der anderen sich mit leisen, behutsamen Stichen in sie bohrten. Andreas stand auf, lief ruhelos im Lokal hin und her und sah aus wie ein hungriges Raubtier, das auf irgendeine Beute Jagd macht. Vielleicht nur auf ein wenig Seelenruhe. Auf ein Ende der Unruhe.

Als er zu ihr zurückkam, beugte er sich über den Tisch. Für

einen Moment glaubte sie, er wolle ihre Hand nehmen. Aber er griff nur nach seinem Glas und leerte es auf einen Zug.

»Komm mit mir nach Hause.«

Es war eine Bitte, hörte sich jedoch an wie ein Befehl.

Sie zögerte. Bisher hatte er das nie gewollt. Jetzt machte der Gedanke ihr Angst, und ihre Neugier schlug in Nervosität um.

»Bist du sicher? Können wir nicht auch .. zu mir nach Hause?«

Er schüttelte den Kopf.

»Ich muss ans Telefon gehen können. Ich dürfte eigentlich gar nicht hier sein. Jetzt komm schon mit.«

»Jetzt sofort?«

Er zuckte mit den Schultern und lächelte zum ersten Mal.

»Du traust dich ja sowieso nicht, mit mir zu tanzen.«

Es war am selben Nachmittag passiert. Und es hatte sich schon lange angekündigt. Seine Frau hatte selber darum gebeten, zur Psychiatrischen Klinik in Risskov gefahren zu werden. Sie hatte sogar eigenhändig ihre Tasche gepackt.

Sie hatte es gewollt und brauchte es, aber trotzdem rangen in ihm Trauer und Ohnmacht.

Die Kinder waren bei ihrer Großmutter. Das Haus war leer, aber überall hing der Duft von Marianns Parfüm. Isabel legte ihre Scheuklappen vor, als er die Tür aufschloss.

»Ich will nicht ins Schlafzimmer. Ich will es nicht einmal sehen. Hast du kein Gästebett?«

Er nickte zerstreut, nahm ihre Hand und führte sie nach oben. Als sie ins Gästezimmer taumelten, hatte er schon angefangen sie zu lieben; nicht sanft und behutsam wie sonst, sondern mit einer Gewaltsamkeit, die sie jetzt erst kennen lernte. Die Verzweiflung von der Tanzfläche vermischte sich mit etwas, das er ihr bisher nur in kleinen Portionen gezeigt hatte. Mit dem Begehren, das erst seinen und dann ihren Körper wie ein Fieber entzündete. Mit Worten, die sie von ihm nie gehört hatte. Und dann kam die Stille, als er endlich schlief, und sie an die Blasen im Bach dachte und daran, dass sie ihrer Großmutter versprochen hatte, sie am nächsten Morgen um zehn zum Augenarzt zu begleiten.

NOVEMBER 1997

Es war keine gute Idee, im November Rad zu fahren. Schon gar nicht bei ohnehin schon mieser Laune.

Obwohl es mildes Wetter war und obwohl Thomas' Rad das wahre Wunder war und an die hundertsiebzehn Gänge – jedenfalls nicht viel weniger – aufwies, war sie dennoch bereit für die Trockentrommel, als sie endlich das Haus in Risskov erreichte. Donald empfing sie mit einem Zahnstocher im Mund und einem verbissenen Amigrinsen.

»My God! In dem Aufzug hätte ich dich fast nicht erkannt.«

Er zeigte auf den Fahrradhelm, der wie ein seltsamer Auswuchs auf ihrem Kopf thronte.

»Danke für das Kompliment«, säuselte sie und befreite ihre Tasche aus dem Tintenfisch, der einen Gepäckträger darstellen sollte. »Ist die Gemahlin daheim?«

Mette hatte an diesem Vormittag frei gehabt.

»Sie kommt gerade aus dem Badezimmer. Kann ich solange irgendwas für dich tun?«

Ja, danke. Scher dich zum Teufel und nimm die verdammten Katzen mit, dachte Isabel, sagte jedoch:

»Ein Glas kaltes Wasser wäre nicht schlecht.«

Er half ihr aus dem Mantel und holte Wasser, während sie sich ins Wohnzimmer setzte.

»Und was macht die Detektivarbeit?«

Aus irgendeinem Grund ärgerte es sie, dass er Bescheid wusste. Wusste, dass sie wie die Blinden umherirrten, um irgendeine Wahrheit auszugraben, die ihm in Wirklichkeit ganz egal war.

Sie trank einen Schluck und stellte das Glas auf den Couchtisch.

»Den Umständen entsprechend, nehme ich an.«

»Du meinst, ihr kommt nicht weiter«, schlug er spöttisch, aber lächelnd vor.

Ja, was meinte sie eigentlich? Er hatte ja Recht. Sie kamen nicht weiter. Nicht einen Schritt. Abgesehen von dem immer stärker werdenden Gefühl, dass hier etwas einfach ganz und gar nicht stimmte.

»Ich finde, wir sind schon ein gutes Stück weit gekommen«, widersprach sie gereizt.

»Und was soll das bedeuten?«, bohrte er, als er sich setzte, viel zu dicht neben sie, sie konnte fast die Eiskristalle in seinen verdammten Augen sehen. »Dass jemand neben ihr saß und ihr ins Ohr geflüstert hat, sie sollte dieses Pillenglas leeren?«

Er griff nach einem frischen Zahnstocher in dem Behälter auf dem Couchtisch. Danach kaute er nachdenklich darauf herum.

»Meine Zigaretten«, erklärte er. »Ich will aufhören.«

Sie nickte und spürte plötzlich die Packung Prince, die ihr in der Tasche brannte.

Donald beugte sich vor und lieferte eine glaubhafte Imitation eines amerikanischen Fernsehanwaltes, dem eine kluge Idee kommt.

»Vielleicht hat irgendwo jemand mit einer Fernbedienung gesessen und auf Stopp gedrückt.«

Die Andeutung eines Lächelns begleitete diese Bemerkung.

Isabel wollte schon irgendeine Antwort fauchen, riss sich aber zusammen. Stattdessen merkte sie sich das Wort »Fernbedienung«. In Wirklichkeit war es vielleicht nicht so lächerlich unglaubwürdig, wie es sich bei Donald anhörte. Vielleicht war Solveig wirklich ferngesteuert worden. Von irgendwem zum Pillenschlucken programmiert. Zum ersten Mal meldete der Gedanke sich zu Wort, dass jemand auch den Tod eines Menschen verursachen kann, ohne selber dabei Hand anzulegen.

»Hallo. Wie siehst du denn aus? Und was ist mit deinen Haaren?«

Mette hatte lautlos das Zimmer betreten.

»Ich war mit dem Rad unterwegs.«

»Und das macht die Haare so platt?«

»Ich hatte Thomas' Fahrradhelm auf. Wir sind schließlich Profis.«

Mette lächelte.

»Wo wir schon von Kopfbedeckungen reden, schau mal, was ich gefunden habe, als ich gestern in der Rumpelkammer Maries Winterstiefel suchen wollte.«

Sie machte auf dem Absatz kehrt und war gleich darauf wieder da. Auf dem Kopf trug sie eine Abiturientinnenmütze. Die weißen Stellen waren vergilbt, ansonsten war sie sofort zu erkennen.

»Hier, schnapp.«

Sie warf die Mütze wie einen Frisbee durch die Luft. Isabel konnte sie gerade noch fangen. Aus irgendeinem Grund konnte die Mütze ihre Stimmung nicht verbessern. Sie hatte diese ganzen Erinnerungen an die Vergangenheit jetzt wirklich satt.

»Das war einmal«, hörte sie ihre desillusionierte Stimme sagen.

Sie hielt die Mütze in der Hand und musterte sie höflich.

Auf der Innenseite hatte die ganze Klasse wild durcheinander ihre Namen geschrieben. Einige davon hatte sie total vergessen. Solveigs schürte das Gefühl von mit Wehmut gemischtem Zorn, das den ganzen Tag auf der Lauer gelegen hatte.

Mette setzte sich neben sie auf das Sofa. Vorsichtig nahm sie ihr die Mütze aus der Hand und legte sie auf den Tisch.

»Entschuldigung. Das war wohl keine gute Idee. Was willst du jetzt machen?«

»Wie lange brauchen wir, um nach Lystrup zu fahren?«

Mette blickte sie verwirrt an.

»Zehn Minuten. Was passiert in Lystrup?«

»Das erzähle ich dir unterwegs.«

Sie berichtete in kurzen Sätzen über die Rosen, als sie im Volvo davonjagten.

»Das klingt reichlich weit daneben«, meinte Mette und schaute Isabel unsicher an, um sich davon zu überzeugen, dass sie nicht böse war. »Ich meine, alles zusammen. Bestimmt ist es ein Zufall. Sicher werden solche Rosen in jedem Blumenladen in Viborg und vielleicht auch anderswo in Århus verkauft. Du hast doch nur in dem einen Laden gefragt, oder?«

»Was ist mit den Psychologen?«, fragte Isabel, um den Krieg in Mettes Lager zu tragen. »Hast du das Telefonbuch durchgeklingelt? War das nicht deine Aufgabe?«

Mette lachte. »Easy now. Heute mit dem falschen Fuß zuerst aufgestanden, ja? Zu deiner Information, ich habe an die fünfzig Psychologinnen und Psychologen angerufen, aber niemand hatte je von Solveig gehört … aber die stehen bestimmt auch unter Schweigepflicht«, fügte sie hinzu, während sie mit durchgedrücktem Gaspedal in einem Verteilerkreis einen Lastwagen überholte. Fast gleichzeitig konnte sie Isabel noch einen besorgten Blick zuwerfen.

»He, wie wär's mit einer Tasse Kaffee und einem Stück Kuchen bei Ilva? Um dich ein wenig aufzumuntern«, schlug sie vor. »Da gibt es eine ausgezeichnete Cafeteria, und es ist gleich um die Ecke. Dann kannst du mir erzählen, was sonst noch los ist.«

»Warum sollte denn sonst noch mehr los sein?«, fragte Isabel, aber sie musste doch lächeln, als sie ihre genervte Stimme hörte.

Mette zuckte mit den Schultern.

»In dir haben wir doch immer schon wie in einem offenen Buch lesen können. Und die Diagnose für heute lautet, dass du eine saumiese Laune hast. Aber das ist noch nicht alles. Ich glaube, du steckst in einer Art Krise«, erklärte Mette im Marktschreierton.

Isabel konnte ihr Lachen nicht unterdrücken.

»Meine Fresse, Frau; haben die über Telefon auch Honorar kassiert, diese fünfzig Psychos?«

Aber Mette machte unverdrossen weiter mit ihrer Analyse.

»Ich glaube, entweder hast du dich in einen verliebt, den du nicht kriegen kannst. Oder du bist Andreas Scharff begegnet. Oder vielleicht beides. Stimmt's oder habe ich Recht?«

Isabel seufzte.

»Jetzt verlange ich wirklich einen verdammt guten Kuchen.«

Ilva und Ikea lagen Seite an Seite hinter Plakatwänden mit Reklame und Informationen über späte Öffnungszeiten am Randersvej.

»Es ist nicht so furchbar, wie es aussieht«, erklärte Mette.

Und sie hatte Recht. Der italienische Koch in der Cafeteria servierte einen ausgesprochen leckeren Apfelkuchen mit Sahne.

Isabel erzählte von der Nachricht auf ihrem Anrufbeantworter.

»Die Sache ist, eine Zeit zum Nachdenken hier würde mir die Möglichkeit bieten, damit weiterzumachen, womit wir begonnen haben. Das mit Solveig, meine ich.«

»Natürlich«, sagte Mette neutral.

»Ich weiß genau, was du denkst. Aber so ist das nicht.«

»Wie denn?«, fragte Mette unschuldig.

Und ihr Blick wurde noch neckender als bisher.

Ärgerlich hackte Isabel ihren Kuchen in Stücke.

»Mit ihm hat das nichts zu tun.«

Mette verzog den Mund zu einem Lachen.

»Nichts mit ihm zu tun, my ass! Who are you kidding here? Du willst einen Job annehmen, auf den er dich hingewiesen hat. Aber mit ihm hat das nichts zu tun.«

Isabel seufzte. »Er weiß, dass ich Heimweh nach Århus habe. Er weiß sehr gut, dass ich mich in Kopenhagen nicht heimisch fühlte. Und wie sollen wir mit Solveig weiterkommen, wenn ich da oben hocke, kannst du mir das verraten?«

Mette wurde ernst. Sie leerte ihre Kaffeetasse und stellte sie nachdenklich auf den Tisch.

»Versteh das nicht falsch. Ich fände es schön, wenn du nach Århus zurückkämst. Und sei es nur für kurze Zeit. Aber das sage ich aus der Überlegung heraus, dass du niemals hättest umziehen dürfen. Weglaufen hat keinen Sinn. Denk doch an Solveig.«

Isabel runzelte die Stirn.

»Was meinst du damit?«

»Ich meine, dass Solveig etwas im Gepäck hatte, von dem sie dazu gezwungen wurde, sich auf eine gewisse Weise zu verhalten. Das ist meine Theorie.«

Isabel lächelte ironisch.

»Spuken hier die fünfzig Psychos?«

Aber Mette erwiderte dieses Lächeln nicht.

»It takes one to know one«, sagte sie nur.

MAI 1985

METTE
Sie wollte nicht hinsehen. Dieses Gesicht war nicht ihr Gesicht. Es war das der alten Mette. Der unsicheren und ängstlichen Mette; der Mette, die nicht wusste, wer sie war, der Mette, die nachts aus Albträumen hochfuhr, wenn die Erinnerungen freies Spiel hatten und sie ans Krankenbett zurückführten. Zu dem Tag, an dem ihr Vater gestorben und die Welt zusammengebrochen war. Zu der alten Mette, die keinem Mann begegnen konnte, ohne die Blicke zu senken und das Gefühl zu haben, dass ihr geliebter Vater sie von irgendwoher beobachtete. Und ihr ins Ohr flüsterte, sie könne mehr verlangen, habe Besseres verdient. Nichts war gut genug für seinen Augenstern. Nichts auf der ganzen Welt.

Eilig begann sie ihre Maske aufzulegen. Die, die sie inzwischen im Schlaf beherrschte. Zuerst Feuchtigkeitscreme, dann Grundierung und darauf eine ziemlich dünne Schicht Puder. Dann die Augen. Der Blick, der ihr blank und nackt im Spiegel begegnete. Der viel zu offene Blick, den sie hasste. Der sie an die Kindergeburtstage von früher erinnerte, wenn sie allein gewesen war, außerhalb des Kreises von Mädchen, mit ihrem Geschenk in der Hand, wenn sie die Mauer der Abweisung fast mit Fingern berühren konnte. Wenn sie »Flaschendrehen« spielten und die Flasche auf sie zeigte und sie voller Panik aus dem Haus stürzte. Nach Hause zu Vater und Mutter und der Geborgenheit, nach der sie sich immer verzweifelter gesehnt hatte. Und nach der sie sich immer noch sehnte.

Als die Arbeit fortschritt, erwachte langsam die andere Mette. Die Sicherheit kehrte zurück wie ein Vogel, der in eine Hand fliegt.

Jetzt war sie Mette, die Eroberin; Mette, die alles konnte,

die ihr Leben im Griff hatte, die die Kontrolle ausübte. Die kühle, geheimnisvolle, schöne Mette, die nur die durchschauen konnten, die selber eine Maske trugen.

Sie fiel durchaus nicht auf. Ihre Farben waren neutral, kein Glitzer und keine Vulgarität, kein knallroter Lippenstift, kein blauer Lidschatten. Alles wirkte ganz natürlich. Es war im Grunde kaum zu sehen.

Zufrieden mit dieser Leistung schob sie Oliver sanft von ihrem Schoß und machte sich auf die Suche nach einer alten Jeans und einem Pullover. Sie freute sich. Der Pferdegeruch hing ihr schon in der Nase. Solveig würde sie in einer Viertelstunde abholen.

Es war ein früher Samstagmorgen.

Dünner Nebel hing wie ein Schleier über dem Moor von Kasted, die Luft war mit der Verheißung eines warmen Sommertages geladen.

Sie befanden sich im Nachtigallenland, und ein Heer aus morgenmunteren Vögeln zwitscherte los, als sie über den Weg ins Moor ritten. Solveig, mit den hellen Haaren, die wie eine Fahne unter ihrem Helm hervorwehten, und den glänzenden Stiefeln in den Steigbügeln. Die Pferdemähnen, die im Wind flatterten, und der starke Tierleib unter ihr, den sie lenken und am Zügel halten konnte.

Sie sagten nicht viel. Reiten war eins der Vergnügen, die nur sie beide teilten. Seit dem Tag, an dem Solveig sie alle zu einem Reitausflug überredet hatte und Isabel und Pernille einsehen mussten, dass dieser Sport wirklich nichts für sie war. Sie verstanden es nicht. Diese endgültige Form der Freiheit sagte ihnen nicht viel. Die Kontrolle über diesen Riesenkörper, der noch dem kleinsten Wink gehorchte. Wenn dieser Wink richtig erteilt wurde.

Als Nebel und Dunst von der Sonne vertrieben wurden,

wurden alle Konturen scharf und klar. Die Felder, die Ziegenherden, aus deren Milch der auf dem Nachbarhof verkaufte Käse hergestellt wurde, das Moos und die tief liegenden grünen Wiesen und die verräterischen morastigen Wege.

Nach einem erfrischenden Trab drosselten sie ihr Tempo zum Schritt. Die Pferdeleiber wogten Seite an Seite dahin. Ihre Steigbügel stießen auf dem schmalen Weg fast aneinander.

»Und wie geht es so mit der Liebe?«

Solveigs Stimme hielt einen neutralen Konversationston.

»Mit der Liebe?« Sie kostete dieses Wort aus, und es schmeckte fremd.

»Ich dachte, es gebe einen Mann, wo du immer so beschäftigt bist. Und so geheimnisvoll.«

Mette hörte sich unsicher lachen.

»Wer ist hier wohl geheimnisvoll? Was ist mir dir? Was treibst du eigentlich, wenn es dunkel wird und der Wind die Weiden zum Rauschen bringt?«

Den letzten Teil dieser Frage trug sie mit dramatischer Monsterstimme vor. Doch Solveig ließ sich nicht ablenken.

»Du hast dich verändert«, beharrte sie. »Du bist eine Dame geworden. Wie ist das möglich? Was ist passiert?«

Sie bedachte Mette mit einem forschenden Seitenblick.

»Und woher hast du das viele Geld? Lassen die Liebhaber einen springen?«

Bei jeder anderen wäre Mette jetzt wütend gewesen. Was sollte das denn? Was deutete Solveig da an?

Aber Zorn und Verärgerung wollten sich nicht einstellen. Stattdessen schien sie innerlich ganz ruhig zu werden. Sie lugte hinüber zu Solveig, die sich im Takt des wogenden Pferdeschrittes bewegte. Irgendwo in ihr meldete eine Sehnsucht sich zu Wort. Sie hätte sich gern die Maske vom Gesicht gerissen und sich bloßgestellt, die neue Mette vertrieben und die alte wieder eingesetzt. Aber das war unmöglich. Die Veränderung war unwiderruflich. Die alte Mette gab es nur noch im Spiegel.

»Ich nehme niemals Geld«, sagte sie endlich.

Solveig nickte lächelnd.

»Glaubst du, ich wäre empört, wenn du das tätest?«

Mette dachte nach. Und stellte fest, dass sie das eigentlich nicht geglaubt hatte. Die beiden anderen, ja. Aber nicht Solveig. Vielleicht hatten sie das gemeinsam. Sie waren nicht so klar und sauber, wie Isabel und Pernille das jede auf ihre Weise waren. Sie kannten vielleicht eine dunklere Wahrheit als die, dass die Welt schwarzweiß und die Liebe etwas war, das die Menschen entweder nicht anzunehmen wagten oder an dem sie sich allen Widrigkeiten zum Trotz anklammerten. Vielleicht kamen die beiden der Wirklichkeit näher, die sagte, dass Liebe eine Runde mit Wasser verdünnter Wein sei. Dass nichts wirklich sei, außer den Masken, die das Leben möglich machten.

Solveigs Pferd machte einen Sprung nach vorn und schien auf etwas Unangenehmes getreten zu sein. Mette holte auf.

»Ich nehme kein Geld. Aber ich sage nicht nein zu Geschenken«, gab sie zu. »Warum sollte ich? Das ist doch bloß ein Spiel!«

Solveig musterte sie neugierig, ohne sie zu verurteilen.

»Kannst du denn Spiel und Wirklichkeit voneinander trennen? Ist das nicht schwer?«

Mette zuckte mit den Schultern. Diese Frage interessierte sie nicht weiter. Wichtig waren ganz andere Zusammenhänge.

»Das mit dem Geld ist wichtig«, beharrte sie. »Da ist die Grenze. Alles hat eine Grenze.«

»Und deine ist beim Geld«, folgerte Solveig.

Mette nickte energisch. Das hatte sie schnell erkannt. Auf

diese Weise konnte sie ihr Leben, das ihr früher so chaotisch erschienen war, besser im Griff behalten. Dass die Geschenke später zu Geld gemacht wurden, war nicht so wichtig. Das war so, als ob jemand Weihnachtsgeschenke umtauscht und sich das Geld geben lässt.

»Meine ist beim Geld. Und deine?«

Solveig blieb die Antwort erspart. Sie hatten die Straße erreicht, und die Pferde konnten nicht mehr nebeneinander gehen. Solveig ritt auf der Landstraße vor Mette her. Auf der langen Allee zum Haus fielen sie in Galopp.

Als sie die Auffahrt hochritten, kam ihnen Solveigs Vater entgegen. Mette fing seinen Blick auf. Dachte einen Moment lang, er könnte einer von ihnen sein, von den Männern. Er könnte der Typ sein. Der professionelle. Entschieden, erfüllt von Selbstsicherheit und Autorität. Der bekannte Arzt, der bewunderte Experte. Der angebetete Vater.

»Du hättest ja wohl Dancer nehmen können«, brummte er, als er Solveigs Pferd am Zaum nahm und neben ihm herging. »Der muss ausgelüftet werden.«

Mette sah, wie Solveigs Körper fast unmerklich tiefer im Sattel versank.

»Aber das ist doch dein Pferd«, hörte sie Solveig leise sagen. »Willst du nicht selber ..?«

»Natürlich, wenn ich die Zeit hätte. Aber du weißt ja, was ich alles um die Ohren habe. Ich muss jetzt los. Versprich mir, ihn auszuführen, dann bist du ein Schatz.«

Hier stimmte etwas nicht. Etwas in Solveigs Stimme.

»Muss das jetzt gleich sein?«

Leo Aastrand lachte auf.

»Ich glaube wirklich, du hast Angst vor diesem Pferd. Das sieht meiner Tochter gar nicht ähnlich. Meine Tochter fürchtet sich vor nichts.«

Jetzt waren sie außer Hörweite. Mette führte ihr eigenes Pferd auf dem Hofplatz umher. Sie konnte sehen, dass Leo Aastrand seiner Tochter einen Vortrag hielt. Als er kurz darauf zum Abschied salutiert hatte, kam Solveig zu ihr herüber, und zusammen führten sie die Pferde in den Stall.

»Du hast wohl keine Lust auf noch eine Runde?«

Sie war ganz blass geworden. Ihre Stimme klang verzagt.

»Hast du Angst vor diesem Pferd? Vor dem Pferd deines Vaters?«

Solveig lachte nervös.

»Das kann mich nicht ausstehen. Es muss an der Chemie liegen. Wie in einer Beziehung.«

»Dann darfst du ihn nicht reiten. Lass deinen Vater das selber tun.«

Solveig gab keine Antwort, sondern fing an, ihr eigenes Pferd vom Sattel zu befreien.

»Na gut, dann reiten wir noch eine Runde«, bot Mette an. »Du darfst auf keinen Fall allein losziehen«, fügte sie hinzu und wunderte sich über diese neue Solveig.

Es wurde ein ganz anderer Ausritt als der erste. Dancer war, wie der Name schon andeutete, ein sehr lebhaftes Tier. Solveig focht im Sattel einen tapferen Kampf aus, aber ihre Nervosität griff auf das Pferd über, und es wurde ein harter, ruckhafter Ritt.

»Warum in aller Welt hat er sich so einen Wüstling zugelegt? Die Araber sind die Siamesen unter den Pferden. Sie verlangen viel Zeit und Geduld«, sagte Mette atemlos und versuchte Schritt zu halten.

»Er liebt Herausforderungen«, antwortete Solveig. »Das Zähmen wilder Tiere ist sein Hobby«, fügte sie kryptisch hinzu.

Als sie das sagte, jagte das Pferd wie ein Silberpfeil davon.

Mette setzte hinterher, so gut sie konnte, aber ihr Pferd war diesem wilden Ritt nicht gewachsen. Eine Sekunde lang sah sie die Konsequenzen vor sich. Solveig, die aus dem Sattel geworfen und vielleicht an einem Steigbügel weitergeschleift wurde. Solveig, die von einem irrsinnigen Pferd in Stücke getrampelt wurde. Solveig, die ihrem Vater nichts abschlagen konnte.

Sie wollte schon kehrtmachen und Hilfe holen, als sie sah, wie das Tier sein Tempo verlangsamte und Solveig die Kontrolle zurückgewann. Straffe Zügel und kleine Schritte. Ungeduld, aber immerhin die Erkenntnis, wer hier das Kommando hatte. Solveig, deren Gesicht jetzt vor Erleichterung strahlte.

»Er hat ja Recht«, keuchte sie, während ihr Brustkasten sich ruckartig hob und senkte. »Angst haben bringt nichts.«

Aber dieses eine Mal war Mette sich da nicht so sicher.

NOVEMBER 1997

Die Treibhäuser lagen nebeneinander.

Kein Mensch war zu sehen. Nur ein sehr kleiner angeketteter Schäferhund, der, glücklich über die Abwechslung, mit dem Schwanz wedelte.

»Hallo, Wauwau«, grüßte Mette und ging furchtlos auf das Tier zu. Isabel hielt sich im Hintergrund. Sie hatte immer gelernt, dass man einen fremden Hund in Ruhe lassen sollte.

Doch Mette hatte sich rasch mit dem Hund angefreundet. Was dem Mann gut gefiel.

»Und das nennt sich nun Wachhund«, brummte er gutmütig, als er endlich in Gummistiefeln und Leinenoverall über dem karierten Hemd aus dem Wohnhaus auftauchte. Darüber trug er eine löchrige Strickjacke, und er zog das eine Bein nach, als habe er falsch gesessen. Sein Gesicht war von Linien durchzogen wie eine geodätische Karte.

»Was kann ich für Sie tun?«

»Sie können uns etwas über Rosen erzählen«, schlug Isabel vor und streckte die Hand zum Gruß aus. »Schwarze Rosen.«

»Schwarze?«

Er musterte sie misstrauisch, als habe er von der Konkurrenz ausgesandte Spioninnen vor sich. Aber dann beschloss er offenbar, dass sie harmlos waren.

»Was wollen Sie über schwarze Rosen wissen?«

Sie konnten keine abgehackten Köpfe mehr vorweisen. Die hatten sich in Isabels Tasche in ihre Bestandteile aufgelöst. Das erklärte sie ihm, während Mette sich mit ihrem angeketteten Freund in Hundesprache unterhielt.

»Die Frage ist, wo die verkauft werden. Oder ob sie überhaupt verkauft werden.«

Dem Mann gelang es, den Kopf zu schütteln und gleichzeitig zu nicken.

»Ich habe einmal so etwas gehört. Aber ich weiß nicht mehr, woher diese Geschichte stammte … alles ist ja eine Frage von Zucht und der richtigen Widerstandskraft.«

Er setzte sich in Bewegung, und sie folgten ihm.

»Solange ich mich zurückerinnern kann, gibt es schon Versuche, eine schwarze Rose zu züchten. Es war in unserer Branche wohl eine Art Traum. Und wir haben es auch hier versucht …«

»Ohne Erfolg?«, fragte Mette.

»Na ja«, antwortete er ausweichend, schob die Treibhaustür auf, und der vertraute Geruch nasser Blumen kam ihnen entgegen.

»Mit halbem Erfolg, würde ich wohl eher sagen.«

Ein Blumenmeer breitete sich vor ihnen aus wie ein Flickenteppich. Ein Flickenteppich aus unterschiedlich gefärbten Vierecken, flammendorange, knallrosa, schneeweiß, champagnergelb, scharlachrot, weinrot. Aber keine schwarzen. Auch hier nicht.

»Theoretisch könnte es durchaus welche geben«, murmelte er und zog eine Gartenschere aus der Tasche. Mit einer Bewegung hatte er eine kurzstielige orange Rose mit roter Maserung abgeschnitten.

»Es könnte sie ebenso geben wie diese hier. Die heißt Anni. Nach meiner Enkelin.«

Er reichte die Rose Isabel, und die roch daran und musterte sie. Die Rose hatte keinen Geruch und konnte auch nicht als schön bezeichnet werden. Etwas fehlte.

»Die Blätter«, sagte der Mann. »Die Blätter stimmen nicht. So ist das beim Züchten. Es ist ein Puzzlespiel. Sie bekommen eine schöne Blüte, aber die Blätter sind klein und hässlich und rollen sich auf. Oder Sie haben eine hässliche Blüte mit frischen, großen Blättern und sehr viel Widerstandskraft, die aber niemand im Garten oder in einer Vase haben wollte.«

Er zuckte mit den Schultern.

»Es ist eine Lotterie. Und nichts anderes. Neun von zehn kommen niemals aus dem Treibhaus heraus. Einige benutzen wir in der Familie, es ist doch lustig für Kinder und Enkelkinder, wenn eine Rose nach ihnen benannt wird und sie zum Geburtstag einen Strauß bekommen. Andere werden anerkannt und verkauft, weil sie die richtige Modefarbe oder den gerade aktuellen Duft aufweisen ... Obwohl das mit dem Duft durchaus ein Problem ist. Viele wollen altmodischen Duft in neuen Rosen, aber das lässt sich nur schwer zusammenbringen.«

»Aber schwarze Rosen ... oder so tiefrote, dass sie schwarz aussehen ... die wären doch sicher leicht verkäuflich«, meinte Isabel.

Er schüttelte langsam den Kopf.

»Das kann ich nicht so sagen, nein. Wie gesagt, wir haben es ja versucht. Und so viel ich weiß – abgesehen von diesem Gerücht, von dessen Herkunft ich nichts weiß – sind wir am weitesten gekommen.«

Er führte sie bis zum Ende des Treibhauses, und Isabel entdeckte eine kleine Abteilung mit sehr dunklen Rosen, deren Knospen so klein waren, dass sie aussahen wie auf Stangen aufgespießte Schrumpfköpfe.

»Das Ergebnis ist nicht nach unseren Wünschen ausgefallen«, er lachte, wie um Entschuldigung zu bitten. »Mit der Farbe ist an sich alles in Ordnung. Nur trocknen sie ein, ehe sie überhaupt aufspringen.«

Er schnitt zwei Rosen ab und reichte jeder eine.

»Haben sie einen Namen?«, fragte Mette.

Er lächelte leicht verlegen.

»Im Grunde nicht. Eigentlich sollten sie Solveig heißen, nach meiner einen Enkelin. Sie war gerade an der Reihe … aber sie hat eine Gelbe bekommen, die passt besser zu ihr.«

Nachdenklich fügte er hinzu:

»Wenn sie jemals in den Handel kommen, müssen sie doch einen anderen Namen haben. Schwarze Sara vielleicht«, sagte er und lachte über seinen Witz. »Ich glaube, so heißt schon ein Käse, oder?«

»Schwarze Solveig«, murmelte Mette.

Isabel ließ ihre Rose auf den Boden fallen.

»Das ist einfach zu bizarr.«

Sie standen mit einem Glas Wein in Pernilles Küche. Isabel improvisierte ein Pastagericht, und Pernille faltete auf dem Küchentisch Wäsche zusammen. Mette wollte nach Hause gehen und sich ans Abendbrot machen, konnte sich aber nicht richtig zum Gehen aufraffen.

»Das kann kein Zufall sein«, beharrte Isabel. »Das müsst ihr doch zugeben. Es gibt einen Zusammenhang, oder?«

Mette nickte. »Und ich schulde dir eine Entschuldigung. Shit! Ich dachte wirklich, du hättest den Verstand verloren.«

Pernille sah verwirrt und müde aus. Hoch gewachsen und müde.

»Das ist einfach bizarr«, wiederholte sie. »Aber was machen wir jetzt? Isabel fährt morgen nach Hause. Thomas kann jeden Moment wieder hier sein, und wir anderen haben unsere Arbeit. Wie sollen wir weiterkommen?«

»Ich verschwinde doch gar nicht«, sagte Isabel hilfsbereit.

Pernille sah noch immer verwirrt aus. Mette starrte ausdruckslos vor sich hin.

»Und wagt jetzt bloß nicht zu lachen.« Isabel lächelte töricht.

Pernille ließ ihren misstrauischen Blick von einer zur anderen wandern.

»Was ist hier eigentlich los? Habt ihr noch weitere makabere Dinge aufgedeckt?«

Isabel erzählte von der Stelle am Konversatorium. Sie hatte sie sofort bekommen. Es war fast zu leicht gegangen. Sie hatte nachmittags angerufen und sich dann auf Thomas' Fahrrad zum Rektor begeben. Die Stelle war bisher auf ein halbes Jahr befristet. Die feste Begleiterin, Esther Jensen, litt nach einem Autounfall an einem argen Schleudertrauma, das sich immer noch verschlimmerte. Jetzt hatte ihr Körper die Bremse gezogen.

Natürlich musste sie noch einige kleine Vereinbarungen in Kopenhagen einhalten. Zwei Weihnachtskonzerte, einen Meistersingerkurs, solche Dinge. Aber der Rest ließ sich arrangieren. Schwer war das nicht.

»Du weißt ja, dass wir ein Gästezimmer haben, oder?«, bot Mette an. »Du bist jederzeit willkommen.«

Isabel schauderte es bei dem Gedanken, mit Donald und sieben Siamkatzen unter einem Dach zu wohnen. Sie wollte diesmal alles richtig machen.

»Danke für das Angebot. Aber wenn ich bis morgen hier ein Sofa bekommen könnte, wo ich ohnehin schon ausgepackt habe. Und dann wäre es vielleicht auch an der Zeit für einen Familienbesuch.«

Mette sagte gutmütig:

»Ja, die müssen ja auch mal an die Reihe kommen.«

Im Treppenhaus war Lärm zu hören, und zwei Stimmen erklangen vor der Wohnungstür. Pernille errötete.

»Hier kommt mein Sohn. Und ich glaube, er hat seinen Vater mitgeschleppt.«

Sie lachte kurz und unterdrückte ein verkniffenes Lächeln.

»Egal, wie sehr ich Poul auch verleumde, der Knabe betet ihn trotzdem an.«

JULI 1985

PERNILLE

»Nicht Tackor. Backer. *Backer*!«, wiederholte Thomas und zeigte bedeutungsvoll auf das kleine Fahrzeug.

Pernille verdrehte die Augen.

»Na, dann eben Bagger«, sagte sie resigniert. »Da musst du wirklich entschuldigen. Ich werde mich nicht einmischen.«

»Backer«, sagte das Kind noch einmal, mit einer Herablassung in der Stimme, die zu sagen schien: »Wenn du nicht einmal Ahnung von den grundlegendsten Begriffen hast, dann will ich nicht mit dir spielen.«

Der Bagger war ein Geschenk von Solveig, die meinte, Thomas brauche mehr Jungenspielzeug.

»Kannst du nicht begreifen, dass er nicht immer Bock auf dieses anspruchsvolle Holzspielzeug hat? Er braucht Autos und Trecker und Maschinenpistolen und so etwas. Verdammt, er ist doch ein Junge.«

»Maschinenpistolen? Hast du denn völlig den Verstand verloren? So früh soll er nicht korrumpiert werden, verdammter Mist. Als ob die Welt nicht ohnehin schon aggressiv genug wäre«, hatte Pernille sich gewehrt.

Ihr Sohn sollte vernünftiges, entwicklungsförderndes Spielzeug haben, das ihn auf vertretbare Weise dazu bringen könnte, sich von der Welt mit ihren Schrecken und ihrer Machtgeilheit zu distanzieren. Kriegsspielzeug und große, aggressive, maskuline Maschinen fanden in ihren Plänen keinen Platz.

Thomas sah das anders.

Pernille stellte im Laufe der Zeit fest, dass es keine Rolle spielte, wie sehr sie ihn mit spannendem, intelligentem Spielzeug in stimulierenden Farben überhäufte, seine Begeisterung galt nun einmal Autos und Treckern und – o Graus – Pistolen; die konnten in seinen kleinen lebhaften Augen wirklich die Weihnachtskerzen zum Leuchten bringen und ein seliges Lächeln auf sein Gesicht zaubern.

Solveig war sein Schutzengel. Immer auf seiner Seite und immer diejenige, die sich Pernille widersetzte und ihm alles kaufte, was eigentlich verboten war.

»Schmink dir doch endlich dieses ideologische Kreuzzugsgefasel ab, Niller«, sagte sie gutmütig. »Das funktioniert in der Theorie besser als in der Praxis. Du siehst doch selber, dass er eine natürliche Neigung zu Autos und Schusswaffen besitzt. Das liegt in seinen Genen. Und hat etwas mit Sexualität zu tun. Wenn du ihn dazu zwingst, mit Puppen zu spielen, bringst du ihn am Ende dermaßen durcheinander, dass er schwul wird.«

Pernille hätte fast gefragt, was daran so schlimm gewesen

wäre. Es wäre ein ganz normaler Reflex gewesen. Doch bei genauerem Nachdenken musste Pernille dann doch zugeben, dass ihr Sohn lieber keine homosexuellen Neigungen entwickeln und – o Schreck – irgendwann dieser neuen entsetzlichen Krankheit ausgesetzt sein sollte, die AIDS genannt wurde. Er sollte einfach nur seine weiblichen Seiten kennen lernen. Deshalb hatte sie ihm auch zwei Puppen gekauft, die er seinerseits souverän ignorierte.

In diesem Zusammenhang erklärte Solveig außerdem, der Junge brauche einen Vater.

»Weibliche Seiten, Gott über allen Wolken! Er muss ja wohl eher seine männlichen Seiten entwickeln. Er braucht seinen Vater, Niller«, sagte sie nachdrücklich. »Er braucht einen Mann, mit dem er sich identifizieren kann. Das ist doch klar, sonst gerät er vollständig durcheinander. Und außerdem musst du auch an Poul denken. Thomas ist schließlich auch sein Kind. Jawohl!«

Es war ein Kampf gewesen. Der anderthalb Jahre gedauert hatte. Doch nun schien sich ein Schleier zu heben, und alles sah viel lichter aus. Pernille hatte an einer Geburtspsychose gelitten. Das stand jetzt fest. An einem Leiden, das dazu geführt hatte, dass sie es fast nicht wagte, ihr Kind anderen zu überlassen, und dass sie zugleich immer von der Angst gequält wurde, nicht gut genug zu sein. Sie litt unter dem seltsamen, komplexen und unerklärlichen Gefühl, dass niemand außer ihr selber sich um ihren Sohn kümmern könnte.

Aber dann war Solveig langsam ins Bild gekommen, und der Druck hatte sich verringert. Sie hatte Poul lange auf Distanz gehalten, und er hatte geduldig gewartet, wie ein Statist hinter den Kulissen, während Solveig die vorbereitende Fußarbeit geleistet hatte, die ihn endlich ins Warme holen sollte. Auch die Sache mit Poul konnte Pernille im Grunde nicht richtig erklären. Wenn sie sich alles genauer überlegte, erkannte sie durchaus, wie unlogisch sie sich da verhielt. Er hatte zur Verfügung gestanden, er hätte ihr geholfen. Und ja, ihm waren wichtige Monate im Leben seines Sohnes gestohlen worden. Aber sie hätte sich nicht anders verhalten können. Wenn ihr Kind ihr weggenommen und anderen gegeben worden wäre, während sie selber noch nicht dazu bereit war, dann hätte sie wirklich den Verstand verloren. Davon war sie bis zu diesem Tag überzeugt. Bis zu diesem sonnigen Samstagvormittag, an dem Poul zum ersten Mal seit einem halben Jahr mit seinem Sohn zusammen war.

Sie war schon Tage vorher nervös gewesen. Nicht, weil sie Thomas noch weiter für sich behalten wollte, das war es nicht. Poul konnte jetzt wirklich seine Vaterrolle einnehmen; auch, ohne dass Pernille selber dabei war und die beiden im Auge behielt. Sie war bereit dazu, und Solveig hatte Recht. Aber dazu kam, dass sie seit anderthalb Jahren nicht mehr mit einem Mann allein gewesen war. Und schon gar nicht mit Poul, dem Vater ihres Kindes, dem Mann, zu dem sie eine so innige und so komplizierte Liebesbeziehung gehabt hatte.

Sie schaute nervös zu Thomas hinüber, der unbeeindruckt weiter auf dem Boden mit seinem Bagger spielte. Ansonsten waren auf dem Teppich noch eine Hand voll Autos und ein Bauernhof mit Tieren verstreut.

»Du weißt doch, wer heute kommt und mit dir spazieren geht, oder?«

Thomas nickte und konzentrierte sich darauf, den Bagger über ein auf den Boden gefallenes Sofakissen zu manövrieren.

»Also, wer kommt?«

Der Junge schaute mit breitem Grinsen auf.

»Vater! Vater tommt.«

»Kommt. Es heißt kommt.«

»Tommt«, wiederholte Thomas zufrieden. »Vater tommt.«

In diesem Moment ging die Türklingel.

»Ja, da kommt er nun tatsächlich«, murmelte Pernille und stand auf.

Er hatte es inzwischen weit gebracht. War mit überwältigender Stimmenzahl in den Stadtrat gewählt worden, wo er Handel und freien Wettbewerb gegen die sozialdemokratische Übermacht verteidigte.

Pernille fand es grauenhaft. Allein schon die Vorstellung, dass sie ein konservatives Mitglied des Stadtrates auf intime Weise kannte, war ihr unsäglich peinlich. Und außerdem war es ihr peinlich, dass es ihr peinlich war. Er war ein guter Mensch. Er war total in Ordnung. Aber die Schranke war zu hoch gewesen, die, die ihre beiden total entgegengesetzten Welten getrennt hatte. Es gab dazwischen keinen geschützten Tummelplatz mehr.

Trotzdem war sie überrascht von ihrer eigenen Reaktion, als er hereinkam. Er hatte sich verändert. War gewachsen. Vielleicht stemmte er Gewichte, vielleicht war es eine natürliche Entwicklung, vielleicht lag es an seiner Kleidung. Für einen Moment dachte sie, es könne in seinem Leben eine neue Frau geben, und irgendwo in ihrem Bewusstsein meldete der kindische Wunsch sich zu Wort, ihn zu haben und doch nicht zu haben.

»Diese Scheißfranzosen«, lautete ihr unbeholfener Gruß.

»Wieso Franzosen?«, fragten die Paul-Newman-Augen verwirrt, nach einem flüchtigen Kuss auf die Wange.

»Hast du nicht von der Rainbow Warrior gehört? Greenpeace?«

Er machte ein restlos gleichgültiges Gesicht.

»Ach, das. Wo steckt Thomas?«

Das Gefühl, übersehen zu werden, machte sich in einem ausgiebigen Crescendo Luft, als Thomas sich heulend aus dem Spielzeugchaos auf dem Fußboden befreite.

»Vater, Vater!«, schrie er begeistert und blieb unmittelbar vor Pouls Beinen stehen. Poul bückte sich und nahm ihn auf den Arm.

»Hallo, mein Sohn! Na, wie geht's? Kriegt man einen Kuss, oder bist du dafür zu groß?«

Thomas dachte gründlich nach. Dann legte er seinem Vater die Arme um den Hals und drückte ihm lächelnd einen Schmatz auf die Nase. »Ich hab einen *Backer*!«

»Wirklich? Du hast vielleicht ein Glück! Darf ich den mal sehen?«

Poul setzte das Kind auf den Boden und wagte dann, nach einem fragenden Blick zu Pernille, die Wohnung zu betreten.

Pernille folgte ihm.

»Was zum Teufel soll das denn mit den Probesprengungen? Die ruinieren doch das ganze Gleichgewicht in der Natur«, sagte sie und spürte ihre erwachende Streitlust.

»Ganz richtig. Meine Güte, was für ein toller Bagger. Woher hast du den denn?«

»Solveig!«

»*Was* hast du gesagt?«

Poul, der jetzt auf dem Boden hockte und die Schaufel des gelben Baggers ausprobierte, schaute kurz hoch. Die Bauklötzchen wurden zusammengeschoben und in einen Eimer befördert.

»Ich bin ja ganz deiner Meinung, Pernille. Es war eine üble Schweinerei, dieses Greenpeace-Schiff zu versenken.«

Pernille ließ sich in einen Sessel fallen. Sie öffnete verdutzt den Mund und wollte noch mehr zu diesem Thema sagen, doch stattdessen hörte sie ihre zaghafte Frage:

»Möchtest du einen Kaffee?«

Er begegnete ihrem Blick. Jetzt sah sie Müdigkeit und Unsicherheit, gepaart mit Fürsorge. Sie wusste nicht so recht, ob diese Thomas galt oder ihr selber.

»Ich fürchtete schon, du würdest niemals fragen«, sagte er, als habe sie ihm soeben einen Heiratsantrag gemacht.

Die Sonne brannte. Es duftete nach Meerwasser und heißem, geteertem Holz. Irgendwo draußen in der Bucht war ein Windsurfer aus Windmangel zum Stillstand gekommen oder legte einfach nur eine Pause ein.

»Und dann ging plötzlich wieder die Türklingel, und rat mal, wer da stand!«

»Deine Mutter«, tippte Solveig.

»Woher weißt du das?«

Solveig grinste.

»Das konnte ich dir ansehen, Niller. Dein Gesicht hat verraten, dass das passiert ist, was du dir auf der Welt am allerwenigsten gewünscht hast.«

Pernille machte den Versuch, mit den Schultern zu zucken, aber das war nicht leicht, da sie auf einem auf die harten Bretter geworfenen Handtuch lag.

»Na gut. So schlimm war das auch wieder nicht. Aber es war, sagen wir mal, ein ganz besonderes Erlebnis.«

Es war am Nachmittag desselben Tages. Poul war mit einem glücklichen Thomas auf Abenteuer ausgezogen. Pernille und Solveig hatten die Badeanstalt Spanien durch das Freibad in Risskov ersetzt. Das Wetter ließ das Freibad trotz allem verlockender erscheinen als die Schwimmhalle.

Solveig lag auf den Ellbogen gestützt auf der Seite und musterte ihre Freundin.

»Deine Mutter und Poul im selben Zimmer! Das ist doch purer Sprengstoff. Die beiden Dämonen in deinem Leben, die, die immer wieder von allen Seiten an dir ziehen und zerren. Was hatten sie einander denn zu sagen?«, fügte sie neugierig hinzu.

Poul war wie immer höflich und verbindlich gewesen. Hatte die Hand gereicht und das Enkelkind in höchsten Tönen gelobt. Nur Pernille hatte die Panik hinter der Politikerfassade sehen können. Und vielleicht den Wunsch, dieses fremde Wesen zu verstehen, das ihm noch nie begegnet war, den Wunsch, eine Brücke zu bauen, zusammen mit dem Gefühl, dass dieser Abgrund einfach nicht zu überbrücken sei. Dass es unmöglich sei, die Hand auf die andere Seite der Grenze hinüber zu strecken.

Ihre Mutter kam unangemeldet zu Besuch und hatte einfach nicht damit gerechnet, Thomas' Vater zu treffen. Eigentlich wollte sie nur frisch gebackenes Brot und neue Broschüren von »Frauen für den Frieden« bringen. Mit zerzausten Haaren, einem alten, verwaschenen lila T-Shirt über der mehlbestäubten Hose und einem scharfen Blick auf Pouls helle Designer-Shorts und sein hellblaues Polohemd mit dem Krokodil. Und in der Sekunde, in der diese beiden einander gegenübertraten, fragte Pernille sich vor allem, wie in aller Welt sie es geschafft hatte, diese Begegnung so lange zu verhindern. Doch es war ihr gelungen. Denn sie musste sich ja eingestehen, dass ein solches Treffen ihr immer wie ein pures Schreckensszenario erschienen war. Als grafischer Beweis dafür, dass ihre beiden Leben nicht zusammengefügt werden konnten, und nicht nur das; dass sie sich außerdem wie Plus und Minus gegenseitig aufheben und sie mit nichts zurücklassen würden.

»Vielleicht war die Angst in Wirklichkeit das Schlimmste«, gab sie zu. »Ich hätte mir nie vorgestellt, dass sie einander auch nur drei Worte sagen könnten.«

»Aber das konnten sie? Meine Güte, sieh an.«

Pernille spürte, dass sie lächelte.

»Sie haben über Greenpeace und das Schiff geredet, das die Franzosen bei Mururoa versenkt haben.«

»Und?«

»Sie waren einer Meinung. Auch Poul hielt das Ganze für eine miese Nummer.«

»Und warum in aller Welt sollte er nicht? Er ist doch nicht blöd. Warum musst du ihn immer in eine so enge Schublade einsortieren? Und deine Mutter auch? Warum muss alles mit politischen Etiketten beklebt werden, wo die Welt nun einmal so vielfältig ist. Niller? Kannst du mir das verraten? Warum kannst du nicht einfach zugeben, dass du ihn liebst, und dich über alles an ihm freuen, was dir gefällt? Warum willst du ihn dafür bestrafen, dass seine Mutter weder lesbisch ist noch die *Information* abonniert hat, wo du dich in Wirklichkeit doch auch deiner eigenen Mutter schämst?«

Pernille hielt sich die Ohren zu und unterbrach Solveigs Wortstrom.

»Und warum sind er und Thomas wie zwei Freunde, die sich gegenseitig in- und auswendig kennen? Warum war bei Thomas nie auch nur die geringste Verlegenheit zu bemerken, wenn sein Vater ihn ein seltenes Mal gesehen hat? Wieso sieht es aus, als wären sie nie von einer blöden Kuh von Mutter getrennt worden, die unter einem Geburtstrauma litt und sich einbildete, der Vater müsse vom Kind weggehalten werden?«

Sie drehte sich auf die Seite. Solveig hatte sich aufgesetzt und beobachte interessiert den Windsurfer draußen in der Bucht.

»Kannst du mir das verraten? Ich kann es nämlich nicht. Die einzige Erklärung, die ich mir vorstellen könnte, ist, dass eine gute Freundin von mir sie hinter meinem Rücken zusammengebracht hat, wenn sie Thomas gehütet hat. Aber das ist doch unvorstellbar, oder? Das tut eine Freundin der anderen doch nicht an. Das wäre Verrat, findest du nicht?«

Die Röte hatte sich ausgebreitet, das wusste sie. War von der Brust nach oben gewandert. Sie konnte die kleinen Knospen, die sich dort bildeten, direkt schon spüren.

Eigentlich hatte sie sich geschworen, dieses Thema nicht zur Sprache zu bringen. Denn sie wusste es doch. Dass Solveig sich heimlich mit Poul getroffen hatte, wenn sie sich um Thomas gekümmert hatte. Jetzt wusste sie es, aber das war nicht immer der Fall gewesen. Erst, als Thomas angefangen hatte zu sprechen und als eins seiner ersten Wörter »Vater« gewesen war, wobei sein ganzer kleiner Körper in ekstatischer Freude gezittert und der Junge von einem Ohr zum anderen gelächelt hatte, war der Verdacht in ihr geweckt worden.

Sie hatte sich nichts anmerken lassen. Vor allem, weil die Konsequenzen unüberschaubar gewesen wären. Ein unbestätigter Verdacht war nicht ganz dasselbe wie ein bestätigter Verrat. Und vor Letzterem war sie zurückgewichen. Um nichts Wertvolles zu riskieren.

Solveig starrte noch immer den Windsurfer an. Ihre Unterlippe zitterte, wie Unterlippen das so an sich haben, wenn aus einer alten Freundschaft ein Teil der Luft herausgelassen wird.

»Kinder brauchen ihren Vater«, sagte sie hartnäckig zur Bucht. »Thomas braucht seinen … um von ihm etwas über das Leben zu lernen.«

»Auch eine Mutter kann ihrem Kind ja wohl etwas über das Leben beibringen.«

Solveig zwinkerte und gab vor, ein Insekt im Auge zu haben.

»Das ist nicht dasselbe. Ein Vater bringt seinem Kind bei, keine Angst zu haben. Das ist wichtig, Niller. Das ist verdammt wichtig.«

Sie konnte es nicht lassen. Obwohl etwas zerbrochen war. Obwohl nichts jemals wieder so sein könnte wie früher, oder vielleicht gerade deshalb, setzte sie sich auf und legte den Arm um Solveig.

»Du willst mir doch wohl nicht erzählen, du hättest keine Angst. Vor deinem Vater, meine ich«, sagte Pernille freundlich. »Und vor allen Ansprüchen und Erwartungen, die er an dich stellt, als wärst du die größte Heldin aller Zeiten und müsstest immer das Richtige tun.«

Solveig schwieg. Ihr Körper aber zitterte jetzt. Ihr Blick war noch immer auf den Windsurfer gerichtet, der jetzt, getragen von einer neuen Brise, unterwegs in die Ferne war. Pernille drückte sie an sich, hielt sie fest.

»Glaub mir. Dann ist eine durchgeknallte Mutter trotz allem besser.«

DEZEMBER 1997

Der Bus rumpelte davon, während Isabel ihren problembeladenen Kopf ans Fenster lehnte. Sie musste sich in ihrem alten Zimmer bei ihrer Mutter einrichten und sich auf eine neue Stelle, neue Mitspieler, neue Kolleginnen – und einen alten Geliebten einrichten, der sich am ersten, hektischen Tag nicht hatte sehen lassen. Ganz zu schweigen von der Kunst, die Gedanken, die umherschwirrten wie Wespen um ein Honigglas, in Zaum zu halten. Gedanken, die durch Taten zu einer Art Antwort auf die Frage führen sollten, wie und warum eine schwarze Rose mit einem auffälligen Namen plötzlich in den Mahlstrom von Informationen geworfen worden war, die das Chaos nach Solveigs Tod verursacht hatten.

Tief durchatmen. Ganz ruhig jetzt. Den Überblick zu bewahren, das ist das Wichtigste. Lass die schwierigsten Details außer Acht; das ist wie beim Spielen vom Blatt, was sie den ganzen Tag lang gemacht hatte. Dadurch hatte sie ja gewissermaßen trainiert, den Kurs zu halten. Und dabei hatte sie alles im Griff, auch wenn sie nach zwei Sängerinnen mit Primadonnenlaunen und Carl Nielsens Flötenkonzert todmüde war.

Die großen Linien. Den großen Linien folgen.

Der Bus nach Lysstrup bog um eine scharfe Kurve, und sie glitt zum Fenster hinüber. Es war später Nachmittag und bereits dunkel. In Wirklichkeit blieb ihr keine Zeit. Aber es gab etwas, was sie unter Kontrolle bringen musste. Sie hatten keine Fragen gestellt und keine Antworten erhalten. Vielleicht wegen des Schocks. Und weil sie keine Profis waren.

Die Lichter des Treibhauses hatten eine Kraft wie E. T.s Raumschiff. Sie brauchte sich von ihnen einfach nur durch die Dunkelheit hinter der Haltestelle leiten zu lassen.

Johannes Laursen und seine Frau wollten gerade essen und baten sie in die ländliche Gemütlichkeit der Küche. Die Frikadellen in der Pfanne schnurrten freundlich. Die Soße blubberte im Topf.

»Möchten Sie eine Frikadelle mitessen?«, fragte der alte Mann freundlich.

Normalerweise hätte sie höflich abgelehnt. Um sich nicht aufzudrängen. Diesen fremden Menschen. Doch die Frikadellen dufteten so verlockend, und diese Küche und diese beiden älteren Menschen hatten etwas, was bei ihr wirkte wie Salbe auf einer Wunde. Familie. Ein Ort zum Dazugehören. Eine gemeinsame Geschichte.

»Die sehen gut aus, da kann ich ja kaum Nein sagen.«

»Dann also ja«, brummte er. »Marie. Holst du noch einen Teller?«

Das tat Marie. Und bald darauf machten sie sich über ihre Frikadellen her wie gute alte Bekannte.

»Ich habe meiner Frau von Ihrem Besuch gestern erzählt«, sagte Johannes Laursen mit vollem Mund und spießte eine weitere Frikadelle auf. »Und von den schwarzen Rosen … Wir haben länger darüber gesprochen. Dass irgendwer, wie soll ich sagen, spioniert hat. Und danach unseren schwarzen Teufel weiterveredelt.«

»Ist das denn überhaupt möglich?«, fragte Isabel, die ja gerade deshalb gekommen war. Um in Erfahrung zu bringen, ob die Schwarze Sonne, wie sie sie in Gedanken nannte, eine Reise unternommen haben könnte. Von Rosen Laursen an einen anderen Ort, wo sie weiter verfeinert worden war.

»Ist es nicht ein Geheimnis, wie eine neue Rose entsteht?«

Johannes Laursen zuckte mit den Schultern.

»Doch, schon. In der Theorie. Aber wir hatten doch viele Menschen in der Gärtnerei im Laufe der ... wie viele Jahre sind das? Haben wir nicht vor fünfzehn Jahren beschlossen, Mutter, dass jetzt Solveig eine Rose bekommen müsste, und haben wir uns dann nicht gleich an die Schwarze gemacht?«

Marie zählte an den Fingern ab, während Isabel sehen konnte, wie sich im Laufe der Jahre die Familienereignisse anhäuften. Hier eine Konfirmation, dort eine Geburt, das erste Enkelkind, und drei Jahre später das nächste.

»Wie alt ist Ihre Solveig jetzt?«

»Solveig? Die muss jetzt so um die zweiundzwanzig sein ... ich kann mir Jahreszahlen nie merken.«

Er schüttelte den Kopf.

»Wie alt ist Solveig, Mutter?«

Marie erhob sich und verschwand im Wohnzimmer. Sie kehrte mit einem gerahmten Foto eines lächelnden jungen Mädchens mit dunkler Pagenfrisur zurück.

»Das ist sie vor drei Jahren, als sie ihre Gärtnerinnenprüfung gemacht hatte. Jetzt ist sie achtundzwanzig.«

Isabel betrachtete das Bild höflich.

»Die grünen Finger liegen offenbar in der Familie.«

Laursen lachte.

»Und wie! Unsere beiden Söhne sind ebenfalls Gärtner. Der eine hat eine Baumschule in Harlev, der andere oben bei Ålborg eine Gärtnerei.«

»Und was ist mit Rosen? Züchten Ihre Kinder auch?«

Laursen schüttelte traurig den Kopf.

»Nein. Seltsamerweise scheint Solveig dieses Interesse als Einzige geerbt zu haben.«

»Wäre es möglich, dass Solveig selber mit der schwarzen Rose experimentiert hat?«

Er zuckte mit den Schultern.

»Das kann möglich sein. Aber wenn sie weitergekommen wäre, dann wüssten wir das. Aber wir können sie ja anrufen und sie fragen.«

»Nein, das können wir eben nicht«, warf Marie dazwischen und wandte sich mit einem um Entschuldigung bittenden Lächeln an Isabel.

»Mein Mann hat ein Gedächtnis wie ein Sieb, wenn es um die Familie geht. Aber den Namen einer fünfzig Jahre alten Rosensorte, den vergisst er nie. Solveig und ihre Mutter sind gestern für eine Woche nach Gran Canaria gefahren. Aber wenn Sie nach ihrer Rückkehr mit ihr sprechen möchten, dann kann ich Ihnen ihre Telefonnummer geben.«

Isabel nickte, überrascht über dieses Engagement der beiden älteren Menschen. Als habe er ihre Gedanken gelesen, sagte Johannes Laursen:

»Sie müssen verstehen, dass uns das interessiert. Zur Zucht sind Jahre nötig. Wie ich ja schon gesagt habe. Und wenn man dann ein vages Gerücht hört und zwei Damen plötzlich vor einem stehen und erzählen, dass sie diese verdammten Rosen gesehen haben, dann wird man doch neugierig. Und ist vielleicht auch ein wenig erschöpft«, fügte er kleinlaut hinzu. »Man möchte doch selbst der Erste sein .. aber man ist ja nicht mehr jung … und wenn sich dann noch irgendwer mit Tricks ein Ergebnis erschleicht, dann ärgert man sich doch ein bisschen. Oder nicht, Mutter?«

Marie nickte und streichelte den Arm ihres Mannes.

»Aber du hast doch genug erreicht, Johannes. – Dreiundzwanzig neue Sorten. Die kann dir niemand wegnehmen.«

Als sie mit dem Bus aus der ländlichen Finsternis zum städtischen Licht zurückfuhr, dachte Isabel an die beiden Alten in ihrer Küche, mit ihrer Familie und deren Geschichte. Sie war länger dort geblieben, als sie vorgehabt hatte. Hatte sich wohl gefühlt in dem warmen Zimmer mit dem Frikadellenduft und der Frau mit der Schürze und dem Mann mit den groben Fäusten und dem Gesicht mit den vielen Runzeln.

Sie wollten eine Liste der Menschen machen, die in der Gärtnerei gearbeitet hatten, so weit das möglich war. Auch sie wollten diesem Mysterium auf den Grund kommen, obwohl sie nichts von dem noch größeren Mysterium wussten, das das kleinere umhüllte. Wie die berühmten chinesischen Schachteln, in denen am Ende gar nichts zu finden ist.

Inzwischen ruckelte der Bus wieder durch die Stadt. Jetzt hatten sie bald den Busbahnhof erreicht. Von dort aus fuhr die Linie 10 nach Åbyhøj und Hasle. Wie viele Stunden meines Leben habe ich wohl schon in Bussen verbracht, überlegte Isabel.

JANUAR 1986

ISABEL

Um Viertel nach zwölf fuhr der letzte Bus vom Banegårdsplads ab. Pünktlich, als habe ein unsichtbarer Dirigent seinen Taktstock geschwungen.

Die Rathausuhr hatte den großen Zeiger soeben auf die fünfzehnte Minute hinbewegt. Zuvor waren dunkel gekleidete Gestalten durch den Schneematsch gehastet, um den Bus noch zu erreichen, in Stiefeln und windundurchlässigen Jacken, denn der Winter in der Stadt war immer grau und kalt.

Isabel konnte gerade noch aus der Linie drei, mit der sie von Nørreport hergekommen war, auf die fünf umwechseln, die sie nach Hause nach Åbyhøj brachte.

Durch das Fenster sah sie die Lichter der Stadt und die Neonschilder der Läden. Licht, reflektiert von nassem, schwarzem Asphalt. Auf der Straße waren jetzt mehr heruntergekommene Gestalten aufgetaucht, aber vielleicht wurden sie auch jetzt erst sichtbar. Alkoholiker und Junkies suchten Zuflucht in der Wärme des Bahnhofseingangs, Apotheke und Goldschmied hatten die Fenstergitter hinuntergelassen. Ein Reisebüro lockte mit dem Bild eines schlitzäugigen Mädchens mit dreieckigem Sonnenhut zu Traumreisen nach Thailand. Das Mädchen lächelte wie der glücklichste Mensch auf der Welt, während ein Mann in einem dünnen Mantel und Gummischuhen draußen in einem Mülleimer nach leeren Flaschen suchte.

Während der Bus durch die nassen Straßen fuhr, dachte Isabel an den Abend bei Mette, wo sie zur Abwechslung einmal Pizza gegessen und versucht hatten, gute Laune herbeizutrinken.

Das war ihnen nicht gelungen.

Was war mit ihnen geschehen? Was taten Zeit und Leben und alle verdammten Entscheidungen und alle unvorhergesehenen Ereignisse ihnen an? Wohin waren sie unterwegs?

Vor langer Zeit einmal hatten sie das magische Raunen gehört. Das, das sie von ihrer Unbesiegbarkeit überzeugt hatte. Sie konnten alles. Sie wollten alles. Nichts konnte sie aufhalten.

Jetzt war das anders. Irgendjemand schien in aller Stille eine Hand über einen offenen Mund gelegt und langsam zugedrückt zu haben. Bis sie keine Luft mehr bekamen.

Musste es vielleicht so sein? Mussten sich alle Menschen langsam anpassen, hinter allen anderen hertrotten, bis sie mit einem missbrauchten Leben dasaßen? Mit einer Niete?

Denn sie waren doch wirklich losgetrottet. Nicht zuletzt sie selber. Hatte sich in eine unmögliche Position bugsiert, in der sie sich nicht bewegen konnte. Weder vorwärts noch rückwärts. Und sie war nicht die Einzige.

Pernille war für immer gebunden: nicht nur an Thomas, sondern auch wegen des durch ihn geknüpften Bandes zu einem Mann, zu dem sie sich nicht zu bekennen wagte. Solveig war gefesselt vom Ehrgeiz ihres Vaters und von der Überzeugung, es sei ihre Schuld, wenn nicht alle anderen glücklich waren. Wie das Thai-Mädchen auf dem Bild. Und Mette, die sich vom genierten Teenie in eine Dame von Welt verwandelt hatte, was war mit Mette passiert? Wo war die Wirklichkeit geblieben?

Doch was wirklich den Ausschlag gab, was die Traurigkeit noch weiter vertiefte, war der Bruch zwischen Solveig und Pernille. Denn dort war etwas passiert, über das keine reden wollte, das aber jede spürte.

Nichts war noch so wie zuvor. Der Anfang war zu einer Art Einleitung für den Schluss geworden. Wie eine strahlende Ouvertüre, die alles versprach und doch drohte, in einem chaotischen Nachspiel zu enden.

Nur eins war noch dasselbe.

Das warme Wohnzimmer der Großmutter, das frisch gebackene Brot, das sie mit rascher Handbewegung auf den Rost kippte, Großmutters unersättlicher Appetit auf Bücher voller Spannung, Liebe und Sex und auf die unentbehrlichen Zigaretten und den Abendkaffee, ohne den sie nicht einschlafen konnte.

Ihr Gehör mochte arg nachgelassen haben, ihr Herz mochte schlecht sein, sie mochte Bücher in Großdruck vorziehen – wenn auch nur mit Verachtung für die in der Bücherei vorhandene Auswahl. Aber sie war noch immer Großmutter und Omichen. Und spätabends leuchtete noch immer zwischen den Vorhängen warmes Licht aus ihrem Wohnzimmer. Isabel hörte die unverkennbare Kavalleriemusik eines alten Westerns mit John Wayne, die auf volle Lautstärke gedreht worden war.

Die Tür der Großmutter war nur dann verschlossen, wenn sie schlief. Sie konnte nicht hören, wenn angeklopft wurde, und vor einem Überfall hatte sie sich noch nie gefürchtet. Sollten sie nur kommen, hatte Isabel oft gedacht, dann würden sie die antike Golduhr vom Ausklapptisch an ihrem Kopf spüren. Oder vielleicht von der Schlinge, an der die Fernbedienung befestigt war, wie mit einem Lasso eingefangen werden. Die Großmutter würde sich schon zu helfen wissen. Auch in einer Zeit, in der von allen erwartet wurde, dass sie allein zurechtkämen. Und ihr eigenes, glückliches Leben aufbauten.

»Nein, bist du's, Bella? Setz dich doch. Ich will nur schnell den Schluss anschauen.«

Die Großmutter saß vornübergebeugt vor dem Fernseher, und die Fernbedienung baumelte um ihren Hals. John Wayne ritt auf seinem Pferd in den Sonnenuntergang. Der Nachspann setzte ein, und die Großmutter stellte den Fernseher aus und erhob sich.

»Diesen ganzen Kram wollen wir nicht sehen«, verkündete sie.

Sie musterte Isabel mit Adlerblick.

»Na, hast du so richtig einen losgemacht?«

»Was heißt schon losgemacht? Das wäre vielleicht übertrieben«, murmelte Isabel. »Wir waren bei Mette.«

Die Großmutter schnüffelte in der Luft umher, wie um Isabels Laune zu wittern.

»Und was ist mit ihm, diesem Schlurian? Ich finde nicht, dass wir ihn oft zu sehen bekommen«, sagte sie mit einer Miene, die verriet, dass sie alles registrierte.

Andreas' Name war ihr durchaus bekannt. Aber »dieser Schlurian« war einer ihrer Lieblingsausdrücke.

»Er hat viel zu tun«, antwortete Isabel, und das stimmte ja auch. Außerdem hatte das Konservatorium während der Ferien geschlossen, und er fand nur selten eine Entschuldigung, von zu Hause fortzugehen.

»Ist er noch immer verheiratet?«, fragte die Großmutter unschuldig.

»Ja.«

Die Großmutter bewegte ihren Drehsessel und streckte die Hand nach den Karten auf dem Couchtisch aus. Mit raschen Bewegungen legte sie eine Patience.

»Ansonsten ist er ja ein reizender Mann.«

»Reizend« bedeutete, dass die Großmutter Andreas zwar leiden mochte, dass sie aber kein großes Zutrauen in seine Fähigkeiten hatte, mit einer schwierigen Situation fertig zu werden.

Sie seufzte über der Patience, die nicht so wollte wie die Großmutter.

»Wenn er sich nur von ihr losmachen könnte«, erklärte sie undiplomatisch und sprach damit Isabels eigenen Gedanken aus. Wenn ihr jemals ein Geist in der Flasche über den Weg liefe, dann wäre das ihr erster Wunsch. Aber keine Gottheit und kein Geist in der Flasche schien diesen Wunsch in absehbarer Zeit erfüllen zu wollen. Es hieß, Mariann Albertsen befinde sich auf dem Wege der Besserung und könne vielleicht ihre Arbeit am Konservatorium bald wieder aufnehmen.

Isabel grauste es davor, ihr jeden Tag auf dem Flur zu begegnen und sich fragen zu müssen, ob in ihrem Blick ein Wissen liege, das dort nicht liegen durfte.

Die Patience begann vor ihren Augen zu flimmern. Sie versuchte vergeblich, ein Gähnen zu unterdrücken.

»Muss eine alte Frau wie du nicht bald ins Bett?«

»Ins Bett, ins Bett kommt man immer noch«, sagte die Großmutter hellwach. »Wie wäre es mit einer Tasse Nachtkaffee? Und einer Runde Rommee?«

Isabel lachte.

»Du bist wirklich unverbesserlich! Nachtkaffee! Dann schlafe ich doch nie im Leben ein.«

»Wozu willst du denn schlafen? Hast du denn keine Ferien?«

Und das hatte sie ja schließlich.

Sie hatte nicht geschlafen. So kam es ihr jedenfalls vor, als an die Fensterscheibe geklopft wurde und sie an diesem frostklaren Tag die Augen öffnete. Leider war der Tag in ihrem Schlafzimmer fast ebenso frostklar wie draußen auf dem Balkon, wo eine Gestalt stand und in der Morgensonne mit einer Bäckertüte winkte.

»Du hättest mir richtig Angst einjagen können!«

Sie holte in der kalten Luft Atem, als sie die Balkontür öffnete.

»Und was, wenn du ein gefährlicher Vergewaltiger wärst?«

»Wer sagt denn, dass ich das nicht bin?«

Er drückte sie auf das warme Bett, aus dem sie eben erst aufgestanden war und sich Wollsocken angezogen und einen gehäkelten Schal um ihr Flanellhemd geschlungen hatte. Ihr Körper erwachte und schien sich ihrer Kontrolle entzogen zu haben, und das ärgerte und freute sie gleichzeitig.

»Da könnte ich genauso gut einen Eskimo verführen«, klagte er.

»Dann lass es. Lass mich in Ruhe. Geh nach Hause zu deiner Frau und deinen Kindern. Ich weiß inzwischen wirklich nicht mehr, was du hier willst.«

Die Worte waren aus ihr herausgerutscht, ehe sie sie einfangen konnte.

Er erstarrte. Sagte jedoch nichts zu diesem unerwarteten Empfang. Er stand auf und ging in die Küche, um Kaffee zu kochen. Dann deckte er im Wohnzimmer den Frühstückstisch.

»Willst du denn gar nichts sagen?«, rief sie wütend und warf ein Kissen nach ihm, so dass die Tassen auf dem Tablett klapperten. »Ich hab dich seit zwei Wochen nicht gesehen, und dann kommst du einfach hier angetanzt und erwartest, dass ich bereitliege. Du kommst wohl nicht auf die Idee, dass ich vielleicht auch noch ein Leben habe, was? Einen Liebhaber? Was hast du zu deiner Verteidigung zu sagen?«

Sie weinte. Tränen des Zorns. Schlug die Hände vors Gesicht und schluchzte über dieses elende Drecksleben und die vielen vergeudeten Chancen und über die Zeit, der alles egal war und die ging und ging, ohne dass Isabel mit ihr Schritt halten konnte.

Sie spürte, dass er vor ihr stand und sie ansah. Sie blickte auf. »Was glotzt du so? Jetzt tröste mich schon, zum Teufel!«

Er schüttelte verwundert den Kopf, gehorchte aber. Setzte sich auf die Bettkante und streichelte sanft ihre Haare. Hob ihr Kinn und starrte lange in ihre Augen, wo sich schon ein Lächeln ankündigte, das wusste sie.

»Du bist wirklich ein verrücktes Huhn, aber ich liebe dich sehr, und du darfst nicht weinen«, murmelte er. »Das ist verboten.«

»Und was ist die Strafe?«

»Die Strafe ist, dass ich wieder Gedichte aufsage.«

Jetzt war das Lachen gekommen. Auch das konnte sie nicht zurückhalten.

»Halt, halt. Alles, nur das nicht. Kannst du nicht einfach aus einem Mickymaus-Heft vorlesen?«

Er wollte aufstehen, aber sie hielt ihn zurück.

»Ich friere. Du musst mich wärmen. Mich trösten. Mich lieben. Mich begehren und bestätigen. Mich spüren lassen, dass es etwas Wichtiges gibt.«

Er küsste sie so lange und so sanft, dass sie glaubte, er wolle damit ihren Mund verschließen.

Männer, dachte sie und genoss seinen Kuss, die haben wirklich keine Fantasie.

Später, als sie am Frühstückstisch saßen und lauwarmen Kaffee tranken, sagte sie zwischen Brötchenbissen:

»Verlass sie. Geh weg von ihr, tu das bitte, Andreas.«

Sie sagte es ein wenig zum Spaß. Aber vor allem im Ernst.

Er blickte sie nachdenklich an.

»Und wie soll ich damit leben? Ein Mann, der eine kranke Frau verlässt.«

Er schüttelte den Kopf.

»Das kann ich nicht. Noch nicht.«

»Wann denn?«

»Vielleicht, wenn es ihr ein wenig besser geht. Und jetzt … jetzt geht es ihr besser.«

»Aber nicht gut genug.«

»Du weißt es doch, Isabel. Ich kann sie nicht verlassen und die Kinder auch nicht. Aber ich kann sie ihr auch nicht wegnehmen. Das kann ich nicht, oder? Dann wird sie erst richtig krank. Sie müssen etwas älter werden.«

Isabel zerriss ein Brötchen.

»Was heißt ›etwas älter‹? Fünfzehn? Sechzehn? Siebzehn? Siebenundzwanzig?«

»Und dann bist du noch da«, sagte er eindringlich und sie konnte sehen, wie er darum kämpfte, das Richtige zu sagen und zu tun. Das, was er für das Richtige hielt.

»Du bist jung. Du möchtest dich vielleicht noch weiter umsehen. Noch andere Erfahrungen machen. Ich kann nicht einfach erwarten, dass du mich mit offenen Armen empfängst und nicht daran denkst, welche Zukunft dich mit einem Mann erwartet, der dein Vater sein könnte. Denn das könnte ich doch, Isabel.«

»Aber das bist du nicht«, murmelte sie verärgert. »Und hör jetzt verdammt nochmal mit dieser Scheißritterlichkeit auf. Was soll ich mit anderen Männern und Erfahrungen? Danke, der, den ich habe, schenkt mir so viele Erfahrungen, dass ich auf die Hälfte glatt verzichten könnte.«

Sie biss in ihr Brötchen. Spülte es mit kaltem Kaffee hinunter.

»Spiel ja nicht den Ball auf meine Seite herüber. Hier geht es darum, dass du das Richtige tun willst. Du willst nicht als dieser entsetzliche Kerl gelten, der seine verrückte Frau im Stich gelassen hat. Na gut, dann sei so ritterlich. Aber wer dann verliert, sind wir, bin ich. Auch wenn du behauptest, dass du mich liebst. Denn liebst du nicht vielleicht in Wirklichkeit deine Frau? Und je besser es ihr geht, umso mehr kommt alles zurück? Liebe. Ehe. Gefühle.«

Sie starrte ihn wütend an. »Sex!«

Er sah sprachlos aus, das musste sie zugeben. Solche Salven war er nicht gewöhnt. War sie jetzt zu weit gegangen? Aber wie sollte das möglich sein?

Er schüttelte den Kopf und sah sie an. Mit dem schwarzen Wolfsblick, den sie liebte. Und jetzt war sie wieder da, diese verdammte wilde Anziehungskraft, über alle Vernunft hinaus, der Magnet, der sie festhielt, so fest.

»Ich liebe nur dich. Und das weißt du sehr gut«, sagte er fast zornig. »Ich liebe dich. Ich gehe mit dir ins Bett. So ist das nun einmal.«

Sie versuchte wirklich, ihr unangebrachtes Lächeln zu unterdrücken. Aber das gelang ihr nicht sehr gut.

»Soll doch der Teufel glauben, dass die Frau den Verstand verliert«, murmelte sie vor sich hin.

DEZEMBER 1997

Es war wie ein Déjà-vu-Erlebnis.

Wie oft hatte sie schon an dunklen Winterabenden hier gesessen und geübt! Wieder und wieder, mit Tonleitern und Etüden in den Fingerspitzen. Allein mit einem Flügel. Und mit der Selbstdisziplin, um die alle Musikerinnen und Musiker immer wieder kämpften.

Jetzt saß sie wieder im großen Saal des Konservatoriums und war durchaus nicht sicher, dass das eine gute Idee war. Vielleicht hätte sie diese Stelle nicht annehmen sollen. Vielleicht hätte sie in Kopenhagen bleiben sollen, weg von der Vergangenheit, die ihr jetzt an den Kopf geknallt wurde. Dieselbe Umgebung, dieselbe ruhelose, suchende Stimmung, die alles durchziehende Melancholie. Die Vertiefung in die Musik auf Kosten einer verachteten Wirklichkeit. Isabel unterbrach sich mitten im Liederzyklus von Hugo Wolf, den sie am nächsten Tag beherrschen musste, um einen Sänger bei einer Nachmittagsvorstellung begleiten zu können. Sie kannte den Zyklus. Aber nicht gut genug. Deshalb saß sie hier, allein in dem dunklen Saal, nur mit einer Klemmlampe auf dem Notenständer und mit einer kahlen Birne in der Ecke hinter der Bühne. Irgendetwas hatte sie davon abgehalten, die große Deckenbeleuchtung einzuschalten. Genügsamkeit vielleicht. So viel Licht für eine einzige Person wäre Verschwendung gewesen.

Die anderen, die geübt hatten, waren schon nach Hause gegangen. So kam es ihr jedenfalls vor. Es war zehn Uhr, und bis vor einer halben Stunde hatte sie von irgendwoher ein Xylophon hören können. Jetzt war dieses Geräusch verstummt. Das Konservatorium war musiklos und kam ihr vor wie eine Grabkammer, wie ein Denkmal für die Kunst. Sie musste an die Liedzeile denken: »The day the music died.«

Hier war die Musik gestorben. Hier, in derselben Sekunde, in der sie die Tasten losgelassen hatte. Jetzt gab es nur noch einen großen dunklen Saal mit gespenstischen Stuhlreihen.

Wieder meldete sich die Selbstdisziplin. Irgendwo in ihr, in der Stelle im Gehirn, wo die Routine sitzt, wurden mühsam ihre letzten Kraftreserven aktiviert. Gedanken wurden beiseite geschoben. Die an Solveigs letzte Minuten. An Andreas Scharff, der Urlaub machte und sich nicht sehen ließ. Beide wurden sie in eine ferne Galaxis verbannt.

Sie zwang sich ein weiteres Mal durch die letzten Takte. Diesmal klang es trotz allem besser. Sie bekam die Sache in den Griff, und ihr Selbstvertrauen wuchs. Etwas konnte sie immerhin. Etwas gehörte ihr.

Und dann hörte sie es. Es war nicht so sehr das Geräusch. Sondern vielmehr die Überraschung. Ihre Finger erstarrten über der Tastatur. Sie horchte wieder. Ein Stuhl schien leise über den Boden gezogen zu werden. Als habe irgendwer unten in der Dunkelheit des Zuschauerraums Platz genommen. Aber hier war doch niemand. Sie wusste, dass der Saal leer gewesen und dass inzwischen niemand hereingekommen war. Sie war allein.

Einbildung. Das musste es sein. Ihre Einbildung.

Und dann kam ihr der Gedanke, wie verletzlich sie war. Sie saß wie eine Zielscheibe im Lampenlicht, saß oben auf der Bühne, ohne irgendeine Form von Schutz. Preisgegeben.

Ihr schauderte. Sie zwang sich, ihre Noten ruhig zusammenzupacken. Ihren Rock glatt zu streifen. Aufzustehen, um die Noten in die Tasche zu stecken.

Und dann war es wieder da, das Geräusch. Ein ganz leichtes Scharren und Tappen, als gehe jemand auf Zehenspitzen über den Boden. Und komme auf die Bühne zu.

Sie machte sich an ihrer Tasche zu schaffen. Klammerte sich daran an, bis ihre Handflächen schweißnass waren. Stopfte die Noten kopfüber in die Tasche. Mühte sich vergeblich mit dem Versuch ab, die Tasche zu schließen.

Dann verlöschte das Licht hinter der Bühne, und nur die schwache Klemmlampe brannte noch.

Was passierte hier denn nur? Die Angstwellen hinderten sie fast am Atmen. Hier war jemand. Irgendwer trieb hier mit ihr ein wahnwitziges Spiel. Irgendwer unten in der Dunkelheit. Oder bildete sie sich das alles ein? War einfach die Glühbirne durchgebrannt und hatte ihren Puls hochgejagt, weil sie ohnehin schon nervös war?

Sie hatte gerade die Treppe in den Saal hinunter hinter sich gebracht. Atmete erleichtert auf in dem Bewusstsein, dass die Tür in gerader Linie nur zehn Schritte von ihr entfernt war. Nur zehn Schritte.

Dann verlöschte auch die Klemmlampe, und sie stand stocksteif mitten in der Dunkelheit.

Sollte sie sich räuspern? Sollte sie etwas sagen? Oder sollte sie sich bewegen? Auf irgendeine Weise die Flucht ergreifen? Wieder das Geräusch. Jetzt irgendwo hinter ihr. Da war jemand. Das wusste sie. Aber wo?

Und dann wusste sie es. Das Schaltpult. Er hatte in der Dunkelheit den Saal verlassen. Und jetzt stand er im Vorraum zur Bühne am Schaltpult. Von dem aus die Techniker bei Konzerten und Schallplattenaufnahmen Licht und Ton regelten. Er war unmittelbar hinter ihr. Wer immer er sein mochte.

Sie konnte nur noch losrennen.

Sie stürzte in der Dunkelheit auf die Tür zu. Hatte sie in

Sekundenschnelle erreicht. Riss an der Klinke. Abgeschlossen. Ließ ihre Tasche fallen. Stand einige Sekunden still da, dann griff sie tastend danach.

»Nein«, murmelte sie. »Nein, nein.«

Sie spürte ihn dicht in ihrer Nähe. Hörte seinen Atem. Aber vielleicht war das nur Gas. Vielleicht die Nerven. Vielleicht …

Kaltes Blut bewahren. In großen Linien denken. Die Details vergessen. Vom Blatt spielen. Die Chance wagen.

Die einzige Chance war Tür Nummer zwei. Aber davor standen die Stuhlreihen. Sie tastete sich vorwärts. Hier standen die ersten Stühle. Instinktiv stieg sie auf den äußersten Stuhl und kroch los. Stuhl für Stuhl. Mäuschenstill. Wenn sie ihn nicht sehen konnte, konnte er sie auch nicht sehen.

Sie hatte den letzten Stuhl erreicht. Wartete einen Moment, dann zog sie die Schuhe aus und steckte sie lautlos in ihre Tasche. Ignorierte die Tür, die ja ohnehin verschlossen sein würde. Das wusste sie jetzt.

Sie schlich über den Gang zur Bühne. Leise, so leise. Wie eine der verdammten Siamkatzen. Tastete in der Dunkelheit. Fand die Bühnentreppe, betrat sie aber nicht, sondern kletterte zwei Meter rechts davon auf die Bühne.

Jetzt konnte sie das Licht sehen. Ein ziemlich schwacher Streifen fiel aus dem Vorzimmer in die Dunkelheit. Aus dem Zimmer, in dem sie so oft darauf gewartet hatte, auf die Bühne gerufen zu werden. Aus dem Zimmer, in dem sie und Andreas zum ersten Mal …

Sie dachte den Gedanken nicht zu Ende. Er war nur eine flüchtige Erinnerung an ein Gefühl, das es einst gegeben hatte.

Und jetzt war jetzt. Sie warf sich vorwärts und riss die Tür auf, und Licht strömte aus dem leeren Raum. Er war nicht da. Sie wusste, dass er sich noch im Saal befand. Er wartete auf sie. Hatte erwartet, dass sie zur anderen Tür gehen würde.

Isabel rannte. Die Treppe hoch und auf den Flur. Ihr Atem rauschte in ihren Ohren. Ihr Herz keuchte.

Der Haupteingang. Die Rettung. Die Tür aufgerissen, Luft. Die Füße in den Strümpfen kalt wie Eis, sie liefen und liefen. Hinauf auf die Fuglesangs Allé. Den ganzen Weg bis zur Ringgade. Die Tasche klatschte an ihre Beine, und ihr Puls hämmerte.

Taxi. Komm, Taxi. Sofort. Komm schon, zum Henker.

Und es kam; und sie rannte los und winkte dabei. Es hielt neben ihr. Die Tür ging auf.

»Sie haben's aber eilig«, sagte der Mann gutmütig, während sie nach Atem rang.

»Wo soll's denn so dringend hingehen?«

Ihr Gehirn wütete. Wo war sie? Wohin wollte sie? Ja, wohin?

Die Ringgade. Die gerade Linie zu Mette.

»Risskov, fahren Sie nach Risskov. In zwei Sekunden.«

Noch nach einer Stunde hielt der Albtraum sie gepackt. Noch nach einer halben Flasche Wein. Noch, nachdem Mette sie getröstet hatte und Donald Takt genug gezeigt hatte, zu verschwinden.

Noch dann.

»Okay. Lass uns versuchen, ruhig Blut zu bewahren. Was wissen wir?«

Isabel dachte wieder an ihre Erlebnisse.

»Wir wissen, dass er böse ist. Und verrückt.«

»Aber er ist kein Mörder, oder? Er hat Solveig nicht ermordet? Nicht in diesem Sinne. Das ist technisch unmöglich, oder?«

Isabel schüttelte den Kopf.

»Ja, das ist es wohl. Aber jemand oder etwas kann sie getrieben haben. Über alle Grenzen. Und das muss er gewesen sein.

Warum hätte er sonst weitermachen sollen? Und sich über uns hermachen? Über mich? So, wie er sich sonst verhalten hat, scheint er sie auf eine verschrobene Art ja auch geliebt zu haben.«

Mette dachte laut in verschiedene Richtungen.

»Vielleicht fühlt er sich verlassen, schlecht behandelt. Von Solveig im Stich gelassen. Vielleicht ist er böse auf uns, weil Solveig trotz allem weiter an uns geglaubt hat. Als Freundinnen. Oder er ist wütend, weil wir ihn jagen, ihn verfolgen.«

Isabel zitterte noch immer. Das sah sie selber, als sie die Hand nach ihrem Weinglas ausstreckte.

»Aber er will doch gejagt werden. Er legt Spuren aus. Er zertrampelt Rosen. Er löscht das Licht.«

Mette zuckte mit den Schultern.

»Vielleicht möchte er gefunden werden. Vielleicht hält er uns für die Bösen. Vielleicht kennt er uns …«

Isabel lachte kurz.

»Wir sind doch nicht böse. Du meinst ja wohl nicht im Ernst, dass wir böse sind. Du und ich und Pernille. Vielleicht ein bisschen seltsam, na gut. Aber böse?«

Mette lächelte hold. Plötzlich schien sie ihre Mette-Stimme zurückgewonnen zu haben. Die flüsternde, zaghafte Teenagerstimme.

»Manchmal schreiben böse Menschen anderen ihre Eigenschaften zu. Das ist wie bei Alkoholikern, die andere überreden wollen, mit ihnen zusammen zu trinken. Damit sie sich nicht allein fühlen müssen.«

Isabel verstand kein Wort.

»Ist das nicht ein bisschen arg konstruiert?«

Doch Mette gab nicht auf. Und plötzlich merkte Isabel, dass das hier wichtig war. Dass sie eine verschlüsselte Botschaft mitteilen wollte, die sie auf andere Weise nicht aus sich herausbrachte. Weil es ihr zu nahe ging.

»Manche Menschen erwecken das Gute in anderen. So wie Solveig. Immer bereit zu helfen und zuzuhören und das Richtige zu tun. Eine, der andere wichtiger waren als sie selber.«

Mette hatte sich vorgebeugt und sprach mit ihren Händen, die das Weinglas umschlossen.

»Andere Menschen haben die gegensätzliche Wirkung und wecken das Böse in uns.«

Sie sprach jetzt sehr schnell. Als habe sie Angst, nicht fertig zu werden.

»Ein Mensch kann ganz schnell das Böse in sich selber finden. Manchmal ist dazu nur eine bestimmte Person nötig. Eine, die uns sagt, dass wir böse sind, verstehst du? Dass wir plötzlich manipulieren, weil uns gesagt wird, dass wir manipulieren. Dass wir eine Rolle spielen und in dieser Rolle bleiben, weil ein berühmter Regisseur sagt, wir spielten sie gut. Bis zur Perfektion.«

Isabel spürte, wie ihr Interesse wuchs. Sie schob den Albtraum beiseite, fasziniert von Mettes leiser Stimme. Und weil sie plötzlich begriff, was sie bisher nicht begriffen hatte.

SEPTEMBER 1986

METTE

Das Restaurant war zum Bersten gefüllt. Bestellungen en masse wurden aufgegeben, Rechnungen bezahlt, Trinkgeld auf den grünen Speisekarten hinterlassen. In einem halb vollen Bierglas war ein zerknüllter Hunderter gefunden worden. Der lag jetzt auf einer Serviette neben der Kasse zum Trocknen.

Mette nahm sich Zeit, um einen Schluck Mineralwasser zu trinken. Und um die Gäste dieses Abends zu studieren.

Sie war inzwischen gut. Richtig gut. So gut, dass es ihr bisweilen Angst machte.

Dann suchte sie zu Hause Zuflucht. Schloss sich zusammen mit Oliver ein, nahm eine Schlaftablette und rollte sich mit dem Kater unter dem Arm im Bett zusammen.

Wenn sie aufwachte war die Angst in der Regel verflogen. Dann war sie wieder sie selber. Mette die Eroberin brach zu neuen Abenteuern auf.

Die Augen waren das Wichtigste.

Durch systematisches, hartes Training waren sie trainiert worden, so, wie Isabel ihre Finger trainierte. Sie hatten gelernt, geeignete Objekte zu erspähen.

Wenn sie sich das genauer überlegte, dann schienen diese Männer gezeichnet zu sein. In der Regel trugen sie einen Stempel auf der Stirn, der sie von allen anderen unterschied.

Und an diesem Stempel orientierte sie sich.

Es gab keine Regel, oder zumindest nur wenige. Das Ganze war eine Frage des Fingerspitzengefühls.

Trotzdem wusste sie, dass auch die Ausstrahlung eine Rolle spielte. Die, die sagte, dass sie das Spiel aus Erfahrung oder aus Instinkt kannten und beherrschten.

Bei wem das der Fall war, überraschte sie oft. Bisweilen handelte es sich um ganz junge Männer, die noch nie mit einer wie ihr zusammen gewesen waren, die kaum wussten, dass es Frauen wie sie gab, die aber trotzdem ein Gefühl für das Spiel hatten. Goldflipper wurden sie genannt, Männer in Mettes Alter, die auf dem Aktienmarkt ein kleines Vermögen verdient hatten. Ab und zu waren es auch reife Männer, die selber von der Entdeckung überrascht waren, dass sie Begabung für dieses Spiel besaßen; ja, dass sie überhaupt Lust hatten. Aber vor allem hatte sie es mit Männern mittleren Alters mit Ehefrauen, erwachsenen Kindern und Karrieren zu tun.

Mit Männern, die eine andere Seite ihrer selbst ausleben mussten. Wenn sich das so sagen lässt.

Sie war müde. Die Weihnachtswoche ging ihrem Ende entgegen, und sie hatte geschuftet, Himmel, was hatte sie geschuftet.

Aber die Müdigkeit spielte keine Rolle. Denn Mette war auch zufrieden. Die vergangene Woche hatte neue, spannende und nutzbringende Begegnungen gebracht. Sie war in mehr als nur einer Hinsicht einträglich gewesen.

Sie blieb einen Moment stehen und schaute zufrieden durch das Restaurant. Dankbar sogar. Denn hier war die Revolution geschehen. Hier hatte Mette ihre alte Haut abgeworfen und durch die neue ersetzt.

Keine Irrtümer mehr. Keine ungeschickten Einleitungen und Situationen, bei denen sie sich vor Verlegenheit wand. Endlich hatte sie sich von diesem Fluch befreit.

Kein misslungener Sex mehr, bei dem sie stecken blieb und keine Ahnung hatte, in welche Richtung sie sich bewegen sollte, um dem Augenblick Leben einzuhauchen. Keine plumpen Reden oder peinliche, stumme Minuten mehr. Kein dilettantisches Gefasel.

Sie hatte studiert. In der Theorie und in der Praxis. Hatte sich einen Kurs gegeben und sich zu dem ausgebildet, was sie jetzt war.

Das Wort »Kurtisane« gefiel ihr sehr. Eine, die den Männern, die aber vor allem sich selber Gutes tut. Sie hatte mehr unterschiedliche Männerkörper genossen und ihnen Gutes getan, als sie das jemals für möglich gehalten hätte. Sie hatte ein Gefühl für ihre Eigenheiten entwickelt und konnte einen Schwanz fast auf Kommando dazu bringen, sich aufzurichten – oder zum Gegenteil. Sie wusste alles über Größen und Eigenschaften und Form.

Aber noch immer machte sie das alles zum Vergnügen.

Noch immer war es nur ein Spiel. Das war das Allerwichtigste und der Grund für ihre Zufriedenheit. Denn im tiefsten Inneren ihres Herzens wusste sie, wenn es ernst würde, wenn es Wirklichkeit würde, würde sich eine Tür schließen und den letzten Rest Licht verlöschen lassen.

Als sie ihn das erste Mal sah, wusste sie sofort, dass von nun an alles anders sein würde.

Vielleicht lag es an seiner Haltung, vielleicht an seinen Bewegungen, vielleicht an seiner arroganten amerikanischen Aussprache. Doch wenn sie sich das genauer überlegte, dann war es wohl sein Blick gewesen. Der Blick, der sagte, er wisse alles, ehe er sie überhaupt kennen gelernt hatte.

Anfangs hatte sie die Farbe seiner Augen nicht bestimmen können. Sie waren bemerkenswert intensiv. Doch ihr Wesen entzog sich ihr, und das machte sie nervös. Sie schienen sich farblich ihrer Umgebung anzupassen, aber das hielt sie für unmöglich. Bis ihr aufging, dass sie wie Olivers Augen waren. Siamesischblau. Manchmal von starker Farbe, manchmal durchsichtig wie Wasser.

Das Erste, was sie sah, war sein kahler Schädel, als er die Treppe hochkam. Dann begegnete sie seinem Blick und seinem Lächeln.

»Do you have a table for two?«

Mette brach der Schweiß aus.

»I'm sorry, Sir. At the moment no. But if you'd care to wait in the bar, we'll have one ready for you in about twenty minutes.«

Er biss sich, immer noch lächelnd, in die Unterlippe. Sie sah, dass sein Mund sinnlich und ganz leicht vulgär war. Seine Begleiterin wartete geduldig unten an der Treppe. Mette konnte gerade noch eine langbeinige, rothaarige junge Frau sehen.

»Is that a promise?«, fragte er, als habe sie ihm etwas ganz anderes versprochen als einen Tisch.

Sie nickte, in stummer Verwunderung über sich selber.

Als der Tisch bereit war, rief sie unten in der Bar an. Er kam allein. Die Frau war verschwunden.

»Ich bin verlassen worden«, sagte er.

»Das tut mir Leid zu hören, Sir«, erwiderte sie höflich.

»Das meinst du doch nicht im Ernst, Mädel. Es gibt überhaupt sehr viel, was du nicht meinst. Selbst, wenn du es sagst.«

Sie wollte schon gehen. Das hier brauchte sie sich nicht gefallen zu lassen. Aber sie blieb trotzdem.

»Ich verstehe nicht, was Sie meinen, Sir. Kann ich Ihnen etwas zu trinken holen? Ein Bier? Einen Schluck Wein? Wir haben den Wein des Monats im Angebot.«

Sie redete zu schnell, das hörte sie sehr gut. Aber sie konnte nichts dagegen machen.

»Wow, nicht so eilig. Eins nach dem anderen. Deinen Namen zum Beispiel.«

Sie zögerte.

»Mette.«

Er beugte sich zu ihr vor und musterte sie mit einem düsteren, aber äußerst erotischen Lächeln.

»Du bist wirklich nicht alltäglich, Mette. Was macht eine wie du in einem Kuhkaff wie diesem?«

»Geld verdienen«, hörte sie sich murmeln.

Er ließ sich an die Lehne zurücksinken.

»Dann hol mir eine Flasche Wein vom Besten, Mette. Und zwei Gläser.«

Als sie den Wein brachte, hatte er schon die nächste Salve bereit.

»Geld«, sagte er und kostete das Wort ebenso aus wie den Schluck Wein, den sie in das eine Glas gegossen hatte. »Und Geld magst du gern?« Er hob eine Hand. »Nein, nein. Nicht abstreiten. Lügen bringt nichts. Nicht in solchen Zusammenhängen.«

»Ich mag Geld gern«, gab sie zu. »Was ist daran so schlimm?«

Als sie das sagte, ließ sie ihren Blick über ihn dahinwandern. Sie hatte Übung und konnte sehen, dass er teure Kleidung trug. Teuer, aber diskret. Seine Uhr war eine Stahluhr von Georg Jensen. Beim Anzug tippte sie auf Armani, ein weicher Oliventon, der zu seinem dunklen Teint passte. Die Brille, ebenfalls Armani, ganz bestimmt Armani. Der Duft ebenso. Dieser Mann war kein Armer. Der Schlips: vielleicht Mulberry oder Ralph Lauren, nahm sie an.

Sie merkte, dass er sich über diese stumme Musterung amüsierte.

»Du fragst, was schlimm daran ist, Geld zu mögen? Absolut gar nichts.« Er senkte die Stimme zu einem vertraulichen Flüstern. »Nicht, wenn man sich über den Preis im Klaren ist. Aber darüber weißt du alles, glaube ich. Geld ist teuer. Sehr teuer. Oder nicht, Mette?«

Sie brachte sein Essen. Sie schenkte ihm Wein ein. Hilflos spürte sie, wie sie von seinem Tisch angezogen wurde, während zugleich die Übelkeit in ihr aufstieg.

Und als der Gästestrom verebbte und sie Feierabend machen konnte, setzte sie sich zu ihm. Und trank aus dem anderen Glas.

»Jetzt bist du verloren. Jetzt hast du meinen Zaubertrank gekostet und jetzt gehörst du mir.«

Sein leicht spöttisches Lächeln ließ Hitzewellen durch ihren Körper jagen. Sie konnte Spannung und Panik nicht mehr unterscheiden. Musste sich sagen, das sei doch nur ein Jux, musste versuchen, sich davon zu überzeugen. Aber sie wusste, dass er Recht hatte.

»Du bist eine manipulierende Frau, Mette. Um Geld und Macht zu erlangen, würdest du alles tun, habe ich Recht?«

Sie nickte wie verzaubert.

Er sagte:

»Du hattest gedacht, man könnte das nicht sehen, was? Weißt du, warum ich das sehen kann?«

Schweigend und fragend starrte sie ihn an.

»Ich kann das, weil wir uns beide ähnlich sind. Und weil ich glaube, dass wir zusammen Geschäfte machen können.«

Er griff quer über den Tisch nach ihrer Hand. Willenlos ließ sie ihn gewähren. Er streifte ihren Handrücken mit den Lippen. Sie zitterte.

»Ich glaube, wir sind füreinander geschaffen, Mette.«

DEZEMBER 1997

Der Samstag kam. Auf wundersame Weise kam noch ein Tag. Und das Tageslicht konnte fast, aber auch nur fast die Gespenster des Vortages verdrängen.

Isabel erwachte in Mettes Gästebett. Zwei Siamkatzen hatten sich ans Fußende gestohlen. Vier Saphire starrten sie an. Sie setzte sich ruckhaft auf.

In diesem Moment wurde an die Tür geklopft, und Mette stand da mit Malthe auf dem Arm, schon bereit für einen neuen Tag. Der Duft von Calvin Klein – sie hatte die Flasche im Badezimmer gesehen – schwebte Isabel entgegen.

»Guten Morgen, wie hast du geschlafen?«

Isabel gähnte.

»Danke, nach der vielen Betäubung ausgezeichnet. Was passiert jetzt?«

Mette kam herein und setzte sich auf die Bettkante. Malthe lächelte selig, zeigte mit dem Finger auf Isabel und lieferte einen Kommentar ab.

»Da hast du absolut Recht, Malthe. Gute Idee.«

»Was für eine Idee?«, fragte Mette.

Ja, was für eine Idee eigentlich? Was sollte jetzt passieren? Wie sollten sie weitermachen?

Polizei? Was sollte das bringen? Die war mehr als genug mit Ausländerproblemen und Drogen beschäftigt. Wer würde ein Erlebnis in einem dunklen Konzertsaal ernst nehmen? Was konnten sie im Grunde auch berichten?

Isabel ließ sich auf die Kissen zurücksinken und betrachtete die anderen.

»Pernille anrufen und im Engel eine Krisensitzung veranstalten?«

»Engelbrunch«, seufzte Mette sehnsüchtig. »*Das* ist lange her.«

Isabel machte Anzeichen aufzustehen.

»*Alles* ist lange her.«

»Ich gebe eine Runde aus. Schließlich hab ich einen Job bekommen.«

»Aber du bist auch von unserem Freund durch einen finsteren Saal gejagt worden.«

Pernille starrte sie über den Brillenrand an.

»Wie fühlst du dich? Brauchst du Krisenpsychiatrie?«

»Hilft das?«

Pernille zuckte mit den Schultern.

»Es ist modern.«

»Dann ist es nichts für mich«, erklärte Isabel gelassener, als sie sich fühlte. Wie sollte sie denn jemals wieder allein üben können? Wie sollte sie überhaupt allein sein können? Im Moment konnte sie sich das nicht vorstellen, aber sie wusste doch, dass es passieren musste. Denn in Wirklichkeit hatte sie nur sich selber.

»Was macht Thomas?«, fragte sie, wie um ihre eigene Aufmerksamkeit abzulenken. »Wie geht es meinem Lieblingsneffen?«

Pernille bohrte die Gabel in eine der unzähligen Schinkenscheiben auf ihrem Teller.

»Der wird von seinem Vater indoktriniert.«

Mette lachte.

»Indoktriniert. Du kannst dich wirklich an die seltsamsten Wörter erinnern. Ich glaube, das habe ich nicht mehr gehört, seit wir in der Schule vor Sekten gewarnt worden sind.«

Pernille verzog ihr Gesicht zu ihrer Argumentationsmiene.

»Warum will er sich nicht Ohren und Nase piercen lassen wie andere in seinem Alter? Warum trägt er keine übergroßen Hosen und Basketstiefel und geht auf Ravepartys und nimmt Ecstasy? Er hat überhaupt keinen Sinn für Revolution. Und daran ist Poul schuld.«

Sie griff zu ihrem Mineralwasserglas und kippte es trotzig wie Wodka. »Fußball, Sport und Politik, das ist alles, was ihn interessiert. Das ist so verdammt fantasielos. Was ist bloß aus der Jugendrevolte geworden?«

»Die war 1968«, erklärte Isabel.

Pernille starrte wütend vor sich hin. Mette und Isabel tauschten ein Lächeln. Mette zwinkerte, wie um zu sagen: »Jetzt geht das wieder los.«

»Fußball ist kein Sport. Sondern eine Religion.«

»Das kann auch Solveigs Einfluss sein. Sie war doch immer total sportfixiert.«

»Ja, er ist wirklich auch von Solveig indoktriniert worden«, sagte Pernille sauer.

»Aber von seiner Mutter gar nicht«, meinte Mette.

Isabel machte ein empörtes Gesicht.

»Kein bisschen. Zumindest hat es nicht gewirkt. Aber immerhin sieht er dir ähnlich«, tröstete sie und griff nach ihrer Tasche.

»Keine Bewegung. Ich bezahle. Ich bin ja schließlich zu Geld gekommen … durch die erwartete Steuerrückzahlung.«

Isabel schob die Hand in die geräumige Tasche, wo die Noten mit allem anderen zu einem Chaos verschmolzen. Plötzlich fuhr sie zusammen.

»Au, zum Teufel«, rief sie. »Was zum …«

Sie zog die Hand aus der Tasche. Ein Finger blutete. Rote Nebel tanzten vor ihrem Blick. Sie hörte sich leise jammern.

»Das kann doch nicht sein. Er konnte doch nicht … wie hätte er denn …?«

Am ganzen Körper bebend stellte sie ihre Tasche auf den Tisch und wühlte fieberhaft darin herum. Die anderen sahen mit besorgter Miene zu.

»Was ist denn los? Was suchst du eigentlich?«

Isabel tastete vorsichtig. Hier waren die Blätter. Hier war ein Dorn. Finger weg. Sie holte den Strauß hervor. Es handelte sich um drei übel zugerichtete, schwarze Rosen, sie waren mit einem Stück Bast zusammengebunden, an dem eine weiße Karte baumelte. Drei schwarze Rosen. Für jede eine.

Sie merkte nicht einmal, dass sie sich auf ihren Stuhl sinken ließ. Sie starrte die beiden anderen mit offenem Mund an.

»Das kann nicht sein«, sagte sie noch einmal. »Das kann ganz einfach nicht sein.«

Mette griff vorsichtig und angeekelt nach dem kleinen Strauß. Drehte die anonyme Karte um und las mit zitternder Stimme vor:

»Ihr seid alle schuldig …. Dieses perverse Schwein. Wer zum Teufel ist er?«

Als handele es sich um ein gefährliches Kriechtier, warf sie die Rosen auf den Tisch. Isabel sah, wie Pernilles Gesicht zerbrach. Wie der halb erstickte Schrei sich einen Weg durch ihren Körper bahnte und als ohnmächtiges Schluchzen herauskam. Sie starrte die anderen verzweifelt an und hämmerte mit den Fäusten auf die Tischplatte.

»Das Schlimmste ist ja, dass er Recht hat. Er hat verdammt noch mal Recht, wer immer er sein mag«, rief sie, und das ganze Café hörte zu.

FEBRUAR 1987

PERNILLE

»Hast du nie von Vergebung gehört, Niller?«

»Nenn mich ja nicht Niller. So heiße ich nicht.«

»So heißt sie nicht«, wiederholte der dreijährige Thomas mit Nachdruck. Derzeit hasste er alle Kosenamen, auch seine eigenen. »Schau mal, Vater. Ich hab einen Hubschrauber gemalt.«

»Der ist wirklich toll, Thomas.« Poul lobte die Striche auf dem Stück Küchenpapier und wandte sich wieder Pernille zu. Es war ziemlich spät, und er hatte seinen Sohn abgeliefert. Thomas hatte sich schon an seine Zeichnung gemacht, noch ehe er aus seinem Overall gepellt worden war.

»Von mir aus, Pernille«, sagte er friedlich. »Aber das ändert nichts an der Sache. Du fehlst Solveig. Und Thomas fehlt ihr auch.«

Poul sah ratlos aus. In Pernille rührte sich etwas. Trotzdem schaute sie kampfbereit von ihrem Platz hinter der aufgeschlagenen *Information* hoch.

»Woher weißt du das?«

Poul zog einen Stuhl an den Küchentisch und setzte sich unaufgefordert. Pernille bereitete sich auf eine lange logische Argumentation vor. Eine politische Rede über die vorteilhaften und edelmütigen Aspekte der Vergebung.

»Ich weiß das, weil sie es mir gesagt hat.«

Sie ließ die Zeitung sinken, die ebenso gut auf dem Kopf hätte stehen können. »Habt ihr mal wieder ein Rendezvous gehabt?«

Diese Stimme. Wenn sie nur Eifersucht und Frustration daraus verbannen könnte. Wenn die sich nur nüchtern und gleichgültig und gelassen anhören könnte. Aber diese Gefühle bohrten in ihr und wollten heraus.

»Dafür haben wir ja schließlich Freunde«, sie hörte ihren säuerlichen Tonfall. »Damit die sich hinter unserem Rücken treffen.«

»Manchmal weiß ich wirklich nicht so recht, ob ich dein Freund bin«, sagte er. Er senkte die Stimme. »Ich bin Vater deines Kindes. Deines Kindes. Nicht unseres. Aber du willst mich nicht einmal deinen Freund sein lassen. Du willst von uns allen nichts wissen. Du bist so stur und starrköpfig wie ein Esel.«

Sie erhob sich und kehrte ihm den Rücken zu. Sie wusste, dass das kindisch war. Trotzdem machte sie sich mit lautem Klirren ans Teekochen, obwohl sie gerade erst beim Warten mindestens sieben Tassen getrunken hatte.

»Wo hast du Solveig getroffen?«, fragte sie neutral.

»Im Schwimmbecken«, teilte Thomas mit und schaute von seiner Zeichnung auf. Blaue Filzstiftstriche bedeckten das Stück Küchenpapier und dazu ein Stück Tisch.

»Wir waren im Schwimmbecken«, erklärte der Junge.

Ganz automatisch holte Pernille ihm einen Zeichenblock.

»Hier. Es ist besser, wenn du auf richtigem Papier malst. Und pass auf, damit du mit den Filzstiften nicht auf den Tisch kommst, schau mal ... und es ist wirklich ein feiner Hubschrauber.«

Schwimmbecken und Hubschrauber. Selbst mitten im Streit dachte sie daran, wie viele neue Wörter er gerade lernte. Neue und schwere Wörter, die er aus unerfindlichen Gründen fast alle richtig aussprach.

»Ich wusste nicht, dass ihr schwimmen gehen wolltet. Er hatte doch gar keine Badesachen mit.«

Poul zuckte mit den Schultern.

»Das war so ein plötzlicher Einfall. Und bei dem Wetter konnten wir doch nicht draußen sein. Wir haben bei Hennes & Mauritz eine Badehose gekauft.«

»Und dann seid ihr Solveig begegnet. So rein zufällig?«

Pernille schüttete Universaltee in die Teesocke. Poul schwieg.

»Hattet ihr das verabredet?«

»Wenn du es unbedingt wissen musst, Solveig hat mich gestern angerufen. Sie hat am Telefon geweint, Niller. Hat gesagt, dass du sie ignorierst. Dass du seit Monaten ihre Anrufe nicht erwiderst, egal, was sie auf Band hinterlässt.« Er beugte sich vor. »Sie braucht dich. Mach dir das bitte klar. Sie braucht dich mehr, als du ahnst. Irgendwer muss sich um sie kümmern, da sie es nicht selber tut.«

Ratlosigkeit und Eifersucht machten sich gleichermaßen in ihr breit. Sie spürte, wie diese Gefühle in ihr hin- und herwogten. Wie sie zwischen Zorn und Sehnsucht und Eifersucht und Liebe schwankte.

Das Wasser kochte. Sie füllte die Teekanne und gab den Teestrumpf hinein.

»Du kannst ihn ruhig stehen lassen. Der muss zehn Minuten ziehen«, teilte Poul mit.

Sie merkte plötzlich, dass sie ihre Schultern bis zu ihren Ohren hochgezogen hatte. Sie senkte sie und holte tief Luft. Warf einen Blick auf die Uhr, die acht zeigte.

»Schlafenszeit für kleine Jungen«, sagte sie eilig und ließ Teekanne Teekanne sein. »Sag deinem Vater gute Nacht, Thomas.«

Thomas musterte sie beide besorgt.

»Ihr sollt euch vertragen«, sagte er leise, und Pernilles Herz bebte unter dieser Anklage. Beide beteuerten, sie seien ein Herz und eine Seele. Gute Freunde, wie immer.

Auf diese Weise verging die Zeit. Vor allem mit dem Versuch, Thomas zum Zähneputzen und Gutenachtsagen zu bringen und dazu, seinen Mickymaus-Schlafanzug anzuziehen. Und weil sie bei ihm sitzen und Wache halten und das Wiegenlied der Elefanten singen musste, bis seine Augenlider schwer wurden und er mäuschenstill dalag und aussah wie ein sehr müder kleiner Engel.

Poul kam leise zu ihr und setzte sich ihr gegenüber. Sie fühlte sich einsam. Einsam und verloren.

»Ich gehe jetzt wohl besser«, sagte er.

Plötzlich konnte sie diese Vorstellung nicht ertragen. Dass er gehen würde. Dass Solveig mehr von ihm haben sollte als sie selber. Ihn haben. Seine Vertraulichkeit, seine Freundschaft. Vielleicht seine Liebe, wer sollte das verhindern? Würden sie ihr das antun?

Plötzlich spürte sie noch etwas anderes. Vielleicht eine Sehnsucht, vielleicht wollte sie einfach nur nicht den Rest des Abends allein dasitzen.

»Du kannst gern noch bleiben, wenn du willst«, sagte sie so lässig wie möglich. »Ich habe eine Flasche Wein.«

»Ökowein?« Jetzt lächelte er.

Sie nickte. Plötzlich verlegen.

Poul schaute den schlafenden Thomas an und blieb so still sitzen, dass Pernille glaubte, er wolle die ganze Nacht so zubringen.

»Irgendetwas haben wir doch richtig gemacht«, sagte er endlich. »Er ist ein braver Junge.«

Normalerweise wäre dieser Ausdruck ihr zuwider gewesen. Und sie hätte ihm gesagt, dass »ein braver Junge« das Letzte sei, was sie sich wünschte, weil es so pfadfinderhaft und KU-mäßig klang. Aber das sagte sie nicht. Denn er hatte ja Recht. Thomas war ein braver Junge. Und er gehörte ihnen beiden, so gern sie sich auch vorstellte, er gehöre nur ihr. Er gehörte auch Poul. Und in gewisser Hinsicht auch Solveig. Schließlich hatte sie ihn gehütet und ihm Autos geschenkt und mit ihm Ball gespielt und einen richtigen kleinen Jungen aus ihm gemacht. Einen kleinen Krieger, der seine eigenen kleinen Schlachten ausfocht, bei denen es oft darum ging, Mutter und Vater und Solveig zu einer höheren Einheit verschmelzen zu lassen. Warum konnte sie nicht einfach verzeihen und die Sache für erledigt befinden? Warum konnte sie den Verrat nicht vergessen? Himmel, so schlimm war der doch auch wieder nicht gewesen.

Aber sie hatte es ja versucht. Und jedes Mal waren Widerhaken dageblieben, wie die Reste einer Vergiftung.

Poul blickte sie mitfühlend an.

»Du bist deine eigene ärgste Feindin, Pernille. Wieso bist du so unversöhnlich und …«, er suchte nach einem passenden Wort, »streitsüchtig geworden?«

Sie merkte erst, dass ihr die Tränen übers Gesicht strömten, als er ihr ein sauberes Taschentuch reichte. Das nahm sie. Und sie nahm seine Hand. Und klammerte sich daran an.

»Ich weiß nicht«, schniefte sie. »Es ist so schwer …«

Sie spürte das Schluchzen, das sich in ihr einen Weg bahnte und zu einem seltsamen, unterdrückten Schluckauf wurde. Er führte sie behutsam aus dem Schlafzimmer und schloss hinter ihnen die Tür. Und als könne die Wohnzimmerlampe die brüchige Vertraulichkeit zwischen ihnen verbrennen, knipste er sie aus und zog Pernille aufs Sofa. Zog sie an sich und küsste sie brüderlich auf die Wange und danach sehr viel weniger brüderlich auf den Mund.

Sie spürte, wie sie sich entspannte, wie ihre Schultern sich in schläfriger Erwartung senkten, der Drang nachzugeben hing über ihr wie eine Schnur, an der sie nur zu ziehen brauchte. Verlockend dicht über ihr.

»Ist das in Ordnung? Wird es das auch morgen noch sein?«, fragte sie mit einem letzten Rest Nervosität.

Er hielt sie von sich ab.

»Du meinst, ob wir uns jetzt lieben können, ohne dass du zur konservativen Ministersgattin in Nerz und spitzen Schuhen werden musst? Ohne dass du in die Partei eintreten und für das Weihnachtsfest bei der Handelskammer Plätzchen backen musst?«

»Du weißt, was ich meine. Ich meine … ich weiß nicht so ganz, was ich wirklich meine«, gab sie endlich zu.

Er küsste sie sanft, aber wirkungsvoll.

»Warum musst du auch immer so verdammt kompliziert sein, Niller?«

»So heißt sie nicht«, sagte sie mit Thomas' Stimme.

»Dann eben Pernille«, flüsterte er. »O ja. Wenn du morgen so tun willst, als sei nichts passiert, dann tun wir so. Dann ist es ein Geheimnis, dass wir uns lieben. Denn das tun wir. Oder etwa nicht? Jetzt sag schon, Niller.«

DEZEMBER 1997

Es wimmelte nur so von Weihnachtsmännern. Sie steckten in allen möglichen und unmöglichen Winkeln, und das Haus schien vorübergehend von Leuten übernommen worden zu sein, die sich Rätsel ausdenken mussten. Finden Sie fünf Fehler. Finden Sie fünf Weihnachtsmänner. Oder richtiger: Finden Sie fünfhundert!

Trotz allem, was passiert war. Obwohl das Nachmittagskonzert im Konservatorium nur gerade passabel verlaufen war, obwohl irgendein Verrückter versucht hatte, sie zu Tode zu erschrecken – oder sie alle drei sogar – und obwohl Andreas Scharff, wie sie gehört hatte, sich zwei Wochen freigenommen hatte, um einen Meisterkurs vorzubereiten, obwohl alles gegen sie war, konnte sie ihr Lächeln nicht unterdrücken: Das hier war doch das Richtige. Die hemmungslose Weihnachtslust ihrer Mutter war genau das, was sie jetzt brauchte.

»Huhu. Ist hier jemand?«

»Hier drinnen. Pass auf, nicht über die Leitung stolpern.«

Sie ging hinter dem Klang her. Eine alte Weihnachtsplatte lärmte auf dem Plattenspieler, der nie durch ein CD-Gerät ersetzt worden war.

Isabel wagte sich ins Wohnzimmer, wo ihre Mutter auf einem Stuhl stand und um den zwei Meter hohen Weihnachtsbaum eine Girlande mit kleinen Glühbirnen wand. Sie trug einen neuen, rotgrünen Trainingsanzug. Die Zigeunerohrringe baumelten munter unter den schwarzen Locken hervor.

»Du siehst wirklich selber aus wie ein Weihnachtsmann«, sagte Isabel freundlich und schaute sich um. »Und seit gestern hast du wirklich eine Menge geschafft.«

»Du sicher auch, da wir nicht mal deinen Schatten gesehen haben«, sagte ihre Mutter ohne Vorwurf in der Stimme. Die Weihnachtsstimmung hatte wie immer ihre Laune gemildert, obwohl es noch mehr als zwanzig Tage bis zum Fest waren.

»Verzeihung. Ich hätte anrufen sollen. Ich habe bei Mette übernachtet.« Sie ließ sich in einen Sessel fallen. »Wo steckt Henry?«

Ihre Mutter kletterte vom Stuhl, adrett und schlank wie eine junge Katze.

»Der singt jetzt in einem Chor.«

»Was macht er?«

Ihre Mutter verzog das Gesicht zu einem Grinsen.

»In einem Männergesangverein, Wahnsinn, was? Sie üben in der Kirche fürs Weihnachtskonzert.«

Sie fuchtelte mit einem Finger vor Isabels Nase herum. »Jetzt hast du auch das erlebt.«

»Das kannst du wohl sagen.«

»Wie wäre es mit einem Aperitif? Brauchst du nicht irgendwas? Wir waren übers Wochenende in Deutschland und haben für Weihnachten aufgetankt.«

Sie zog die Girlande gerade und drückte auf den Schalter, worauf die kleinen Glühbirnen zum Leben erwachten.

»Ist das nicht schön?«, fragte sie selig. »Ich hol uns was Leckeres, dann können wir es uns gemütlich machen.«

Und wie sie etwas brauchte. Mehr, als irgendwer ahnte.

Isabel folgte ihrer Mutter mit Blicken, als diese an ihr vorüber und in die Küche tänzelte, wobei sie »Der Weihnachtsmann hat Mama geküsst« summte. Gleich darauf war ein Korken zu hören.

Isabel konnte sich vage daran erinnern, dass ihre Eltern zu diesem Lied getanzt hatten, Wange an Wange, die Hand des Vaters hatte liebevoll auf dem Hintern der Mutter gelegen. Das war lange her. Viele Jahre vor der Scheidung. So lange, dass es fast schon egal war.

Okay. Das hier war nicht mehr ihr Zuhause. Es gab ihr nicht mehr dieses Gefühl von etwas Verlorenem, von etwas, das sie nie zurückbekommen könnte. Es war das Zuhause ihrer Mutter und das von Henry, und die beiden waren ohne sie absolut zufrieden. Sie brauchten sie nicht, das wusste sie nur zu gut; obwohl sie ohne Protest ihre Türen für sie geöffnet und beteuert hatten, sie könne bleiben, so lange sie wolle.

Das hier gehörte nicht ihr. Aber hier und jetzt gab es nichts für sie, was näher an ein Zuhause herangekommen wäre. Und vielleicht würden sie einen Abend lang eine ganz normale Familie beim gemütlichen Zusammensein spielen können.

»So, jetzt wollen wir mal sehen.«

Ihre Mutter stellte das Tablett auf den Couchtisch. Sie hatte eine Flasche Freixenet geöffnet. In einer kleinen Schale lagen salzige Mandeln, in einer anderen Weihnachtsknabbereien.

»Marzipan«, Isabel lachte. »Jetzt schon. Und Schampus!«

»Wir müssen doch deine neue Stelle feiern«, sagte ihre Mutter und schenkte so energisch ein, dass es nur so schäumte. »Vielleicht können wir uns dann endlich häufiger sehen.«

»Ganz ruhig. Ehe du dich's versiehst, hast du mich so viel gesehen, dass du mich nach Kopenhagen zurückwünschst.«

Ihre Mutter musterte sie mit einem seltsamen Blick.

»Glaubst du wirklich?«

Isabel zuckte mit den Schultern.

»Erzähl mir von Henry. Was macht ihr so? Was habt ihr für Pläne?«

Ihre Mutter redete drauflos. Über den Wohnwagen, den sie durch einen größeren ersetzen wollten, über den Whistklub, wo für eine Reise nach China gespart wurde, über ihren Astrologiekurs und über die Essensgäste, die für die Feiertage erwartet wurden.

»Bist du am Heiligen Abend hier?«

Isabel nickte. Wo sollte sie denn sonst sein?

»Und würdest du gern jemanden einladen?«

Das war es. Bringen wir sie hinter uns. Diese riesengroße Frage. Die, die seit sieben Jahren auf der Lauer lag. Holen wir sie endlich ans Licht.

Aber das passierte nicht. Stattdessen spürte sie eine behutsame Hand auf ihrer Schulter.

»Er spukt noch immer in deinem Kopf herum, nicht wahr?«

»Wer denn?«

Ihre Mutter fuhr ihr liebevoll durch die Haare.

»Hör auf damit. Oma hat von ihm erzählt. Ganz kurz vor ihrem Tod«, fügte sie rasch hinzu.

Oma, du alte Hexe, ich hatte gedacht, du könntest ein Geheimnis bewahren.

»Und was hat sie gesagt?«, fragte Isabel abwehrend.

Ihre Mutter stellte das Glas hin und goss Sekt nach.

»Nicht sehr viel. Sie hat nur gesagt, es sei ernst.«

Ernst. Die alte kluge Großmutter.

»Sonst nichts? Sie hat dir nicht erzählt, dass er verheiratet war und Kinder hatte und zwanzig Jahre älter war als ich?«

Ihre Mutter zuckte mit den Schultern.

»Spielt das denn eine Rolle? Ich meine, so insgesamt?«

Isabel schüttelte den Kopf. Nicht als Antwort auf diese Frage, sondern weil sie ihren eigenen Ohren nicht traute.

»Das ist einfach unglaublich«, murmelte sie.

»Was ist unglaublich?«

»Wie viele plötzlich so viel klüger sein wollen als ich … so leicht ist das alles nicht … vielleicht hätte ich damals darüber reden sollen. Aber es war einfach so unmöglich.«

»War?«

»Ist! Es *ist* unmöglich, und ich will nicht darüber reden.«

Ihre Mutter lächelte und bot ihr Marzipankonfekt an.

»Dann reden wir eben nicht darüber. Ich dachte nur, du solltest wissen … dass ich es gewusst habe.«

Sie sprachen noch lange miteinander, und Isabel erzählte vom Leben der Freundinnen und darüber, wie sehr Solveig ihnen fehlte. Und später, als Henry nach Hause kam und die Frikadellen verzehrt wurden, hörte sie, dass die Garage kurz vor dem Einsturz stand und dass ein neues Gartenhaus gebaut werden sollte. Und als sie später, viel später, das letzte Glas Wein leerte, hätte sie sie fast geglaubt, so lebhaft war sie. Die Illusion, dazuzugehören. Die Illusion, die ihr vorübergehend Seelenfrieden schenkte, der erst gebrochen wurde, als sie am nächsten Morgen in aller Frühe aus dem Schlaf hochfuhr, vor sich die Karte sah, die am Rosenstrauß gehangen hatte, und das seltsame, unbegreifliche Gefühl hatte, diese Handschrift schon einmal gesehen zu haben.

Sie stand auf und duschte, und dabei versuchte sie sich zu erinnern, aber die Erinnerung war wie ein Stück Seife, das ihr immer wieder auf den Boden fiel und ihr im letzten Moment aus den Fingern glitt. Als eine Art Ablenkungsmanöver wechselte sie die Fahrbahn und dachte an ihre Mutter und die Großmutter und daran, was die Großmutter vor ihrem Tod erzählt hatte. Ernst, hatte sie gesagt. Ja, danke. Sicher war es ernst gewesen. Für mehr Menschen, als ihr lieb war.

SEPTEMBER 1987

ISABEL
Der Sommer war verschwunden, wie Sand, der langsam aber sicher durch die Finger einer Hand rieselt.

Sie stand am Fenster und hielt ihren Becher mit beiden Händen, während sie zerstreut auf den Thorsvej und die wenigen Passanten draußen schaute. Der heiße Kamillentee hätte sie eigentlich beruhigen sollen. Ihre Nervosität, ihre Erwartung und die Angst dämpfen, dass sich innerhalb von vier Wochen alles geändert haben könnte. Dass Zeit und Umstände alles verzehrt haben könnten, Liebe, Nähe, Begehren. Dass sie das alles ermordet und seines Inhaltes beraubt und nur eine leere Schale aus Höflichkeit und dem beiderseitigen Willen hinterlassen haben könnten, zumindest einen würdevollen Abschluss zu finden. Ohne peinliche Szenen, ohne Zusammenbrüche, ohne Zorn und bittere Vorwürfe über gebrochene Versprechen und sinnlose Worte.

Sie schaute auf die Uhr. Es war erst zehn. Es war noch zu

früh, um zur ersten Stunde des Jahres ins Konservatorium zu fahren. Viel, viel zu früh.

Deshalb versuchte sie es mit ihrer eigenen, hausgemachten Form von Meditation. Versuchte, den Puls zu dämpfen, der immer wieder versuchte, ihr in unregelmäßigen Sprüngen davonzulaufen. Richtete ihren Blick auf die Bäume auf der anderen Straßenseite, beobachtete genau, wie sich die Farbe der Blätter langsam änderte, wie Grün unmerklich ins Gelbliche überging. Sie suchte sich einen bestimmten Baum aus und begann mühsam die Zweige zu zählen, einen nach dem anderen, bis sie oben angekommen war. Am Jetzt festhalten, am Baum dort draußen, und sich einprägen, wo er gestanden hat, hier und jetzt, an diesem Tag, in diesem Monat, in diesem Jahr.

Diesem Jahr.

In vieler Hinsicht würde es ein schicksalhaftes Jahr werden, für sie alle, die Unzertrennlichen.

Solveig würde ihre erste Stelle am Gemeindekrankenhaus antreten und auf diese Weise ihren Ehrgeiz erfüllen – oder den ihres Vaters? Mette würde diesen schrecklichen Donald heiraten, die Götter mochten wissen, warum. Pernille würde endlich ihre Ausbildung als Sozialberaterin beginnen – eine Wahl, die ihrer Mutter gefallen würde. Und Isabel selber war zum neuen dreijährigen Studium als Begleiterin zugelassen worden. Sie studierte jetzt im siebten Jahr und hatte durchaus überlegt, dass es ihr vielleicht schwer fiel, das Konservatorium zu verlassen und sich mit der Wirklichkeit außerhalb von dessen Mauern anzufreunden. Aber vielleicht machte ihr auch nur die Vorstellung Angst, den Thorsvej und ihre Großmutter verlassen zu müssen.

Die Freien Frauen, dachte sie nicht ohne Ironie. Denn sie lernten es erst jetzt. Dass Freiheit allein nicht möglich ist, dass immer auch Verantwortung und Verantwortungsbewusstsein zur Stelle sein werden, wie eine Art verzerrtes Spiegelbild in einem Spukhaus. Keine von ihnen hatte in Wirklichkeit die Freiheit in mehr als nur minimalen Portionen gekostet. Gebunden, wie sie waren, von Bändern der Liebe, der Abhängigkeit und der Verantwortung. Von goldenen Ketten, wie es in irgendeinem alten Schlager geheißen hatte.

Sie trank einen großen Schluck Kamillentee und versuchte es wieder mit dem Baum. Zählte die Zweige, einen nach dem anderen. Eins, zwei, viele. Die Jahre waren vergangen. Bald ein ganzes Jahrzehnt, in dem sie erfahren hatten, dass die Welt keine Grenzen besaß, dass sie einfach die Hand ausstrecken und nehmen konnten, was sie wollten. Sie waren die Hoffnung ihrer Eltern und ihrer Großeltern auf eine neue Generation mit der Wahlfreiheit, die ihnen selber gefehlt hatte. Aber niemand hatte ihnen etwas über die Konsequenzen erzählt. Niemand hatte sie auf Abschied und Schmerz und darauf vorbereitet, dass jede Entscheidung die Möglichkeiten einschränken würde. Niemand hatte sie vor der Einsamkeit und davor gewarnt, dass Freundschaften und vielleicht auch die Liebe einen langsamen Tod starben, wenn sie keine Nahrung fanden.

Der Baum bewegte sich im Wind, im ersten Hauch des Herbstes. Sie umklammerte ihren Becher und merkte, dass der Tee kalt geworden war.

Die Mensa im Konservatorium hatte sich nicht geändert.

Der gleiche Salat in der Salatschüssel, die gleiche Sorte Soße, die gleichen Brote und im Grunde dieselben Menschen an den Tischen. Lehrende und Lernende, vertieft in die Diskussion, was vorzuziehen sei, Querflöten aus Gold, Silber oder Platin; wie Bachs Verzierungen zu interpretieren seien, was das Schicksalhafte an Berlioz' »Symphonie Fantastique«

sei und ob Furtwängler als größter Dirigent seiner Zeit gelten könne.

Vorsichtig schaute Isabel durch die Tür und sah sich um. Eine sonnengebräunte Marie-Chantal saß mit ihrem Salat in einer Ecke. Die beiden Sänger am selben Tisch schienen gerade gehen zu wollen. Marie-Chantal entdeckte Isabel und wies auf einen der leeren Plätze.

»Du siehst aus, als ob du den ganzen Sommer unter dem Grill gelegen hättest. Ich bin überhaupt nicht neidisch.«

Isabel legte ihre Tasche ab, um sich etwas zu essen zu holen.

»Du dagegen siehst aus wie nach einem Hungerstreik.«

Marie-Chantal musterte sie kritisch.

»Du hast abgenommen. Sehr sogar. Wolltest du das?«

Isabel schüttelte den Kopf. Ihr schlankes Aussehen war das einzig Positive an den gefühlsmäßigen Abstürzen des Sommers. Sie hatte keinen Appetit gehabt. Nicht seit dem Tag, an dem Andreas Scharff mit seiner Familie zu einem dreiwöchigen Urlaub in der Toscana aufgebrochen war. Sie hatte ihn seit fast einem Monat nicht mehr gesehen.

Sie holte sich eine Ladung Salat, ein Stück Brot und das obligatorische Mineralwasser. Wusste, dass ihr Blick suchend durch den ganzen Raum wanderte und sich unwillkürlich immer wieder auf die Tür richtete.

»Er ist wieder da«, teilte Marie-Chantal mit und bekleckerte ihre Bluse mit Salatsoße. »Und sie auch.«

Isabel musterte sie fragend. Marie-Chantal beugte sich vertraulich über den Tisch und tunkte eine Locke in ihre Cola.

»Schmink dir die überraschte Miene ab«, sagte sie leise. »Das ganze Konservatorium weiß Bescheid. Du und Scharff. Das ist das schlechtest bewahrte Geheimnis auf der ganzen Welt.«

Es war nie ausgesprochen worden. Niemand hatte es gewagt oder gewollt. Das konnte alle möglichen Ursachen haben. Eifersucht, Konkurrenz, Rache. Isabel suchte in den Augen der anderen, doch dort fand sie nur Freundlichkeit. Marie-Chantal hob in einer Geste der Ehrlichkeit die Handflächen, nichts versteckt, kein Dolch im Ärmel, keine Hintergedanken, keine Verschwörungen. Nur das in eine Warnung verpackte Angebot einer Freundschaft.

»Mariann Albertsen unterrichtet heute. Ich finde, du solltest das wissen. Ich finde, irgendwer sollte euch zur Vorsicht mahnen. Auch wenn sich das bescheuert anhört.«

Sie schaute sich diskret um und sagte dann:

»Denn du kannst davon ausgehen, dass irgendeine wohlmeinende Seele auch Mariann warnen wird. So groß ist hier in diesem Haus die Nächstenliebe.«

Isabel schnitt eine Grimasse.

»Das weiß ich doch, danke. Es ist ein verdammtes Chaos«, sagte sie leise.

Marie-Chantal versuchte erfolglos, mit der Serviette den Klecks Thousand Island Dressing von ihrer Bluse zu wischen. Sie schaute auf.

»Klar. Aber ich kann dich gut verstehen. Und ich finde es auch gut, Isabel. Du bist die Einzige, die ihn dazu bringen kann, ein Gesicht zu machen, als habe das Leben doch einen Sinn.«

Isabel spießte ein Salatblatt auf.

»Ich weiß nicht, ob das immer noch so ist. Ich meine, nach den Ferien.«

Wieder senkte Marie-Chantals Stimme sich auf ein vertrauliches Niveau.

»Er sieht grauenhaft aus, wenn dir das ein Trost sein kann. Und er hat mich gleich in meiner ersten Stunde massakriert. Das müsste doch ein gutes Zeichen sein.«

Als sie das sagte, betrat Mariann Albertsen die Mensa und stellte sich am Tresen an.

Isabel kannte Andreas' Frau nicht weiter. Hatte noch nie ein Wort mit ihr gewechselt. Sie hatte sie in den Zeiten, in denen sie unterrichten konnte, im Konservatorium gesehen, und früher hatten die exotischen Züge der Gesangslehrerin sie immer fasziniert.

Sie war groß, und ihre frühere strahlende Schönheit war ihr noch immer anzusehen. Sie war sicher schlank gewesen und hatte eine starke Ausstrahlung gehabt; ihre schwarzen Haare waren so straff nach hinten gekämmt, dass sie aussahen wie aufgemalt, und ihr Gesicht zeigte die stolzen, kantigen Züge, die Isabel von den Karikaturen südlicher Schönheiten bei Asterix kannte. Mit einem an Hysterie grenzenden Temperament.

Mariann Albertsens Bewegungen zeigten noch immer den Schatten umwerfenden Stolzes und vielleicht auch von Arroganz, obwohl ihre Haare jetzt grau und ihre Züge, vermutlich von den Medikamenten, die zu ihrer Krankheit gehörten, aufgedunsen waren. Isabel verspürte einen Stich von mit Mitleid gepaarter Eifersucht. Diese Frau hatte einmal auf einer Bühne gestanden und einen ganzen Saal und dann ein ganzes Land bezaubert. Wie zerbrechlich waren doch Talent und Ruhm und Karriere! Wie schnell konnte alles zerbrechen und die Welt zum Einsturz bringen!

Sie war jetzt gesund. Oder so gesund, wie sie überhaupt nur sein konnte, und offenbar noch immer fähig zum Unterrichten, auch wenn sie selber nicht mehr auftreten konnte. Doch selbst aus der Entfernung war zu sehen, dass sie etwas Durchsichtiges hatte. Eine Unsicherheit und ein unmerkliches nervöses Zittern, das sich sofort durch die gesamte Mensa fortpflanzte und das Gefühl hinterließ, dass eine mühsam aufgebaute Welt im Handumdrehen in Stücke gehen konnte.

Isabel warf einen Blick auf ihre Uhr, erhob sich und griff nach ihrem Tablett.

»Ich muss gehen«, murmelte sie. »Ich hab in zwei Minuten Stunde.«

»Viel Glück«, sagte Marie-Chantal leise.

Isabel konnte es nicht verhindern. Eine unsichtbare Kraft zwang ihr Gesicht nach oben. Als sie an der Tresenschlange vorüberging, begegnete ihr Mariann Albertsens Blick, und sofort war sie sicher, dass die andere alles wusste. Sie las in diesem fremden Blick Hass und Verurteilung.

Er hatte sich verändert.

Die Sonne der Toscana hatte auf ihn nicht dieselbe Wirkung gehabt wie auf andere. Er hatte keinen tiefen, goldbraunen Farbton angenommen, sondern sah müde und wettergegerbt aus. Wie ein Stück verwittertes Holz, das irgendwo herumliegt und Jahre lang Wind und Wetter preisgegeben ist.

Er spielte Jazz, als sie die Tür öffnete. Auch das war eine Veränderung, sie hatte es noch nie gehört. Hatte nicht gewusst, dass er das konnte.

»Wie siehst du denn aus?«

Seine Stimme klang fast wütend.

Sie schloss hinter sich die Tür. Kannte ihn zu gut, um mehr zu tun, als einfach nur stehen zu bleiben. Und darauf zu warten, dass er vielleicht, vielleicht nicht zurückkommen würde.

»Danke für das Kompliment«, sagte sie endlich. »Du siehst auch enorm gut aus. Wovon hast du gelebt? Von Liebe und Quellwasser?«

Er lächelte bitter. Müde.

»Komm.« Er klopfte auf den Stuhl neben seinem. »Kennst du das hier?«

Isabel nickte. »All of you«. Ein Klassiker.

»Versuch mal. Improvisier!«

Er legte eine Begleitung in den Bass.

»Das kann ich nicht. Ich habe keine Ahnung, wie das geht.«

»Komm schon«, lockte er. »Du hast doch Gehör. Sei nicht so feige.«

Verwundert setzte sie sich und versuchte ihr Glück mit dieser Melodie. Fand zwei passende Akkorde. Es lief ziemlich miserabel.

»Willst du mir auf diese Weise sagen, dass uns noch andere Dinge außer Sex verbinden?«

Er schaute sie von der Seite her an. Jetzt spürte sie sein Wolfslächeln.

»Kann schon sein. Aber Jazz gehört auf keinen Fall dazu.«

»Vielleicht gibt es sonst nichts mehr«, schlug sie leichthin vor und kämpfte noch immer mit zwei unmöglichen Akkorden.

Er hörte auf zu spielen. Beugte sich zu ihr hinüber und hielt seinen Mund an ihr Ohr.

»Das hast du gesagt. Das kannst du glauben, wenn du willst.«

Sie schaute auf. Begegnete einem Blick voller Zweifel und Verwirrung und, ganz weit hinten, Liebe.

»Ich glaube, sie weiß es. Mariann. Ich glaube, irgendwer hat es ihr erzählt. Sie hat mich so seltsam angesehen. Als ob sie wüsste …«

»Ich liebe dich«, fiel er ihr ins Wort. »Du hast mir so verdammt gefehlt … und du bist so dünn geworden«, klagte er.

Er zog sie an sich und küsste sie. Hungrig, als finde er Nahrung im Kuss, der Umarmung, den Liebkosungen.

»Vielleicht ist es jetzt so weit«, sagte er heiser. »Wenn wir je eine Chance haben wollen, dann ist es vielleicht jetzt so weit.«

Überrumpelt wich sie ein wenig zurück.

»Du meinst, du willst es ihr sagen? Jetzt?«

Sie beendete ihren Satz nicht, hörte aber ihre innere Stimme: »Jetzt, wo es ihr gerade besser geht? Jetzt, wo sie endlich wieder arbeitet? Wäre das nicht grausam?« Und plötzlich wusste sie, wie ihm zu Mute war. Wie ihm die ganze Zeit zu Mute gewesen war.

»Ganz ehrlich. Glaubst du nicht, wir sollten noch etwas warten?«

Er schüttelte den Kopf.

»Worauf warten wir denn? Die Zeit vergeht. Wir werden von Sehnsucht und Unsicherheit und Rücksicht auf alle anderen aufgefressen. Ich glaube, ich kann keinen einzigen Tag mehr so leben.«

»Und du willst nicht ohne mich leben?«

»Nicht eine Sekunde.«

Wieder küsste er sie. Jetzt sanft. Und sie wünschte sich an jeden anderen Ort auf dieser Welt. An irgendeinen privaten Ort. Auf eine einsame Insel, vielleicht. Das war doch nicht zu viel verlangt.

Sie erstarrten beide, als sie kreischende Reifen und einen Motor hörten, der draußen auf dem Parkplatz aufdröhnte. Isabel fuhr herum und konnte gerade noch Mariann Albertsens weißen Citroën rückwärts aus seiner Parklücke brausen sehen. Sie hatte das Gefühl, dass zwei dunkle Augen sie beide mit einem Fluch belegten.

»O zum Teufel«, hörte sie ihn mit halb erstickter Stimme sagen. »Satan und Hölle!«

DEZEMBER 1997

»Ich weiß nicht, ob ich Ihnen überhaupt helfen kann. Und eigentlich dürfte ich das gar nicht …«

Die Psychologin führte sie ins hinterste Zimmer der Praxis. Dort gab es keinen Schreibtisch, hinter dem sie sich verstecken könnte. Nur drei Korbsessel um einen kleinen Couchtisch. Ein Versuch vielleicht, in einer angespannten Situation für Behaglichkeit zu sorgen.

Sie winkte Isabel und Mette zu, sich zu setzen. Sie nahm sich eine Zigarette und bot auch ihnen eine an.

»Das hier ist ja keine Therapiestunde«, lächelte sie zur Entschuldigung. »Deshalb ist Rauchen erlaubt.«

Ihr Lächeln schien ihr Gesicht vollständig zu verwandeln. Ihre glatte, ein wenig verdrossene Miene wich plötzlich einer inneren Glut, einer Art mütterlicher Wärme in einem von blonden Naturlocken umkränzten Gesicht. Sie war eine große Frau, und sie trug ein rotgeblümtes Hippiegewand, das in eine ganz andere Zeit zu gehören schien. Trotz ihrer Größe wirkte sie zart, ein zarter Teint, kleine Hände und graziöse Bewegungen ließen sie fast sylphidenhaft aussehen.

Isabel nahm sich eine Zigarette.

Die Psychologin, Ida Løbner, hatte nach Mettes damaliger Telefonaktion angerufen. Bei näherer Überlegung war ihr eingefallen, dass sie eine Solveig Aastrand in Behandlung gehabt hatte, wenn sie das so nennen könnte, da sie nur ein einziges Mal bei ihr gewesen sei. Ein einziges Mal, und danach hatte Ida Løbner nie wieder von ihr gehört.

»Hatten Sie den Eindruck, dass sie verzweifelt war … und vielleicht mit Selbstmordgedanken spielte?«, fragte Isabel.

Ida Løbner schüttelte energisch den Kopf.

»Absolut nicht. Und ich glaube auch nicht, dass das der Fall war. Nicht damals. Aber das war schließlich acht Monate vor ihrem Tod.«

»War sie unglücklich? Hatte sie Angst? Was war los mit ihr?«

Wieder lächelte die Psychologin. Diesmal fast, wie um Entschuldigung zu bitten.

»Ich sollte vielleicht etwas über unser Gespräch erzählen. Es war ein bisschen außergewöhnlich … Solveig Aastrand war nicht als Patientin hier. Jedenfalls nicht offiziell. Deshalb kann ich auch leichter mit Ihnen reden … wir stehen doch unter Schweigepflicht, nicht wahr?«

Ida Løbner zog an ihrer Zigarette.

»Sie erzählte, sie recherchiere für einen Artikel.«

»Sie hat sich als Journalistin ausgegeben?«, fragte Isabel.

Ida Løbner nickte.

»Sie wollte für eine Frauenzeitschrift einen Artikel über Frauen schreiben, die Opfer von Gewalttätigkeit geworden sind.«

»Und Sie haben ihr geglaubt?«, fragte Mette.

Wieder nickte Ida Løbner. Ihre Locken tanzten.

»Sie kam mir professionell vor. Sie machte sich Notizen. Stellte die richtigen Fragen. Zweifel sind mir erst später gekommen.«

»Warum?«

Sie überlegte.

»Ich weiß nicht … vielleicht weil sie gefragt hat, ob ich an Vergebung glaube. Ich dachte zuerst, sie meinte Vergebung für den Mann. Aber dann stellte sich heraus, dass sie von der Frau redete. Ich hatte den Eindruck, dass sie etwas missverstanden hatte.«

Sie ließ ihren Blick von einer zur anderen wandern, als gelte das Missverständnis auch ihnen.

»Ich habe ihr erklärt, dass es hier nicht um die Frage von Vergebung gehen kann, weil es nichts zu vergeben gibt. Wenn eine Frau auf einen Mann hereinfällt, der sie schlecht behandelt, dann liegt das zumeist daran, dass sie selber schlecht behandelt worden ist. Wenn sie sich einen sucht, der sie sexuell dominiert, dann liegt das möglicherweise daran, dass sie auch früher dominiert worden ist.«

»Sexuell?«, fragte Mette.

»Nicht unbedingt. Absolut nicht.« Ida Løbner zog mit halb geschlossenen Augen an ihrer Zigarette. »Vielleicht haben wir uns einfach daran gewöhnt, dass wir an allem schuld sind. Als Kindern wird uns alles Leid der Welt aufgehalst. Und wir würden alles tun, um von anderen akzeptiert und geliebt zu werden. Nehmen dafür alle Schuld auf uns. Das hören wir doch sooft, nicht wahr? Das ist im Grunde eine alte Geschichte. Doch wem sie just passiert, dem bricht das Herz entzwei.«

Eine alte Geschichte, ja, danke. Isabel schauderte.

»Und was hat sie zu dieser Erklärung gesagt?«

»Sie hat mir nicht geglaubt. Aber das hat sie natürlich nicht zugegeben. Ich konnte es ihr ansehen.«

»Und dann?«

Die Psychologin zuckte mit den Schultern.

»Mehr nicht. Das war so ungefähr alles. Deshalb habe ich auf Ihren Anruf damals nicht reagiert. Ich hatte dieses Gespräch nicht als Therapie aufgefasst.«

Sie beugte sich ein wenig vor. Ein großer, mütterlicher Busen zog sie nach unten. Aber das war vielleicht nicht alles, überlegte Isabel. Vielleicht hatte sie auch ein schlechtes Gewissen. Vielleicht das Gefühl, nicht genug getan zu haben. »Es hat mir sehr Leid getan zu hören, was dann passiert ist«, sagte sie jetzt. »Auf Grund unseres Gesprächs hätte ich es nicht vorhersagen können. Wenn sie nur noch einmal gekommen wäre.«

Wieder schüttelte Ida Løbner den Kopf.

»Wir machen uns immer selber Vorwürfe, nicht wahr? Das ist menschlich. Ich hätte vielleicht etwas tun können. Vielleicht auch nicht. Auf jeden Fall hätte sie es wollen müssen.«

Isabel hörte, wie Ida Løbners Stimme sich geändert hatte. Jetzt lag darin ein flehender Unterton. Als wolle sie ihnen klarmachen, dass sie keine Schuld trug. Und das war ja wohl auch nicht der Fall.

»Vermutlich hat dort das Problem gelegen«, sagte die Psychologin. »Sie hatte sich geöffnet, konnte aber nicht den ganzen Weg gehen. Und ich konnte ihr nicht helfen.«

Die Dezemberluft war grau, aber mild.

Schweigend gingen sie durch die Straßen der Innenstadt, Seite an Seite, auf Mettes in der Borggade geparktes Auto zu. Die Weihnachtsdekorationen wirkten an diesem verhältnismäßig warmen Tag mit seiner hohen Luftfeuchtigkeit reichlich fehl am Platze.

»Misshandelte Frauen«, sagte Isabel schließlich. »Was machst du daraus? Solveig ist doch wohl nicht misshandelt worden?«

Nur ein einziges Mal, dachte sie. Ein einziges, entsetzliches Mal. Kann das wirklich der Auslöser gewesen sein?

Mette öffnete mit der Fernbedienung das Auto.

»Nein, nicht, solange wir sie gekannt haben. Nicht auf die Weise, an die wir normalerweise denken, wenn von Misshandlungen die Rede ist. Aber zu unserer Zeit hatte sie ja auch keine Liebesbeziehung.«

»Du meinst, er könnte es sein? Der neue Liebhaber? Das kann ich mir bei Solveig überhaupt nicht vorstellen.«

Sie stiegen ins Auto. Isabel setzte sich nach hinten. Malthes leerer Kindersitz füllte den vorderen Platz. Mette ließ den Wagen an und verließ den Parkplatz, ohne zu Blinken. Das entlockte einem hinter ihr Fahrenden ein wütendes Hupen. Mette achtete nicht auf ihn. Isabel schnallte sich an.

»Wir haben doch keine Ahnung. Aber ich glaube, wir sollten Solveigs Mutter noch einmal besuchen. Vielleicht kann sie Licht in diese Sache bringen.«

»Aber sie hat Solveig doch nicht sonderlich gut gekannt«, widersprach Isabel. »Das hat sie selber gesagt.«

Mette schaute sie im Spiegel an.

»Alle Mütter kennen ihre Töchter. Möglicherweise verstehen sie sie nicht, aber sie kennen sie. In- und auswendig.«

Isabel war sich nicht sicher.

»Vielleicht sollten wir lieber mit Leo sprechen. Er und Solveig haben doch sehr aneinander gehangen.«

Mette schüttelte den Kopf und jagte durch die Nørre Alleé.

»Leo würde niemals mit uns reden. Bodil wohl. Sie braucht das. Und wir haben ja versprochen, sie auf dem Laufenden zu halten.«

Isabel dachte an Bodil Aastrands seltsam toten Blick.

»Ich wüsste gern, wie Solveigs Kindheit ausgesehen hat. Bodil und Leo scheinen wirklich zusammenzuhalten ... auch in ihrer Trauer.«

Mette bedachte sie im Spiegel mit einem rätselhaften Blick.

»Es gibt viele Arten, einander zu lieben.«

DEZEMBER 1987

METTE

»Du bist so schön. Du siehst aus wie eine Schneekönigin!«

Solveig schloss die Kette in Mettes Nacken. Sie spürte, wie das kühle Gold sich an ihre Haut anschmiegte. Das Gold der schlichten Kette, die Donalds Großmutter gehört hatte.

Ihr schauderte. Sie starrte sich in dem großen Spiegel in der Suite des Hotel Royal an. Sah eine Wolke aus Weiß mit einem perfekten Porzellangesicht auf einem Schwanenhals und mit verängstigten Mandelaugen. Spürte, wie die Kette um ihren Hals drohte, sie in die Knie zu zwingen.

»Bist du nervös?«

Solveig holte sie in die Gegenwart zurück. Aus den Augen im Spiegel verschwand die Panik.

»Ein bisschen vielleicht. Ist das nicht natürlich?«

Auch Solveigs Gesicht war im Spiegel zu sehen. War es Besorgnis, was Mette in diesem blaugrünen Blick las? Würde sie jetzt fragen, ob sie das Spiel nicht allzu weit getrieben habe? Ob sie es noch immer von den Tatsachen unterscheiden könne? Oder ob sie jetzt nicht endlich ein Ende machen solle?

Doch Solveig schwieg. Sie umarmte sie nur.

»Natürlich ist es das. Eine Braut muss bei ihrer Hochzeit nervös sein. Sonst hat die ganze Sache keinen Sinn.«

Donald hatte auf einer kirchlichen Trauung bestanden. Und er hatte das frisch restaurierte Restaurant Queens Garden im schönen, überdachten Atrium des Hotels als Rahmen für das Hochzeitsessen ausersehen. Und natürlich sollte die Trauung im Dom von Århus stattfinden. Mit weniger tat ein Amerikaner mit Geld es nicht in diesem Kuhkaff in der dänischen Provinz. Mette wäre das Standesamt lieber gewesen. Eine stille Trauung. Diskret. Noch lieber wäre ihr gar nichts gewesen. Sie wollte im Grunde gar nicht heiraten, wagte aber nicht, diesen Gedanken zu Ende zu denken. Natürlich will ich heiraten, sagte sie sich. Natürlich will ich mit Donald Kinder haben. Natürlich, natürlich, natürlich.

Sie hatten doch eine gute Beziehung, das hatten sie wirklich. Sie waren, wie er immer sagte, aus demselben Holz geschnitzt.

»Hör auf mit diesem Schauspiel. Du bist genauso berechnend wie ich«, konnte er sagen, wenn sie in Tränen ausbrach. »Vergiss das nicht, Beautiful.«

Er nannte sie Beautiful, wenn er sie verachtete. Und dann nahm er sie in die Arme und drückte sich an sie, und sie spürte, dass er Recht hatte. Spürte ein Verlangen nach ihm, das nie ein Ende nahm. Einen seltsamen Hunger auf das Verschmelzen ihrer Körper, das Gefühl, einen geheimen Pakt eingegangen zu sein, den nur sie beide bezeugt hatten. Das prickelnde, aufreizende Gefühl, sich mit ihm verschworen zu haben. Und als Einzige zu wissen, wie es auf der Welt wirklich zuging.

Sie hatten eine Abmachung.

Er hatte Geld, stammte aus wohlhabendem Haus und hatte außerdem von der Ivy-League-Universität, an der er als Professor für Mathematik gearbeitet hatte, einen goldenen Händedruck mitgenommen. Sie hatte niemals in Erfahrung bringen können, warum er seinen Posten verloren hatte. Jetzt amüsierte er sich damit, in europäischen Städten den Gastdozenten zu spielen, verbittert, wie er der amerikanischen Universitätswelt gegenüber war, zu der er nicht mehr gehörte.

Nötig wäre das nicht gewesen. Aus finanziellen Gründen war er nicht zur Arbeit gezwungen. Aber sie merkte doch, dass sich bei ihm noch immer ein Ehrgeiz geltend machte, es ihnen zu zeigen. Er erwähnte oft den Nobelpreis. Hatte einmal erfahren, dass sein Name auf einer Liste stand. In einer Art Warteschleife. Für irgendeine bahnbrechende Forschung, die er früher einmal durchgeführt hatte. Bisweilen glaubte sie, dass allein der Traum vom Preis sein Interesse am Leben hielt. Der Traum und das Spiel. Ihr gemeinsames Spiel. Ihr Pakt.

Als sie in ihrer Wolke aus weißer Seide dasaß, während Solveig ihre Frisur in Ordnung brachte und Isabel und Pernille jeden Moment eintreffen konnten, dachte sie an die ersten Tage. An die Zeit, in der sie wirklich zur Gefangenen geworden und in der ihr langsam aufgegangen war, dass sie ihrem eigenen Spiel zum Opfer gefallen war.

So sehr sie sich das auch wünschte, sie konnte ihn nicht loslassen. Das an sich war schon ein kleiner Trost. Es hätte einfach nicht anders enden können als so, mit der Goldkette um ihren Hals.

Es war nicht nur sein Geld. Es war sein ganzes Wesen. Seine Arroganz, seine scharfe Intelligenz und die Verachtung, die er ihr entgegenbrachte, hielten sie fest. Verachtung gemischt mit einer Leidenschaft, zu der er sich nicht ganz bekennen wollte, die sie aber spürte. Der einzige Ort, an dem sie ein wenig Macht besaß, war im Bett. Und auch deshalb verachtete er sie.

Ihr Sex war heiß und sinnlich und vulgär. Und dampfend heiß. Er stank nach Sperma und Schweiß und Begierde. Sie wandte alles auf, was sie gelernt hatte, und noch mehr dazu. Doch danach trennte die Kälte sie, das Laken trocknete zu Eis, sie schliefen in getrennten Betten, meilenweit voneinander entfernt.

Sie gab ihm Schönheit. Er hielt sie für das Schönste, was es auf dieser Erde je gegeben hatte. Sprach von dieser Schönheit, als habe sie nichts mit ihr zu tun. Als sei sie ein von ihrer Person unabhängiges Objekt. Sie war sein Schmuck. Sie kleidete ihn, wie die Georg-Jensen-Uhr, wie die Armani-Anzüge, wie der Kaschmirpullover, den er sich in London gekauft und der über siebentausend Kronen gekostet hatte.

Das war ihre Abmachung. Sie schmückte ihn und gab ihm Sex, und er durfte sie wegen ihrer Gier verachten. Er gab ihr Geld und Status und das Versprechen einer Zukunft. Sie waren das perfekte Paar.

»Frierst du?«

Wieder war Solveigs Gesicht im Spiegel zu sehen.

»Soll ich dir einen heißen Tee holen?«

Mette holte ein Lächeln hervor.

»Lieber etwas Stärkeres. Gibt's in der Minibar keinen Whisky?«

Solveigs Augenbrauen hoben sich überrascht.

»Whisky? Du willst dem Pastor doch wohl keine Schnapsfahne ins Gesicht blasen?«

Mette drehte sich um. Die Seide knisterte.

»Wenn ich jetzt keinen Whisky trinken darf, dann weiß ich wirklich nicht, wann sonst. Ich werde ihn nie dringender brauchen als hier und jetzt.«

Solveig gehorchte. Steckte den Kopf in die Minibar und zählte den Inhalt auf.

»Alles. Wir nehmen alles«, erklärte Mette. »Die anderen

kommen doch auch, oder? Und der Ball geht erst in anderthalb Stunden los. Himmel, wir sind doch in zwei Minuten da.«

Durch das Fenster konnten sie den Dom sehen. Der Schnee schmückte das patinagrüne Dach und lag schwer auf den Zweigen der Weihnachtsbäume auf dem Kirchenvorplatz. Die Leute rutschten über das vereiste Pflaster. Eine Familie zog einen Schlitten hinter sich her.

Ach, sich mit den Freundinnen zusammen volllaufen lassen! Sich an der Freundschaft wärmen. Den Club wieder aufleben lassen. Unzertrennlich sein. Freie Frauen sein. Leben.

Es wurde an die Tür geklopft.

»Hier haben wir die Brautjungfern«, meldete Solveig. »Die brauchen auch einen Schuss«, sagte sie leichthin, als habe sie Mettes Stimmung übernommen.

Die Dezemberkälte hing in ihrer Kleidung und hatte ihnen rote Blumen auf die Wangen gemalt. Pernille und Isabel schnappten beim Anblick der Seide beide nach Luft.

»Wer ist das? Die wiedergeborene Audrey Hepburn? Hollywood in Århus?«, neckte Pernille. »Ich trau mich ja gar nicht, dich zu umarmen.«

»Untersteh dich«, warnte Solveig. »Sonst gibt's zwei Stundenlöhne Bußgeld.«

Die beiden wechselten freundliche Blicke. Das ist eine Erleichterung, dachte Mette zerstreut. Offenbar hatten Solveig und Pernille die Friedenspfeife geraucht. Aber ob dabei jemals mehr herauskommen würde als ein Waffenstillstand, würde die Zeit zeigen müssen.

»Kommt rein und macht es euch in meiner bescheidenen Behausung bequem. Und schnappt euch was zu trinken«, lud sie ein.

Und das konnten sie wirklich alle brauchen. Aus unterschiedlichen Gründen, von denen die Kälte der eine war. Sie brauchten einander.

Mette griff zum Telefon und rief den Zimmerservice an. Die kleinen Flaschen der Minibar waren viel zu schnell zur Neige gegangen.

»Hier ist die Brautsuite. Könnten wir eine Flasche Champagner haben? Veuve Cliquot, ja, schön. Und vier Gläser.«

Isabel sah in ihrem kurzen marineblauen Kleid mit dem hellroten Halstuch nicht sehr Isabel-artig aus. Dunkelblaue Pumps gaben ihren Füßen einen erwachsenen Anstrich. Sie war dünn geworden, oder auf jeden Fall dünner. Sie war ein wenig durchsichtig geworden; ihre sensiblen Augenbrauen zitterten immer wieder, ihr Gesicht war offen wie ein Buch. Mette verspürte einen Stich Eifersucht. Isabel war kompromisslos. Hatte Ideale. Liebte bedingungslos. Die glückliche Isabel mit ihrer komplizierten Liebe und einem Mann, der bis zu ihrem innersten Kern vordringen wollte.

»Prost.« Isabel seufzte und starrte die Goldkette an. »Und alles Glück, das überhaupt nur über dir ausgeschüttet werden kann. Damit sollst du überhäuft werden, Mette.«

Ihre Augen waren feucht und samtweich. Mette spürte, dass ihre eigenen Augenwinkel ebenfalls nass wurden. Solveig schaltete sich ein.

»Genug. Stop. Keine Tränen. Ihr ruiniert euch doch das Make-up. Sagt sofort irgendwas Komisches, egal was.«

Pernille feuerte mit Pokergesicht zwei Witze ab. Isabel versuchte es auch, wurde aber zum Schweigen gebracht. Sie war dafür unbegabt.

»Hab ich schon mal den mit dem Aschenbecher erzählt?«

»Den nicht. Nicht schon wieder. Biiiiiitte.«

Isabel machte ein beleidigtes Gesicht, als sie an ihrem Champagner nippte. »Aber der ist wirklich gut. Und ihr könnt euch bestimmt nicht mehr daran erinnern.«

»Wir erinnern uns an jedes Wort«, beteuerte Solveig. »Und der ist nicht gut. Jedenfalls nicht beim zehnten Mal.«

»Jetzt übertreib nicht so!«

»Wir möchten viel lieber etwas über dein Sexualleben hören«, sagte Pernille neugierig. »Kann er was, dieser Klavierboxer?«

Isabel wurde rot.

»O ja. Nun sag schon!«, Mette lachte, und Solveig heulte.

»Wir wollen Details hören!«

»Ihr spinnt doch«, kicherte Isabel, die leicht einen Schwips bekam.

»Spielt ihr im Bett vierhändig? Ist er gut beim Vorspiel? Oder spielt er lieber ganz glatt herunter?«, gackerte Pernille.

»Jetzt bitte ich wirklich um Entschuldigung. Darf ich um den Kammerton bitten«, nuschelte Solveig.

Doch Mette sah Isabels Augen, die sich verdunkelten von einer Sehnsucht, die ihr selber kaum bewusst war, und sie dachte, sie klammerte sich an den Gedanken an, dass es auf dieser Welt noch immer echte Dinge gab.

DEZEMBER 1997

Das Moor von Kasted lag unter dem schläfrigen Schleier des Winters. Schlammige Feldwege drückten sich in die Mulden, Schafe und Ziegen im Winterfell stießen durch die Nasenlöcher Dampf aus. Auf einer vereisten Wiese suchte eine Gänseschar die letzten Grashalme und hatte keine Ahnung von der Gefahr, die über ihr schwebte.

Isabel zog ihren Mantel fester um sich zusammen, während Mettes Volvo den langen Weg entlangfuhr. Jetzt, da sie von einer stummen ländlichen Idylle umschlungen wurden, spürte sie fast, wie eine Bedrohung sich näherte. Wie ein Schwert, das über ihnen hing und langsam zur Exekution gesenkt wurde.

Der Kaffee war getrunken. Der Kuchen gegessen. Die Standuhr tickte in der Ecke vor sich hin.

Bodil Aastrand schaute von einer zur anderen. Isabel folgte ihrem Blick. Zuerst richtete der sich auf Mette. Sie ließ gerade Malthe auf ihren Knien reiten. Dann kam Pernille an die Reihe. Sie putzte sich ausgiebig mit der Serviette die Brille. Dann Isabel. Sie räusperte sich, ihr war ein Krümel im Hals stecken geblieben. Sie schluckte und hustete noch einmal.

Ihre Worte schienen keinen richtigen Eindruck gemacht zu haben. Isabel beschloss, es noch einmal zu versuchen.

»Solveig hat sich als Journalistin ausgegeben und eine Psychologin zum Thema misshandelte Frauen befragt. Wir wüssten so gern, ob es vielleicht einen Grund dafür geben kann, dass sie sich für dieses Thema interessiert hat.«

Sie merkte, dass sie das alles mit einer regelrechten Inquisitionsstimme gesagt hatte. Aber sie hatte wirklich versucht, sich freundlich anzuhören.

»Wir wissen ja, dass es schwer ist. Auch für uns ist es schwer. Aber fällt dir irgendetwas ein, was sie zu diesen Fragen veranlasst haben kann?«

»Mir?«, fragte Solveigs Mutter mit trockener Stimme. »Ich weiß nicht, was mir dazu einfallen könnte. Was könnte es denn für eine Antwort geben?«

Isabel dachte an Mettes geliebtes Shakespeare-Zitat: »The lady doeth protest too much, methinks.« Bodil Aastrand protestierte zu viel. Vielleicht nicht mit Worten. Aber mit ihrem Körper. Durch ihre ganze Haltung, durch die energisch übereinander geschlagenen Arme und Beine, durch das abweisend verzogene Gesicht.

Mette schaltete sich ein.

»Wir müssen dir etwas erzählen, Bodil«, sagte sie. »Etwas, das vor langer Zeit passiert ist. Mit Solveig.«

Irgendetwas bewegte sich in Bodil Aastrands Gesicht. Eine

fast unsichtbare Zuckung verriet den Wunsch, wegzulaufen. Aber Mette ließ sich nicht beirren.

»Es war auf dem letzten Abifest. Kein Grund, ins Detail zu gehen. Aber es war eine Vergewaltigung. Solveig ist vergewaltigt worden. Wir anderen drei haben es gesehen. Wir kamen zu spät, es war schon passiert. Aber wir haben den Täter gesehen, einen Jungen aus unserer Klasse.«

Bodil Aastrand öffnete den Mund, brachte aber keinen Ton heraus. Mette redete weiter.

»Es konnte keinen Zweifel daran geben, was passiert war. Solveig blutete, hatte Schrammen und blaue Flecken. Aber vor allem hatte sie wohl unsichtbare Verletzungen, seelische.«

Endlich fand Solveigs Mutter die Sprache wieder. »Das stimmt nicht«, sagte sie nur. »Das stimmt einfach nicht.«

Pernille meldete sich ungeduldig zu Wort.

»Warum glaubst du uns nicht?«, fragte sie erregt.

Isabel streckte die Hand aus und legte sie beruhigend auf ihren Arm. Pernille schüttelte sie weg.

»Warum sollten wir eine solche Lüge erzählen, Bodil?«, fragte sie.

»Lüge hin oder her«, murmelte Bodil Aastrand plötzlich verwirrt. »Das glaube ich doch gar nicht. Nicht in diesem Sinn. Aber Vergewaltigung … wann ist eine Vergewaltigung eine Vergewaltigung? Wie ist das überhaupt möglich?«

Plötzlich wusste Isabel, wessen Stimme sie da hörte. Nämlich nicht die von Bodil Aastrand. Das hier waren die kühlen und technischen Überlegungen eines Arztes.

Mette schaltete sich mit sanfter Stimme ein.

»Wir konnten nicht begreifen, warum Solveig die Sache nicht weiterverfolgen wollte. Aber wir sollten so tun, als sei nichts passiert. Obwohl wir doch vor Gericht als Zeuginnen hätten fungieren können. Aber das wollte sie nicht. Warum nicht?«

Sie hielt Bodils Aufmerksamkeit fest wie an einer unsichtbaren Schnur.

»Das war in all den Jahren für uns ein großes Rätsel. Kein einziges Mal wollte sie wieder darüber reden. Warum hat sie sich wie die Schuldige verhalten, wo sie doch das Opfer war?«

Ein bleicher Blick irrte zwischen ihnen umher und blieb bei Isabel haften. Bodils Gesicht war leblos, hatte längst jede Empfindung eingebüßt.

»Ihr haltet das für so einfach? Es gibt doch eine sehr feine Grenze, nicht wahr? Zwischen Gewalt und Willen, meine ich. Oder nicht?«

Sie wurde plötzlich eifriger.

»Habe ich ihr das vielleicht nicht immer wieder gesagt? Was jede Mutter ihrer Tochter erklären sollte.«

»Was denn?«, fragte Mette freundlich.

Bodil Aastrand schaute wieder eine nach der anderen an, wie um sich Unterstützung zu sichern.

»Dass wir uns nicht missverständlich verhalten dürfen. Das dürfen wir nicht. Männer kommen so leicht auf dumme Gedanken.«

»Und die sind ihnen dann schwer wieder auszureden, meinst du das?«, fragte Mette.

Solveigs Mutter nickte, und Isabel glaubte irgendwo in ihrem Blick ein vages triumphierendes Funkeln entdecken zu können.

Schweigend ließen sie Kasted und das Moor hinter sich. Isabel hatte das Gefühl, dass die Gänse ihnen mit plötzlicher Furcht in ihren leeren Blicken hinterherschauten. Als sei ihnen plötzlich klar geworden, dass Weihnachten bedrohlich näher rückte.

Keine schien zu wissen, was sie sagen sollte. Doch endlich brach Pernille das Schweigen.

»Ich begreife nicht, wie man einen Menschen so lange kennen und sich doch so sehr irren kann.«

»Meinst du Solveig oder Bodil?«, fragte Mette.

Pernille seufzte.

»Beide, nehme ich an. Ich geb den Versuch, hier etwas zu durchschauen, bald auf. Was zum Teufel läuft hier eigentlich? Das ist doch einfach unglaublich. Wie aus einer ganz anderen Welt.«

»Aus einer Welt der Schuld«, sagte Mette leise. »Einer Welt, in der ein intelligentes, schönes und liebes Mädchen zu dem Glauben erzogen wird, an allem schuld zu sein. An allem, was passiert. Sogar an einer Vergewaltigung. Sieht nicht alles genau danach aus?«

Und das tat es ja. Isabels Augen brannten. Vor Kummer und Schuldgefühlen. Vor allem Letzterem.

»Wo waren wir?«, fragte sie ins Leere. »Warum haben wir das nicht gesehen? Hat es denn gar keine Zeichen gegeben, die wir hätten auffangen können?«

Pernilles brüchige Stimme sagte wütend:

»Doch, die gab es. Solche Zeichen. Nicht sehr viele. Aber es gab welche.«

MÄRZ 1988

PERNILLE

»Komm doch mit, Niller. Ein kleiner Schuss Opium tut dir gut.«

»Opium?«

»Religion ist Opium für das Volk. Das hat Karl Marx gesagt. Weißt du das nicht?«

Es sollte sicher ein neckender Blick sein. Aber es lag noch

mehr darin. Etwas Undeutbares. Mit dem sie so wenig umgehen konnte wie mit Solveigs Idee, am Ostersonntag in die Kirche zu gehen.

»Kannst du nicht einfach allein losgehen«, murmelte Pernille.

Sie hatte keine Lust. Sie hatte ein seltenes Mal einen freien Sonntag, den Thomas bei seinem Vater verbrachte. Sie hätte viel lieber einen Waldspaziergang gemacht oder einfach ein Café besucht und sich danach einen schönen Kinofilm gegönnt. Warum sollte sie denn bei Chorälen mitjohlen, wo sie doch kein Wort davon glaubte? Sie, die schon vor ewigen Zeiten aus der Kirche ausgetreten war.

Sie saßen bei Solveig zu Hause. Es war der Morgen des Ostersonntags, und sie teilten auf Solveigs Wunsch hin ein seltenes gemeinsames Frühstück.

Pernille nahm sich die Zeit, um Solveig für einen Moment forschend zu mustern. Seit ihrer Auseinandersetzung wegen Thomas schien sie an Kraft eingebüßt zu haben. Sie hatten die Reste ihrer Freundschaft retten können, und noch immer fühlten sie sich einander stärker verbunden, als ihnen vielleicht bewusst war. Trotzdem hatte alles sich verändert. Nicht sehr, fast unmerklich, aber es hatte sich verändert.

Ihr Alltag war hektisch. Solveig arbeitete auf ihrer neuen Stelle im Gemeindekrankenhaus wie ein Pferd. Pernille studierte Sozialberatung und musste außerdem Thomas und ihre Finanzen im Griff behalten. Und Poul, der ab und zu in ihrem Leben einen größeren Platz einnahm, als sie jemals zugegeben hätte, auch nicht Solveig gegenüber.

»Kannst du das nicht einfach als volkskundliche Feldforschung betrachten?« Solveig packte jetzt die Butter ein. »Mir zuliebe?«

Was war das denn nun? In der Regel wusste sie immer, wie sie zu reagieren hatte, heute war das anders. Solveig bat sonst nie um etwas. Bei diesem Gedanken meldete sich Pernilles schlechtes Gewissen zu Wort.

»Stimmt etwas nicht? Was geht in deinem Kopf vor? Ist da irgendeine Leitung durchgebrannt oder was?«, fragte sie Solveig so leichthin, wie sie nur konnte.

Die Stimme, die antwortete, war ihr vollständig unbekannt.

»Sagen wir das doch einfach so«, meinte Solveig mit künstlicher Munterkeit. »Ich bin verrückt. Total durchgeknallt. Bist du nun zufrieden? Und kommst du mit?«

Dieses Flehen. Daran war sie nicht gewöhnt. Als könnte ein Nein den Himmel zum Einsturz bringen.

»Na gut. Wenn es so wichtig für dich ist. Gehen wir also.«

Sie fuhren mit Solveigs Wagen, den ihr Vater ihr geschenkt hatte. Ihre Eltern machten Urlaub auf Teneriffa, was Pernille nur recht war. Das bedeutete, dass sie sich in der Kirche von Tilst nicht sehen lassen würden.

»Warum willst du ausgerechnet nach Tilst? Wären der Dom oder die Vor-Frue-Kirche nicht spannender, wenn es denn schon sein muss?«

»Ich kenne nur den Pastor von Tilst. An Nyborg erinnerst du dich doch noch, oder? Du kennst ihn doch auch.«

Danke, das tat sie. Sehr wenig. So wenig wie möglich. Obwohl er sie beide konfirmiert hatte, hatte sie an ihn immer nur als an einen alten Mann kurz vor der Pensionierung gedacht. Pastor Nyborg erschien ihr als die Sorte Geistlicher, die immer wirkt wie kurz vor der Pensionierung.

Doch Solveig brachte ihm offenbar eine Art Vertrauen entgegen.

»Machst du das häufiger? In die Kirche gehen, meine ich. Ist das eine geheime Seite deines Lebens, von der ich nicht gewusst habe?«

Solveigs Antwort klang gelassen.

»Ab und zu. Nicht so oft. Aber früher habe ich mich dort

zu Hause gefühlt. Früher sind wir fast jeden Sonntag in die Kirche gegangen.«

Pernille schaute sie noch einmal forschend an. Sie hatte das Gefühl, Solveig zum ersten Mal zu sehen. Eine andere Seite von ihr. Die Ernste und Nachdenkliche. Die in sich gekehrte Solveig, die ihr nur selten begegnet war.

»Warum hast du mir das nie erzählt?«

Solveig sah für einen Moment sehr verwirrt aus.

»Was denn erzählt?«

»Ja, dass du in die Kirche gehst … ab und zu. Dass es dir etwas bedeutet.«

Solveig zuckte mit den Schultern. »Ich erzähle dir nicht alles, Niller. Du erzählst mir ja auch nicht alles, oder?«

Natürlich tat sie das nicht. Das wussten sie doch beide. Aber bei Solveig war das etwas anderes. Sie war …

Plötzlich schämte sie sich ihrer Gedanken. Sie lebt für andere, dachte sie, ehe sie sich daran hindern konnte. Sie lebt dafür, die Probleme der anderen zu lösen. Sie kann unmöglich selber welche haben.

»Außerdem würdest du mir ja nur irgendeine ideologische Erklärung dafür liefern, dass das alles Blödsinn ist«, murmelte Solveig, setzte sich hinter das Lenkrad und warf ihre Tasche auf den Rücksitz.

»Hab ich das jetzt vielleicht gemacht?«, fragte Pernille verletzt.

Solveig schnallte sich an. »Nein, seltsamerweise nicht. Vielleicht wirst du ja endlich erwachsen, Niller.«

»Erwachsen? Ich? Nur über meine Leiche.«

Keine sagte mehr viel, solange sie noch in der Stadt waren. Dann erreichten sie das Land, wo die Felder nach der Frühjahrsbestellung dufteten und die Frühlingsluft klar und scharf war.

Solveig drosselte ihr Tempo, machte einen Bogen um eine Reiterin.

»Manchmal glaube ich, es wäre leichter, katholisch zu sein«, sagte sie plötzlich.

»Katholisch?«

Pernille hörte, wie empört sie klang.

»Die sind doch allesamt bloß eine Heuchlerbande. Vögeln wild in der Gegend herum und ziehen bei Geschäften ein paar Freunde über den Tisch – und danach leiern sie drei *Gegrüßet seist du, Maria* herunter, und alles ist vergeben. Großer Gott im Nachthemd! Das findest du erstrebenswert? Und denk doch bloß an den Papst!«

Solveig lächelte schweigend. Sie war überhaupt Besorgnis erregend schweigsam. Gar nicht sie selber.

»Ich denke an die Beichte. Es muss doch schön sein, irgendwo alles abladen zu können. An einem Ort, an dem man sich geborgen fühlt. Wo sonst niemand davon erfährt.«

»Du redest, als hättest du einen Mord auf dem Gewissen.«

Der leichte Tonfall. Der war an diesem Tag die Lösung. Alles musste ein wenig auf Distanz gehalten werden.

»Ich glaube trotzdem, dass es eine Erleichterung wäre«, sagte Solveig unverdrossen. »Alles in ein System zu bringen, meine ich. Jemanden zu kennen, der bei allem durchblickt.«

»Jemanden zur Hand zu haben, der uns sagt, Fehler zu begehen ist schon in Ordnung, wenn wir danach nur ein paar Gebete aufsagen? Das wäre nett.«

Solveig schüttelte den Kopf.

»Ich glaube, du verstehst das nicht richtig.«

Diese Stimme. Jetzt war sie wieder da. So voller Sorgen. Sie schien einen schwarzen Trauerrand aufzuweisen. Hier musste wirklich etwas passieren.

»Kennst du den?«, fragte Pernille und schaltete ihre Witzstimme ein.

»Der Papst war sterbenskrank. Er rief ein Heer von Ärzten zu sich, und die meinten, nur Sex mit einer Frau könne ihn noch retten. Sonst werde er den nächsten Monat nicht überleben. Der Papst bat um einen Tag Bedenkzeit und willigte dann ein. Aber nur unter drei Bedingungen: ›Erstens muss sie blind sein. Denn sie darf mich nicht identifizieren können. Zweitens muss sie taub sein, denn sonst erkennt sie vielleicht meine Stimme. Und drittens muss sie dicke Möpse haben und hohe schwarze Lackstiefel tragen …‹«

Solveig lachte pflichtschuldigst.

Und dann ließ Pernille sich trotzdem verführen.

Von schwermütigen Chorälen mit bekannten Melodien und vom Pastor, der sprach, der fast psalmodierte, von den schönen Worten und dem Kircheninneren. Das war warm und einladend, wie eine Umarmung, die Geborgenheit schenkt.

Pernille schüttelte in Gedanken über sich selber den Kopf. Sie hätte es ja wissen müssen. Das hier war Massensuggestion. Opium für das Volk. Aber es kam ihr nicht so vor.

Sie schaute verstohlen zu Solveig hinüber, die noch immer verschlossen aussah und ihren Blick auf die Kanzel richtete. Danach wurde gesungen. Solveigs klarer Sopran mischte sich mit Pernilles eigenem Brumm-Alt. Ihre beiden Stimmen, und nur diese beiden, schienen sich umeinander zu schlingen und nach oben zu steigen, zum Kirchengewölbe hoch. Jetzt begegneten ihre Blicke einander, und für einen Moment war sie da, die Nähe, die alte Nähe. Sie beide. Ihre Freundschaft, die allem widerstand. Sie sangen. Über das Osterlamm und über Christus, der die Sünden der Menschheit auf sich nahm und sie vor dem Verderben rettete. Über das Kreuz und über das Haupt voll Blut und Wunden, das die Kinder der Erde mit einer Dornenkrone umwinden.

»O Haupt voll Blut und Wunden, voll Schmerz bedeckt mit Hohn, o Haupt zum Spott umwunden, mit einer Dornenkron.«

Diese Strophe kannte sie noch. Auswendig. In der Schule hatten sie einmal Choräle auswendig lernen müssen, und aus irgendeinem Grund waren diese Zeilen bei ihr haften geblieben. Die Strophe über das Haupt. Das Haupt voll Blut und Wunden.

Danach kam das Abendmahl. Solveig erhob sich. Pernille saß starr in der Bank. Schaute hinter Solveigs Gestalt her, sah ihre gerade Haltung, aber auch ihren zögernden, vorsichtigen Gang, wie vor einem Examen.

Pernille bekämpfte den Drang, ihr zu folgen. Sie betete zu dem Gott, an den sie nicht glaubte, in einer Kirche, in die sie nicht mehr gehörte. Betete um Hilfe dort, wo sie selber nicht helfen konnte.

DEZEMBER 1997

Auf der Treppe saß ein großer roter Kater und ließ sie nicht aus den Augen. Er hatte nicht vor, auch nur einen Meter weiterzurücken. Offenbar war er hier der Chef.

Isabel klopfte vorsichtig an die massive Eichentür, die in der Mitte geteilt war, so dass die obere Hälfte geöffnet werden konnte. Sie nahm an, dass dieser Teil der Kate früher einmal zwei Pferden oder Kühen als Behausung gedient hatte. Jetzt war alles zwar nicht modernisiert, aber immerhin so weit hergerichtet, dass es Menschen als Wohnung dienen konnte.

Nichts passierte.

Sie drehte eine Erkundigungsrunde. In einem Auslauf gleich nebenan konnte sie durch den Maschendraht einen

Hahn sehen, der auf einer Heuschicht über den Zementboden stolzierte. Es gab auch einige Hühner, und alle gluckksten nervös, als sie hineinschaute. Mitten auf dem Hofplatz stand ein alter Holzklotz. Daran lehnte eine Axt, und sie nahm an, dass die Hühner dort ihr Leben lassen mussten, wenn die Hausbewohner sich nach Hühnerfrikassee oder Hühnersuppe sehnten.

»Bist du Isabel?«

Die Frau tauchte aus dem Urwald aus unbezähmbaren Sträuchern hinter dem Haus auf. Sie war sicher zehn Jahre jünger als Isabel. Sie trug Jeans, schwarze, verdreckte Holzschuhe und einen alten Isländerpullover. Ihr Gesicht war rund und fröhlich und umgeben von dunklen halblangen Haaren. Ihre Gestalt war ebenso rund wie ihr Gesicht. Sie sah für einen kühlen Dezembertag fast unverschämt sonnengebräunt aus.

Isabel nickte und streckte die Hand aus. Zugleich spürte sie etwas Weiches, das sich an ihren Beinen rieb, und sah, dass der rote Kater sie willkommen hieß.

»Das ist Trotzki. Er mag dich leiden.«

Jetzt lächelte Solveig Laursen und zeigte zwei Grübchen.

»Mein Freund Robert steht so weit links, dass er Pia Kjærsgaard fast die Hand schütteln kann. Das ist sein Kater.«

Sie streckte den Arm aus.

»Das ist auch sein Grundstück. Er ist ein Stück älter als ich und Lehrer in Trige. Wir versuchen uns so weit wie möglich selbst zu versorgen.«

Sie zwinkerte Isabel verschwörerisch zu:

»Um Zusatzstoffen im Essen und Penizillin im Fleisch zu entgehen … wir haben auch noch Schweine. Typisch Robert. Er ist fanatisch«, sie lachte und schien fast um Entschuldigung zu bitten.

Isabel lächelte in Gedanken über all diese freiwillig gelieferten Informationen.

»Möchtest du dich mal umsehen?«

Das Grundstück war größer, als Isabel auf den ersten Blick geglaubt hatte. Hinter einem undurchdringlichen Wäldchen erstreckte sich ein Feld bis hin zu einem Weiher, an dem vier wohlgenährte Schweine sich im kalten Schlamm suhlten. Zwischen Gestrüpp und einer grünen Hecke stand ein offensichtlich selbst gebautes Treibhaus.

»Das ist meins. Robert hat mir beim Bauen geholfen, aber das Material habe ich selber bezahlt«, sagte sie stolz. »Komm mit.«

Sie war nicht umsonst die Enkelin ihres Großvaters. Das Treibhaus war nicht mit Gemüse gefüllt, sondern mit Rosen in allen Entwicklungsstadien.

»Das ist natürlich nur ein Hobby. Ich arbeite eigentlich in einer Gärtnerei in Lisbjerg. Aber ich habe einige der Erfindungen meines Großvaters verbessert«, sagte sie fröhlich und fügte dann mit ernsterer Stimme hinzu:

»Möchtest du die schwarzen sehen? Darum geht es doch, oder?«

Sie standen in einer Ecke. Nicht viele, sie belegten nur einen knappen Quadratmeter. Aber sie waren einwandfrei von der richtigen Sorte. Mit kleinen schwarzen, fast eingetrockneten Köpfen.

»Es ist schwer, sie zu verbessern. Ich hätte fast schon aufgegeben. Aber dann sagte mein Großvater, du hättest sie gesehen, so, wie sie sein sollen.« Sie schaute Isabel neugierig an. »Weißt du, wie das geht? Möchtest du etwas darüber hören?«

Professioneller Eifer sprach aus ihrer Stimme.

Isabel nickte höflich, und Solveig Laursen erklärte, wie zuerst die Rosen für die folgende Kreuzbefruchtung ausgesucht, dann im Frühjahr zum Bestäuben in Blumentöpfe gesetzt und einen ganzen Sommer hindurch gepflegt werden.

»Im Vorfrühling des folgenden Jahres kommen sie dann ins

Treibhaus. Sie dürfen keine großen Blüten treiben, sie brauchen Blüten mit viel Blütenstaub. Dazu brauchen sie sehr viel Wasser und keinen Dünger.«

Sie hatte sich warm geredet und wusste offenbar alles über ihr Thema. Isabel ließ sich von ihrer Begeisterung anstecken und lauschte fasziniert.

»Während der Blütezeit ist es wichtig, dass keine Bienen oder andere Insekten ins Treibhaus gelangen können. Sonst kommt das System durcheinander, wenn sie von einer Blüte zur anderen fliegen«, erklärte Solveig. »Wenn die Knospen dann kurz vor dem Öffnen stehen, werden vorsichtig alle Staubgefäße der Mutterblume herausgeschnitten, wobei der Griffel nicht verletzt werden darf. Und noch am selben Nachmittag wird dann mit dem Staub der Vaterblume die Bestäubung vorgenommen.«

Solveig Laursen holte Luft. Sie ließ sich fast nicht genug Zeit, um ihre Lunge zu füllen, so begeistert war sie von ihrem Lieblingsthema.

»Das Bestäuben passiert mit einem feinen Pinsel und muss an einem absolut trockenen Ort stattfinden. Wenn die Befruchtung geglückt ist, werden sich innerhalb der nächsten vierundzwanzig Stunden die Blütenblätter der befruchteten Blume zum Stempel hin beugen. Wie um ihn zu beschützen«, fügte sie mit strahlendem Blick hinzu.

Isabel musterte die schwarzen Köpfe.

»Und was geschieht danach?«

Solveig Laursen führte sie in eine andere Ecke des Gewächshauses, bückte sich und zupfte einige Hagebutten von einer Pflanze.

»Nach der Befruchtung brauchen die Pflanzen einfach nur Wasser, bis die Früchte geerntet werden können. Jetzt ist übrigens gerade Erntezeit«, teilte sie mit und reichte Isabel eine rote Hagebutte.

»Wenn sie rot sind, sind sie reif, und wir nehmen den Samen heraus und stecken ihn in mit Sand vermischte Erde. Das Keimen beginnt im Dezember oder Januar, und drei Monate später können die Pflanzen dann in Töpfe gesetzt werden. Sie blühen schon innerhalb der ersten zwölf Wochen, und wir können die, die sich schlecht entwickelt haben, aussortieren.«

»Und was passiert mit denen, die sich gut entwickeln?«

Solveig Laursen öffnete die Hagebutte vorsichtig, und nun waren die Samen zu sehen.

»Die werden zurückgeschnitten und entwickeln Pfropfreise, und die werden im Herbst auf Grundstämme gepfropft, und schon haben wir eine neue Sorte.«

Sie blickte Isabel triumphierend an, wie eine Zauberkünstlerin, die soeben ein Kaninchen hat verschwinden lassen.

Isabel schaute in Richtung der schwarzen Knospen.

»Und weiß irgendwer, wie viele Sorten gekreuzt worden sind, um die schwarzen zu erhalten?«

Solveig Laursen schüttelte den Kopf.

»Keine Ahnung. Ich weiß nur, welche Experimente ich selber gemacht habe. Und was mein Großvater versucht hat, natürlich. Aber es ist ein langwieriger Prozess … Ich kann noch immer nicht fassen, dass jemand es wirklich geschafft haben soll. Diese Rosen müssen einfach wunderschön sein. Aber du weißt nicht, woher sie kommen, stimmt das?«

Isabel nickte.

»Ich habe ja keine Ahnung von Rosen. Aber es ist also möglich, eine Art zu verbessern.«

»Theoretisch ja. Das habe ich doch gerade zu erklären versucht«, antwortete Solveig Laursen und fügte hinzu: »Aber ich habe auch selber einige Sorten entwickelt. Die hellrote da oben ist von mir, und die champagnerfarbene mit dem gelben Rand. Sie sind nur noch nicht amtlich registriert worden. Sie sind zu zart, aber Rosen müssen doch auch außerhalb des Treibhauses wachsen können. Sie sind nicht zum Schneiden gedacht, sondern eher für den Garten.«

Isabel ging in die Hocke und berührte die schwarzen Knospen.

»Die Rosen, die ich gesehen habe, hatten dieselbe Farbe«, sagte sie. »Fast kohlschwarz. Und ich möchte so gern wissen, woher sie kommen.«

»Das weiß ich. Mein Großvater hat es mir erzählt, und ich habe wirklich darüber nachgedacht«, sagte Solveig Laursen. »Uns interessiert das doch selber auch.«

Als sie das sagte, kam ein Motorrad auf den Hofplatz gedröhnt.

»Das sind Robert und seine alte Nimbus. Er ist verrückt nach allen möglichen Antiquitäten – nur dann nicht, wenn es um Frauen geht.«

Sie steuerte den Ausgang des Treibhauses an.

»Trink doch eine Tasse Tee mit uns. Dann erzähle ich dir, woran ich mich erinnern kann.«

Der Tee tat gut. Sie tranken aus schweren Keramikbechern, und Robert servierte Weißbrotscheiben mit Butter. Er war ein wenig älter als Isabel und füllte das Wohnhaus mit den niedrigen Wänden ziemlich aus; groß und laut mit seinem roten Vollbart, durch den er dem Kater Trotzki ähnelte. Schon beim ersten Händeschütteln hatte er freundlich seinen politischen Standpunkt klargemacht, als sei der mit seinem Namen unlöslich verbunden.

»Ich hätte meine Freundin mitbringen sollen«, murmelte Isabel. »Ihr hättet reichlich Gesprächsstoff gehabt.«

Robert lachte schallend.

»Ich weiß ja nicht, ob Solveig das lustig gefunden hätte. Sie ist eifersüchtig.«

»Bin ich nicht, du alter Sack. Das weißt du genau. Politik interessiert mich einen Dreck.«

Robert wandte sich lächelnd Isabel zu.

»Sie lebt in ihrer eigenen Welt. ›Dornröschen war ein schönes Kind‹«, sagte er leise und mit funkelnden Augen. »Ich nehme an, sie hat dir einen längeren Vortrag gehalten. Das passiert mir ungefähr zweimal pro Tag.«

Solveig Laursen biss in ihr Brot und goss Tee hinterher.

»Das erinnert mich an … Robert, weißt du noch, als ich gerade eingezogen war und meine Klasse aus der Gärtnerschule zur Einweihung eingeladen habe?«

Robert verdrehte die Augen.

»Ob ich das noch weiß? Die haben doch meinen gesamten selbst gemachten Wein ausgesoffen, und einer hat Trotzki vollgekotzt. Das werd ich nie vergessen.«

»Erinnerst du dich auch daran, dass wir eine Runde gedreht haben und im Treibhaus landeten und ein Typ ganz viele Fragen stellte und ich ihm einen kleinen Strauß mitgegeben habe? Wie hieß der doch noch gleich?«

Robert schüttelte den Kopf.

»Ich habe glücklicherweise die Namen deiner Klassenkameraden vergessen. Weißt du die denn nicht mehr?«

Solveig schüttelte den Kopf.

»Ich habe versucht mich zu erinnern. Aber es ist von der Festplatte gelöscht worden, wie die Kinder in der Schule sagen … der Kurs hat doch bloß ein Jahr gedauert.«

Isabel ließ ihren Blick hin- und herwandern und wartete geduldig. Sie hatte überhaupt das Gefühl, nun schon seit vielen Tagen geduldig auf Solveig Laursens Rückkehr aus dem Urlaub gewartet zu haben. Sobald sie das für vertretbar gehalten hatte, hatte sie angerufen und einen Besuch auf der Kätnerstelle in Ølsted verabredet.

»Glaubst du, er kann die schwarze Rose weiterentwickelt haben?«, fragte sie.

Solveig Laursen zuckte mit den Schultern.

»Das weiß ich natürlich nicht. Aber theoretisch ist es durchaus möglich. Ich meine ... es hat ihn wirklich sehr interessiert und er hat mich dazu gebracht, ihm sehr viel über meine Arbeit mit diesen blöden Rosen zu erzählen.«

Sie lächelte, wie um Entschuldigung zu bitten.

»Ich fühlte mich natürlich geschmeichelt, und deshalb habe ich einfach drauflosgeplappert ... es ist ja einige Jahre her, und ich war sehr jung. Sonst hätte ich es wohl für mich behalten.«

»Du meinst also, er hat dich ausspioniert?«

Solveig Laursen kicherte mädchenhaft.

»Das hört sich an wie in einem Film. Aber doch, ich habe ihm sicher mehr verraten, als ratsam gewesen wäre. Wenn er ein Profi war – und er war doch ein fast fertig ausgebildeter Gärtner – dann muss er gewusst haben, was er zu tun hatte.«

»Und dann hast du ihm einen Strauß gegeben?«

»Gegeben ist zu viel gesagt ... ich hab ihm erlaubt, sich einige zu pflücken.«

»Genug, um seinen eigenen ... wie heißt das noch, Veredelungsprozess in die Wege zu leiten, rein theoretisch?«, fragte Isabel.

Solveig Laursen nickte.

»Absolut. Er brauchte ja nur etwas Staub von einer einzigen Blüte. Aber ich wäre nie auf die Idee gekommen, dass er ...« Sie zuckte mit den Schultern. »Da war ich wohl naiv. Aber ich denke einfach nicht an Rosen, wenn von Spionage die Rede ist. Das hat doch eher mit Mikrofilmen und Atomgeheimnissen zu tun.«

Isabel leerte ihren Becher. Der Tee wärmte sie bis in die Zehen, und das selbst gebackene Brot mit der dicken Butter hatte ihr Magengrummeln verstummen lassen.

»Wenn du dich an seinen Namen nicht erinnern kannst, hast du vielleicht irgendwelche Unterlagen aus der Schule. Vielleicht eine Liste von allen, die mit dir Examen gemacht haben?«

Sie fragte mit hoffnungsvoller Stimme, aber Solveig Laursen war offenbar auch schon auf diesen Gedanken gekommen.

»Tut mir Leid, aber ich habe nichts mehr. In der Schule müssen sie das natürlich wissen. Aber die haben im Dezember und Januar ja Ferien.«

Robert bückte sich und nahm Trotzki auf den Schoß. Der rote Kater reckte sich, schlug glücklich die Krallen in Roberts Knie und rollte sich zu einem Ball zusammen. Robert streichelte ihn liebevoll.

»Weißt du auch nicht mehr, wie er ausgesehen hat?«, fragte er.

»Doch, das schon. So einigermaßen. Er sah im Grunde sehr gut aus. Groß und dunkelhaarig, sehr schlank, ein wenig katzenhaft schon fast. Auf seine eigene seltsame Weise eigentlich recht anziehend. Aber wenn ich jetzt an damals zurückdenke – und daran, worüber die gesprochen haben – dann finde ich ihn auch ein wenig unheimlich.«

»Wieso unheimlich?«, fragte Isabel.

Solveig Laursen dachte lange nach, ehe sie antwortete:

»Er hatte so einen seltsamen Blick. Als könnte er Gedanken lesen.«

Als sie an diesem Abend eingeschlafen war, träumte sie von Augen. Von grünen, wachsamen Katzenaugen auf einer Wolke aus rotem Fell, die mehr sahen, als irgendein Mensch für möglich gehalten hätte. Von irren Blicken, die wild und ohne mit der Wimper zu zucken vor sich hinstarrten; die bis zum innersten Kern vordrangen. Von Blicken, die ruhig und ausdauernd ihre giftigen Pfeile aussandten. Die sich noch im Tod in ihrer Seele verhakten und sie bis in alle Ewigkeit hinein verfluchten.

MAI 1988

ISABEL

In ihrem Traum sang jemand. Ein Sopran. Nicht die übliche hysterische Koloratur, sondern ein mahagonifarbener dunkler Sopran; wehmütig in all seiner Schlichtheit, als singe er sein letztes Lied auf dieser Welt.

Ein dunkler Sopran, der ein Lied sang, das sie kannte. Puccinis »O mio babbino caro«. Gesungen, als sei jeder Ton eine einzelne, kullernde Abschiedsträne.

Jetzt konnte sie die Gestalt am Fenster sehen, von der der Gesang herkam. Das Licht fiel auf eine Frau in einem langen schweren Kleid. In dem Zimmer gab es nur die Frau, das Fenster und das Licht. Und das Lied, das sie näher lockte.

Sie war jetzt dicht herangetreten. Hätte schon fast das Kleid berühren können, als die Frau sich umdrehte, und sie sah, dass sie ihre Mutter vor sich hatte.

»Mein Kind«, sagte sie leise. »Mein liebes Kind.«

Und dann zog sie sie an sich und sang noch einmal »O mio babbino caro«. Mit der weichen Stimme, die die Luft und das Zimmer um sie herum liebkoste.

»Du hast mir gefehlt, Mutter. Du hast mir so gefehlt. Warum hast du vergessen, mich zu lieben?«

Die Umarmung wurde plötzlich zu einer Zwangsjacke, die sie umklammerte. Starke Arme drohten sie zu zerbrechen.

»Weil ich dich nicht verstehe«, sagte die Frau mit hasserfüllter Stimme und schüttelte sie so heftig, dass es wehtat.

Und jetzt sah sie sie mit einem Blick an, der nicht ihr gehörte, sondern einer anderen. Einer, die sie gehasst und verflucht und weit weg gewünscht hatte. In die Hölle.

Langsam erwachte Isabel. Noch ehe sie klar zu Bewusstsein gekommen war, wusste sie, wem dieser Blick gehört hatte. Und wem das Lied.

Andreas schlief neben ihr. Sie schaute auf die Uhr. Es war Samstagmorgen, acht Uhr. Sie schüttelte ihn wach.

»Du musst nach Hause«, sagte sie. »Nach Hause zu Mariann. Es ist etwas passiert. Das spüre ich.«

Verschlafen öffnete er ein Auge. Murmelte irgendetwas und zog sie dichter an sich heran. Sie wehrte sich, setzte sich im Bett auf und versuchte ihren Traum abzuschütteln. Hatte Angst, ihm wieder zu begegnen, falls sie noch einmal einschlief.

»Hör auf mit dem Unsinn, Isabel. Nichts ist passiert. Komm jetzt. Wir brauchen unseren Schlaf.«

Es war spät geworden. Sie hatten mehr Rotwein getrunken, als gut für sie war. Das passierte im Moment häufiger. Alle Komplikationen, alle Nervenanspannungen, die sich aus ihrer Beziehung ergeben hatten, schienen sich wie eine Wunde zwischen sie zu schieben. Isabel verglich ihre Liebe oft mit einem Gummiband, das immer wieder gedehnt wird, um festzustellen, wann es reißt.

Das wussten sie bisher noch nicht. Aber viel hatte bisweilen nicht mehr gefehlt.

Sie stand auf. Schlüpfte in ihren Frotteemantel und ging in den Keller, um zu duschen. Unterwegs überlegte sie sich die Sache anders und warf einen Blick auf den Hornung-&-Møller-Flügel im Kellerraum.

Die tief stehende Morgensonne schaute durch das Fenster. Der Klavierhocker war verlockend warm. Sie blätterte in den

Noten und fand die Klavierbegleitung zu Puccini. Während sie unsicher versuchte, die Melodie zu spielen und zu summen, dachte sie an ihr Leben während der vergangenen Monate und konnte plötzlich nicht begreifen, dass das Leben einst so unkompliziert gewesen war. Dass sie das Gefühl gehabt hatte, nur an sich denken und sich um sich selber kümmern zu müssen.

Ihre Beziehung bekannt zu geben hatte nicht die erhoffte Erleichterung gebracht. Das lag daran, wie es passiert war. An Marianns Rückkehr ans Konservatorium. An ihre Demütigung, als sie von allem erfahren hatte, als Isabel und Andreas den Entschluss fassten, ihre Liebe nicht länger ein öffentliches Geheimnis sein zu lassen. An der Reaktion der Kinder, die ihrem Vater tödliche, eiskalte Verachtung entgegenbrachten. Das alles hatte mehr an Nervenbelastung, Schuldgefühlen und Spannungen gebracht, als Isabel sich jemals hatte vorstellen können.

Sie konnte nicht genau sagen, wann es passiert war. Vielleicht damals, als Mariann zum ersten Mal in der Mensa ihren Blick erwidert und sie ihren Hass auf sich zuströmen gefühlt hatte; oder vielleicht in dem Moment, als kreischende Autoreifen unter dem Fenster ihre deutliche Sprache über Schock, Verrat und Demütigung gesprochen hatten. Vielleicht war es bereits in der ersten Zeit der Beziehung passiert, als sie sich zum allerersten Mal geliebt hatten. Jetzt war das im Grunde auch egal. Denn zu irgendeinem Zeitpunkt hatte ein Gift sich in ihr Verhältnis eingedrängt. Sie hatte verzweifelt versucht, das zu ignorieren, es abzuschütteln. Aber es war hängen geblieben, wie ein Fluch. Das Gefühl, dass die Strafe unausweichlich sein würde. Das Gefühl, dass ein Preis bezahlt werden musste, ein höherer Preis, als sie erwartet hatten.

Aber trotzdem fühlte sie sich von diesem Lied angezogen.

Sie hatte es eines Tages zufällig gehört, als Mariann im

Kleinen Saal unterrichtete und Isabel vorbeigekommen war, als Gesangsschüler mit langen Ohren an der Tür gehorcht hatten.

Sie brauchte nicht einmal ihr Ohr an die Tür zu halten, um zu wissen, wer da sang. Dieser dunkle Sopran. So viele innere Trauer und Verzweiflung. So viel, was sie verloren hatte. O mio babbino caro.

Isabel hatte gewusst, als sie dort vor der Tür lauschte, dass der Hass für wenige Minuten einem anderen Gefühl gewichen war. Und sie hatte das Gefühl, nie etwas Schöneres gehört zu haben.

Beim Frühstück schwiegen sie beide.

Andreas raschelte mit der Zeitung. Isabel klirrte mit den Tassen und blätterte in einer Modezeitschrift.

Plötzlich spürte sie seinen Blick. Nicht liebevoll, nicht lieblos. Einfach analysierend.

»Was?«

»Nichts!«

»Nichts was? Was hast du gerade gedacht?«

Er seufzte. Ließ die Zeitung sinken.

»Du bist so angespannt. Kannst du nicht versuchen, dich ein bisschen zu entspannen?«

Sie hatte Lust, ihm den heißen Kaffee ins Gesicht zu kippen.

»Entspannen?« Das Wort wäre ihr fast im Hals stecken geblieben. »Deine Frau schaut mich hasserfüllt an, wenn wir uns auf dem Flur über den Weg laufen, sie droht immer wieder mit Selbstmord, deine Kinder strafen dich mit Schweigen, und du liest Zeitung. Ist ja wohl kein Wunder, wenn ich mich nicht entspannen kann.«

Mit zitternden Händen füllte sie ihre Kaffeetasse.

»Ich komme mir vor wie die böse Stiefmutter. Ich bin

plötzlich die Böse im Stück. Du bist nicht der Schurke, Mariann ist nicht böse. Nur ich bin das!«

»Das bildest du dir ein«, redete er ihr zu. »Niemand macht dir Vorwürfe.«

»Ha! Der Witz der Woche. Marianns Schüler und Kollegen schießen jeden Tag ihre Giftpfeile auf mich ab.«

»Hör doch auf mit diesem Verfolgungswahn«, sagte er gereizt. »Was soll ich denn machen? Es wäre natürlich leichter, wenn wir zusammen nach Kopenhagen gehen könnten, oder an den Nordpol. Aber ich trage noch immer Verantwortung. Für die Kinder …«

»Und für Mariann«, sagte Isabel kleinlaut, denn sie wusste ja, dass Mariann nicht allein fertig wurde. Mit den Kindern, der Trauer, der ganzen Situation. Er musste auch ihr zur Seite stehen. Und obwohl er immer häufiger seine Nächte im Thorsvej verbrachte, waren er und Mariann weiterhin verheiratet. Offiziell lebten sie noch immer zusammen. Das Ganze war ein verdammtes Chaos.

Er schaute auf seine Uhr, erhob sich.

»Ich muss los. Ich muss mir in einer Viertelstunde Michaels Examensprogramm anhören.«

»Und danach fährst du nach Hause?«

Sie wollte es und wollte es auch wieder nicht. Das Gefühl, dass etwas nicht stimmte, bohrte in ihr wie ein Dorn. Aber das war andererseits jeden Tag der Fall. Es gab keinen Morgen, an dem sie nicht mit der Vorahnung erwacht wäre, dass ihre Welt einstürzen würde.

Er nickte ernst.

»Du weißt, dass die Kinder heute bei ihrer Großmutter sind. Ich hole sie später ab.«

Er seufzte fast unhörbar.

»Heute ist Familienabend. Wir sehen uns Montag am späten Nachmittag.«

Sie standen auf. Für einen Moment standen sie dicht beieinander. Sie wusste, dass er irgendwo vorhanden war. Der Wolf. Suchte nach ihm. Sehnte sich.

Er fasste ihr Kinn und zwang sie, ihn anzusehen.

»Das ist dir gegenüber nicht fair«, murmelte er. »Das tut mir Leid. Es ist verantwortungslos. Vielleicht hätte ich dich nicht in diese Sache hineinziehen dürfen.«

Sie fragte mit den Worten, die er am allerersten Tag ausgesprochen und die sie sich in all diesen Jahren eingeprägt hatte.

»Hattest du denn eine Wahl?«

»Hatten wir?«

Jetzt konnte sie ihn sehen, weit hinten in seinen Augen. Er war noch da.

Als sie ein wenig aufgeräumt und einige Stunden allein mit der Zeitung und der Stille genossen hatte, klopfte sie an die Tür ihrer Großmutter.

Es dauerte lange, bis geöffnet wurde. Die Großmutter stand im Nachthemd und ihrem türkisen Morgenrock vor ihr, mit vom Schlaf zerzausten Locken, ohne Gebiss.

»Es geht mir nicht gut, Bella. – Ich glaube, ich habe mich erkältet. Komm rein und mach die Tür zu, sonst zieht es«, nuschelte sie.

Die Großmutter ging wieder ins Bett. Isabel folgte ihr.

Im Schlafzimmer duftete es nach Lavendel.

»Hast du Fieber?«

Die Großmutter zog eine magere Hand unter der Decke hervor. Die Handfläche wies rote Flecken auf, ein sicheres Zeichen. Die Hand zitterte leicht. Und streckte sich nach einem der unentbehrlichen sauberen Taschentücher aus, die auf der Decke lagen.

»Hast du etwas gegessen?«

Die Großmutter schüttelte den Kopf.

»Ich habe keinen Hunger.«

Isabel sprang auf.

»Ich hole etwas Leckeres. Etwas, dem du nicht widerstehen kannst.«

In der Küche kochte sie Kaffee und nahm das selbst gebackene Weißbrot aus der Brottrommel, beschmierte es dick mit Butter und Heidehonig und packte alles auf ein Tablett.

»Jetzt schau mal. Das ist doch köstlich. Genau das, was du liebst.«

Die Großmutter lebte vom Kaffeeduft ein wenig auf. Sie setzte sich im Bett auf, fischte das Gebiss aus dem Glas und drückte es sich mit geübtem Griff in den Mund. Isabel schob ihr die Kissen zurecht.

»Uh, Altwerden ist schrecklich, Bella«, sagte die Großmutter mit vollem Mund.

»Aber immer noch besser als jung sterben.«

Die Großmutter musterte sie mit ihrem tiefgründigen Blick. In den wasserblauen Augen war noch immer Leben zu sehen, doch es gab auch noch etwas anderes. Sie schienen langsam aber sicher ihre Kraft zu verlieren. Mehr und mehr erinnerten sie Isabel an kindliche Verletzlichkeit.

»Ich war doch immer ins Leben verliebt«, sagte die Großmutter und schnaufte. »Aber alles hat einmal ein Ende … nur die Wurst nicht, die hat zwei«, fügte sie hinzu.

Isabel setzte sich auf die Bettkante. Die Hand der Großmutter schob sich warm in ihre.

»Kleine Bella«, sagte die Großmutter liebevoll.

»Aber ganz schlecht war es doch wohl nicht, Omichen. Ich meine, das Leben so ganz allgemein«, sagte Isabel, ohne so recht zu wissen warum.

Die Großmutter schüttelte die grauen Locken.

»Es war wunderbar.«

Sie war schon ziemlich früh verwitwet, nach nur vierjähriger Ehe. Ganz allein, mit Hilfe von harter Arbeit und ihrer Lehrerwitwenrente, hatte sie zwei Kinder aufgezogen, Isabels Mutter war erst zwei gewesen, als ihr Vater an Lungenentzündung gestorben war, ein Jahr vor der Entdeckung des Penizillins, das ihn hätte retten können. Fünf Monate nach seinem Tod brachte die Großmutter Isabels Onkel Hans zur Welt. Einen Mund mehr zu füllen; noch ein Kind, für das sie als Köchin und Putzfrau und durch das Betreuen fremder Kinder Geld zusammenkratzen musste. Denn für ihre Kinder wollte sie das Beste. Die sollten zu den Pfadfindern gehen, Klavierunterricht nehmen, schöne Kleidung tragen. Und der Junge brauchte eine Ausbildung, um später eine Familie versorgen zu können. Er wurde Lehrer. Isabels Mutter besuchte die Realschule und machte einen Sekretärinnenkurs. Was Männer betraf, so glaubte Isabel nicht, dass es jemals einen gegeben habe. Die Kinder waren ihr Leben gewesen.

Die Großmutter presste ihre Hand.

»Vergiss nicht, froh zu sein, Bella. Ich denke so oft daran, was der Bischof bei Prinzessin Margrethes Trauung zu ihr gesagt hat.«

Ihre Stimme klang in ihrem klerikalen Eifer richtig offiziell, und dabei war sie mit einem Küster verheiratet gewesen und hatte den Klerus immer gehasst.

»›Und du, Margrethe, vergiss nicht, dir zu sagen: Ich bin froh, weil ich froh sein will.‹«

Die Großmutter fügte mit ihrer eigenen Stimme hinzu:

»Es gibt doch so viel, worüber wir uns freuen können. Solange wir noch bei vollem Verstand sind. Aber irgendwann müssen wir ja die Augen zumachen.«

Sie seufzte und ließ sich auf ihre Kissen zurücksinken. Plötzlich sah sie müde aus und schaute furchtsam zu Isabel hoch.

»Willst du mir eins versprechen, Bella?«

Isabel spürte einen so dicken Kloß im Hals, dass sie fast nicht sprechen konnte.

»Was du willst, Omichen.«

Die Großmutter rückte ein wenig dichter an sie heran.

»Wenn die Zeit kommt. Sorgst du dann dafür, dass ich das hier in der Hand habe?«

Sie winkte schwach mit dem Taschentuch.

Hätte sie jetzt eine lässige Bemerkung machen sollen? Erklären, dass die Großmutter garantiert noch viele Jahre leben werde? Hätte sie sie jetzt nicht aufmuntern und aus ihrem schwarzen Loch herausholen sollen? Doch, vielleicht. Aber das konnte sie nicht. Nicht mehr.

»Das werde ich tun, Oma«, hörte sie sich sagen. »Ich werde die ganze Zeit bei dir bleiben. Du wirst nicht allein sein.«

Der Arzt war zu Besuch gewesen. Die Großmutter hatte ihn kritisch beäugt.

»Junge Ärzte«, hatte sie danach gesagt. »Zu denen habe ich kein Vertrauen. Aber er hatte einen niedlichen Hintern.« Sie war nach zwei Tabletten und einem Teller Suppe eingeschlafen, während Isabel in ihrem Wohnzimmer Klavier übte.

Das Telefon schellte. Sie nahm rasch ab, um die Patientin nicht zu wecken.

»Isabel?«

Noch ehe er das gesagt hatte, läuteten in ihrem Kopf die Alarmglocken los.

»Du musst kommen … komm jetzt, bitte. Es ist so entsetzlich.«

Seine Stimme bebte. Dann gewann er die Kontrolle darüber.

»Kommst du also?«

»Du bist zu Hause?«

Aber diese Frage brauchte er nicht zu beantworten, denn das wusste sie ja.

Als sie dort eintraf, wurde die Bahre schon hinausgetragen. Die Gestalt unter der Decke war ganz und gar verhüllt.

Er stand in der Tür, mit grauem, verhärmtem Gesicht. Die Augen lagen tief in ihren schwarzen Löchern. Sie zog ihn an sich. Er klammerte sich an sie.

»Sie hat gewusst, dass ich sie finden würde. Nicht die Kinder. Sie wollte nicht von den Kindern gefunden werden … das Schlimmste ist fast …« Er presste sie so hart an sich, dass sie um Atem ringen musste. » … dass sie nicht krank war. Sie war nicht mehr wirklich krank. Sie hat genau gewusst, was sie tat. So wollte sie es.«

Isabel schauderte zusammen. Und hörte von irgendwoher das Lied noch einmal. Den dunklen Sopran. Jeder einzelne Ton kam ihr vor wie eine Abschiedsträne.

DEZEMBER 1997

Die Pizzakartons waren auf Mettes Küchentisch aufgestapelt. Isabel betrachtete sie misstrauisch. Pizza an sich war ja in Ordnung. Aber es gab einen Sättigungsgrad, sogar für Pizza-Besessene.

»Sorry.«

Mette schaute die weißen Kartons schuldbewusst an.

»Das war das Einzige, was mir in der Eile eingefallen ist.«

Pernille hob den Deckel der obersten Schachtel hoch.

»Mmm, mit Meeresfrüchten. Wir verzeihen dir.«

Isabel seufzte.

»*Du* verzeihst ihr. Ich hasse Muscheln.« Sie zeigte auf den peinlich sauberen gekachelten Herd. »Benutzt du den manchmal?«

»Wie meinen?«, fragte Mette zerstreut und riss eine Hand voll Weingläser aus dem Regal.

»Das ist ein Herd. Und diese runden Dinger da. Die heißen Kochplatten. Darauf wird Essen gekocht.«

Mette strahlte.

»Ach, dazu sind sie da. Ich hab ja schon geahnt, dass es etwas in der Richtung sein müsste.«

»Und das da!« Isabel streckte wieder den Zeigefinger aus. »Das ist ein Backofen. Und weißt du, was man damit macht?«

Mette dachte lange nach. Dann lächelte sie plötzlich triumphierend und schaltete auf 220 Grad.

»Wie konnte ich das bloß vergessen? Darin wird Pizza warm gemacht, ist doch klar. Hast du sonst noch Fragen?«

Isabel verdrehte die Augen.

»Wo steckt der Korkenzieher? Und das wär's dann.«

Das Treffen war improvisiert. Abgesehen davon, dass alle Treffen bei Mette Hals über Kopf angesetzt wurden. Donald war für fünf Tage zu einem Kongress nach Stockholm gereist. Marie übernachtete bei einer Freundin.

Mette zündete mit Gastgeberinnenmiene die Kerzen auf dem Esstisch an. Die Kalenderkerze näherte sich dem 24. Isabel stellte Teller auf den ellipsenförmigen Tisch und setzte sich. Das Wohnzimmer war diskret mit teuren Dekorationsstücken ausgestattet. Die Pizzen im Backofen ließen Duftwolken aus geschmolzenem Käse zu ihnen schweben, und ein Teil von ihr wollte nur noch genießen. Essen und trinken und mit Menschen zusammen sein, die sie kannte und liebte. Die sie besser kannte als vor Solveigs Tod. Wollte nur zusammen sein und alles über schwarze Rosen und Männer mit seltsamen Blicken und Schuld und Strafe und den Fluch des Verrats vergessen.

Sie schaute sich um, während die beiden anderen Freundinnen sich zu schaffen machten, sich munter unterhielten, das Gespräch war von Pizza auf Weihnachtsschmuck und die Kunst, eine Ente zu braten, übergewechselt. Seltsam, dachte Mette, das Haus schien sein Wesen zu ändern, wenn sie es für sich hatten. Sogar die Siamkatzen schienen plötzlich eine andere Persönlichkeit zu zeigen. Zwei von ihnen schliefen zusammengerollt im Sessel. Eine andere saß oben im Montana-Regal zwischen den Büsten von Shakespeare und Dickens, die Mette aus England mitgebracht hatte, und sah ihr zu. Isabel registrierte, dass die Abiturientinnenmütze den Ehrenplatz auf Shakespeares Kopf einnahm.

»Warum verpasst du Dickens keine Zipfelmütze? Zum Ausgleich«, schlug sie vor.

Mette rümpfte abweisend die Nase und legte Messer und Gabeln auf den Tisch.

»Wäre das nicht ein wenig geschmacklos? Ich hab diese blöden Büsten ohnehin schon satt, aber andererseits haben sie ja auch einen gewissen sentimentalen Wert.«

»Wenn es an Geschmack fehlt, dann können wir ihm doch ein Stück Pizza geben«, schlug Pernille vor, die gerade die Schüsseln mit den Pizzastücken hereinbrachte.

»Er kann meins haben«, bot Isabel an. »Jedenfalls das mit den Muscheln.«

Mette machte ein beleidigtes Gesicht.

»Euch lade ich nie wieder ein.«

»Ich dachte, wir hätten uns selber eingeladen«, sagte Pernille und reichte jeder ein gefülltes Weinglas.

Plötzlich wurde sie ernst.

»Ich finde, wir sollten auf Solveig trinken«, sagte sie leise und hob ihr Glas. »Auf die Solveig, die wir nicht gekannt haben.«

Sie tranken. Und aßen schweigend. Bis Pernille sagte:

»Was haben wir? Sollten wir nicht eine Zusammenfassung versuchen? Ich finde, die losen Enden werden langsam zu einem gordischen Knoten. Um die Klischees zum Ende zu führen.«

Sie nahm sich mit den Fingern ein Stück Marinara. Biss hinein und kaute.

»Porträt von Solveig. Helft mir.«

»Jung, schön, sportlich, eine richtig gute Kameradin«, zählte Isabel auf, wohl wissend, dass das nur die Oberfläche war.

»Voller Angst«, sagte Mette. »Davor, schwach zu wirken und ihren Vater nicht zufrieden zu stellen. Nicht geliebt zu werden, vielleicht. Solveig wollte allen gefallen.«

Pernille knüllte ihre Serviette zusammen.

»Redete von Vergebung, als ob sie glaubte, etwas verbrochen zu haben. Etwas, das sie anderen nicht anzuvertrauen wagte. Und uns vielleicht schon gar nicht.«

Isabel stocherte mit der Gabel in ihrer Pizza herum und brachte plötzlich keinen Bissen mehr hinunter.

»Eine seltsame umgekehrte Form von Vergebung. Eine Art Sündenerlass für ein Opfer.« Sie legte Messer und Gabel auf ihren Teller. »Aber in ihren eigenen Augen war Solveig ja kein Opfer. Von ihrem Standpunkt aus gesehen war sie schuldig.«

»Aber weswegen denn, zum Teufel?«, fragte Pernille wütend. »Was hat sie sich in ihren verschrobenen Kopf, entschuldige den Ausdruck, Solveig, gesetzt, was sie verbrochen haben könnte? Wen glaubte sie verletzt zu haben? Sich selber vielleicht? Und wer ist dieser Liebhaber, dieser geheimnisvolle Rosenkavalier, der versucht, uns die Schuld zuzuschieben? Kennen wir ihn vielleicht?«

Keine hatte noch Appetit. Mette stand auf. Wortlos räumte sie den Tisch ab und zauberte noch eine Flasche Rotwein hervor. Als sie die öffnete, fragte Pernille plötzlich:

»Hast du keine Fotoalben, Mette? Etwas, was unsere Gedanken und unser Gedächtnis auf Trab bringen kann? Du hast doch zu allen unmöglichen Momenten mit deinem kleinen Japaner losgeknipst, wenn ich das richtig in Erinnerung habe.«

Mette warf Pernille ihre Serviette an den Kopf.

»Ist doch nur gut, dass eine von uns etwas so Spießiges wie einen Fotoapparat hatte.«

Pernille schob ihren Stuhl zurück, erhob sich und reckte ihren langen Leib.

»Das hängt doch alles zusammen.« Sie lächelte, nahm Shakespeare die Abiturientinnenmütze vom Kopf und setzte sie sich selber auf. »Einmal spießig, immer spießig. Wer Abiturientinnenmütze sagt, kann auch gleich Instamatic sagen.«

Nach einer Expedition in einige Schubladen knallte Mette einen Packen Fotoalben auf den Tisch.

»Das ist harter Tobak für eine wie dich«, sagte sie zu Pernille. »Konfirmationen, Geburtstage, Studentengelage. Hochzeiten und Geburten. Bist du sicher, dass du das ertragen kannst?«

Es war viel zu früh, sie hatten Solveig noch zu frisch im Gedächtnis, und es tat bis in ihren Bauch hinein weh.

Es gab Fotos von ihnen allen. Von munteren, lachenden, Wein trinkenden Studentinnen. Von Solveig, die mit der Mütze auf dem Kopf tanzte, von Isabel, die ihren Namen in Mettes Mütze schrieb, während andere hinter ihr Schlange standen. Von Mette und der Großmutter in der Sonne vor dem Haus im Thorsvej, von der Großmutter in ihrer hellblauen Strickjacke und von Mette mit Igelfrisur. Von Poul und Pernille, die sich umarmten und aus roten Augen in die Kamera lachten, während sie unter dem Bob-Dylan-Plakat auf Isabels Sofa saßen. Von Mette und Donald, die Arm in Arm aus dem Dom kamen. Von den Brautjungfern, mit roten Wangen und albernem, überschäumendem Champagnerlächeln.

Isabel rutschte unruhig auf ihrem Stuhl hin und her, als sie alles durchgesehen hatte.

»Die Bilder aus der Unizeit. Lass uns die noch mal durchgehen.«

Pernille seufzte.

»Das hilft doch nichts.«

Sie knallte die Mütze auf den Tisch und fuhr sich durch ihre zerknautschten Haare. »Wir kommen nicht weiter.«

Doch Mette blätterte brav wieder zurück. Zu Buchenzweigen und Bussen mit Fahnen und den stolzen Abiturientinnen und den Eltern, die nicht wussten, wie ihnen geschah. Isabel streckte die Hand aus und hinderte sie am Weiterblättern.

»Da. Da ist etwas. Ich weiß, dass da etwas ist.«

Sie starrte wie besessen. Ihr Blick landete auf dem Bild, auf dem sie selber ihren Namen in Mettes Mütze schrieb. Das hatten sie alle gemacht. Die ganze Klasse. Abgesehen von Pernille, die sich geweigert hatte. Sie hatte das immer wieder gepredigt. Dass ein Abitur nicht besser ist als eine Stelle in einer Fabrik und dass in Wirklichkeit die Arbeiter eine Medaille verdient hatten, weil sie die Drecksarbeit verrichteten, die die anderen nicht wollten. Abgesehen von den Türken, natürlich.

Isabel griff nach Mettes Abiturientinnenmütze. Drehte sie um. Starrte die Namen an. Wusste nicht so recht, wonach sie suchte. Nach etwas, bei dem es Klick machte. Wie damals, als Mette mit ihrer Taschenkamera das Bild aufgenommen hatte. Sie ließ ihren Gedanken freien Lauf. Stand plötzlich wieder im dunklen Saal des Konservatoriums. Ließ ihre Tasche fallen. Spürte dicht neben sich seinen Atem. Seinen Atem in ihrem Nacken. Sie starrte das Bild an. Er stand in der Schlange gleich hinter ihr. Dann betrachtete sie den Namen in der Mütze.

Und hatte es gesehen.

Die Buchstaben tanzten vor ihren Augen. Sie hörte kaum,

wie Mette, die in einem anderen Album blätterte, mit tonloser Stimme sagte:

»Auf dem hier bin ich schwanger mit Marie.«

FEBRUAR 1989

METTE

Raus und weg. Es wollte raus, es sollte weg.

Ihr Körper schien zerbrechen zu wollen. Eine fremde Kraft hatte ihn übernommen und steuerte ihn auf den Abgrund zu. Und alles, was sie gelernt hatte, alles, was sie sich mühselig eingeredet hatte – dass es ein freudiges Ereignis war, das, was sie sich wünschte, dass sie ihr Leben im Griff hatte – schien zu zerbröseln, während die Wehen sie in Stücke rissen.

Solveig hielt ihre Hand. Sie drückte sie so hart, dass sie plötzlich verschwand. Blind tastete sie danach, doch dann durchrollte sie eine weitere Welle.

»Ganz ruhig atmen. Aus. Ein. Ausatmen!«

Solveigs Stimme. Ihre Rettungsleine. Sie folgte ihr, als könne sie mit ihrer Hilfe an die Oberfläche gelangen und Luft schnappen. Für einzelne, selige Sekunden sah sie plötzlich klar. Solveigs helle Haare unter der grünen, badehaubenähnlichen Kopfbedeckung, wie sie auch alle anderen trugen. Alle, die helfen wollten, sie von ihrer Bürde zu befreien. Die zu tragen Donald sie verurteilt hatte.

»Das schaffst du sehr gut.«

Hier hatte die Hebamme das Kommando. Solveig war einfach nur dabei, als Vertretung für Donald. Er war nicht dazu erzogen, er wäre nie auf die Idee gekommen, bei der Geburt seines ersten Kindes dabei sein zu wollen.

In den stillen Wellentälern zwischen den Wehen konnte sie gerade noch an alles denken, was sie sich sonst verboten hatte. Daran, wie sie einmal, damals, vor langer Zeit, als sie bei Pernille mit dem neugeborenen Thomas im Arm saß, gewünscht hatte, an ihrer Stelle zu sein. Wie sie sich eine Familie gewünscht hatte. Und sie sich über Pernilles Zweifel daran, ob sie ihr Kind lieben könnte, gewundert hatte. Da kann es doch gar keine Zweifel geben, hatte sie damals gedacht. Und in aller Heimlichkeit hatte sie beschlossen, zum gegebenen Zeitpunkt der Welt zu zeigen, wie man ein Kind im Leben willkommen heißt.

Aber alles hatte sich so drastisch geändert. Wenn sie sich bisweilen einen Rückblick gestattete, dann hatte sie den Eindruck, dass ihr Leben in die falsche Richtung gegangen sei. Als habe sie einen zweifelhaften Entschluss gefasst und damit die Grundlage für viele weitere gelegt.

Wieder setzte die Welle ein. Der Schmerz rollte mitten durch sie hindurch, als sei sie eine Autobahn, auf der einfach Vollgas gegeben werden durfte.

»Gebt mir irgendwas. Egal was«, keuchte sie. »Könnt ihr mich nicht betäuben?«

Sie gaben ihr die Maske, aber das half nicht. Nichts konnte ihr jetzt helfen

Wieder der Schmerz. Sie spürte, dass sie bis zur Decke hochstieg, während sie sich in Wirklichkeit doch sicher irgendwo unter dem Bett zusammenkrümmte. Sich nach unten grub, in dem Versuch, dieser Hölle zu entkommen. Aber das war nicht möglich. Auch das machte einen Teil ihrer Abmachung aus.

Die Wehen wurden stärker. Betäubten ihre Gedanken. Der Schmerz war nicht mehr unerträglich, sondern auf seine eigene seltsame Weise unentbehrlich. Immerhin lebte sie noch. Es gab noch eine kleine Hoffnung. Ein kleines Licht irgendwo in dem düsteren Raum, den sie für sich selber eingerichtet hatte.

Jetzt ging es schnell.

»Pressen. Pressen. So hart du kannst.«

Sie klammerte sich an Solveig, und die murmelte beruhigendes Kauderwelsch und glaubte, sie gerate in Panik.

»Ist schon gut«, hätte sie gesagt, wenn das möglich gewesen wäre. »Ist schon gut. Da ist ein Licht.«

Aber sie konnte nur noch pressen. Das, was seit neun Monaten ihren Körper besetzt hielt, ausstoßen. Neun unerträgliche Monate mit einer Geschwulst, die immer nur wuchs, egal, was sie auch unternahm. Mit einem Schmarotzer, der langsam die Oberhand ergriffen hatte.

»Jetzt kommt es. Hier ist der Kopf. Weiterpressen!«

Sie gehorchte. Mit allerletzter Kraft, jetzt war es egal, wie ihr Körper das aushalten sollte. Herrgott. Der war doch nur eine leere Schale.

Und dann spürte sie es. Unklar, aus erschöpften Augen, sah sie den kleinen blutigen Klumpen, der hochgehoben und auf den Kopf gestellt wurde. Dann hörte sie den Schrei, und eine Welle der Traurigkeit durchfuhr sie.

Bald darauf hielten sie ihr das Kind vors Gesicht. Und Donalds Augen schauten sie an.

»Hier ist sie. Deine kleine Tochter. Hübsch und wohl geformt. Du kannst richtig stolz sein«, erklärte die Hebamme zufrieden, als handele es sich um ihr eigenes Produkt.

Mette spürte das tote Gewicht des Kindes in ihren Armen. Solveig beugte sich über sie und lächelte.

»Das war schwer. Aber jetzt ist es vorbei.«

Noch immer erfüllte die Erleichterung ihren Körper. Darüber, dass sie frei war. Dass ihr Körper wieder ihr gehörte. Dass sie alles ausspucken und sich auf die Kissen sinken lassen und in alle Ewigkeit schlafen wollte. Vor Dankbarkeit lächelte sie.

»Sie ist schön«, Solveig hielt vorsichtig einen Finger über die Babyhand, und reflexmäßig schloss diese sich darum.

Ein kalter Luftzug jagte durch den Saal, als die Tür geöffnet wurde.

Er sagte nichts. Sah sie nicht an. Ging sofort auf das Bündel zu. Hob es hoch, als handele es sich um die Bundeslade und als sei er Indiana Jones.

»Hey there«, säuselte er und wiegte die Kleine auf seinen Armen. »Welcome to the world. I'm your father. I will take care of you. Always.«

Für einen Moment fiel es ihr in ihrer Müdigkeit und Schläfrigkeit schwer, seinen Gesichtsausdruck zu deuten. Sie hatte ihn noch nie vorher gesehen. Jemand schien auf einen Knopf gedrückt zu haben, der bisher noch nie betätigt worden war.

»Wie soll sie heißen?«

Am folgenden Tag, nachdem Pernille und Isabel ihre Opfergaben gebracht hatten, tauchte Solveig wieder auf. Sie trug ihren weißen Ärztinnenkittel. In einer halben Stunde begann ihr Dienst.

»Marie, sagt Donald. Oder Meriiiie, wie er das ausspricht.«

»Aber was sagst du?«

Mette warf einen Blick auf das schlafende Bündel in dem hohen Kinderbett, wie das Krankenhaus es für alle Neugeborenen bereitstellte.

»Er muss entscheiden.«

Sie fügte hinzu: »Sie ist ja ohnehin sein Kind.«

Sie bereute sofort, das gesagt zu haben. Sie hatte schließlich sich selber – und nicht zuletzt dem Kind – versprochen, dass niemand etwas wissen oder merken sollte. Sie wollte eine gute Mutter sein, dieses Versprechen hatte sie abgelegt, als sie in der ersten Nacht im dunklen Zimmer gelegen hatte. Aber schon jetzt, achtundvierzig Stunden nach der Geburt, hatte sie es zum ersten Mal gebrochen.

Solveig zog einen Stuhl neben das Bett und setzte sich.

»Was redest du da für einen Unsinn? Was immer du dir in den Kopf gesetzt hast, darfst du nicht an dem Kind auslassen. Hörst du?«

In diesem Moment fing Marie an, sich unruhig zu bewegen. Bald darauf durchschnitt ihr Geschrei die sterile Krankenhausluft. Mette wand sich. Sie glaubte, in diesem Schrei eine Art von Verzweiflung zu hören. Und eine tiefe Einsamkeit.

»Du hast Recht, natürlich hast du Recht. Gibst du sie mir mal?«

Solveig nahm vorsichtig das Kind und reichte es ihr. Mette nahm es in die Arme. Vielleicht bildete sie sich das ein, aber sie hatte den Eindruck, dass der kleine Körper unmerklich erstarrte, statt nachzugeben und weich und entspannt zu sein und sich geborgen zu fühlen. Das Kind schien sich aus ihren Händen befreien zu wollen, und nur widerwillig ließ es sich an die Brust legen.

Sie schaute Solveig an. Und dann das Kind. Wusste plötzlich nicht, wie sie das alles durchstehen, wie sie überleben sollte.

»Was habe ich bloß gemacht«, murmelte sie. »War das wirklich so verkehrt? War es von Anfang an nur verkehrt?«

Solveig nahm ihre freie Hand und drückte sie.

»Es kann nicht verkehrt sein, Leben in die Welt zu bringen. Das glaube ich einfach nicht. Aber es kann gut sein, dass du mit Donald etwas klären musst. Aber die da«, sie nickte zu der jetzt zufrieden schmatzenden Marie hinüber, »die kann nur eine Freude sein. Sonst hört alles auf.«

»Was ist mit dir?«, fragte Mette und hasste sich für diese typische Mütterfrage. »Willst du irgendwann einmal Kinder haben? Du wärst doch eine fantastische Mutter«, fügte sie hinzu und schämte sich. Warum wollten frisch gebackene Mütter immer andere Frauen in dieselbe Situation bringen?

Solveig schüttelte den Kopf. Ihr war kein Kummer anzusehen. Sie zeigte nur die nüchterne Miene einer Frau, die sich eine Frage sehr gründlich überlegt hat.

»Kann schon sein, dass ich eine gute Mutter wäre. Aber ich wäre zugleich eine elende Frau für einen Mann«, sagte Solveig, und Mette hatte nur selten so viel Ehrlichkeit gehört. »Auf jeden Fall für einen guten Mann«, fügte Solveig hinzu.

»Für einen guten Mann?«

Solveig zuckte mit den Schultern.

»Für so einen, der alles Richtige auf die richtige Weise will. Den würde ich nur unglücklich machen, und mich dazu.«

»Aber wieso denn bloß«, hörte Mette sich fragen, aber Solveig gab keine Antwort.

Als Donald später kam und seine Tochter auf den Arm nahm, bildete sie sich ein, dass der kleine Körper nachgab und sich an ihn schmiegte. Sie sah sein Gesicht und wusste plötzlich, was sie darin gesehen hatte. Verliebtheit. Diesen Ausdruck, den er ihr nie gezeigt hatte. Vielleicht, weil er das weder konnte noch wollte.

Sie glaubte, in dem kleinen roten Kindergesicht dasselbe zu sehen, und sie wusste mit Sicherheit, dass ihre neugeborene Tochter von ihrem Vater mehr als nur die Augen geerbt hatte.

Sie drehte sich im Bett um und gab vor, zu müde zum Sprechen zu sein. Aber vor ihrem inneren Auge sah sie weit hinten in der Dunkelheit ein kleines Licht flackern. Irgendwann, sie wusste nicht, wie und wann, aber irgendwann würde dieses Licht eine Chance erhalten. Eines Tages, wenn sie stark genug wäre, wenn sie die alte Mette oder das, was von der noch übrig war, wiederfand, dann würde sie ihre Strafe abgebüßt haben.

DEZEMBER 1997

Vielleicht hätte sie sich fürchten müssen. Natürlich hätte sie das. War das nicht seine Absicht gewesen? War das nicht der Zweck der ganzen Übung? Ihr Angst zu machen, sie so zu lähmen, dass sie nicht mehr klar denken konnte. Damit sie ihr Leben im Schatten der Furcht leben musste.

Leicht überrascht stellte sie fest, dass sie sich nicht im Geringsten fürchtete. Nicht mehr. Ihre Angst schien verbraucht worden zu sein und Zorn hinterlassen zu haben. Einen Zorn, der Brennstoff für die ruhelose Energie zu sein schien, der ihre Sinne schärfte und sie auf das vorbereitete, was passieren würde. Denn sie wusste ja, dass sie es war. Nicht die beiden anderen, sondern sie hatte er auserwählt.

Isabel stellte Mettes Volvo auf dem Parkplatz vor der Schlossruine Kalø ab. Aus dem Fach in der Tür nahm sie eine Karte von Ostjütland. Schlug bei Djursland auf. Tippte mit dem Finger auf Helgenæs. Sie war schon fast dort. Vor ihr lagen noch einige Kilometer durch die Hügellandschaft Mols Bjerge, die im Sommer von Touristen überlaufen war. Jetzt, im Dezember, war die Gegend verlassen, sogar hier, bei Kalø, wo sonst alle anhielten, um den Blick auf die Bucht zu genießen, ein Eis zu essen oder zur Ruine weiterzuspazieren. Jetzt war kein Mensch zu sehen, und die Bucht lag grau und verfroren da, und die Wellen schäumten weiß. Ein eisiger Regen fiel und malte Spitzenmuster auf die Wasseroberfläche. Nur eine Hand voll Möwen kreiste über dem Ufer.

Während sie den Wagen wieder startete und ihn auf die Landstraße nach Knebel gleiten ließ, dachte sie daran, wie leicht plötzlich alles gewesen war. Sie hatte nur die Auskunft anzurufen brauchen, danach hatte sie eine Telefonnummer und eine Adresse. Es war so einfach, wenn man erst einen Namen hatte.

Sie hatte überlegt, ob sie es den anderen sagen sollte. Etwas hatte sie zurückgehalten. Unlogisch, das wusste sie, denn sie waren doch alle betroffen. Trotzdem hatte sie geschwiegen, sie hatte ihr Wissen in einem geschützten Vakuum gären lassen, hatte es vor der Einmischung der anderen bewahrt. Und dann war es plötzlich zu spät geworden und ihr Wissen war von nichts Geringerem als den berühmten Pizzen sabotiert worden.

Sie waren übereingekommen, dass es die Meeresfrüchte gewesen sein mussten.

Pernille hatte die ganze Nacht im Gästezimmer über einem Eimer gehangen und Isabel hatte einen Arzt angerufen. Keine hatte sonderlich viel geschlafen, Mette war unter Bitten um Hilfe und Kannen von Obstsaft, der die Dehydrierung verhindern sollte, auf dem Sofa eingedöst. Erst am Morgen hatten die Patientinnen ein wenig Atem holen können. Isabell hatte sich um Malthe gekümmert und ihn in der Krippe abgeliefert, hatte eingekauft und von Mette problemlos das Auto ausleihen können.

Isabel kehrte in die Gegenwart zurück.

Die Bucht verschwand aus ihrem Blickfeld und machte der Landschaft Platz.

Die Mols Bjerge tauchten mit ihren grünen Gras- und Strächerflecken auf. Und jetzt begann die lange Landzunge, die bei Helgenæs endete, und Isabel dachte, dass es hier nicht viele Fluchtwege gebe. Eigentlich sah sie nur zwei, die Bucht und diesen einen schmalen Weg durch die Sandlandschaft, der Helgenæs mit dem Rest der Welt verband. Und einsam und triefnass im Dezemberregen lag.

Das Haus lag zurückgezogen von der Bucht, wie in einem vergeblichen Versuch, sich vor Wind und Wetter zu verstecken. Windgebeutelte Büsche und Bäume trugen zu der Illusion eines Gartens bei, sie krümmten sich unter dem Seewind und bohrten ihre Wurzeln in mageren Sandboden. Ein verfallenes Haus prägte das Anwesen, ein weißes Haus, von dem die Farbe abblätterte, was andere Farben darunter zum Vorschein brachte, Aquamarinblau und Reste von Ocker. Als hätten Wasser und Wind die Mauern gar zu sauber gescheuert.

Isabel fuhr an der Seite vor und trat hinaus in den Regen. Kein Mensch war zu sehen. Sie ging los, ihre Füße trugen sie zum Treibhaus, das hinter einigen Kiefern versteckt lag. Doch noch ehe sie die Tür geöffnet hatte, wusste sie, was sie finden würde.

Es war wie ein ganzes Meer. Aber wenn das Meer draußen grau in grau war, so war dieses hier schwarz. Es gab Hunderte und Aberhunderte von ihnen. Lang und schlank standen sie da. Sie schienen sie zu beobachten, schienen sie trotzig von ihrer Existenz überzeugen zu wollen. Schau nur, hier sind wir. Wir leben. Es gibt uns.

Schaudernd schloss sie die Tür. Machte kehrt und setzte ihre Entdeckungsreise fort. Öffnete vorsichtig eine Scheunentür und schaute in die Dunkelheit hinein. Ein Motorrad glänzte ihr entgegen. Er musste hier irgendwo sein.

Sie war kalt wie Treibeis, innerlich und äußerlich, als sie an die Tür klopfte. Nichts konnte sie noch berühren, so kam es ihr vor. Oder war sie einfach nur von Angst betäubt?

Er sagte zuerst nichts. Starrte sie nur an, sein Gesicht war bleich, gelblich, schmaler als in ihrer Erinnerung. Die Augen lagen tief in den schwarzen Höhlen. Seltsame Augen. Starrend, aber nicht vor Überraschung. Eher schien er sich davon überzeugen zu wollen, dass sie es wirklich war.

Sie sprach als Erste.

»Du musst viele Jahre dafür gebraucht haben. Für die Rosen, meine ich. Tüchtige Leistung.«

Er stieß einen Laut aus, der ein Geständnis oder eine Ablehnung bedeuten konnte.

»Das war nicht schwer«, sagte er endlich. »Man muss es nur wollen.«

Er drehte sich um und ging voran, scheinbar ohne den geringsten Zweifel an ihrer Reaktion. Sie folgte ihm dann auch ins Haus. Schloss die Tür zwischen sich und Regen und Wind, der wieder am Gebäude rüttelte.

»Ich weiß nicht so recht, ob andere Gärtner dir da zustimmen würden.«

Wieder dieses undefinierbare Grunzen, diesmal kam es von seinem Rücken, als er einen Weg durch einen dunklen Gang bahnte, auf dem überall Schuhe und Jacken herumlagen.

»Was wissen die denn schon von Willen? Was sein muss, muss eben sein.«

Das Wohnzimmer ähnelte einer Mönchszelle. Karg und schlicht und kalt wie die Hölle.

»So, wie es sein musste, anderen die Schuld an Solveigs Tod zu geben?«

Er blieb mit dem Rücken zu ihr stehen. Bückte sich und versuchte einem Kaminfeuer, das bessere Zeiten gesehen hatte, Leben einzuhauchen. Jetzt erinnerte sie sich an seine schlanke, geschmeidige Gestalt, immer mit provozierender Haltung, als liege in jeder Bewegung Aufruhr und Verachtung der Autoritäten.

»So sehr, wie die Wahrheit sein muss«, murmelte er und zündete mit dem Feuerzeug eine Zeitung an. Er warf einige Zweige aus einem Korb in den Kamin. Aber nichts schien Feuer fangen zu wollen.

»Deine Wahrheit oder meine?«

Endlich konnte er die Funken belegen und drehte sich um.

»Es gibt nur eine Wahrheit«, sagte er freundlich, und sie wusste, dass das hier das Gefährlichste war. Die Freundlichkeit. Die Stille. Sie wich ein wenig zurück. Er lachte höhnisch.

»Reg dich nicht auf. Ich bin kein Mörder. Und dich habe ich nie attraktiv gefunden. Ich habe nie Lust gehabt, dich zu berühren. Dich nicht und auch nicht diese Bohnenstange von Pernille oder diese kleine Vorortmadame, wie heißt sie doch noch gleich?«

»Mette.«

»Mette«, äffte er sie nach.

Er setzte sich. Das schien ihm Probleme zu machen. Vielleicht kommt das von der Feuchtigkeit, dachte sie hoffnungsvoll. Vielleicht ist die in seinen Körper gesickert und hat ein gichtiges Gift ausgestreut.

Sie ließ ihren Blick zum Kaminfeuer wandern, das nun endlich ein wenig Wärme von sich gab.

»Und was willst du von mir?«

Er zuckte mit den Schultern. Starrte sie herausfordernd an.

»Es bestand vielleicht die Chance, dass du es verstehen würdest. Du bist doch auch eine Art Künstlerin.«

Sie setzte sich auf einen Hocker. Einen wackligen Schemel mit Bastsitz. Das hier schien ein Spiel zu sein, bei dem sie die Regeln erraten musste. Sie spürte, dass sie sich dem Ziel näherte. Sie ließ ihren Instinkt einen Weg in sein seltsames, spiegelverkehrtes Gemüt suchen.

»Wie du eine Art Künstler bist?«

Er nickte feierlich.

»Ich habe sie geformt. Ich habe sie modelliert. Wie ich die Rosen draußen modelliert, ihnen meinen Stempel aufgedrückt habe. Ihr konntet nichts machen. Ihr hattet keine Ahnung. Jahrelang.«

Isabel spürte, wie Übelkeit in ihr aufstieg.

»Du und Solveig, ihr wart so lange zusammen ... jahrelang? Willst du mir einreden, sie sei zu dir zurückgekehrt? Zu dem Mann, der sie vergewaltigt und erniedrigt hatte? Oder hast du sie gezwungen? Hattest du etwas, mit dem du sie unter Druck setzen konntest?«

Als sie das gesagt hatte, wusste sie, dass sie einen Fehler begangen hatte. Sie hatte sich provozieren lassen, und genau das hatte er gewollt.

Er lachte.

»Das ist typisch für Leute wie dich, ihr denkt nur in Schwarzweiß. Entweder – oder. Keine Zwischentöne. Und wenn ich dir nun sage, dass wir einander geliebt haben?«

Sie wollte schon ablehnend den Kopf schütteln, riss sich aber zusammen.

»Dann erzähl mir davon. Wie euer Leben war. Wie ihr einander begegnet seid und euch ... geliebt habt.«

Er schloss die Augen und dachte nach.

»Nach dem Abitur war nichts. Erst 1987 ist etwas passiert. Wir sind uns bei einem Konzert im Grøn begegnet. Ihr anderen wart nicht dabei.«

Er lächelte.

»Das war mein Glück. Ich brauchte Zeit, um sie zu überzeugen.«

Gehirnwasche vorzunehmen, dachte Isabel, laut aber sagte sie: »Davon, dass du sie liebtest?«

Er schüttelte den Kopf.

»Das kam erst später, obwohl ich sie in all den Jahren geliebt hatte, immer. Schließlich habe ich doch für sie die schwarze Rose geschaffen.«

Er starrte ins Feuer.

»Sie sollte verstehen, dass sie sich falsch verhalten hatte. Dass es ihre Schuld war, was damals passiert ist ... dass das nicht bedeutete, dass ich sie nicht attraktiv gefunden hätte. Ich habe ihr erklärt, dass sie alles wieder gutmachen könnte, wenn sie wollte.«

Das Feuer knisterte. Plötzlich steigerte eine klebrige Hitze ihre Übelkeit, und Isabel sehnte sich nach der frischen Luft draußen.

»Und was hat sie dazu gesagt?«

Alex lächelte triumphierend.

»Sie wusste es nur zu gut. Dass das Gefährliche mit zum Spiel gehört. Ein notwendiger Teil ist. Sie wusste, dass ich unschuldig war.«

Er starrte sie an.

»Sie konnte nur auf diese Weise«, sagte er stolz. »Wenn es gefährlich war. Wenn es wild zuging.«

»Du meinst, wenn du sie vergewaltigt hast?«

»Das war keine Vergewaltigung. Sie wollte es doch selber. Etwas in ihr wollte es.«

Sie dachte an die Psychologin, die Solveig doch nicht geholfen hatte, vielleicht, weil sie zu vorhersagbar gewesen war, weil sie in Schwarzweiß gesprochen, oder vielleicht, weil sie die Wahrheit gesagt hatte. Dass alles Leid der Welt Kindern aufgebürdet wird, dass wir alles tun, um geliebt und akzeptiert zu werden. Dass wir alle Schuld auf uns nehmen, um geliebt zu werden. Es ist eine alte Geschichte, doch bleibt sie ewig neu.

»Warum hat sie sich dann umgebracht, wenn ihr miteinander so glücklich wart?«, fragte sie.

Alex schüttelte verärgert den Kopf.

»Ich glaube, das war dieser verdammte Pfaffe, zu dem sie dann gegangen ist. Er hat ihr eingeredet, dass das alles nicht richtig sei. Und dann wart ihr ja noch da.«

»Wir? Zu dem Zeitpunkt hatten wir doch gar keinen Kontakt mehr zu ihr. Das werfen wir uns jetzt ja alle drei vor«, fügte sie hinzu und knöpfte ihre Jacke auf, um Luft zu bekommen. Und die Übelkeit hinauszulassen.

»Das spielte keine Rolle. Ihr wart in ihr. Ihr hattet sie mit euren konventionellen Ansichten beeinflusst, mit eurer Moral.«

Dieses Wort spuckte er geradezu aus.

»Ihre eine Hälfte ließ sich langsam davon überzeugen, unser Leben sei verwerflich, sei unnatürlich, müsse ein Ende nehmen.« Er beugte sich vor. »Das habt ihr geschafft. Ihr und dieser Pfaffe habt sie dazu gebracht, sich selber zu hassen. Deshalb seid ihr schuldig. Sie hat sich gehasst und sich des einzigen Lebens geschämt, das für sie möglich war. Und deshalb wollte sie dann überhaupt kein Leben mehr.«

Er hob die Handflächen.

»Hühnerlogik«, fügte er hinzu.

Logik. Isabel starrte ins Feuer, das jetzt aus Holzmangel zu verlöschen drohte. Er schien die Flammen nicht weiterfüttern zu wollen.

»Und du trägst überhaupt keine Schuld?« fragte sie. »Du willst uns unbedingt strafen, aber hast du keine Strafe verdient? Hättest du sie nicht retten können?«

Er starrte sie eindringlich an, wie um sich jeden Zug einzuprägen.

»Was spielt das für eine Rolle?«

»Für mich spielt es eine Rolle«, sagte sie. »Ich nehme gern einen Teil der Schuld auf mich. Das tun wir alle drei. Vielleicht auf eine andere Weise, als es dir lieb wäre, aber es ist doch eine Art Geständnis. Wir sind alle schuldig, glaube ich. Vielleicht ist das immer so bei einem Selbstmord. Und warum sollte dich keine Schuld treffen?«

Das Feuer war tot. Nur ein leises Schwelen kämpfte unter der Asche noch einen verzweifelten Kampf.

»Wer sagt, dass mich keine Schuld trifft? In der Hinsicht,

dass alle Menschen mit irgendeiner Form von Schuld geboren werden, bin ich vielleicht auch schuldig«, sagte er listig, und sie wusste, dass er in Gedanken Recht und Unrecht vertauschte.

»Ich hätte sie beschützen müssen«, murmelte er verträumt. »Mit ihr weggehen, weit weg.«

Aber sie konnte es ihm ansehen. Dass er wusste, er hätte mit ihr in eine andere Galaxis auswandern müssen, um eine Welt zu finden, die ihn nicht verurteilte.

Es war hoffnungslos. Er würde niemals irgendeine Form von Verantwortung übernehmen. Sie hatte Glück, wenn sie zu einer Art Waffenstillstand gelangen konnten. Und sein Wesen die Strafe sein lassen, die er bis ans Ende aller Tage tragen müsste.

»Und was jetzt?«, fragte sie und wagte fast nicht zu atmen. Sie wollte ihm nicht die Angst zeigen, die sich jetzt doch zu Wort gemeldet hatte. »Bist du fertig damit, uns zu terrorisieren? Fertig mit uns und mit Solveig und mit den schwarzen Rosen?«

Er sah sie ausdruckslos an. Zuckte gleichgültig mit den Schultern. Und sie wusste, dass er bereits sein Interesse verloren hatte. Er hatte mit ihnen Verstecken gespielt und hatte ihnen die Schuld aufladen wollen. Und damit hatte er wohl eine Art von Befreiung erlebt, dachte sie. Oder einen Kick.

Das war Solveig für ihn gewesen, und er hatte es mit Liebe verwechselt. Ein Kick. So musste es sein.

»Und jetzt kannst du gehen«, sagte er und klang plötzlich müde. »Scher dich zur Hölle mit deiner Moral und deinem feinen Gespür dafür, was richtig ist und was falsch.«

Automatisch erhob sie sich. Warf noch einen letzten Blick in seine Richtung. Er schaute jetzt in sich hinein. Hatte sich von der Welt distanziert. Vom Zimmer und von der Feuchtigkeit und vom Sturm, der draußen jetzt sein eigenes Leben lebte. Die Hitze wütete in ihr, obwohl das Feuer ausgegangen war. Die Hitze und die anhaltende, zähe Übelkeit.

Als sie auf die Auffahrt abbog und anhielt, stieg sie nicht sofort aus. Wind und Regen wirbelten draußen herum. Erst als sie im Haus stand und alles erzählt hatte, fing sie an zu zittern. Wie ein kleiner Hund an einer dünnen Leine, hätte Solveig gesagt.

»Hier.« Pernille, der es besser ging, goss Donalds Hennessy XO in ein Glas und reichte es ihr.

»Obwohl wir dich auf Eis legen müssten, wo du uns nicht informiert hast.«

»Ihr wart doch krank«, sagte Isabel kleinlaut, wusste aber, dass sie ihnen eine Entschuldigung liefern musste.

»Verzeiht mir«, sagte sie, und es klang blödsinnig und doch ganz richtig.

Sie schaute zuerst Mette und dann die bleiche Pernille an, die während ihres Berichts bitterlich geweint hatte. Jetzt brach sie wieder in Tränen aus.

»Das hat Solveig auch gesagt, aber ich hatte doch keine Ahnung, was es bedeuten sollte.«

APRIL 1989

PERNILLE

»Was würdest du machen, wenn du in dir etwas fändest, mit dem du nicht leben könntest?«

Pernille blickte Solveig verwirrt an. Sie konnte sie nicht richtig erkennen. Ihr Gesicht war vom Dampf versteckt, als säßen sie hoch in den Wolken, und sie hatte plötzlich das Gefühl, dass Solveig das nur recht war.

»Was sollte das denn sein?«

Dabei wunderte sie sich noch einmal über diese Frage. Sie wunderte sich außerdem über Solveig. Die hatte sich geändert. Ihre Freundschaft hatte sich geändert. Natürlich änderte auch sie sich dauernd, und die Krise mit Thomas und Poul hatte ihr zugesetzt. Aber in letzter Zeit hatte alles sich noch mehr geändert. Denn Solveig war eine andere geworden.

»Sag mal ein Beispiel«, sagte Pernille und griff nach ihrem Schrubber, der getrockneten afrikanischen Frucht, an deren Namen sie sich nie erinnern konnte.

»Wenn du zum Beispiel einen unwiderstehlichen Drang zum Stehlen oder zum Lügen verspürtest«, sagte Solveig vorsichtig. »Oder wenn du dich zum verkehrten Mann hingezogen fühltest.«

Endlich etwas, wo sie mitreden konnte.

»Das habe ich immerhin schon versucht«, sie lächelte.

Solveig seufzte ein wenig gereizt und sog Dampf in sich ein.

»Ich meine, einen Mann, der einfach niemals akzeptiert werden kann, weil er etwas Entsetzliches getan hat … einen Mörder, zum Beispiel«, fügte sie hinzu und hörte sich ziemlich verzweifelt an.

»Manche Frauen verlieben sich in Todeskandidaten in amerikanischen Gefängnissen«, teilte Pernille mit, die nicht so recht erkennen konnte, worauf dieses Gespräch hinauslief. Sie fand die ganze Frage absurd. Sie hatte sich zwar in einen konservativen Politiker verliebt, der es bis zum Premierminister bringen wollte. Aber so einer war schließlich etwas ganz anderes als ein Mörder. Trotz allem.

Solveig ließ das Thema fallen, was immer es gewesen sein mochte. Sie legte sich auf die Marmorbank und schwieg.

Pernilles Gedanken wanderten weiter in alle Richtungen, wie der Dampf, der sie umschloss. In ihrem Universum gab es keinen Platz für potenzielle Mörder oder andere exzentrische

Wesen, abgesehen von denen, die ohnehin schon vorhanden waren. Sie hatte andere Sorgen. Vor allem dachte sie an Thomas, der jetzt die Vorschule besuchte. Im folgenden Jahr würde es mit der Schule losgehen. Sie begriff einfach nicht, wo die Zeit geblieben war. Thomas war die ganze Zeit in ihrem Bewusstsein, hatte nun aber auch mehr und mehr ein eigenes Leben. Plötzlich. Eines Tages hatte sie ihn angesehen und zum ersten Mal bewusst gedacht, dass sie ihn verlieren würde. Eines Tages würde er von zu Hause ausziehen, er würde sein eigenes Leben und vielleicht seine eigene Familie haben. Und wie sollte sie das jemals überleben können? Wie sollte sie morgens aufstehen können, allein, ohne sein Gequengel, sie solle eine neue Packung Cornflakes aufmachen, weil die alte leer war, er wolle an diesem Tag nicht in den Kindergarten oder wünsche sich den letzten neuen Action-Man.

»Woran denkst du? Willst du schon wieder die Welt retten?«

Jetzt hörte sie sich an wie die alte Solveig. Pernille lächelte erleichtert. Sie waren schon seit Monaten nicht mehr zusammen im Schwimmbad und in der Sauna gewesen. Seit dem Frühling nicht mehr. Diese Besuche und das Gefühl der Zusammengehörigkeit, das sich einstellte, wenn sie hier saßen, bis auf die Haut entblößt, hatten ihr gefehlt. Hier hatten ihre besten Gespräche stattgefunden. Die Sorte von Gesprächen, auf die sie schon längst nicht mehr hoffte. Aber ab und zu brauchte sie doch die Illusion einer Nähe, die keine von ihnen in Wirklichkeit noch spürte.

»Ich denke an Thomas und daran, wie sehr er mir fehlen wird, wenn er irgendwann von zu Hause auszieht.«

Solveig lachte kurz. Sie rutschte näher an Pernille heran.

»Ich möchte mit dir eine Wette abschließen, Niller. Ich wette, dass du dann durchaus nicht allein sein wirst, selbst wenn Thomas auszieht.«

Sie schaute Pernille ins Gesicht.

»Ich wette, dass du irgendwann mit Poul zusammenziehst, und dass du dann erkennst, wie sehr Starrsinn und Sturheit dein Leben bestimmt haben.« Plötzlich zog sie sich zurück. »Verzeihung. Das hätte ich nicht sagen dürfen ... jetzt kommt es vielleicht nie so weit. Weil du aus purem Trotz dafür sorgen wirst, dass ich diese Wette verliere.«

Sie lachten. Aber nur ein wenig. Pernille erhob sich und lief im Dampf hin und her. Ihre Füße bewegten sich vorsichtig über den glatten Marmorboden. Für einen kurzen Moment gestattete sie sich den Gedanken, dass Solveig Recht haben könnte. Dann verdrängte sie ihn, spülte ihn fort, zusammen mit Schweiß und Wärme, als sie zum Schlauch griff und sich mit kaltem Wasser übergoss. Sie hatte das Einzige getan, was sie hatte tun können.

»Ich weiß nicht, was nötig wäre«, murmelte Solveig. »Um dich zur Vernunft zu bringen, meine ich. Vielleicht müsstest du vom Fahrrad fallen und dein Gedächtnis verlieren. Oder vielleicht kommt ein Krieg, und wir müssen alle zusammenhalten, und dann akzeptierst du endlich, dass Poul ein Junge ist. Und dann, vielleicht«, sagte sie neckend.

Aber er war doch ein Junge. Das wusste sie gut. Und ab und zu, in besonders intimen Momenten, wenn sie sich liebten und danach so taten, als sei nichts passiert, wusste sie auch, dass sie ihn liebte. Aber Liebe allein ist nicht genug, dachte sie immer wieder. Er passt nicht. Hatte nie gepasst.

»Wozu passt er nicht?«, fragte in ihrem Hinterkopf eine neckende kleine Stimme. »Zu wessen Leben? Zu deinem oder zu dem deiner Mutter?« Aber sie verschloss ganz schnell ihre Ohren.

»Ich glaube, ich schwimme noch ein paar Bahnen«, verkündete Solveig. Sie hatten ihre üblichen fünfzehn Bahnen hinter sich gebracht, aber wie so häufig war das für Solveig nicht genug.

»Na gut. Ich gehe mir die Haare waschen«, sagte Pernille. »Trinken wir danach zusammen einen Kaffee?«

»Warum nicht? Im Kindrødt?«

»Na gut.«

Unter der Dusche überlegte sie sich noch einmal, wie sehr Solveig sich verändert hatte. Sie fand diese Veränderung beunruhigend, wie sie zugeben musste, und sie fragte sich, warum sie eigentlich so empfand. Sie hatte sich im Laufe der Jahre doch auch verändert, vor allem seit Thomas' Geburt, und Solveig hatte diese Veränderungen mitgemacht. Diese neue Veränderung jedoch war etwas Selbstständiges. Etwas, das mit ihr passiert war. Pernille brachte es nicht über sich, sie direkt zu fragen, aber etwas hatte sie auseinander gebracht. Etwas, das Solveig immer weiter und weiter von der Freundschaft wegführte, von der inzwischen gar nicht mehr so viel übrig war. Während sonst immer Pernille diejenige gewesen war, die Verabredungen absagte und in ferne Zukunft verlegte, fiel diese Rolle nun Solveig zu. Sogar Verabredungen mit Thomas, zum Schwimmen oder zu einem Besuch bei McDonald's, wurden ohne Begründung im letzten Moment abgesagt. Und wenn sie sich endlich trafen, dann zeigte Solveig diesen fernen, glasigen Blick, den Pernille nicht durchschauen konnte. Solveig schien selbst im wachen Zustand zu träumen, sie kam ihr vor wie eine Art lebendige Wiedergängerin.

Pernille wickelte sich in ihr Handtuch und stapfte zurück in den Umkleideraum. Dort trug sie sorgfältig ein diskretes Make-up auf und kämmte sich die Haare.

Solveig kam zitternd vor Kälte aus der Schwimmhalle.

»Puha, die zwanzig Bahnen waren vielleicht ein wenig übertrieben. Es ist ja lange her.«

Sie schüttelte sich wie ein Hund, und das Wasser spritzte nur so aus ihren Haaren. Pernille brachte sich in Sicherheit.

»Hör doch auf. Mit der Nummer könntest du auftreten. Du könntest sie ausbauen und ein Vermögen damit verdienen. Du brauchst bloß noch durch einen Reifen und auf den Schoß deines Besitzers zu springen.«

»Meines Besitzers?« Solveig schien plötzlich wütend zu sein. »Mich besitzt ja wohl niemand!«

»Verzeihung. Habe ich etwas Falsches gesagt? ... Du bist im Moment wirklich ein bisschen empfindlich.«

Solveig lächelte schwach.

»Kann schon sein. Im Krankenhaus ist schrecklich viel zu tun. Vielleicht bin ich bloß gestresst«, sagte sie mit hoffnungsvoller Stimme. »Vielleicht ist es nur das.«

»Vergiss es«, sagte Pernille besänftigend. »Gehen wir also ins Kindrødt?«

Solveig schüttelte den Kopf.

»Ich glaube, ich habe doch keine Lust. Können wir das nicht später mal nachholen?«

Warum war sie so enttäuscht? Himmel, das war doch einfach nur eine weitere Absage. Das spielte ja wohl keine Rolle.

Trotzdem war Pernille traurig. Sie versuchte zu lächeln, aber sie spürte, dass sie nur eine Grimasse zu Stande brachte.

»Ist schon gut. Lust musst du haben.«

Solveigs graugrüner Blick traf den ihren. In diesem Blick lag eine Trauer, die Pernille noch nie gesehen hatte. Oder die sie vielleicht niemals hatte sehen wollen.

»Entschuldige, Niller. Verzeihung!«

Noch ehe Pernille etwas sagen konnte, hatte Solveig ihre Habseligkeiten gepackt und war verschwunden.

DEZEMBER 1997

Er sah aus wie jemand, der Geheimnisse durchschaut. In seinem Gesicht lag nichts Geheimnisvolles, er hatte keine fremdartigen südländischen Züge mit schläfrigen Augenlidern und einem Blick, der zu viel wusste – wie ein katholischer Priester aus Italien oder Spanien. Er zeigte eine runde Freundlichkeit. Eine Großväterlichkeit. Und eine Fähigkeit zuzuhören statt zu reden, er registrierte die bedeutungsschwangeren stummen Pausen und begegnete ihnen mit Stille. Er schien warten zu können.

Pastor Nyborg musterte eine nach der anderen mit der Geduld, die sich mit dem Alter einstellt. Er schien zuerst einen inneren Katalog von Geständnissen und Begründungen durchgehen zu müssen, ehe er endlich die richtige Stelle gefunden hatte.

»Sie müssen verstehen, dass das nicht leicht für mich ist. Unter anderen Umständen hätte ich Ihnen überhaupt nicht helfen können.«

Noch eine Pause. Isabel konnte ihn fast denken hören.

Sie saßen im Wohnzimmer des Pfarrhauses. Schwere dunkle Möbel passten zu dem ein wenig altmodischen Stil. Fleißige Lieschen in Ziertöpfen hinter den Spitzengardinen, der Flügel mit den Büsten von Beethoven und Grundtvig, Landschaftsmalereien und einige abstrakte Gemälde Seite an Seite. Nyborgs Frau hatte Tee gekocht und Plätzchen serviert. Danach war sie diskret in der Küche verschwunden, von wo aus klirrende Teller und fließendes Wasser zu hören waren.

»Aber trotzdem ist Ihr Kommen für mich eine Erleichterung«, gestand er plötzlich.

Wieder musterte er eine nach der anderen.

»In gewisser Weise könnte ich sogar behaupten, Sie erwartet zu haben.«

Mette räusperte sich.

»Ich glaube, Sie sollten das ein wenig ausführlicher erklären …«

Er seufzte. Und dann schien er Anlauf zu nehmen.

»Solveig Aastrand«, sagte er langsam. »Sie hat mich darauf vorbereitet, dass Sie vielleicht kommen würden. Ja, ich glaube sogar, sie hat das gehofft …«

Pernille stellte diskret ihre Tasse hin. Ihre Untertasse klirrte leicht.

»Das klingt so, als hätte sie gewusst, dass sie sterben würde und dass wir unsere Jagd nach dem Grund dafür hier beenden würden. Wie eine Art Schnitzeljagd«, fügte sie hinzu.

Wieder seufzte er. Isabel hatte das Gefühl, dass das Sprechen ihm schwer fiel, wenn er dabei nicht auf der Kanzel stand.

»Vielleicht sollte ich ganz von vorne beginnen«, sagte er. Und als keine widersprach, fügte er hinzu: »Die Familie Aastrand ist 1969 hierhergezogen. Ich war damals ebenfalls neu hier, und weil wir ungefähr gleichzeitig eingetroffen sind, haben wir vielleicht ein besonderes Verhältnis zueinander entwickelt. Sie fühlten sich der Kirche enger verbunden, als das bei den heutigen Familien zumeist üblich ist. Das war schon bei den Eltern von Herrn und Frau Aastrand so gewesen. Und sie wollten diese Tradition bewahren.«

Er nahm sich ein Plätzchen und kaute nachdenklich darauf herum.

»Erst nach einigen Jahren kam mir langsam das Gefühl, dass etwas nicht stimmte. Das war natürlich ganz und gar mein Fehler. Ich hätte es früher erkennen müssen.«

»Was denn?«, fragte Isabel, doch im Grunde wusste sie es nur zu gut.

»Vielleicht lag es ja daran, dass er Arzt war«, sagte Pastor Nyborg. »Vielleicht hat mich das ein wenig geblendet. Tüchtig war er ja immerhin. Und das ist er noch, das dürfen wir nicht vergessen. Und ich war damals noch verhältnismäßig jung.«

»Aber er misshandelte seine Frau.« Mette ließ das eher wie eine Feststellung klingen als wie eine Frage.

Der Pastor nickte.

»Ein gut aussehender Mann«, murmelte er. »Ein wenig arrogant, natürlich, aber das geht bisweilen mit der Begabung einher. Immer hilfsbereit, was die Gemeindearbeit anging, immer bereit, auch finanziell einzuspringen, bei Gemeindefesten und ähnlichen Anlässen. Aber mit dieser düsteren Seite ...«

»Und dann war da noch Solveig«, erinnerte Isabel.

Er nickte.

»Solveig. Ein sehr begabtes Mädchen. Und in jeder Hinsicht normal, sollte ich wohl hinzufügen. Daran war nichts auszusetzen. Aber es gab doch einen Punkt ... es war ihr so ungeheuer wichtig, ihren Vater zufrieden zu stellen. Und sie schien ihre Mutter ein wenig zu verachten, was ich einfach nicht verstehen konnte.«

»Auf welche Weise hat sie sie verachtet?«

»Ihre Mutter schien für sie nicht wirklich zu zählen. In Solveigs Bewusstsein, meine ich. Sie schien ihre Mutter mit den Augen des Vaters zu sehen.« Er schüttelte leicht den Kopf. »Ich habe lange gebraucht, um das zu erkennen. Bis ich eines Tages die blauen Flecken gesehen habe.«

Er betrachtete eingehend die Hände auf seinen Knien.

»Bodil Aastrand hatte versucht, sie zu überdecken, aber das war ihr nicht sonderlich gut gelungen. Und ich sah, dass Solveig sie noch mehr verachtete als sonst. Dass sie sie sozusagen hasserfüllt ansah. Das war an diesem Tag, beim Kaffee nach dem Gottesdienst, sehr deutlich. Bodil half bei solchen Veranstaltungen ja manchmal meiner Frau.«

»Ich glaube nicht, dass Solveig Verständnis für Schwäche hatte«, warf Pernille leise ein. »Sie musste doch immer so furchtlos sein. Alles tun, wozu wir anderen uns nicht trauten. Reiten und Tauchen und solche Dinge.«

Der Pastor nickte.

»Ich glaube, sie wollte sich selber herausfordern. Aber in Wirklichkeit kam die Herausforderung vielleicht von ihrem Vater.«

Er hob den Blick und sah seine Besucherinnen an.

»Verstehen Sie, ich glaube nicht, dass ihr Vater sie jemals angerührt hat. Und ich glaube, für sie galt das als Beweis dafür, dass er nur Mut und Kraft achtete. Was möglicherweise auch der Fall war.«

»Arme Solveig«, murmelte Pernille.

Der Pastor räusperte sich und griff nach seiner Kaffeetasse. Vorsichtig trank er einen Schluck.

»Ich hatte nicht das Gefühl, etwas tun zu können. Es ist ja nicht so einfach, sich in Familienangelegenheiten einzumischen. Aber ich versuchte, Solveigs Vertrauen zu gewinnen, und nach und nach ist mir das auch recht gut gelungen.«

Er zuckte mit den Schultern.

»Aber nicht gut genug, das muss ich zugeben. Und dann war sie plötzlich groß genug, um von zu Hause auszuziehen. Ich glaube, ihr Vater hatte eine Wohnung für sie gekauft.«

»Bestechung«, sagte Pernille. »Er hat sie ihr Leben lang bestochen. Und er hat ihr ein verschrobenes Weltbild aufgedrängt«, fügte sie mit halb erstickter Stimme hinzu.

»Und wir haben nichts gesehen«, sagte Mette. »Oder wollten vielleicht nichts sehen.«

Der Pastor schüttelte den Kopf.

»Ihr könnt euch nicht für die Tragödie einer anderen Familie verantwortlich machen. Natürlich hätten andere etwas tun können, ich hätte etwas tun können und mache mir Vorwürfe. Aber im Grunde gab es nur einen Menschen, der Solveig helfen konnte, und das war sie selber.«

»Und was ist mit dem lieben Gott?«, fragte Pernille mit scharfer Stimme. »Wie kommt der ins Bild?«

Pastor Nyborg erwiderte ihren Blick ganz offen.

»Als eine Art Hilfe zur Selbsthilfe, wie man heute wohl sagt«, antwortete er mit freundlicher Stimme. »Als ein Ort, an dem wir Kraft finden, um das zu tun, was wir tun müssen.«

Es wurde vorsichtig an die Wohnzimmertür geklopft, und die Frau des Pastors schaute herein. »Ich habe ein paar belegte Brötchen gemacht«, sagte sie. »Und neuen Tee gekocht.«

Nyborg winkte sie herein. Isabel schaute auf die Uhr. Es war schon nach eins.

»Danke, meine Liebe. Das war reizend von dir.«

Frau Nyborg verließ das kleine Zimmer wieder, und Isabel fragte sich, ob die nächste Pastorenfrau – oder der nächste Pastorinnenmann – wohl auch einen solchen Service liefern würde. Sie glaubte das nicht. Die meisten Ehepaare waren mit ihren Ganztagsstellen absolut ausgelastet.

»Vielleicht sollten wir in der Zeit ein wenig weitergehen. Solveig hat Sie doch später wieder aufgesucht, nicht wahr?«, fragte Mette.

Nyborg nickte.

»Viele Jahre später kam sie plötzlich wieder in die Kirche. Nicht häufig, aber immerhin. Und dann bat sie mich plötzlich um diese Gespräche.«

»Es hat mehrere gegeben?«, fragte Isabel und dachte an die Kringel im Kalender.

»O ja. Und nicht wenige. Wir machten einen festen Plan, damit es aussah wie eine Art Therapie. Das gefiel ihr gut«, sagte er.

Er griff nach einem Brötchen mit Rauchfleisch und forderte die anderen zum Zugreifen auf.

»Es hat lange Zeit gedauert, erst nach vielen Gesprächen hatten wir den Kern des Problems erreicht. Zuerst sind wir um Sünde und Vergebung gekreist, denn das war ihr sehr wichtig. Eines Tages hat sie dann von der Vergewaltigung erzählt. Die hatte sie erschüttert. Nicht so sehr, weil sie sich verletzt gefühlt hatte, sondern, weil sie sich plötzlich in die Lage ihrer Mutter gebracht hatte. Und dafür verachtete sie sich. Und fühlte sich schuldig.«

Er aß den Rest seines Brötchens und wischte sich die Finger an einer Serviette ab.

»Seither«, fuhr er dann fort, »konnte sie keine normale Beziehung zu Männern mehr haben. Das machte ihr arg zu schaffen. Sie wartete darauf, dass etwas passiert, doch dann blockte sie immer ab und hasste sich mehr und mehr. Bis ihr eines Tages der Mann begegnete, der sie vergewaltigt hatte – und bis sie etwas in sich entdeckte, was sie so tief schockierte, dass sie fast keine Worte dafür hatte.«

»Dass Schmerz und Demütigung ihr gefielen«, sagte Isabel.

Der Pastor nickte traurig.

»Sie sagte, nur bei ihm habe sie das Gefühl zu leben. Doch im tiefsten Herzen wusste sie, dass das nicht richtig war.«

Mette beugte sich vor und las ein paar Krümel von der weißen bestickten Decke auf.

»Haben Sie ihr einen Rat gegeben? Was haben Sie zu ihr gesagt?«

Er hob die Handflächen. Sah plötzlich unendlich müde aus.

»Ich habe viele Vorschläge gemacht. Ich habe ihr geraten, umzuziehen. Und gesagt, sie müsse in sich hineinhorchen und begreifen, woher diese Gefühle stammten. Und sie solle vielleicht einen Psychologen aufsuchen, das natürlich auch. Egal, was ihr helfen könnte … ich wollte sie nicht verurteilen. Aber ich musste ihr ja auch klarmachen, dass sie Recht hatte. Dass es nicht richtig war. Dass die Beziehung zwischen Mann und Frau auf Liebe und Respekt beruhen muss, nicht auf Gewalt.«

»Was hat sie dazu gesagt?«, fragte Pernille.

Er seufzte.

»Sie hat gesagt, mit ihrem Gehirn könne sie das verstehen, aber nicht mit ihrem Körper und ihren Gefühlen … aber trotzdem glaube ich, dass unsere Gespräche ihr gut getan haben. Allein schon darüber zu reden schien für sie eine Erleichterung zu bedeuten. Aber eines Tages hat sie dann plötzlich etwas sehr Seltsames gesagt.«

Isabel sah, wie Pernilles Blick an seinen Lippen hing. Sie schien Angst zu haben, auch nur ein einziges Wort zu verlieren.

»Sie sagte, ich sollte ihr versprechen, unsere Gespräche geheim zu halten. Aber dass ich über ihren Inhalt sprechen dürfte, wenn Sie, ihre Freundinnen, mich eines Tages danach fragen sollten.«

Sie tauschten Blicke. Isabel wusste genau, was Mette und Pernille dachten. Das hier war in seiner ganzen Absurdität ihre Belohnung. Es war Solveigs Art, sich zu bedanken. Dafür, dass sie doch, ganz zum Schluss, Interesse dafür gezeigt hatten, wer sie in Wirklichkeit gewesen war.

Aber es war zugleich noch mehr. Es war eine Last für sie. Es war die endgültige Bestätigung dafür, dass sie im entscheidenden Moment versagt hatten.

»Wir hätten es sehen müssen. Wir hätten es entdecken müssen.« Mette wiederholte, was sie alle während der letzten Wochen immer und immer wieder gesagt hatten.

Pastor Nyborg lächelte wehmütig.

»Ihr seid Menschen, nicht der liebe Gott. Er sieht alles. Wir Menschen dagegen neigen dazu, die Augen zuzukneifen, wenn wir genau hinschauen müssten.«

Nach einer Pause fügte er hinzu:

»Darum geht es im Grunde wohl, das Menschsein. Darum, dass wir lernen mit unserem eigenen Versagen zu leben ... wir haben in diesem Fall alle versagt. Und wir würden wieder versagen, wenn es heute passierte. Es ist schwer, sich selber zu verzeihen, wenn so etwas geschieht.«

Sein Blick wanderte für einen Moment nach oben.

»Aber zum Glück gibt es andere, die dazu in der Lage sind.«

Isabel musterte ihn und sein rundes, freundliches Gesicht, seine Hände, die, vielleicht aus Gewohnheit, gefaltet auf seinen Knien lagen. Und sie fragte sich, mit wie viel Versagen von dieser Sorte ein Mensch wohl leben könnte.

OKTOBER 1989

»Geht's los?«

Er stand neben ihr und klapperte mit den Wagenschlüsseln. Isabel schaute zweifelnd zum Telefon hinüber. Und hatte das Gefühl, dass es sie seinerseits anstarrte.

»Ich glaube schon.«

Er seufzte. Lag in diesem Seufzer ein Hauch von Gereiztheit, oder bildete sie sich das ein?«

»Wir können doch immer zurückkommen«, sagte er und steckte die Schlüssel wieder in die Tasche. »Es ist doch nur eine Tagesfahrt entfernt. Was sagt das Krankenhaus?«

Sie erhob sich aus dem Sessel beim Telefon. Im Schlafzimmer fiel sie auf die Knie und zog den schwarzen Koffer unter dem Bett hervor. Eine dünne Staubschicht hatte ihn grau gefärbt.

»Sie sagen weiterhin, dass sie am Dienstag entlassen werden kann.«

Andreas folgte ihr. Er setzte sich auf die Bettkante. Isabel holte einen feuchten Lappen aus der Küche und nahm sich den Koffer vor. Nach und nach tauchte unter dem Staub das schwarze Leder auf.

»Dann muss sie doch auf dem Weg der Besserung sein. Leute, die nicht allein zurechtkommen, werden schließlich nicht nach Hause geschickt.«

Isabel schluckte. Aber der Kloß in ihrem Hals war noch immer vorhanden.

»Am Montag kommt eine Ergotherapeutin vom Sozialamt und entscheidet, was passieren muss. Türschwellen müssen entfernt werden, und sicher wird auch die Toilette auf irgendeine Weise erhöht werden müssen.«

Sie rieb mit zusätzlicher Energie auf dem Koffer herum. »Und dann sind da doch auch noch ihre Augen ... sie kann keine Bücher mehr lesen ... sie kann kaum sehen, wohin sie geht ... sie braucht bei allem Hilfe.«

Sie spürte, wie ihre Stimme sich widersetzte. Sie wollte sich einfach nicht so verhalten, als sei alles so, wie es sein sollte. Die Großmutter sollte am Dienstag aus dem Krankenhaus entlassen werden, aber wie würde ihr Leben danach aussehen? Während der vergangenen beiden Monate war sie im Krankenhaus ein- und ausgegangen, mit ihren Herzproblemen und ihren Atembeschwerden, und während dieser Zeit hatten Augen und Gehör sich merklich verschlechtert. Und zu allem Überfluss hatte sie sich auch noch den Oberschenkelhals gebrochen, als sie bei einem Schwindelanfall in ihrem Wohnzimmer gestürzt war. Sie war weich gefallen, aber es war trotzdem passiert. Doch munter wie immer, wenn auch mit ängstlichem Blick, hatte sie die Operation und danach die Rehabilitation über sich ergehen lassen. Sie fühlte sich wohl im Krankenhaus, weil sie sich dort sicher fühlte, das wusste Isabel. Wenn sie dort stürzte, war immer jemand in der Nähe, der ihr gleich helfen könnte. Dieses Wissen hatte ihr bei der Rehabilitation geholfen, aber sie war durchaus noch nicht sicher auf den Beinen. Und jetzt sollte sie nach Hause geschickt werden.

»Sie ist doch nicht gesund … noch nicht.«

Sie hörte ihr eigenes Gejammer, die klagende Stimme, als habe sie das Gefühl, dass ihm das alles egal sei. Trotzdem sprach sie weiter:

»Ihr wird noch immer sehr oft schwindlig, und sie muss dauernd diesen Inhalator benutzen.«

Isabel fing an, die Aufkleber von ihrer letzten Auslandsreise vom Koffer zu zupfen, sie wusste kaum noch, wann das gewesen war.

Er ließ sich auf dem Bett zurücksinken und starrte zur Lampe hoch.

»Wenn ich achtundachtzig wäre, würde ich sicher auch Sauerstoff brauchen.«

»Es ist zu früh, um sie nach Hause zu schicken«, schluchzte Isabel. »Ich glaube, sie hat Angst, dass es wieder passieren kann … gib mir doch mal den Fön.«

Andreas gehorchte. Sie hatte den Fön aufs Bett geworfen, als ihre Mutter angerufen hatte, um die letzten Nachrichten aus dem Krankenhaus durchzugeben.

»Sie ist doch alt. Das musst du dir klar machen«, sagte er zur Lampe. »Wenn sie sie nach Hause schicken, dann, weil sie allein zurechtkommen kann.«

Wieder störte sie etwas an seinem Tonfall.

»Glaubst du?«

Merkte er denn nicht, dass sie kurz vor dem Zerbrechen war? Wollte er sie denn jetzt nicht trösten? Sie in den Arm nehmen und ihre Haare streicheln? Ihr etwas ins Ohr flüstern, egal, was? »Natürlich glaube ich das. Sonst würde ich das doch nicht sagen.«

Sie holte Unterhosen und Unterhemden aus der Kommode und warf sie in den Koffer.

»Ist es kalt in Schweden? Gibt es in der Hütte einen Ofen?«

Er drehte sich auf die Seite, stützte die Wange auf seine Hand und sah sie an.

»Wir fahren ja nicht in die Dritte Welt.«

Früher einmal hätte er gesagt, er werde sie doch warm halten. Hätte gefragt, wie sie überhaupt ans Frieren denken könne, wo sie doch einander hatten.

Sie schaute auf die Uhr. Es war zwei. Sie wusste, dass er Nein sagen würde, aber sie fragte trotzdem.

»Haben wir vielleicht Zeit, um beim Krankenhaus vorbeizuschauen? Liegt das nicht auf dem Weg?«

Er setzte sich auf und schwenkte die Beine über die Bettkante. Fasste ihre Schultern, als sie dort auf dem Boden saß. Für einen Moment glaubte sie, er wolle sie durchschütteln, aber er begnügte sich mit einem Kopfschütteln und redete mit ihr wie mit einer Schwachsinnigen, so kam es ihr zumindest vor.

»Du hast in all den Wochen deine Großmutter jeden Tag besucht. Jetzt kommt sie nach Hause. Also gönn dir doch verdammt noch mal eine Pause. Genieß die seltene Möglichkeit, mit mir zusammen wegzufahren.«

Es war nicht nur Gereiztheit. Jetzt sah sie auch Angst in seinem Blick. Sie wusste, was er dachte. Was ihn nervös machte. Und er hatte Recht. Sie musste sich zusammenreißen, auch seinetwegen. Ihre Mutter würde die Großmutter besuchen, wozu waren Töchter denn sonst da? Isabel hatte auch ein eigenes Leben, das würde die Großmutter verstehen. Sie erwartete doch gar nicht jeden Tag Besuch. Und sie wusste, dass Isabel und Andreas diesen Urlaub schon lange geplant hatten. Und dass sie ihn brauchten. Zum ersten Mal würden sie Dänemark zusammen verlassen. Fort von der harten Zeit der letzten Monate mit den Nachwirkungen von Marianns Tod. Die Götter mochten wissen, dass sie eine Pause brauchten. Und sei es nur, um wieder zueinander zu finden. Um alles wiederzufinden, was sie offenbar verloren hatten, ohne das selber zugeben zu wollen.

Auf der Fahrt nach Fredrikshavn sagten sie nicht viel.

Isabel schaltete das Radio ein und fand ein Stück Barockmusik, das endlos lange weiterzugehen schien. Immer, wenn es zu Ende zu sein schien, wurde das Thema doch wieder aufgegriffen, und die Musik holperte weiter. Genau wie unsere Beziehung, dachte sie ironisch.

Es war ihre Schuld. Das wusste sie nur zu gut. Er hatte es versucht, hatte es wirklich versucht, alles in den Griff zu bekommen. So zu tun, als spiele dieser Todesfall für ihre Liebe keine Rolle, abgesehen davon, dass sie nun zusammen sein konnten, so viel sie wollten. Oder nicht wollten.

Sie hatte nicht gewollt. Oder, genauer gesagt: nicht gekonnt.

Wie wäre das auch möglich gewesen, fragte sie sich immer wieder. Wie sollte sie die Liebe genießen können, die ein Menschenleben gefordert hatte? Wie sollte sie den Kindern in die Augen sehen, die ihretwegen und seinetwegen ihre Mutter verloren hatten? Wie könnte das möglich sein?

Sie hatte nicht gewollt. Oder genauer gesagt, nicht gekonnt.

Sie öffnete die Augen und lugte zu ihm hinüber. Wo war er geblieben, der Wolfsblick? Wo waren der gefährliche schwarze Blick, das Begehren geblieben? Das Begehren, das sie beide zum Wahnsinn treiben konnte? Wo waren die täglichen Neckereien mit den Untertönen aus Sehnsucht? Waren Geheimniskrämerei und das Gefühl des Verbotenen wirklich der einzige Brennstoff gewesen? Und war jetzt nichts mehr übrig?

Die Musik erreichte endlich das Finale. Er wandte den Kopf

und sah sie an, unendlich müde, mit tiefen Furchen um den Mund. Aus irgendeinem Grund hämmerte ihr Herz drauflos. Es war doch da. Sie wusste, dass es da war. Und sie würde es wiederfinden, verdammt noch mal. Und wenn sie sich monatelang in Schwedens Wäldern verkriechen mussten, um es wieder zum Keimen zu bringen. Sie wollte ihre Großmutter für die fünf Tage, für die sie das Ferienhaus in Schweden hatten, der Mutter überlassen. Sie wollte Marianns Tod und ihren starren, verfluchenden Blick vergessen. Sie wollte dem, was es einmal gegeben hatte, Leben einhauchen.

Es passierte am zweiten Tag.

Sie hatten sich entspannt. Sie hatten im Bach geangelt, wenn auch erfolglos, aber immerhin. Sie hatten einen Biber entdeckt, der gerade einen Damm baute. Sie waren spazieren gegangen und sie hatten Elchsfleisch gebraten, Wein getrunken und wieder miteinander reden können. Nachts hatten sie einander umarmt, bis sie eingeschlafen waren. Aber noch hatten sie sich nicht geliebt. Sie schienen sich nicht zu trauen. Als wüssten sie, dass das hier ihre letzte Chance war.

Sie hatten so geduldig gewartet, und als es endlich kam, war es so, als sei es niemals fort gewesen. Als hätten sie niemals zweifeln müssen. Es gab nur sie allein auf der Welt, und nichts existierte außer zwei Körpern und einem schwedischen Herbstwald mit goldenen Blättern an den Bäumen vor dem Schlafzimmerfenster.

Und dann erwachte sie am dritten Tag, verwirrt und mit seinem Arm auf ihrer Brust, wie ein ewiges Versprechen, dass sie zusammen und einander gehörten. Und ihr fiel ein, dass sie vergessen hatte, zu Hause anzurufen.

Sie fuhren in den nächsten Ort und suchten ein Telefon. Ihre Mutter war nicht zu Hause. Sie versuchte es im Krankenhaus. Musste zuerst die Nummer bei der Auslandsauskunft erfragen, was mehr schwedische Münzen verlangte, als sie bei sich hatten. Deshalb musste Andreas im Laden eine Flasche Cola und eine Tüte Kartoffelchips kaufen.

Es dauerte eine Ewigkeit. Sie wurde weitergereicht, niemand meldete sich. Sie rief wieder die Zentrale an. Wurde wieder weitergestellt. Endlich nahm eine hektische Krankenschwester ab und konnte nach langen Sekunden mitteilen, dass Isabels Mutter dort war. Wenn Isabel also einen Moment warten wollte.

Und dann hörte sie Geräusche, einen Stuhl, der über den Boden schrammte. Stimmen im Hintergrund, danach ihre Mutter, die seltsam atemlos klang. Bis ihr aufging, dass die Mutter weinte. »Warum hast du nicht angerufen?« schluchzte diese fremde, unbekannte Mutterstimme. »Du musst nach Hause kommen, hörst du. Ich weiß nicht, ob du es noch schaffen kannst …«

Das Morphium tropfte lautlos durch die Nadel in der Hand und in den Körper.

Isabel hielt Wache, während ihre Mutter sich auf dem Nachbarbett ausruhte.

Die Großmutter lag ganz still da und sah im weißen Krankenhauskittel so klein und schmächtig aus wie ein Kind. Sie holte nur ab und zu Atem, und wenn es endlich so weit war, dann seufzte sie dabei herzzerreißend. Sie schlief tief, so tief, dass sie nie mehr erwachen würde.

Der Arzt hatte eine Lungenentzündung diagnostiziert. Das Fieber hatte sich fast von einem Moment auf den anderen eingestellt, und die Großmutter war nicht mehr klar bei Bewusstsein gewesen und hatte mit ihrer zerstörten Lunge kaum noch atmen können. Sie hatten versucht, ihr Antibiotika zu injizieren, aber darauf hatte sie nicht reagiert. Und zum Schluss, weil die Großmutter Angst hatte und unter Sauerstoffmangel litt, hatten sie den Tropf empfohlen. Das sei die humanste Methode, hatten sie gesagt. Die Schonendste.

Isabel und Andreas waren gerast. Trotzdem hatten sie fünfzehn Stunden gebraucht, um nach Hause zu kommen. Die schlimmsten fünfzehn Stunden in Isabels Leben. Nicht nur, weil die Großmutter im Sterben lag, sondern auch, weil sie wusste, dass sie und Andreas das hier nicht überleben würden. Das wäre unmöglich, und auch er hatte das gewusst. Er hatte es ihr sicher auch ansehen können. Niemand hatte etwas gesagt, aber er hatte es gewusst. Dass es Grenzen dafür gibt, wie viel an Tod und Verrat eine Liebe ertragen kann.

Sie schaute verwundert die Hand der Großmutter an, die am Rand der Matratze ruhte. Es war durchaus nicht ihre Hand. Wo waren die langen, schlanken Finger geblieben, die so geschickt ein Weißbrot aus der Form holen oder einen Johannisbeerstrauch leer pflücken konnten? Was hatten sie mit ihr gemacht?

Sie wusste natürlich, dass das Morphium die Hand anschwellen ließ. So, wie sie auch wusste, dass der Tropf wirklich das beste Mittel war. Dass die Großmutter davon behutsam aus dem Schlaf in einen stillen, ruhigen Tod hinübergetragen werden würde.

Aber im Moment streikte ihre Vernunft, und sie wollte tausend Fragen stellen. Warum hatten sie nicht warten können? Warum war sie nicht rechtzeitig zum Abschiednehmen gekommen? Plötzlich waren Worte so kostbar geworden. Sie hätte alles um ein kleines Gespräch gegeben. Wenn sie der Großmutter nur hätte erzählen können, dass sie sie liebte, wenn sie um Entschuldigung bitten und dann von ihr hören könnte, es sei nicht schlimm, ihr sei verziehen. Oder wenn die Großmutter zumindest ihren Namen geflüstert hätte. Aber es war zu spät. Sie war zu spät gekommen.

Isabel streckte ihre Hand nach der Hand der Großmutter aus, die bereits kalt war.

»Frierst du, Oma? Liegst du gut? Was kann ich für dich tun? Gib mir ein Zeichen«, flüsterte sie und hörte ihre eigene Verzweiflung.

Bildete sie sich das ein, oder hatte die Hand sich nicht ein wenig bewegt? Wie ein müder kleiner Vogel, der nicht mehr weiterfliegen mochte? Diese Hand wollte ihr etwas sagen, aber was?

Isabel blickte fragend ins Gesicht der Großmutter, aber das bewegte sich nicht mehr. Nicht einmal die Augenlider flatterten noch. Sie betrachtete den Körper im Bett, rein und sauber, wie die Großmutter immer gewesen war. Aber ohne Lavendelduft. Und ohne …

Etwas fehlte. Etwas störte das Bild.

Isabel sprang auf. Starrte wieder die Hände der Großmutter an, die linke trug noch immer den kleinen Amethystring, in der rechten steckte die Injektionsnadel. Und dann wusste sie es plötzlich und spürte zugleich, wie ein unartikulierter Laut sich in ihrer Kehle hochbewegte, und sie hörte sich selber weinen, sie schluchzte krampfhaft, und keine einzige befreiende Träne wollte das wegwischen, was in ihrem Körper brannte.

»Das Taschentuch«, murmelte sie fieberhaft zwischen den Tränenwellen und rüttelte ihre Mutter wach. »Warum habt ihr ihr kein Taschentuch gegeben?«

Zusammen fanden sie eins in der Tasche der Großmutter. Isabel schob es behutsam unter die Hand, die sich nicht mehr darum schließen konnte. Ein kleines weißes Taschentuch mit hellrotem Rand. Es war sauber und duftete nach Lavendel.

31. DEZEMBER 1997

»Ist es nicht noch zu früh? Müssen wir nicht bis Mitternacht warten?« Isabel sah skeptisch zu, wie Pernille mit dem Korken des spanischen Sektes kämpfte.

»Wieso denn das? Wir müssen doch auf die Neujahrsrede der Königin anstoßen. Das gehört sich so.«

Der Korken jagte mit einem Ächzen an die Decke. Nicht mit dem Knall, auf den sie gehofft hatten, aber immerhin mit einem Geräusch, das sie mit etwas gutem Willen als eine Art Symbol für einen Wendepunkt in ihrem Leben deuten konnten.

»Glas«, befahl Pernille mit Panik in der Stimme. »Gläser her, sonst läuft alles über.«

Das hier hatten sie schlecht geplant. Isabel stürzte davon und schnappte sich die erstbesten Gläser, die sie finden konnte. In der Eile wäre sie in ihrem neu gekauften engen Rock fast gestolpert.

»Biergläser! Was für ein Sakrileg!«

Aber Pernille schenkte trotzdem ein.

»Du hättest die richtigen zur Hand haben müssen«, kritisierte Isabel. »Hast du überhaupt Sektgläser? Oder ist das zu spießig?«

»Wenn man zu Silvester nicht spießig sein darf, dann weiß ich nicht, wann sonst«, sagte Pernille indigniert. »Die stehen im Badezimmer.«

»Im Badezimmer?«

»Im Handtuchschrank. Sonst war nirgendwo Platz.«

Isabel lief ins Badezimmer und machte sich im Schrank auf Entdeckungsreise. Und da standen sie. Versteckt hinter einem Stapel grüner Gästehandtücher. Sie lächelte. Die Spießigkeit nahm ja überhaupt kein Ende.

Sie waren nur zu zweit. Mit allem, was Pernille für ein köstliches Silvesteressen gekauft hatte. Isabels Mutter und Henry waren längst mit einer Reisegesellschaft auf Neujahrsreise gegangen. Thomas war mit seiner Clique in der Stadt unterwegs, Poul wurde von einem Fluglotsenstreik in Frankreich festgehalten, und Mette musste sich um ihre Familie kümmern.

Sie hörten der Rede der Königin zu und stießen feierlich darauf an. Danach schwiegen sie eine Weile, während der Sekt in den Gläsern perlte und der Fernseher weiterlief, ohne von ihnen beachtet zu werden. Isabel wusste, an wen sie beide dachten.

»Hast du noch immer das Gefühl, dass sie im Auge behält, was wir hier unten anstellen?«, fragte sie.

Pernille nickte und schaute zur Decke hoch.

»Sie ist da. Oben im Himmel. Da bin ich mir sicher.«

»Was würde sie wohl sagen, wenn sie herabschweben und mit uns sprechen könnte?«

Pernilles Stimme klang gepresst.

»Sie würde sagen, dass wir sie nicht vergessen dürfen, aber dass wir uns von dem, was passiert ist, auch nicht verschlingen und kaputtmachen lassen sollen.«

»Und dass wir verzeihen sollen?«, fragte Isabel vorsichtig.

Pernille nickte entschieden.

»Ihr und uns selber – und überhaupt den Menschen, denen wir unsere eigenen Fehler vorwerfen.«

Ihre Augen glänzten feucht hinter ihrer Brille. Sie spielte mit ihrem Sektglas und betrachtete die Perlen.

»Und sie würde sagen, dass wir genießen sollen, was wir haben. Unsere Leben. Und unsere Freundschaft.«

Sie schaute Isabel ins Gesicht. Jetzt lächelte sie.

»Und dass wir zum Teufel endlich versuchen sollen, weiterzukommen.«

Sie kochten nach allen Regeln der Kunst. Einer der Entschlüsse, den Pernille offenbar in die Tat umsetzen wollte, war der, ihrem Dasein als Bequemlichkeitsvegetarierin ein Ende zu setzen. Sie hatten Filetsteaks gekauft, und zwar auf ihren Wunsch hin. »Im Grunde war ich immer schon verrückt nach Steaks«, gestand sie errötend.

»Ich hatte ja meine Ahnungen«, sagte Isabel leichthin und drehte den Herd niedriger. »Was ist mit den Kartoffeln? Sollen wir die nicht zusammen mit den Steaks im Ofen backen?«

Pernille blickte sie glücklich an.

»Das hört sich wunderbar ungesund an. Rein damit.«

Nach dem Sekt öffneten sie eine Flasche chilenischen Rotwein von der besten Sorte, die der Weinhändler in der Guldsmedegade bieten konnte. Isabel spürte, wie sie sich langsam aber sicher einen seligen Neujahrsrausch erarbeitete. Sie schien sich besser zu entspannen als seit langer Zeit.

Vor den Fenstern, im schwarzen Abend, hieß Århus jetzt mit verbotenen Kanonenschüssen und Feuerwerk aus allen Himmelsrichtungen das neue Jahr willkommen. Sie konnten schon von der Straße her muntere, beschwipste Stimmen und ab und zu eine Flasche hören, die klirrend über das Pflaster rollte. Aus einem offenen Fenster auf der anderen Seite der Sjællandsgade dröhnte alte Rockmusik. Isabel stellte sich eine Schar von wohlerhaltenen 68ern vor, die in ihrem restaurierten Haus im Szeneviertel Øgaderne feierten.

Es war genau fünf vor zwölf, und alles stand bereit, diesmal auch die richtigen Gläser. Sie hatten beim Wein eine Pause eingelegt, denn wie Pernille so vernünftig gesagt hatte, brachte es nichts, zu früh Hochform zu erreichen. Das hatte sie selber von Thomas gehört, wenn auch in einem anderen Zusammenhang, vermutlich hatte es irgendetwas mit Radrennen zu tun gehabt.

»Bjarne Riis«, half Isabel.

»Ja, kann schon sein, dass er so hieß«, murmelte Pernille und sprach diese Worte besonders deutlich aus, um zu beweisen, dass sie nüchterner war, als sie aussah.

»Tour de France.«

Pernille versuchte nicht, das ebenfalls zu sagen.

»Sind wir so weit? Fehlt noch etwas?«

Isabel schaute sich um. Sie wollte schon den Kopf schütteln, als die Türglocke ging.

»Wer in aller Welt kann das denn jetzt noch sein«, fragte Pernille plötzlich nüchtern.

Isabel betätigte die Gegensprechanlage. Von unten her hörten sie Mettes glückliche, atemlose Stimme.

»Kommen wir zu spät? Schaffen wir es noch?«

»Wir?«

»Malthe und ich natürlich. Wer denn sonst?«

Isabel drückte auf den Knopf und öffnete die Haustür.

»Wenn ihr die Beine in die Hand nehmt«, lachte sie und öffnete die Wohnungstür, während Pernille ins Badezimmer jagte, um noch ein Glas zu holen.

Mette hatte Malthe auf dem Arm. Auf Malthes Kopf, unter der Kapuze seines Overalls, saß eine kleine Matrosenmütze aus Papier, die mit einer roten Luftschlange umwunden war.

»Dann haben wir ja doch Silvesterschmuck«, nuschelte Pernille und reichte Mette das gefüllte Sektglas. Mette lugte zum Fernseher hinüber, der schon den Kopenhagener Rathausplatz zeigte. Vom Jahr 1997 war noch eine Minute übrig. Sie stellte ihr Glas weg, streifte ihren Lammfellmantel ab und befreite Malthe von seinem Overall. Dann griff sie zu ihrem Glas.

»Ihr wisst ja, dass wir jetzt unsere guten Vorsätze beschließen sollen. Und jetzt müssen wir versprechen, sie einzuhalten.«

Die Rathausuhr schlug den ersten Schlag.

»Ich bin keine Vegetarierin mehr«, sagte Pernille mit dümmlichem Lächeln.

Mette lächelte auch. Sie war nüchtern. Aber sie war von etwas anderem berauscht, fand Isabel. Sie kam ihr vor wie eine ganz neue Mette.

Der letzte Schlag ertönte. Sie hoben ihre Gläser.

»Ich habe Donald verlassen«, sagte Mette.

»Was hast du?«

Mettes Augen funkelten. Isabel glaubte, darin etwas so Seltenes wie Glück zu lesen.

»Ich wollte das schon lange. Aber ich konnte nicht ... hatte nicht die Kraft.«

Isabel drückte Mette einen Kuss auf die Wange.

»Ich glaube, wir sollten dir gratulieren. So absurd sich das auch anhört.«

Pernille lief noch immer halb betrunken in der Wohnung hin und her, was nicht die beste Kombination war.

»Aber was passiert denn jetzt? Mit den Kindern und überhaupt?«

Mette setzte sich ruhig hin.

»Marie kann entscheiden, zu wem sie will. Aber wir wissen doch sicher alle, was dabei herauskommen wird. Und Malthe ...«, sie schaute ihren Sohn an, der interessiert den Inhalt eines Blumentopfs untersuchte.

»Der gehört zu mir.«

»Richtig«, rief Pernille und streckte den Arm aus. »Du musst auf dem Sofa schlafen.«

»Besten Dank. Ich habe mir eine möblierte Wohnung gemietet. Gestern schon.«

»Soll das heißen, du hast das alles geplant?«

Mette lachte.

»Und wie. Seit vorgestern.«

Sie musterte die beiden eindringlich.

»Und was ist mit euch? Das alles muss euch doch zutiefst erschüttert und auf neue Gedanken gebracht haben. Pernille, es reicht nicht, einfach nur dein Vegetarierinnenleben an den Nagel zu hängen.«

Pernille ließ geniert ihren Blick von einer zur anderen wandern und senkte die Stimme.

»Könnt ihr ein Geheimnis für euch behalten?«

Sie nickten feierlich. Pernille beugte sich vertraulich zu ihnen vor.

»Ich werde mein Abo für die *Information* kündigen.«

Der Neujahrstag war von Sonne und Kater erfüllt.

Isabel lief sich nachmittags die Kopfschmerzen aus dem Leib. Den ganzen Weg bis zur Nørregade und weiter bis zum Silkeborgvej. Und weiter bis Hasle und zum Konservatorium, wo die Villen in den überwucherten alten Gärten hinter ihren Hecken lagen.

Schon seltsam, dachte sie dabei, sie schien es immer schon gewusst zu haben. Dass sie eines Tages diesen Weg mit diesem Ziel gehen würde. Ohne daran denken zu wollen, wie viel Zeit vergangen und vielleicht vergeudet war. Um in die Zukunft zu blicken und zu sehen, dass es eine gab. Dass sie dort wartete, geduldig, als habe sie niemals irgendwelche Zweifel gehegt.

Es würde nicht perfekt sein. Nie im Leben. Und leicht auch nicht. Es war noch so viel zu klären. Und dann war da noch alles, was nicht anders sein konnte, mit dem sie jedoch leben musste. Weil sie ohne es nicht leben konnte.

Er öffnete die Tür und blieb für einen Moment stehen. Lehnte sich an den Türrahmen und blickte sie schweigend und neugierig an. Dann sah sie es. Hinter den Runzeln und den grauen Haaren und allem Schwarzen. Hinter dem Lächeln, das sich langsam ausbreitete und auf sie übergriff.

»Krieg ich endlich den Tee?«, fragte sie, und ihr Atem dampfte nach dem weiten Weg.

Er blieb noch einen Moment stehen und sah sie an, musterte sie mit einem jetzt munteren quicklebendigen Blick.

Dann trat er beiseite und ließ sie ins Haus.

EPILOG

Das alles war jetzt ein Jahr her. Und ihm blieben noch genau zweieinhalb Monate bis zur Pension.

Eigentlich hatte er in der Kirche nichts mehr zu tun. Für den morgigen Gottesdienst war alles schon vorbereitet. Der Küster hatte auf den Tafeln die Nummern der Choräle geändert, für den krankgeschriebenen Organisten war ein Ersatz gefunden worden, die Predigt war geschrieben. Er hatte kein eigentliches Ziel in der Kirche, fühlte sich aber trotzdem dorthin gezogen. Nachdem er zuerst lange am Fenster gestanden und zwischen den scharfkantigen Blättern der Topfblumen hindurch nach draußen geschaut hatte, hatte seine Frau ihn vor die Tür gesetzt. Liebevoll, aber energisch.

Wo sie ihn wohl hinschicken würde, wenn er erst pensioniert wäre? Wo würde er dann seine Gedanken sammeln und die Nähe spüren können, die ein unentbehrlicher Teil seines Lebens war? Die während der vergangenen Jahre so seltsam vage geworden war, als könne er den richtigen Rhythmus nicht mehr finden.

Es war ein heller, goldener Tag, der Herbst entfaltete sich mit der ganzen Pracht seines Farbenspiels. Dieser Tag macht mich ja doch froh, dachte er, als er über den Kiesweg zur Kirche und dann weiter zum Friedhof wanderte.

Er hatte den Wagen kommen sehen und gestand sich erst jetzt ein, dass er deshalb hier war. Er war neugierig und hatte außerdem auch selber ein Grab zu besuchen.

Dort standen sie, ganz in seiner Nähe. Sie hatten Blumen

mitgebracht, er konnte es gelb und rot und blau leuchten sehen, und er musste daran denken, dass der Strom schwarzer Rosen schon vor Monaten versiegt war. Sie waren alle drei gekommen, doch sie waren nicht allein. Er erkannte Pernille Grams lange Gestalt in dem beigen Mantel. Sie hielt einen Mann an der Hand, ein wenig demonstrativ, wie um darauf hinzuweisen, dass sie zueinander gehörten.

Er überquerte die Rasenfläche. Jetzt hatten sie ihn gesehen. Sie wechselten einige Worte. Dann trat die Pianistin vor und reichte ihm zum Gruß die Hand. Die anderen taten es ihr nach. Er blickte in die Augen des Mannes und fand deren klare, türkise Färbung bemerkenswert. Vielleicht vermittelte vor allem der Mann ihm das Gefühl, sich nicht aufdrängen zu wollen. Denn er war ja auch eine Art Fremder.

»Ich hätte etwas mitbringen sollen«, hörte er sich selber sagen. »Eine Blume.«

»Sie sind gekommen«, sagte Pernille. »Ist das nicht genug?«

Sie sah munter aus. Viel munterer als beim letzten Mal. Das galt vielleicht für alle drei. Es war keine sprudelnde, momentane Freude, sondern eine nachdenkliche Variante. Die Art, auf der wir unser Leben aufbauen, musste er unwillkürlich denken.

Der Weg zu dieser Freude war sicher für alle drei schwer gewesen. Das wusste er, denn er hatte denselben Weg genommen. Hatte Schuldgefühle durch Dankbarkeit und den Glauben ersetzt, dass es im Grunde doch immer noch einen Grund zum Bleiben gab. Etwas, das er tun konnte.

»Was macht man in einer solchen Situation?«, murmelte die Klavierspielerin. »Singt man ein Lied, oder was?«

Sie schaute sich fragend um.

»Wie wäre es mit einem Gebet? Gibt es nicht irgendeine passende Passage aus der heiligen Schrift?«, fragte Pernille, und sein Ohr registrierte den leicht ironischen Tonfall. Einen Tonfall, den er eher ihrer Herkunft als mangelndem Respekt zuschrieb und den er deshalb zu ignorieren beschloss.

Er dachte sorgfältig nach.

»Das kann ja meinen Blumengruß ersetzen«, sagte er dann, faltete die Hände und senkte den Kopf. Aus dem Augenwinkel sah er, dass sie seinem Beispiel folgten.

Er betete für Solveig Aastrand. Aber er betete auch für die anderen.

Er dankte für ihre Jugend, für die Zeit und die Freiheit, die sie miteinander geteilt hatten und die sie geformt und ihre Leben miteinander verwoben hatte. Er dankte dafür, dass sie alle erwachsen hatten werden dürfen und dass die Freiheit die Farbe von Liebe und Verantwortung angenommen hatte.

Und dann betete er um Vergebung für sie alle.

Sie blieben schweigend stehen, während eine Brise freundlich an den Blütenblättern zupfte. Dann merkte er, dass Pernille ihn ansah, als frage sie sich, ob er vielleicht doch mit einer höheren Macht in Verbindung stehe, die sie selber nicht erreichen konnte.

»Ich kann noch immer keinen Sinn darin entdecken«, sagte sie ehrlich. »Heißt es denn nicht, dass alles einen Sinn hat? Warum durfte Solveig kein ganzes, erfülltes Leben haben?«

Er überlegte eine Weile, was er zu ihr sagen sollte. Zu allen vieren. Er war kein Orakel. Sondern nur ein Geistlicher kurz vor der Pensionierung, der sich schon lange unzulänglich vorkam. Aber dann hatte er das Gefühl, während er sie ansah, als tauchten die Worte plötzlich in seinem Kopf auf, und die alte Vertraulichkeit stelle sich wieder ein.

»Das ist vielleicht wie mit der Geschichte mit dem Glas«, sagte er.

»Ob es halb voll oder halb leer ist, kommt auf die Augen an, die es betrachten. Vielleicht gilt das auch für das Leben.

Niemand behauptet, dass ein erfülltes Leben auch ein langes Leben sein muss.«

Alle schienen über seine Worte nachzudenken. Als müssten sie diese erst einmal sacken lassen.

Dann sagte die Pianistin ernst:

»Ich finde, das hier ist ein schöner Tag.«

Sie verabschiedeten sich. Sein Blick folgte ihnen, als alle vier langsam, fast andächtig über den Weg zurück zum Auto gingen. Und er dachte an das, was er nicht gesagt hatte, nämlich, dass sie vielleicht nicht so lange suchen müssten, um etwas zu finden, das Ähnlichkeit mit einem Sinn hatte.

SCHMÖKERSTUNDEN BEI GOLDMANN

9286

43772

43414

43137

GOLDMANN